DUNGEONS & DRAGONS®

Outros títulos de literatura da Jambô

Dragon Age
O Trono Usurpado

Dungeons & Dragons
A Lenda de Drizzt, Vol. 1 — Pátria
A Lenda de Drizzt, Vol. 2 — Exílio

Profecias de Urag
O Caçador de Apóstolos
Deus Máquina

Tormenta
O Inimigo do Mundo
O Crânio e o Corvo
O Terceiro Deus
A Joia da Alma
Crônicas da Tormenta, Vol. 1
Crônicas da Tormenta, Vol. 2

Espada da Galáxia

Para saber mais sobre nossos títulos,
visite nosso site em www.jamboeditora.com.br.

R. A. SALVATORE

A Lenda de Drizzt, Vol. 2

EXÍLIO

Tradução
Carine Ribeiro

DUNGEONS & DRAGONS®
FORGOTTEN REALMS®
A Lenda de Drizzt, Vol. 2 — Exílio

©2004 Wizards of the Coast, LLC. Todos os direitos reservados.
Dungeons & Dragons, D&D, Forgotten Realms, Wizards of the Coast, The Legend of Drizzt e seus respectivos logos são marcas registradas de Wizards of the Coast, LLC.

Título Original: The Legend of Drizzt, Book 2: Exile
Tradução: Carine Ribeiro
Revisão: Elisa Guimarães e Rogerio Saladino
Diagramação: Guilherme Dei Svaldi e Samir Machado de Machado
Ilustração da Capa: Todd Lockwood
Ilustrações do Miolo: Dora Lauer e Walter Pax
Conselho Editorial: Gustavo Brauner, Marcelo Cassaro, Leonel Caldela, Rafael Dei Svaldi, Rogerio Saladino, J. M. Trevisan
Editor-Chefe: Guilherme Dei Svaldi

Rua Sarmento Leite, 627 • Porto Alegre, RS
CEP 90050-170 • Tel (51) 3012-2800
editora@jamboeditora.com.br • www.jamboeditora.com.br

Todos os direitos desta edição reservados à Jambô Editora. É proibida a reprodução total ou parcial, por quaisquer meios existentes ou que venham a ser criados, sem autorização prévia, por escrito, da editora.

1ª edição: dezembro de 2017 | ISBN: 978858913479-9

Dados Internacionais de Catalogação na Publicação

S182e Salvatore, R. A.
      Exílio / R. A. Salvatore; tradução de Carine Ribeiro; revisão de Rogerio Saladino. — Porto Alegre: Jambô, 2017.
      368p. il.

      1. Literatura norte-americana. I. Ribeiro, Carine. II. Saladino, Rogerio. III. Título.

CDU 869.0(81)-311

*Para Diane,
com todo meu amor*

Dramatis personae

ALTON HUN'ETT
Um mago da Casa Hun'ett.

BELWAR DISSENGULP
Um svirfneblin que teve as mãos arrancadas por Dinin em uma batalha anterior contra os drow.

LAJOTA
Um supervisor de escavações svirfneblin.

BRISTER FENDLESTICK
Um mago humano que passou a viver no Subterrâneo.

BRUCK
Um chefe goblin.

CONSELHEIRO FIRBLE
O chefe da segurança secreta em Gruta das Pedras Preciosas.

DININ DO'URDEN
Primogênito da Casa Do'Urden, irmão mais velho de Drizzt.

Drizzt Do'Urden
Filho de Matriarca Malícia, um guerreiro drow de habilidade excepcional.

El-Viddinvelp
Devorador de mentes companheiro dos Baenre.

Guenhwyvar
Uma pantera negra evocada por Drizzt a partir de uma estatueta de ônix.

Jarlaxle
Líder da Bregan D'aerthe, uma guilda mercenária drow.

Rei Schnicktick
O rei svirfneblin de Gruta das Pedras Preciosas.

Krieger
Um mestre de escavações svirfneblin.

Lolth
A Rainha do Fosso das Teias Demoníacas, principal divindade dos elfos negros.

Matriarca Baenre
Matriarca da Casa Baenre e figura mais poderosa de toda Menzoberranzan.

Matriarca Halavin Fey-Branche
Matriarca da Casa Fey-Branche da cidade drow de Menzoberranzan.

Matriarca Malícia Do'Urden
Matriarca da Casa Do'Urden de Menzoberranzan.

Matriarca SiNafay Hun'ett
Matriarca da Casa Hun'ett de Menzoberranzan.

Rizzen
Patrono da Casa Do'Urden.

Seldig
Um jovem svirfneblin com planos de ser um mineiro de expedição.

Vierna Do'Urden
Segunda filha de Matriarca Malícia.

Prelúdio

O monstro se arrastava pelos corredores silenciosos do Subterrâneo, suas oito patas escamosas ocasionalmente raspando contra a pedra. A criatura não se repreendia pelos próprios sons que ecoavam, temendo que seu ruído fosse revelador. Tampouco corria em busca de cobertura, esperando o ataque de outro predador. A razão disso era que, mesmo nos perigos do Subterrâneo, tal monstro conhecia apenas a segurança, confiante em sua capacidade de derrotar qualquer inimigo. Seu hálito exalava um veneno mortal, as pontas duras de suas garras escavavam sulcos profundos em pedra sólida e as fileiras de seus dentes afiados como lança, que se alinhavam em sua boca perversa, podiam rasgar as couraças mais espessas. Mas o pior de tudo era o olhar do monstro; o olhar de um basilisco poderia transformar qualquer coisa viva no qual pousasse em pedra sólida.

Tal criatura terrível e enorme estava entre as mais incríveis do seu tipo. Era por isso que não conhecia o medo.

O caçador viu o basilisco passar, como já havia observado naquele mesmo dia. O monstro de oito patas era o intruso ali, entrando no domínio do caçador. Ele havia visto o basilisco matar vários de seus rothé — as criaturas semelhantes a gado da qual se alimentava — com seu hálito venenoso, e o resto do rebanho havia fugido cegamente pelos túneis sem fim, para talvez nunca mais voltar.

O caçador estava com raiva.

Ele agora observava enquanto o monstro atravessava a passagem estreita, exatamente a rota que o caçador havia suspeitado que tomaria. Então, deslizou suas armas de suas bainhas, sentindo sua confiança crescer, como sempre, no momento em que sentiu seu equilíbrio perfeito pesando em suas mãos. O caçador as possuíra desde a sua infância, e mesmo depois de quase três décadas de uso constante, elas apresentavam sinais mínimos de desgaste. Agora seriam testadas novamente.

O caçador guardou novamente suas armas e esperou pelo som que o chamaria à ação.

Um grunhido gutural parou o basilisco no meio de seu caminho. O monstro espiou com curiosidade, embora seus olhos mal pudessem enxergar além de uns poucos metros. Mais uma vez ouviu-se grunhido, e o basilisco se abaixou, esperando que o desafiante, sua próxima vítima, surgisse para morrer.

Logo atrás, o caçador saiu de seu esconderijo, correndo pela lateral da parede, apoiando-se nas pequenas rachaduras do corredor. Em sua *piwafwi*, seu manto mágico, ele ficou invisível contra a pedra, e, com seus movimentos ágeis e treinados, não emitiu nenhum som.

Ele vinha impossivelmente rápido, impossivelmente silencioso.

O rugido resoou novamente vindo de algum lugar à frente do basilisco, mas não se aproximou mais. O monstro, impaciente, avançou, ansioso para matar. Quando o basilisco cruzou uma arcada baixa, um globo de escuridão absoluta envolveu sua cabeça e a criatura repentinamente parou e deu um passo para trás, como o caçador sabia que faria.

O caçador estava sobre a criatura em uma fração de segundo. Ele saltou da parede da passagem, executando três ações separadas antes de chegar onde pretendia. Primeiro lançou um feitiço simples, que demarcava a cabeça do basilisco em chamas brilhantes, azuis e roxas. Em seguida, puxou o capuz sobre seu rosto, uma vez que não precisaria de seus olhos na batalha, e sabia que, contra um basilisco, um olhar mal direcionado só poderia condená-lo. Então, sacando suas cimitarras mortais, pousou nas costas do monstro e escalou suas escamas até chegar sobre sua cabeça.

O basilisco reagiu assim que as chamas dançantes cercaram sua cabeça. Elas não queimavam, mas o contorno tornava o monstro um alvo fácil. O basilisco girou para trás, mas antes que sua cabeça tivesse completado metade dessa volta, a primeira cimitarra mergulhou em um de seus olhos. A criatura recuou e debateu-se, exalando seu hálito nocivo e sacudindo sua cabeça como um chicote.

O caçador foi mais rápido. Ele ficou atrás da garganta, fora do caminho da morte. Sua segunda cimitarra encontrou o outro olho do basilisco, e só então o caçador liberou sua fúria.

O basilisco era o intruso; matara seu rothé. Uma saraivada de golpes selvagens atingiu a cabeça encouraçada do monstro, arrancou suas escamas e mergulhou até encontrar a carne que estava abaixo delas.

O basilisco entendeu o perigo que corria, mas ainda acreditava que poderia vencer. Ele sempre vencia. Se pudesse ao menos soprar seu hálito venenoso sobre o caçador furioso.

O segundo inimigo, o inimigo felino que grunhia, saltou então sobre o basilisco, em direção à garganta delineada pelas chamas, sem medo. A grande gata travou e sequer notou os vapores venenosos, afinal, era uma fera mágica e, como tal, imune a tais ataques. As garras da pantera cavaram linhas profundas nas gengivas do basilisco, fazendo o monstro beber de seu próprio sangue.

Por detrás da enorme cabeça, o caçador atacava de novo e de novo, por diversas vezes, e continuava a atacar, incessante. Selvagemente, cruelmente, as cimitarras se chocavam contra armadura escamosa, através da carne e através do crânio, enviando o basilisco na direção da escuridão da morte.

Muito tempo depois que o monstro ficou finalmente imóvel, o golpe das cimitarras ensanguentadas diminuiu.

O caçador afastou seu capuz e inspecionou a pilha quebrada de sanguinolência a seus pés e as manchas quentes de sangue em suas lâminas. Ele levantou suas cimitarras gotejantes e proclamou sua vitória com um grito de exultação primitiva.

Ele era o caçador e aquela era sua casa!

Quando acabou de descarregar toda a sua raiva naquele grito, no entanto, o caçador olhou para sua companheira e ficou envergonhado. Os olhos redondos da pantera o julgavam, mesmo que a pantera não o fizesse. A gata era a única ligação do caçador com seu passado, com a civilização que um dia ele conhecera.

— Venha, Guenhwyvar — ele sussurrou enquanto deslizava as cimitarras de volta às bainhas. Ele se alegrou com o som das palavras enquanto as falava. Era a única voz que havia ouvido durante uma década. Mas toda vez que falava agora, as palavras pareciam mais estranhas e chegavam a ele com dificuldade.

Será que ele também perderia essa habilidade, da mesma forma que havia perdido os outros aspectos de sua existência anterior? Isso era o que o caçador mais temia, uma vez que, sem sua voz, não poderia invocar a pantera.

Então realmente estaria sozinho.

Descendo os corredores silenciosos do Subterrâneo, seguiam o caçador e sua gata, sem emitir um ruído, sem perturbar nenhum escombro. Juntos, conheceram os perigos daquele mundo silencioso. Juntos, aprenderam a sobreviver. Apesar da vitória, porém, o caçador não ostentava nenhum sorriso hoje. Ele não temia nenhum inimigo, mas já não estava certo se sua coragem provinha de sua confiança ou da apatia quanto a viver.

Talvez sobreviver não fosse o suficiente.

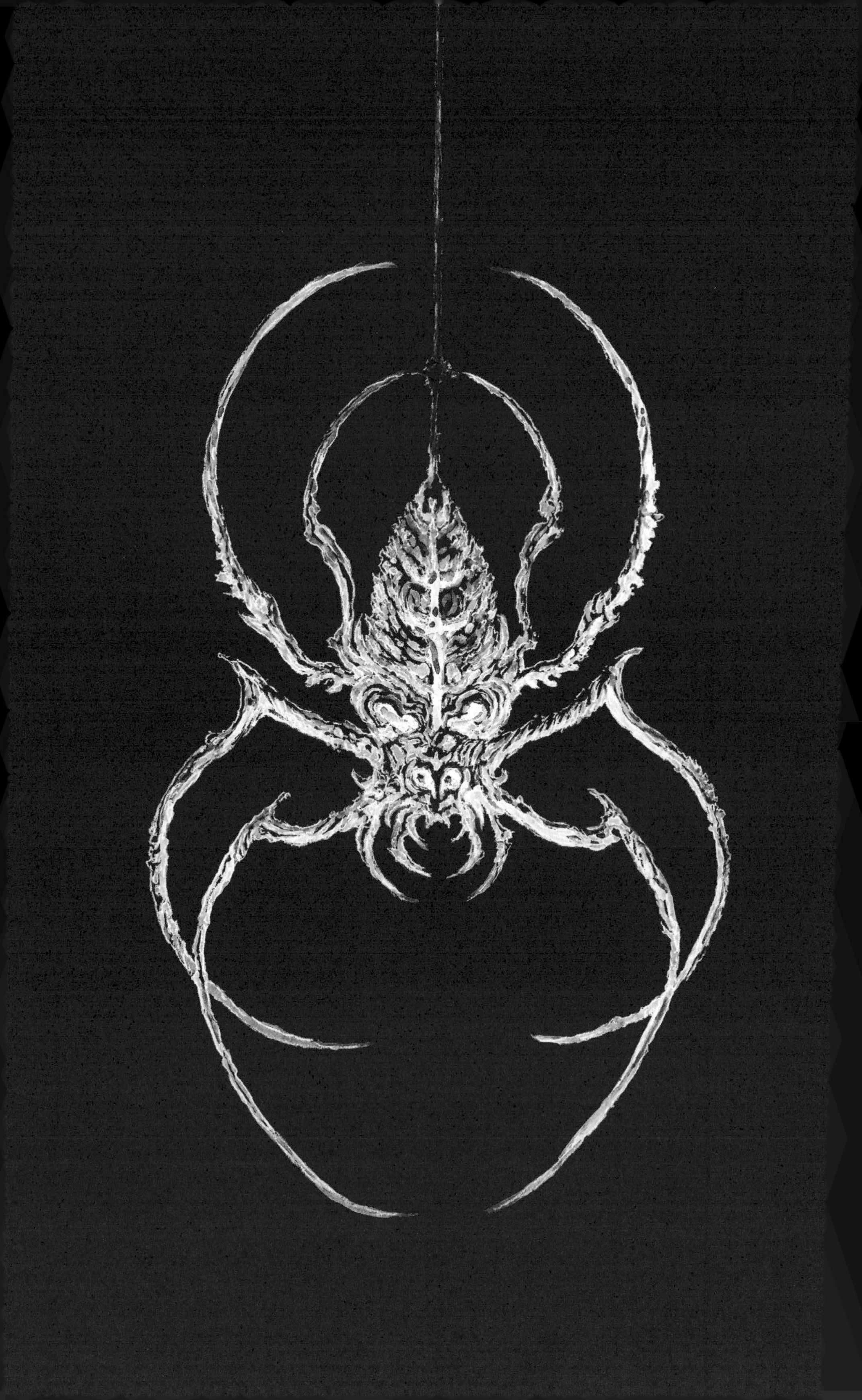

Parte 1
O caçador

Lembro-me vividamente do dia em que me afastei da cidade em que nasci, a cidade do meu povo. Todo o Subterrâneo estava diante de mim, uma vida de aventura e empolgação, possibilidades que faziam meu coração flutuar. Mais do que isso, porém, deixei Menzoberranzan com a crença de que poderia finalmente viver minha vida de acordo com meus princípios. Eu tinha Guenhwyvar ao meu lado e minhas cimitarras presas ao cinto que levava nos meus quadris. Meu futuro pertencia apenas a mim.

Mas aquele drow, o jovem Drizzt Do'Urden que saiu de Menzoberranzan naquele dia infeliz, mal chegando a quarta década de vida, não conseguia entender a verdade do tempo, de como sua passagem parecia se arrastar quando os momentos não eram compartilhados com os outros. Na minha exuberância jovial, aguardava ansiosamente os vários séculos de vida que tinha a minha frente.

Mas como medir séculos quando uma única hora parece um dia e um único dia parece um ano?

Além das cidades do Subterrâneo, há comida para aqueles que sabem como encontrá-la e segurança para aqueles que sabem se esconder. Mais do que qualquer outra coisa, porém, além das cidades do Subterrâneo, há solidão.

Quando me tornei uma criatura dos túneis vazios, a sobrevivência tornou-se mais fácil e mais difícil ao mesmo tempo. Ganhei as habilidades físicas e a experiência necessárias para viver. Poderia derrotar quase qualquer coisa que vagasse em meus domínios, e poderia fugir ou me esconder dos poucos monstros que não pudesse derrotar. No entanto, não demorou muito para eu descobrir um inimigo que não conseguia derrotar, do qual não conseguia fugir. Ele me seguia onde quer que eu fosse — na verdade, quanto mais eu corresse, mais ele fechava seu cerco ao meu redor. Meu inimigo era a solidão, o interminável silêncio dos corredores abafados.

Voltando meu olhar para essa época, nesses muitos anos que se passaram, eu me vejo espantado e consternado com as mudanças que sofri sob essa existência. A própria identidade de cada raciocínio é definida pela linguagem, a comunicação, entre um ser e os outros a seu redor. Sem essa ligação, eu estava perdido. Quando eu deixei Menzoberranzan, determinei que minha vida seria baseada em princípios, minha força aderindo às crenças inflexíveis. No entanto, depois de apenas alguns meses sozinho no Subterrâneo, o único propósito de minha existência era a sobrevivência. Eu havia me tornado uma criatura de instinto, cálculo e astúcia, mas sem pensar, sem usar minha mente para nada além de planejar a próxima morte.

Guenhwyvar me salvou, creio eu. A mesma companheira que me salvou por tantas vezes da morte nas garras de monstros incontáveis me resgatou de uma morte pelo vazio — menos dramática, talvez, mas não menos fatal. Eu me encontrei vivendo por aqueles momentos em que a gata podia caminhar ao meu lado, quando eu tinha outra criatura viva para ouvir minhas palavras, por mais enferrujadas que estivessem. Além de todos os outros valores, Guenhwyvar tornou-se meu relógio, pois sabia que a gata poderia surgir do plano astral por metade de um dia todos os dias.

Só depois de minha provação ter terminado percebi o quão crítico aquele período de tempo realmente era. Sem Guenhwyvar, não teria encontrado a determinação para continuar. Eu nunca teria mantido as forças para continuar sobrevivendo.

Mesmo quando Guenhwyvar estava ao meu lado, me via cada vez mais e mais ambivalente em relação à luta. Eu estava secretamente esperando que algum morador do Subterrâneo se mostrasse mais forte do que eu. A dor das presas ou das garras poderia ser maior do que a dor do vazio e do silêncio?

Eu acho que não.

— Drizzt Do'Urden

Capítulo 1

Presente de aniversário

Matriarca Malícia Do'Urden se mexia inquieta no trono de pedra na pequena e escura antessala da grande capela da Casa Do'Urden.

Para os elfos negros, que mediam a passagem do tempo em décadas, aquele era um dia a ser marcado nos anais da casa de Malícia, o décimo aniversário do conflito secreto em curso entre a família Do'Urden e a Casa Hun'ett. Matriarca Malícia, que jamais perderia uma comemoração, tinha um presente especial preparado para seus inimigos.

Briza Do'Urden, a filha mais velha de Malícia, uma grande e poderosa drow, andava ansiosa pela antessala, uma visão que não era incomum.

— Já deveria ter acabado — resmungou a primogênita enquanto chutava um pequeno banquinho de três pernas. Ele derrapou e caiu, esmagando um pedaço do assento de haste de cogumelo.

— Paciência, minha filha — Malícia respondeu em um tom levemente recriminatório, embora compartilhasse dos sentimentos de Briza. — Jarlaxle é cuidadoso.

Briza deu as costas à menção do mercenário e se dirigiu para as portas ornamentadas da sala. Malícia não ignorou o significado das ações da filha.

— Você não aprova Jarlaxle e seu bando — declarou a Matriarca Mãe sem rodeios.

— Eles são vagabundos sem casa — Briza cuspiu em resposta, ainda se recusando a se virar para encarar sua mãe. — Não há lugar em Menzoberranzan para essa ralé. Eles perturbam a ordem natural de nossa sociedade. E são machos!

— Eles nos servem bem — lembrou Malícia. Briza queria argumentar sobre o custo extremo de contratar o bando mercenário, mas sabiamente segurou a língua. Ela e Malícia estavam em desacordo quase continuamente desde o início da guerra Do'Urden-Hun'ett.

— Sem Bregan D'aerthe, não poderíamos agir contra nossos inimigos — continuou Malícia. — Usando os mercenários, os vagabundos sem casa, como você os chamou, podemos travar nossa guerra sem implicar nossa casa como a perpetradora.

— Então por que não acabar logo com isso? — exigiu Briza, tornando a se virar na direção do trono. — Nós matamos alguns dos soldados Hun'ett, eles matam alguns dos nossos. E o tempo todo, ambas as casas continuam a recrutar seus substitutos! Isso nunca vai acabar! Os únicos vencedores nesse conflito são os mercenários de Bregan D'aerthe — e qualquer bando que Matriarca SiNafay Hun'ett tenha contratado —, que continuam se alimentando dos cofres de ambas as casas!

— Cuidado com o tom, minha filha — gritou Malícia em um lembrete irritado. — Você está se dirigindo a uma Matriarca Mãe.

Briza virou-se novamente.

— Nós deveríamos ter atacado a Casa Hun'ett imediatamente, na noite em que Zaknafein foi sacrificado — ela ousou resmungar.

— Você se esqueceu das ações de seu irmão mais novo naquela noite? — respondeu Malícia inexpressivamente.

Mas a Matriarca Mãe estava errada. Mesmo que vivesse mais mil anos, Briza jamais se esqueceria das ações de Drizzt na noite em que havia abandonado sua família. Treinado por Zaknafein, o amante favorito de

Malícia, que ostentava a reputação de ser o melhor mestre de armas de Menzoberranzan, Drizzt conseguiu alcançar um nível de habilidade de luta muito além da média drow. Mas Zak também havia dado a Drizzt as atitudes incômodas e blasfemas que Lolth, a Rainha Aranha, divindade dos elfos negros, não tolerava. Finalmente, os modos sacrílegos de Drizzt invocaram a ira de Lolth, e a deusa exigira sua morte.

Matriarca Malícia, impressionada com o potencial de Drizzt como guerreiro, agiu corajosamente em nome de Drizzt e deu o coração de Zaknafein a Lolth para compensar os pecados de Drizzt. Ela perdoou Drizzt com a esperança de que, sem as influências de Zaknafein, ele mudasse seus caminhos e substituísse o mestre de armas deposto.

Em troca, aquele ingrato do Drizzt havia traído a todos e fugido para o Subterrâneo — um ato que não só arrancou da Casa Do'Urden seu único mestre de armas em potencial remanescente, mas também colocou Matriarca Malícia e o resto da família Do'Urden fora do favor de Lolth. No final desastroso de todos os seus esforços, a Casa Do'Urden perdeu o seu principal mestre de armas, o favor de Lolth e o seu futuro mestre de armas. Não foi um bom dia.

Felizmente, a Casa Hun'ett sofreu problemas semelhantes naquele mesmo dia, perdendo os dois magos em uma tentativa mal sucedida de assassinar Drizzt. Com as duas casas enfraquecidas e sob o desfavor de Lolth, a esperada guerra se transformou em uma série calculada de ataques secretos.

Briza nunca se esqueceria.

Uma batida na porta da antessala arrancou Briza e sua mãe de suas lembranças pessoais daquela época fatídica. A porta se abriu e Dinin, o primogênito da casa, entrou.

— Saudações, Matriarca Mãe — ele disse de maneira apropriada enquanto mergulhava em uma reverência baixa. Dinin queria que suas notícias fossem uma surpresa, mas o sorriso que se infiltrava em seu rosto revelou tudo.

— Jarlaxle voltou! — Malícia rosnou de alegria. Dinin virou-se para a porta aberta e o mercenário, esperando pacientemente no corredor, entrou. Briza, sempre espantada com os maneirismos incomuns do mercenário, sacudiu a cabeça quando Jarlaxle passou por ela. Quase todos os elfos negros em Menzoberranzan vestiam-se de forma silenciosa e prática, com túnicas adornadas com os símbolos da Rainha Aranha ou uma armadura flexível de cota de malha oculta sob as dobras invisíveis de uma capa *piwafwi* mágica.

Jarlaxle, arrogante e impetuoso, seguia poucos dos costumes dos habitantes de Menzoberranzan. Ele certamente não era a norma da sociedade drow, e fazia questão de exibir essas diferenças abertamente. Ele não vestia um manto ou uma túnica, mas sim uma capa brilhante que mostrava todas as cores, tanto no brilho da luz quanto no espectro infravermelho dos olhos sensíveis ao calor. A magia da capa só podia ser imaginada, mas aqueles mais próximos do líder mercenário indicavam que ela era realmente muito valiosa.

O colete de Jarlaxle era sem mangas e tinha um corte tão alto que seu estômago esbelto e bem musculoso estava exposto para todos verem. Ele sempre usava um tapa-olho, embora observadores cuidadosos o percebessem como ornamental, uma vez que Jarlaxle geralmente o deslocava de um olho para o outro.

— Minha querida Briza. — disse Jarlaxle sobre o ombro, percebendo o interesse desdenhoso da alta sacerdotisa em sua aparência. Ele girou e se curvou bem baixo, tirando o chapéu de abas largas — outra estranheza, talvez ainda maior, uma vez que o chapéu era repleto das monstruosas penas de um diatryma, um gigantesco pássaro subterrâneo — enquanto se curvava.

Briza resmungou e virou-se novamente ao se deparar com a visão da cabeça brilhante de Jarlaxle. Os drow usavam seus cabelos brancos e espessos como um manto de seu status, cada corte projetado para revelar sua posição e casa. Jarlaxle, aquele canalha, não tinha cabelo nenhum, e do ângulo de Briza, sua cabeça raspada parecia uma bola de ônix polida.

Jarlaxle ria silenciosamente da contínua desaprovação da primogênita dos Do'Urden e voltou-se para Matriarca Malícia, sua ampla coleção de joias e suas botas brilhantes se chocando a cada passo. Briza também prestou atenção a isso, pois sabia que aquelas botas e aquelas joias pareciam fazer barulho só quando Jarlaxle desejava que fizessem.

— Está feito? — Matriarca Malícia perguntou antes que o mercenário pudesse começar a oferecer uma saudação adequada.

— Minha querida Matriarca Malícia — respondeu Jarlaxle com um suspiro dolorido, sabendo que ele poderia sair impune de suas informalidades graças às notícias grandiosas que trazia —, você duvidou de mim? Certamente, isso faz meu coração sangrar.

Malícia saltou de seu trono, seu punho cerrado em vitória.

— Dipree Hun'ett está morto! — proclamou — A primeira vítima nobre da guerra!

— Você se esqueceu de Masoj Hun'ett — observou Briza —, morto por Drizzt há dez anos. E Zaknafein Do'Urden — Briza teve que acrescentar, contra seu julgamento —, morto por sua própria mão.

— Zaknafein não era nobre por nascimento. — Malícia zombou de sua filha impertinente. Mesmo assim, as palavras de Briza feriram Malícia. Malícia havia decidido sacrificar Zaknafein no lugar de Drizzt contra as recomendações de Briza.

Jarlaxle limpou a garganta para desviar a tensão crescente. O mercenário sabia que teria que terminar sua negociação e sair da Casa Do'Urden o mais rápido possível. A hora marcada se aproximava.

— Há a questão do meu pagamento — lembrou a Malícia.

— Dinin vai cuidar disso — respondeu Malícia com um acenar de sua mão, sem afastar os olhos do olhar pernicioso de sua filha.

— Então me despeço — disse Jarlaxle, balançando a cabeça para o primogênito.

Antes que o mercenário tivesse dado o primeiro passo na direção da porta, Vierna, a segunda filha de Malícia, entrou correndo no cômodo, seu rosto brilhando no espectro infravermelho, aquecido com excitação.

— Droga — sussurrou Jarlaxle em voz baixa.

— O que é? — exigiu Matriarca Malícia.

— Casa Hun'ett! — gritou Vierna. — Soldados no complexo! Estamos sob ataque!

᛫

No pátio, além do complexo da caverna, cerca de quinhentos soldados da casa Hun'ett — uma centena a mais do que a casa alegadamente possuía — seguiu a explosão de um relâmpago através dos portões de adamante. Os trezentos e cinquenta soldados da casa Do'Urden saltaram em grupos dos montes de estalagmites que serviam de dormitórios para enfrentar o ataque.

Superados em número, mas treinados por Zaknafein, as tropas dos Do'Urden se formaram em posições defensivas apropriadas, protegendo seus magos e clérigas para que pudessem lançar seus feitiços.

Um contingente de soldados Hun'ett, aprimorados por feitiços de voo, derrubaram a parede da caverna que abrigava as câmaras reais da Casa Do'Urden. As minúsculas bestas de mão atiravam e diminuíam as fileiras da tropa aérea com seus dardos envenenados mortais. O elemento surpresa dos soldados voadores, no entanto, funcionou, e as tropas dos Do'Urden foram colocadas em uma posição precária.

᛫

— Hun'ett não tem o favor de Lolth! — gritou Malícia. — Não se atreveria a atacar abertamente! — Ela se encolheu com os sons refutantes e trovejantes de um, e depois mais outro, raio.

— Oh? — Briza disparou.

Malícia lançou a sua filha um olhar ameaçador, mas não teve tempo para continuar a discussão. O método normal de ataque por uma casa drow envolveria a corrida de soldados combinados com uma barragem mental pelas clérigas da casa. Malícia, no entanto, não sentiu nenhum ataque mental, o que lhe dizia que era mesmo a Casa Hun'ett que havia chegado a seus portões. As clérigas Hun'ett, fora do favor da Rainha Aranha, não podiam usar seus poderes concedidos por Lolth para lançar o ataque mental. Se o tivessem, Malícia e suas filhas, também fora do favor da Rainha Aranha, não teriam chances de contra atacar.

— Por que se atreveriam a atacar? — Malícia se perguntou em voz alta.

Briza entendeu o raciocínio de sua mãe.

— Eles são ousados, de fato — disse —, para esperar que seus soldados sozinhos possam eliminar todos os membros da nossa casa.

Todos na sala, cada drow em Menzoberranzan, entendiam as punições brutais e absolutas que eram aplicadas sobre qualquer casa que não conseguisse erradicar a outra. Tais ataques não eram malvistos, mas serem pegos por isso certamente era.

Rizzen, o atual patrono da casa Do'Urden, entrou na antessala naquele momento, seu rosto sombrio.

— Fomos superados em número e em posições. — disse ele. — Nossa derrota será rápida, eu temo.

Malícia não aceitaria as novidades. Ela atingiu Rizzen com um golpe que lançou o patrono a meio caminho do chão, depois girou na direção de Jarlaxle.

— Você deve convocar seu bando! — Malícia gritou para o mercenário. — Rápido!

— Matriarca — Jarlaxle gaguejou, obviamente, sem ter muito o que fazer —, Bregan D'aerthe é um grupo secreto. Nós não entramos em combate aberto. Fazer isso poderia invocar a ira do conselho governante!

— Eu pagarei o que quiser — prometeu a Matriarca Mãe.

— Mas o custo...

— O quanto quiser! — Malícia rosnou novamente.

— Uma ação dessas... — recomeçou Jarlaxle.

Mais uma vez, Malícia não o deixou terminar seu argumento.

— Salve minha casa, mercenário — rosnou. — Seus lucros serão ótimos, mas eu aviso, o custo do seu fracasso será muito maior!

Jarlaxle não apreciava ser ameaçado, especialmente por uma Matriarca Mãe cujo mundo estava desmoronando ao seu redor. Mas, aos ouvidos do mercenário, o doce som da palavra "lucros" superava a ameaça mil vezes. Depois de dez anos consecutivos de recompensas exorbitantes no conflito Do'Urden-Hun'ett, Jarlaxle não duvidava da vontade de Malícia ou da capacidade de pagar como prometido, nem duvidava que tal acordo se tornaria ainda mais lucrativo do que o acordo que havia fechado com Matriarca SiNafay Hun'ett mais cedo, na mesma semana.

— Como quiser — ele disse a Matriarca Malícia com uma reverência e um balançar de seu chapéu extravagante. — Verei o que posso fazer. — Uma piscadela para Dinin deixou o primogênito completamente desconcertado enquanto ele saía da sala.

Quando os dois saíram, na sacada com vista para o complexo Do'Urden, viram que a situação estava ainda mais desesperadora do que Rizzen havia descrito. Os soldados da Casa Do'Urden — os que ainda estavam vivos — estavam presos ao redor de um dos enormes montículos de estalagmites que ancoravam o portão da frente.

Um dos soldados voadores dos Hun'ett caiu na varanda à vista de um nobre dos Do'Urden, mas Dinin despachou o intruso com uma único ataque, um borrão de tão rápido.

— Muito bem — comentou Jarlaxle, dando a Dinin um aceno de aprovação. Ele se dirigiu na direção do primogênito Do'Urden para lhe dar um tapa no ombro, mas Dinin escapou de seu alcance.

— Nós temos outros negócios — ele lembrou claramente a Jarlaxle. — Chame suas tropas, e rápido, caso contrário, eu temo que a Casa Hun'ett vença o dia.

— Fique tranquilo, meu amigo Dinin — Jarlaxle riu. Ele puxou um pequeno apito ao redor de seu pescoço e assoprou. Dinin não ouviu som algum, uma vez que o instrumento estava magicamente sintonizado exclusivamente para os ouvidos dos membros de Bregan D'aerthe.

O primogênito Do'Urden observou com espanto quando Jarlaxle soprou calmamente uma cadência específica, e então assistiu com um espanto ainda maior quando mais de uma centena de soldados da casa Hun'ett se voltaram contra seus companheiros.

Bregan D'aerthe era leal apenas a Bregan D'aerthe.

— Eles não poderiam nos atacar — Malícia disse, andando pela câmara. — A Rainha Aranha não os ajudaria em sua campanha.

— Eles estão vencendo sem o auxílio da Rainha Aranha — lembrou Rizzen correndo prudentemente para o canto mais distante da sala no momento em que falava as palavras indesejadas.

— Você disse que eles nunca atacariam! — Briza grunhiu para sua mãe. — No mesmo instante enquanto você explicava porquê não poderíamos ousar atacá-los! — Briza se lembrava vividamente da conversa, uma vez que foi ela quem sugeriu o ataque aberto contra a Casa Hun'ett. Malícia a havia repreendido severamente e publicamente, e agora Briza queria devolver a humilhação. Seu sarcasmo irritado escorria de sua voz enquanto dirigia cada palavra a sua mãe. — Será que Matriarca Malícia Do'Urden errou?

A resposta de Malícia veio na forma de um olhar que alternava em algum lugar entre a raiva e o terror. Briza voltou o olhar ameaçador sem ambiguidade e, de repente, a Matriarca Mãe da Casa Do'Urden não se sentia mais tão invencível e segura de suas ações. Ela se curvou ansiosamente para frente um momento depois, quando Maya, a mais jovem das filhas Do'Urden, entrou na sala.

— Eles conseguiram alcançar a casa! — Briza gritou, assumindo o pior. Ela agarrou seu chicote de cabeças de cobra. — E nem começamos nossos preparativos para a defesa!

— Não! — Maya rapidamente corrigiu. — Nenhum inimigo passou pela sacada. A batalha se virou contra a Casa Hun'ett!

— Como eu sabia que aconteceria — observou Malícia, se recompondo e falando diretamente para Briza. — Tola é a casa que se move sem o favor de Lolth!

Apesar de sua proclamação, Malícia imaginava que havia mais do que o julgamento da Rainha Aranha em jogo naquele pátio. Seu raciocínio a levou diretamente até Jarlaxle e seu bando desonesto.

※

Jarlaxle saiu da varanda e usou suas habilidades drow inatas para levitar até o chão da caverna. Não vendo a necessidade de se envolver em uma batalha que estava obviamente sob controle, Dinin se recostou e observou o mercenário se afastar, considerando tudo o que acabara de acontecer. Jarlaxle jogou ambos os lados um contra o outro, e mais uma vez o mercenário e seu bando foram os únicos vencedores de verdade. Bregan D'aerthe era inegavelmente inescrupuloso, mas, Dinin tinha que admitir, inegavelmente eficaz.

Dinin descobriu que gostava do mercenário.

※

— A acusação foi devidamente entregue à Matriarca Baenre? — Malícia perguntou a Briza quando a luz de Narbondel, o monte magicamente aquecido de estalagmite que servia como o relógio de Menzoberranzan, começou sua escalada constante, marcando o início do dia seguinte.

— A casa dominante esperava a visita — respondeu Briza com um sorriso malicioso. — Toda a cidade já sussurrava sobre o ataque, e sobre como a Casa Do'Urden repeliu os invasores da Casa Hun'ett.

Malícia tentou inutilmente esconder seu sorriso vaidoso. Ela apreciou a atenção e a glória que sabia que cairia sobre sua casa.

— O conselho governante será convocado hoje mesmo — prosseguiu Briza —, sem dúvida para o terror de Matriarca SiNafay Hun'ett e seus filhos condenados.

Malícia concordou com a cabeça. Erradicar uma casa rival em Menzoberranzan era uma prática perfeitamente aceitável entre os drow, mas falhar na tentativa, deixar uma testemunha de sangue nobre viva para fazer uma acusação, convidava o julgamento do conselho governante, uma ira que causava a destruição absoluta em seu rastro.

Uma batida fez com que se virassem em direção à porta ornamentada da sala.

— Você foi convocada, Matriarca — disse Rizzen ao entrar. — Matriarca Baenre enviou um transporte para você.

Malícia e Briza trocaram olhares esperançosos, mas nervosos. Quando o castigo caísse sobre a Casa Hun'ett, a Casa Do'Urden se tornaria a oitava Casa na hierarquia da cidade, uma posição extremamente desejável. Somente as Matriarcas Mães das oito maiores casas recebiam um assento no conselho governante da cidade.

— Já? — Briza perguntou a sua mãe.

Malícia apenas deu de ombros e seguiu Rizzen para fora da sala até a sacada da casa. Rizzen ofereceu-lhe uma mão para ajudá-la ao que ela prontamente e obstinadamente respondeu com um tapa. Com seu orgulho aparente em cada movimento, Malícia atravessou a sacada e flutuou até o pátio, onde a maior parte de suas tropas restantes estava reunida. O disco flutuante, azul-incandescente, que trazia a insígnia da casa Baenre, pairava logo do lado de fora dos restos do portão explodido de adamante do complexo Do'Urden.

Malícia atravessou orgulhosamente a multidão reunida; os elfos negros tropeçavam uns sobre os outros tentando sair do caminho. Este seria o seu dia, ela decidiu; o dia em que conseguiria o assento no conselho governante, o cargo que tanto merecia.

— Matriarca Mãe, vou acompanhá-la através da cidade — ofereceu Dinin, de pé no portão.

— Você permanecerá aqui com o resto da família — corrigiu Malícia. — A convocação é apenas para mim.

— Como pode saber? — Dinin questionou, mas percebeu que havia ido além de sua posição assim que as palavras deixaram sua boca.

Quando Malícia lançou o olhar de repreensão para ele, Dinin já havia desaparecido na multidão de soldados.

— O devido respeito — murmurou Malícia logo antes de instruir os soldados mais próximos a remover uma seção do portão apoiado e amarrado. Com um olhar final e vitorioso sobre seus súditos, Malícia saiu e sentou-se no disco flutuante.

Esta não era a primeira vez que Malícia aceitava um convite de Matriarca Baenre, de modo que não ficou nem um pouco surpresa quando várias clérigas Baenre se afastaram das sombras para cercar o disco flutuante em uma formação protetora. Na última vez que Malícia fez essa viagem, estivera hesitante, sem entender realmente a intenção de Baenre ao convocá-la. Desta vez, no entanto, Malícia cruzou os braços de forma desafiadora sobre seu peito e deixou que os espectadores curiosos a vissem em todo o esplendor de sua vitória.

Malícia aceitou os olhares com orgulho, sentindo-se inegavelmente superior. Mesmo quando o disco alcançou a fabulosa cerca em formato de teia da Casa Baenre, com seus mil guardas em marcha e estruturas elevadas de estalagmite e estalactite, o orgulho de Malícia não diminuiu.

Ela era do conselho governante agora, ou logo seria; já não precisava se sentir intimidada em qualquer lugar da cidade.

Ou era o que pensava.

— Sua presença é solicitada na capela — disse uma das clérigas Baenre quando o disco parou na base da escadaria do edifício abobadado.

Malícia desceu do disco e subiu as pedras polidas. Assim que entrou, notou uma figura sentada em uma das cadeiras sobre o altar central elevado. A drow ali sentada, a única outra pessoa visível na capela, aparentemente não percebeu que Malícia havia entrado. Ela se sentava confortavelmente, observando a enorme imagem ilusória no topo da cúpula mudar suas formas, aparecendo primeiro como uma aranha gigantesca, e então como uma bela drow.

Ao aproximar-se, Malícia reconheceu as vestes de uma Matriarca Mãe, e ela supôs, como sempre, que era a própria Matriarca Baenre, a figura mais poderosa de toda Menzoberranzan, esperando por ela. Malícia subiu a escada do altar, subindo por trás da drow sentada. Sem esperar por um convite, ela corajosamente caminhou para cumprimentar a outra Matriarca Mãe.

Não era, no entanto, a forma antiga e emaciada de Matriarca Baenre que Malícia Do'Urden encontrou no palanque da capela Baenre. A Matriarca Mãe ali sentada não era velha além dos anos de um drow e tão seca e enrugada quanto um cadáver sem sangue. Na verdade, esta drow não era mais velha do que Malícia e tinha formas particularmente pequenas. Malícia a reconhecia muito bem.

— SiNafay! — gritou, quase caindo.

— Malícia — respondeu a outra calmamente.

Milhares de possibilidades problemáticas rolaram pela mente de Malícia. SiNafay Hun'ett deveria estar enclausurada com medo em sua casa condenada, aguardando a aniquilação de sua família. No entanto, ali estava SiNafay, sentada confortavelmente nos aposentos sagrados da família mais importante de Menzoberranzan!

— Você não pertence a este lugar! — reclamou Malícia, seus punhos esbeltos apertados ao seu lado. Ela considerou as possibilidades de atacar sua rival ali mesmo, de dilacerar SiNafay com suas próprias mãos.

— Acalme-se, Malícia. — SiNafay observou casualmente. — Estou aqui pela convocação de Matriarca Baenre, assim como você.

A menção à Matriarca Baenre e a lembrança de onde elas estavam a acalmaram consideravelmente. Ninguém agiria impulsivamente na capela da casa Baenre! Malícia se dirigiu à extremidade oposta do estrado circular e sentou-se, seu olhar nunca deixando o rosto sorridente de SiNafay Hun'ett.

Depois de alguns momentos intermináveis de silêncio, Malícia precisava falar o que pensava.

— Foi a Casa Hun'ett que atacou minha família na última hora escura de Narbondel. — disse ela. — Tenho muitas testemunhas disso. Não pode haver nenhuma dúvida.

— Nenhuma — respondeu SiNafay, sua admissão pegando Malícia de surpresa.

— Você admite o que fez? — ela hesitou.

— Sim — disse SiNafay. — Nunca o neguei.

— Ainda assim você vive — zombou Malícia. — As leis de Menzoberranzan exigem justiça sobre você e sua casa.

— Justiça? — SiNafay riu da ideia absurda. A justiça nunca fora mais do que uma fachada e um meio de manter um arremedo de ordem na caótica Menzoberranzan. — Eu agi conforme a Rainha Aranha exigiu.

— Se a Rainha Aranha aprovasse seus métodos, você teria saído vitoriosa — concluiu Malícia.

— Não é bem assim — interrompeu outra voz. Malícia e SiNafay se voltaram assim que Matriarca Baenre apareceu magicamente, sentada confortavelmente na cadeira mais distante do palanque.

Malícia queria gritar com a Matriarca Mãe idosa, tanto por espionar a conversa quanto por aparentemente refutar suas reivindicações contra SiNafay. Entretanto, Malícia conseguiu sobreviver aos perigos de Menzoberranzan por quinhentos anos principalmente por entender as consequências de irritar alguém como Matriarca Baenre.

— Reivindico os direitos de acusação contra a Casa Hun'ett — disse ela calmamente.

— Concedido — respondeu Matriarca Baenre. — Como você disse, e como SiNafay concordou, não pode haver dúvida.

Malícia virou-se triunfante para SiNafay, mas a Matriarca Mãe da Casa Hun'ett ainda estava relaxada e despreocupada.

— Então, por que ela está aqui? — gritou Malícia, com seu tom marcado por uma violência explosiva. — SiNafay é uma fora da lei. Ela—

— Nós não contestamos suas palavras — interrompeu Matriarca Baenre. — A Casa Hun'ett atacou e falhou. As penalidades para tal crime são bem conhecidas e acordadas, e o conselho governante será convocado esse mesmo dia para mostrar que a justiça ainda é executada.

— Então, por que SiNafay está aqui? — exigiu Malícia.

— Você duvida da sabedoria do meu ataque? — SiNafay perguntou a Malícia, tentando sufocar uma risada.

— Você foi derrotada — Malícia lembrou-a com naturalidade. — Isso deveria ser o bastante para servir como resposta.

— Lolth exigiu o ataque — disse Matriarca Baenre.

— Por que, então, a Casa Hun'ett foi derrotada? — Malícia perguntou teimosamente. — Se a Rainha Aranha—

— Eu não disse que a Rainha Aranha concedeu suas bênçãos à Casa Hun'ett — interrompeu Matriarca Baenre, de forma ligeiramente atravessada. Malícia recuou em seu assento, lembrando-se de seu lugar e de sua situação. — Eu disse apenas que Lolth exigiu o ataque — continuou Matriarca Baenre. — Durante dez anos, toda a Menzoberranzan sofreu o espetáculo de sua guerra particular. A intriga e a excitação desapareceram há muito tempo, devo acrescentar. Isso precisava ser decidido de uma vez.

— E foi — declarou Malícia, levantando-se de seu assento. — A Casa Do'Urden se provou vitoriosa e eu reivindico os direitos de acusação contra SiNafay Hun'ett e sua família!

— Sente-se, Malícia — disse SiNafay. — Há mais em jogo do que seus simples direitos de acusação.

Malícia olhou para Matriarca Baenre para confirmação, porém, considerando a situação atual, ela não podia duvidar das palavras de SiNafay.

— Está feito — disse-lhe Matriarca Baenre. — A Casa Do'Urden venceu, e a Casa Hun'ett não existirá mais.

Malícia voltou para seu assento, sorrindo triunfante para SiNafay. Ainda assim, a Matriarca Mãe da Casa Hun'ett não parecia nem um pouco preocupada.

— Eu vou assistir à destruição de sua casa com grande prazer — afirmou Malícia a sua rival. Ela se virou para Baenre. — Quando o castigo será aplicado?

— Já está feito — Matriarca Baenre respondeu misteriosamente.

— SiNafay está viva! — gritou Malícia.

— Não — corrigiu a Matriarca Mãe decrépita. — Aquela que um dia foi SiNafay Hun'ett está viva.

Agora, Malícia estava começando a entender. A Casa Baenre sempre foi oportunista. Será que a Matriarca Baenre estava roubando as altas sacerdotisas da Casa Hun'ett para adicionar a sua própria coleção?

— Você vai abrigá-la? — Malícia ousou perguntar.

— Não — respondeu a Matriarca Baenre inexpressivamente. — Essa tarefa será sua.

Os olhos de Malícia se arregalaram. De todos os muitos deveres que já haviam sido designados a ela enquanto alta sacerdotisa de Lolth, não podia pensar em nenhum mais desagradável.

— Ela é minha inimiga! Você pede que eu a abrigue?

— Ela é sua filha — rebateu Matriarca Baenre. Seu tom suavizou e um sorriso irônico rachou seus lábios finos. — Sua filha mais velha, que voltou recentemente de suas viagens para Ched Nasad, ou alguma outra cidade dos nossos.

— Por que você está fazendo isso? — Malícia exigiu saber. — É completamente sem precedentes!

— Não exatamente — respondeu Matriarca Baenre. Seus dedos tamborilavam a sua frente enquanto ela afundava em seus pensamentos, lembrando de algumas das estranhas consequências da infinita linha de batalhas dentro da cidade drow.

— Externamente, suas observações estão corretas — ela continuou a explicar a Malícia. — Mas com certeza você é sábia o suficiente para entender que muitas coisas ocorrem por detrás das aparências em Menzoberranzan. A Casa Hun'ett deve ser destruída — isso não pode ser mudado — e todos os nobres da casa Hun'ett devem ser abatidos. Essa é, afinal, a coisa civilizada a se fazer — ela pausou um momento para garantir que Malícia compreendesse completamente o significado de sua próxima declaração. — Eles devem parecer, pelo menos, terem sido abatidos.

— E você providenciará isso? — perguntou Malícia.

— Já providenciei — assegurou Matriarca Baenre.

— Mas qual é o propósito disso?

— Quando a Casa Hun'ett iniciou seu ataque contra você, você invocou a Rainha Aranha durante suas dificuldades? — Matriarca Baenre perguntou sem rodeios.

A pergunta surpreendeu Malícia, e a resposta esperada a perturbou mais do que um pouco.

— E quando a Casa Hun'ett foi repelida — a Matriarca Baenre continuou friamente —, você louvou à Rainha Aranha? Você invocou uma aia de Lolth no seu momento de vitória, Malícia Do'Urden?

— Eu estou em julgamento aqui? — gritou Malícia. — Você sabe a resposta, Matriarca Baenre. — Ela olhou para SiNafay desconfortavelmente enquanto respondia, temendo que pudesse deixar escapar alguma informação valiosa. — Você está ciente da minha situação em relação à

Rainha Aranha. Não ouso invocar uma yochlol até ter visto algum sinal de que eu recuperei o favor de Lolth.

— E você não viu nenhum sinal — observou SiNafay.

— Nada além da derrota de minha rival — Malícia resmungou.

— Não foi um sinal da Rainha Aranha — Matriarca Baenre assegurou a ambas. — Lolth não se envolveu em suas lutas. Ela só exigiu que elas acabassem!

— Ela está satisfeita com o resultado? — perguntou Malícia rodeios.

— Isso ainda está para ser determinado — respondeu Matriarca Baenre. — Muitos anos atrás, Lolth deixou claro seus desejos de que Malícia Do'Urden se sentasse no conselho governante. Começando com a próxima luz de Narbondel, assim será.

O queixo de Malícia se ergueu com orgulho.

— Mas entenda seu dilema — Matriarca Baenre a repreendeu, levantando-se da cadeira. Malícia recuou imediatamente. — Você perdeu mais da metade de seus soldados. — explicou Baenre. — E você não tem uma família grande ao seu redor a apoiando. Você governa a oitava casa da cidade, mas é de conhecimento geral que você não está no favor da Rainha Aranha. Por quanto tempo você acredita que a Casa Do'Urden vai manter sua posição? Seu lugar no conselho governante está em perigo antes mesmo de você assumi-lo.

Malícia não podia refutar a lógica da matriarca anciã. Ambas conheciam os caminhos de Menzoberranzan. Com a Casa Do'Urden tão obviamente paralisada, alguma casa menor logo aproveitaria a oportunidade para elevar seu status. O ataque da Casa Hun'ett não seria a última batalha travada no complexo Do'Urden.

— Então eu dou-lhe SiNafay Hun'ett... Shi'nayne Do'Urden... Uma nova filha, uma nova alta sacerdotisa. — disse Matriarca Baenre. Ela se virou então para SiNafay para continuar sua explicação, mas Malícia foi repentinamente distraída quando uma voz lhe chamou em seus pensamentos, em uma mensagem telepática.

Mantenha-a apenas enquanto precisar dela, Malícia Do'Urden. — dizia a voz.

Malícia olhou ao redor, já supondo a fonte da comunicação. Em uma visita anterior à Casa Baenre, ela conheceu o devorador de mentes da Matriarca Baenre, um ser telepático. A criatura não estava à vista, mas tampouco estava Matriarca Baenre quando Malícia havia entrado na capela. Malícia continuou olhando ao redor alternadamente sobre os assentos vazios restantes no topo do estrado, mas os móveis de pedra não apresentavam sinais de nenhum ocupante.

Uma segunda mensagem telepática não lhe deixou dúvidas.

Você saberá quando for a hora certa.

— ... e os cinquenta soldados restantes da casa Hun'ett — disse Matriarca Baenre. — Você concorda, Matriarca Malícia?

Malícia olhou para SiNafay, com uma expressão que poderia ter sido aceitação ou ironia perversa.

— Sim — respondeu.

— Vá, então, Shi'nayne Do'Urden — Matriarca Baenre instruiu a SiNafay. — Junte-se aos seus soldados restantes no pátio. Meus magos irão levá-la à Casa Do'Urden em segredo.

SiNafay lançou um olhar suspeito na direção de Malícia, depois saiu da grande capela.

— Eu entendo — disse Malícia à anfitriã quando SiNafay saiu.

— Você não entende nada! — Matriarca Baenre gritou de volta para ela, subitamente enfurecida. — Eu fiz tudo o que pude por você, Malícia Do'Urden! Foi o desejo de Lolth que você se sentasse no conselho governante, e eu arranjei, a um custo pessoal imenso.

Malícia então soube, além de qualquer dúvida, que a Casa Baenre havia incitado a Casa Hun'ett a agir. Quão profunda era a influência da Matriarca Baenre? Talvez a Matriarca Mãe decrépita também tivesse antecipado, e possivelmente arranjado, as ações de Jarlaxle e os soldados de Bregan D'aerthe — em última análise, o fator decisivo na batalha.

Ela teria que descobrir tal possibilidade, Malícia prometeu a si mesma. Jarlaxle tinha mergulhado seus dedos gananciosos profundamente em sua bolsa.

— Não mais — continuou a Matriarca Baenre. — Agora você será deixada para suas próprias artimanhas. Você não encontrou o favor de Lolth, e essa é a única maneira que você, e a Casa Do'Urden, vai sobreviver!

O punho de Malícia apertou o braço de sua cadeira com tanta força que quase esperava ouvir a pedra se quebrando debaixo dela. Ela esperava que, com a derrota da casa Hun'ett, tivesse deixado as ações blasfemas de seu filho mais novo para trás.

— Você sabe o que deve ser feito — disse Matriarca Baenre. — Corrija o erro, Malícia. Eu me dispus a ajudá-la. Não tolerarei tantos fracassos contínuos!

⁂

— Os arranjos nos foram explicados, Matriarca Mãe — disse Dinin a Malícia quando ela voltou para o portão de adamante da Casa Do'Urden. Ele seguiu Malícia por todo o complexo e depois levitou ao lado dela para a sacada do lado de fora dos aposentos nobres da casa.

— Toda a família está reunida na antessala — continuou Dinin. — Até mesmo nosso mais novo integrante — ele acrescentou com uma piscadela.

Malícia não respondeu à fraca tentativa de humor de seu filho. Ela afastou Dinin rudemente e se dirigiu para o corredor central, comandando que a porta da antessala se abrisse com uma única e poderosa palavra. A família se afastou de seu caminho enquanto atravessou a sala na direção do seu trono, no lado oposto da mesa em forma de aranha.

Eles anteciparam uma longa reunião, para entender mais a nova situação que os confrontava e os desafios que deveriam superar. O que eles obtiveram foi um breve vislumbre da fúria ardente dentro de Matriarca Malícia. Ela os encarou alternadamente, deixando cada um deles saber, além de qualquer dúvida, que ela não aceitaria nada menos do que exigia. Com a voz rangindo como se sua boca estivesse cheia de pedregulhos, ela grunhiu:

— Encontrem Drizzt e tragam-no a mim!

Briza começou a reclamar, mas Malícia lhe lançou um olhar tão frio e ameaçador que roubou-lhe as palavras. A filha mais velha, tão teimosa quanto sua mãe e sempre pronta para uma discussão, afastou seus olhos. E ninguém mais na antessala, apesar de terem compartilhado das preocupações tácitas de Briza, fez qualquer menção de argumentar.

Malícia então os deixou para resolverem as especificidades de como cumpririam a tarefa. Os detalhes não eram importantes para a matriarca.

O único papel que ela pretendia desempenhar em tudo isso era o cravar da adaga cerimonial no peito de seu filho mais novo.

Capítulo 2

Vozes no escuro

Drizzt SE ESPREGUIÇOU para afastar o cansaço e se forçou a levantar. O estímulo de sua batalha contra o basilisco na noite anterior, de se entregar tão completamente àquele estado primitivo necessário para sua sobrevivência, o havia drenado completamente. Contudo, Drizzt sabia que não podia se dar ao luxo de continuar descansando; seu rebanho de rothé, o abastecimento garantido de alimentos, tinha sido espalhado dentro do labirinto de túneis e precisava ser recuperado.

Drizzt esquadrinhou rapidamente a caverna pequena e sem graça que servia como seu lar, garantindo que tudo estivesse seguro. Seus olhos pousaram sobre a estatueta de ônix da pantera. Ele foi inundado por uma saudade profunda da companhia de Guenhwyvar. Na emboscada do basilisco, Drizzt manteve a pantera ao seu lado por um longo período — quase toda a noite — e Guenhwyvar precisaria descansar no Plano Astral. Mais do que um dia inteiro se passaria antes que Drizzt pudesse trazer Guenhwyvar descansada novamente, e tentar usar a estatueta antes disso, em qualquer situação que não fosse uma emergência, seria tolice. Com um dar de ombros resignado, Drizzt deixou a estatueta cair dentro do bolso e tentou em vão esquecer sua solidão.

Após uma rápida inspeção da barricada de pedra que bloqueava a entrada do corredor principal, Drizzt dirigiu-se para o pequeno túnel na parte de trás da caverna. Ele notou os arranhões na parede pelo túnel, os entalhes que havia feito para marcar a passagem dos dias. Drizzt distraidamente marcou mais um, mas percebeu a futilidade daquilo. Quantas vezes ele se esquecera de marcar aquela pedra? Quantos dias passaram por ele sem perceber, dentre as centenas de arranhões naquela parede?

De alguma forma, já não parecia importar. O dia e a noite eram um só, e todos os dias eram um, na vida do caçador. Drizzt ergueu-se no túnel e rastejou por vários minutos em direção à fonte fraca de luz na outra extremidade. Ainda que a presença de luz, resultado do brilho de um tipo incomum de fungos, normalmente fosse desconfortável aos olhos de um elfo negro, Drizzt sentiu uma sensação sincera de segurança enquanto atravessava rastejando o pequeno túnel até a longa câmara.

Seu chão estava dividido em dois níveis. O inferior era tapado de musgo e atravessado por um pequeno córrego, e o superior, um bosque de cogumelos grandes. Drizzt dirigiu-se para o bosque, embora não fosse normalmente bem vindo ali. Ele sabia que os miconídios, os homens-fungo, um cruzamento estranho entre humanoide e cogumelo, o observavam ansiosamente. O basilisco havia entrado ali em suas primeiras viagens para a região, e os miconídios sofreram grandes perdas. Agora eles estavam sem dúvida assustados e, consequentemente, perigosos, mas Drizzt suspeitava que eles sabiam, também, que havia sido ele quem matara o monstro. Miconídios não eram seres estúpidos, e se Drizzt mantivesse suas armas embainhadas e não fizesse movimentos inesperados, os homens-fungo provavelmente aceitariam sua passagem através de seu bosque cultivado.

A parede do andar superior tinha mais de três metros de altura e era praticamente plana, mas Drizzt a escalava tão facilmente e tão rapidamente quanto se estivesse subindo uma escadaria larga e direta.

Um grupo de miconídios se curvou ao redor dele quando alcançou o topo, alguns de apenas metade da altura de Drizzt, mas a maioria deles, duas vezes mais altos do que o drow. Drizzt cruzou os braços sobre o peito, um sinal de paz comumente aceito no Subterrâneo.

Os homens-fungo achavam a aparência de Drizzt nojenta — tão nojenta quanto ele os considerava —, mas eles haviam realmente entendido que Drizzt tinha destruído o basilisco. Por muitos anos, os miconídios viviam ao lado do drow expatriado, cada um protegendo a câmara cheia de vida que servia como seu santuário mútuo. Um oásis como aquele, com plantas comestíveis, um córrego cheio de peixes e um rebanho de rothé, não era comum nas cavernas de pedra ásperas e vazias do Subterrâneo, e os predadores que vagavam pelos túneis externos invariavelmente conseguiam entrar ali. Então era a responsabilidade dos homens-fungo, e de Drizzt, defenderem seu domínio.

O maior dos miconídios avançou para ficar diante do elfo negro. Drizzt não fez nenhum movimento, entendendo a importância de se estabelecer uma aceitação entre ele e o novo rei da colônia dos homens-fungo. Ainda assim, Drizzt tensionou seus músculos, preparando-se para correr para o lado caso as coisas não fossem como ele esperava.

O miconídio lançou uma nuvem de esporos. Drizzt os estudou na fração de segundo que levou para que descessem sobre ele, sabendo que os miconídios maduros poderiam emitir muitos tipos diferentes de esporos, alguns bem perigosos. Mas Drizzt reconheceu a tonalidade daquela nuvem em particular e a aceitou abertamente.

Rei morto. Eu rei. Vieram os pensamentos do miconídio através da ligação telepática estabelecida pela nuvem de esporos.

— Você é rei — Drizzt respondeu mentalmente. Como desejava que esses fungoides pudessem falar em voz alta! — O miconídio de sempre?

Embaixo para elfo negro, bosque para miconídio — respondeu o homem-fungo.

— Concordo.

Bosque para miconídio! O homem-fungo pensou novamente, desta vez enfaticamente. Drizzt silenciosamente saltou da borda. Ele havia cumprido sua missão com o fungoide, e nem ele nem o novo rei desejavam estender a reunião.

Em um ritmo acelerado, Drizzt pulou o rio de um metro e meio de largura e avançou através do musgo espesso. A câmara era mais longa do que larga e se estendia por vários metros, se dobrando em uma curva aberta antes de alcançar a saída maior para o labirinto retorcido de túneis do Subterrâneo. Ao redor da curva, Drizzt voltou a olhar para a destruição causada pelo basilisco. Vários rothé meio comidos estavam espalhados pelo chão — Drizzt teria que se livrar dos cadáveres antes que seu fedor atraísse visitantes ainda mais indesejáveis — e outro rothé estava perfeitamente imóvel, petrificado pelo olhar do temível monstro. Diretamente em frente à saída da câmara, estava o antigo rei miconídio, um fungoide gigante de mais de três metros de altura, agora não mais do que uma estátua ornamental.

Drizzt fez uma pausa para contemplá-lo. Ele nunca havia aprendido o nome do fungoide, e nunca tinha dito o seu, mas Drizzt supôs que a coisa tivesse sido pelo menos seu aliado, talvez até seu amigo. Eles viveram lado a lado por vários anos, embora raramente se encontrassem, e ambos se sentiam um pouco mais seguros apenas pela presença do outro. No entanto, Drizzt não sentia remorso à vista de seu aliado petrificado. No Subterrâneo, apenas os mais fortes sobreviviam, e desta vez o rei miconídio não havia sido suficientemente forte.

Na selvageria do Subterrâneo, o fracasso não permitia nenhuma segunda chance. Nos túneis novamente, Drizzt sentiu sua raiva começar a se construir. Ele a abraçou por completo, concentrando seus pensamentos na carnificina em seu domínio e aceitando a raiva como uma aliada naquele ambiente selvagem. Ele atravessou uma série de túneis e foi parar naquele em que havia lançado o feitiço de escuridão na noite anterior, onde Guenhwyvar se agachou, pronta para saltar sobre o basilisco. O feitiço de Drizzt já havia desaparecido agora e, usando sua infravisão, ele conseguia distinguir várias formas brilhantes se arrastando sobre o monte gelado que Drizzt sabia ser o monstro morto.

A visão da coisa só aumentou a raiva do caçador. Instintivamente, ele agarrou o punho de uma de suas cimitarras. Como que se movesse por vontade própria, a arma disparou enquanto Drizzt passava pela cabeça do basilisco, chocando-se doentiamente contra o cérebro exposto da coisa. Vários ratos cegos das cavernas fugiram do som e Drizzt, novamente sem pensar, disparou uma estocada com a segunda lâmina, fixando um na pedra. Sem sequer diminuir o ritmo, ele pegou o rato e o deixou cair em sua bolsa. Encontrar os rothé poderia ser um processo tedioso, e o caçador precisaria comer.

Durante o resto daquele dia e metade do próximo, o caçador se afastou de seu domínio. O rato da caverna não era uma refeição particularmente agradável, mas sustentava Drizzt, permitindo-lhe continuar, permitindo-lhe sobreviver. Para o caçador no Subterrâneo, nada mais importava.

Naquele segundo dia, o caçador sabia que estava se aproximando de um grupo de seu gado perdido. Ele convocou Guenhwyvar para o seu lado e, com a ajuda da pantera, teve pouca dificuldade em encontrar os rothé. Drizzt esperava que todo o rebanho ainda estivesse junto, mas encontrou apenas meia dúzia na área. Entretanto, seis eram melhores que nenhum, e Drizzt pôs Guenhwyvar em movimento, reunindo os rothé de volta para a caverna de musgo. Drizzt estabeleceu um ritmo acelerado, sabendo que a tarefa seria muito mais fácil e segura com Guenhwyvar ao seu lado. Quando a pantera se cansou e teve que retornar ao seu plano natal, os rothé estavam pastando confortavelmente à margem do córrego familiar.

O drow voltou a sair imediatamente, desta vez levando dois ratos mortos para o caminho. Ele chamou Guenhwyvar novamente quando pôde e liberou a pantera quando necessário, e fez o mesmo em seguida, e novamente, à medida que os dias passavam. Mas o caçador não desistiu de sua busca. Os rothé assustados poderiam cobrir uma quantidade incrível de distância, e no labirinto de túneis tortuosos e enormes cavernas, o caçador sabia que muitos outros dias poderiam se passar antes de apanhar os animais.

Drizzt encontrava sua comida onde podia, derrubando um morcego com um lance perfeito de uma adaga — após enganá-lo com uma série de pedras atiradas —, e deixando cair uma rocha na parte de trás de um gigantesco caranguejo subterrâneo. Eventualmente, se cansava de sua busca e ansiava pela segurança de sua pequena caverna. Duvidando que os rothé, correndo às cegas, pudessem ter sobrevivido àquele longo tempo nos túneis, longe de sua água e comida, aceitou a perda de seu rebanho e decidiu voltar para casa através de uma rota que o levaria de volta à região da caverna de musgo por uma direção diferente.

Somente as pistas claras de seu rebanho perdido o desviariam de seu curso definido, Drizzt decidiu, mas ao dobrar uma curva a meio caminho de casa, um som estranho chamou sua atenção e o segurou.

Drizzt pressionou as mãos contra a pedra, sentindo as vibrações sutis e rítmicas. A uma curta distância, algo batia sucessivamente contra a pedra: marteladas intermitentes.

O caçador puxou as cimitarras e se arrastou contra a parede, usando as contínuas vibrações para guiá-lo através das passagens sinuosas.

A luz cintilante do fogo fez com que se agachasse, mas não fugiu, atraído pela certeza de que algum ser inteligente estava por perto. Muito possivelmente, o estranho se tornaria uma ameaça, mas talvez, Drizzt esperava no fundo de sua mente, pudesse ser algo mais do que isso.

Então Drizzt os viu — dois deles batendo na pedra com picaretas artesanais, outro coletando escombros em um carrinho de mão e mais dois mantendo guarda. O caçador soube de imediato que havia mais guardas por perto; ele provavelmente penetrara suas defesas sem sequer vê-las. Drizzt convocou uma das habilidades de sua herança e subiu lentamente no ar, orientando sua levitação com as mãos ao longo da pedra. Por sorte, o túnel era alto naquele ponto, então o caçador poderia observar as criaturas que mineravam em relativa segurança.

Eles eram mais baixos que Drizzt e sem pelos, com torsos musculosos e atarracados perfeitamente projetados para a mineração que era sua vocação na vida. Drizzt já havia encontrado aquela raça antes e aprendeu muito sobre eles durante seus anos na Academia em Menzoberranzan. Eles eram os svirfneblin, gnomos das profundezas, os inimigos mais odiados dos drow em todo o Subterrâneo.

Uma vez, há muito tempo, Drizzt liderou uma patrulha drow em batalha contra um grupo de svirfneblin e derrotou sozinho um elemental da terra que o líder dos gnomos havia convocado. Drizzt lembrou-se daquele momento, e, como todas as lembranças de sua existência, os pensamentos o afligiam. Ele havia sido capturado pelos gnomos das profundezas, grosseiramente amarrado e preso em uma câmara secreta. Os svirfneblin não o haviam maltratado, embora suspeitassem — e explicassem a Drizzt — que acabariam por matá-lo. O líder do grupo prometeu a Drizzt tanta misericórdia quanto a situação permitisse.

Os companheiros de Drizzt, porém, liderados por Dinin, seu irmão, haviam invadido, não mostrando piedade alguma aos gnomos das profundezas. Drizzt conseguiu convencer seu irmão a poupar a vida do líder svirfneblin, mas Dinin, mostrando a típica crueldade drow, ordenou que as mãos do gnomo fossem arrancadas antes de liberá-lo para fugir para sua terra natal.

Drizzt bloqueou as memórias angustiantes e forçou seus pensamentos de volta à situação em questão. Os gnomos das profundezas podiam ser adversários formidáveis, ele lembrou a si mesmo, e provavelmente não receberiam bem um elfo negro em suas operações de mineração. Ele teria que ficar alerta.

Os mineiros haviam aparentemente encontrado algum veio rico, uma vez que começaram a falar em uma entonação empolgada. Drizzt alegrou-se com o som daquelas palavras, embora não pudesse sequer começar a entender a estranha linguagem gnômica. Um sorriso que não era provocado pela vitória em batalha encontrou seu caminho para o rosto de Drizzt pela primeira vez em anos, enquanto os svirfneblin remexiam sob a pedra, jogando grandes pedaços em seus carrinhos de mão e chamando os outros companheiros próximos para se juntarem à diversão. Como Drizzt suspeitava, mais de uma dúzia de svirfneblin ocultos vieram de todas as direções.

Drizzt encontrou um poleiro elevado contra a parede e observou os mineiros mesmo depois que seu feitiço de levitação havia expirado. Quando finalmente os seus carrinhos de mão estavam cheios, os gnomos das profundezas formaram uma fila e começaram a sair. Drizzt percebeu que a ação mais prudente naquela situação seria deixá-los se afastar, e depois voltar para sua casa.

Mas, contra a lógica simples que guiava sua sobrevivência, Drizzt descobriu que não podia deixar o som das vozes partir tão facilmente. Ele escolheu o caminho pela muralha alta e alcançou o ritmo da caravana svirfneblin, imaginando onde eles o levariam.

Durante muitos dias, Drizzt seguiu os gnomos das profundezas. Ele resistiu à tentação de convocar Guenhwyvar, sabendo que a pantera poderia fazer um bom uso do descanso prolongado, e ele estava satisfeito com a companhia, por mais distante que fosse, da conversa dos gnomos das profundezas. Todo seu instinto advertia o caçador contra continuar tais ações, mas pela primeira vez em muito tempo, Drizzt anulou os instintos de seu eu mais primitivo. Ele precisava ouvir as vozes gnômicas mais do que precisava das simples necessidades de sobrevivência.

Os corredores se tornaram mais trabalhados, menos naturais, ao redor dele, e Drizzt sabia que estava se aproximando da pátria svirfneblin. Novamente, os perigos potenciais surgiram diante dele, e novamente ele os classificou como secundários. Ele acelerou seu ritmo e manteve a caravana de mineração à vista, suspeitando que os svirfneblin tivessem instalado armadilhas por ali.

Os gnomos das profundezas mediam seus passos naquele ponto, tomando cuidado para evitar certas áreas. Drizzt imitou os movimentos deles cuidadosamente, eventualmente notando uma pedra solta aqui e um fio esticado ali. Então Drizzt se afundou por detrás de um afloramento quando novas vozes se juntaram ao som dos mineiros.

A trupe de mineração havia alcançado uma longa e larga escadaria, subindo entre duas paredes de pedra completamente lisas e sem fendas. Ao lado da escada havia uma abertura alta e larga o suficiente para que os carrinhos de mão passassem, e Drizzt observava com sincera admiração enquanto os mineiros levavam os carros até a abertura e prendiam o primeiro deles a uma corrente. Uma série de batidas na pedra enviou um sinal a um operador que Drizzt não conseguia ver, e a corrente rangeu, atraindo o carrinho de mão para o buraco. Um a um, os carrinhos desapareceram, e o grupo de svirfneblin também diminuiu, subindo as escadas enquanto sua carga diminuía.

À medida que os dois gnomos das profundezas remanescentes engatavam o último carrinho na corrente e enviavam o sinal, Drizzt tomou uma medida desesperada. Ele esperou que os gnomos das profundezas virassem as costas e se dirigissem ao carrinho, pegando-o assim que desapareceu no túnel baixo. Drizzt entendeu a profundidade de sua tolice quando o último gnomo das profundezas, ainda aparentemente inconsciente de sua presença, recolocou uma pedra no fundo da passagem, bloqueando qualquer possível retorno.

A corrente foi puxada e o carrinho subiu em um ângulo tão íngreme quanto a escada em paralelo. Drizzt não conseguia ver nada à frente, uma vez que o carrinho de mão, projetado para um ajuste perfeito, ocupava toda a altura e largura do túnel.

Drizzt notou então que o carrinho também tinha pequenas rodas ao longo de suas laterais, ajudando na sua passagem. Era tão bom estar na presença de tal inteligência novamente, mas Drizzt não podia ignorar o perigo ao seu redor. Os svirfneblin não lidariam bem com a intrusão de um elfo negro; era provável que eles o recebessem com armas, não perguntas.

Após vários minutos, a passagem se estabilizou e se ampliou. Um único svirfneblin estava lá, girando sem esforço a manivela que arrastava os carrinhos de mão. Compenetrado em seu trabalho, o gnomo das profundezas não notou a silhueta da forma escura de Drizzt por detrás do último carrinho, deslizando silenciosamente pela porta lateral do cômodo.

Drizzt ouviu vozes assim que abriu a porta. Porém, sem ter outro lugar para ir, continuou em frente, e se deixou cair de barriga para baixo em uma borda estreita. Os gnomos das profundezas, guardas e mineiros, estavam abaixo dele, conversando em uma plataforma no topo da ampla escada. Pelo menos vinte estavam lá, os mineiros contando as histórias de sua rica descoberta.

Na parte de trás da plataforma, através de duas portas de pedra imensas e parcialmente interligadas, Drizzt vislumbrou a cidade dos svirfneblin. O drow conseguia ver apenas uma fração do lugar, e mesmo assim não muito bem, considerando sua posição na borda, mas imaginou que a caverna além daquelas portas maciças não era tão grande quanto a câmara que abriga Menzoberranzan.

Drizzt queria entrar ali! Ele queria saltar e correr por aquelas portas, entregar-se aos gnomos das profundezas para qualquer julgamento que achassem justo. Talvez o aceitassem; talvez eles vissem Drizzt Do'Urden por quem ele realmente era.

Os svirfneblin na plataforma, rindo e conversando, entraram na cidade.

Drizzt teve que ir então, teve que correr e segui-los além das portas maciças.

Mas o caçador, o ser que havia sobrevivido a uma década nos perigos selvagens do Subterrâneo, não podia se afastar da borda. O caçador, o ser que derrotou um basilisco e inúmeros outros seres daquele mundo perigoso, não podia se entregar por esperança em alguma misericórdia civilizada. O caçador não entendia esses conceitos.

As portas de pedra maciça se fecharam — e o momento da luz cintilante no coração de Drizzt morreu — em um estrondo ressonante.

Depois de um longo e atormentado momento, Drizzt Do'Urden se afastou da borda e pousou na plataforma no topo da escada. Sua visão borrou-se de repente enquanto descia o caminho para longe da abundância de vida além das portas, e foram apenas os instintos primitivos do caçador que sentiram a presença de mais guardas dos svirfneblin. O caçador saltou descontroladamente sobre os gnomos das profundezas assustados e correu novamente em direção à liberdade oferecida pelas passagens abertas do Subterrâneo selvagem.

Quando a cidade svirfneblin estava bem distante atrás de si, Drizzt pôs a mão no bolso e tirou a estatueta, a convocação para sua única companheira. Um momento depois, porém, Drizzt largou a estatueta, recusando-se a chamar a gata, punindo-se por sua fraqueza na borda. Se houvesse sido mais forte na borda ao lado das imensas portas, ele poderia ter acabado com seu tormento, de uma forma ou de outra.

O instinto do caçador lutava contra o controle de Drizzt enquanto ele seguia as passagens que o levariam de volta à caverna repleta de musgo. À medida que o Subterrâneo e a pressão do perigo inegável continuavam a se fechar a seu redor, esses instintos primitivos e alertas assumiram o comando, negando quaisquer outros pensamentos de distração sobre os svirfneblin e sua cidade.

Aqueles instintos primitivos eram ao mesmo tempo a salvação e a condenação de Drizzt Do'Urden.

Capítulo 3

Cobras e espadas

— Faz quantas semanas? — Dinin sinalizou para Briza na língua silenciosa dos drow — Há quantas semanas temos caçado por esses túneis perseguindo nosso irmão renegado?

A expressão de Dinin revelava seu sarcasmo enquanto sinalizava seus pensamentos. Briza franziu o cenho e não respondeu. Ela ligava para aquela tarefa tediosa ainda menos do que ele. Ela era uma alta sacerdotisa de Lolth e era a filha mais velha, tinha um alto lugar de honra dentro da estrutura familiar. Nunca antes Briza fora enviada nesse tipo de caçada. Mas agora, por algum motivo inexplicável, SiNafay Hun'ett se juntou à família, relegando Briza a uma posição menor.

— Cinco? — continuou Dinin, sua raiva crescendo a cada movimento de seus dedos esguios. — Seis? Há quanto tempo, irmã? — pressionou — Há quanto tempo SiNaf... Shi'nayne... Está se sentando ao lado de Matriarca Malícia?

O chicote de cabeças de cobra de Briza saiu do cinto e ela girou com raiva na direção de seu irmão. Dinin, percebendo que havia ido longe demais em seu sarcasmo insistente, sacou defensivamente a espada e tentou se afastar. O ataque de Briza chegou mais rápido, derrotando facilmente a tentativa lamentável de bloqueio de Dinin e três das seis cabeças morderam o peito e o ombro do primogênito Do'Urden. A dor fria se espalhou através do corpo de Dinin, deixando apenas um entorpecimento impotente por onde passava o veneno. O braço da espada caiu e ele começou a cambalear para a frente.

A poderosa mão de Briza disparou e o pegou pela garganta enquanto ele tombava, levantando-o facilmente até a ponta dos pés. Então, olhando para os outros cinco membros do grupo de caça para garantir que nenhum deles se movesse em favor de Dinin, Briza lançou bruscamente seu irmão atordoado até bater contra a parede de pedra. A alta sacerdotisa inclinou-se pesadamente sobre Dinin, uma mão apertada contra sua garganta.

— Um macho mais sábio mediria seus gestos mais cuidadosamente. — Briza grunhiu em voz alta, embora ela e os outros tivessem sido instruídos explicitamente por Matriarca Malícia a não se comunicar por qualquer outro método além do código silencioso, uma vez que estavam além das fronteiras de Menzoberranzan.

Lavou bastante tempo para que Dinin compreendesse completamente sua situação. À medida que o entorpecimento desaparecia, percebeu que não conseguia respirar e, embora sua mão ainda segurasse sua espada, Briza, que pesava alguns quilos a mais do que ele, o havia imobilizado de um lado. Ainda mais angustiante do que isso: a mão livre de sua irmã segurava o temido chicote de cobras no alto. Ao contrário dos chicotes comuns, esse instrumento maligno precisava de pouco espaço para trabalhar. As cabeças de cobras vivas podiam se enrolar e atacar de perto, como uma simples extensão da vontade de quem o empunhasse.

— Matriarca Malícia não questionaria sua morte — Briza sussurrou duramente. — Seus filhos já causaram problemas o suficiente a ela!

Dinin olhou através de sua algoz para os soldados comuns da patrulha.

— Testemunhas? — Briza riu, adivinhando seus pensamentos. — Você realmente acredita que eles vão falar contra uma alta sacerdotisa por causa de um mero macho? — os olhos de Briza se estreitaram e ela moveu o rosto para perto de Dinin.

— Um mero cadáver de macho? — ela gargalhou mais uma vez e soltou Dinin de repente, e ele caiu de joelhos, lutando para recuperar o ritmo normal de sua respiração.

— Venha — Briza sinalizou no código silencioso para o resto da patrulha. — Eu sinto que meu irmão mais novo não está nesta área. Devemos voltar para a cidade e reabastecer nossos suprimentos.

Dinin observou as costas de sua irmã enquanto preparava a partida. Ele não queria nada além de enfiar a espada entre suas omoplatas. Dinin, no entanto, era esperto demais para tentar algo tão estúpido. Briza tinha sido uma alta sacerdotisa da Rainha Aranha por mais de três séculos e estava agora sob o favor de Lolth, mesmo que Matriarca Malícia e o resto da Casa Do'Urden não estivessem. Mesmo que sua deusa maligna não estivesse cuidando dela, Briza era uma inimiga formidável, habilidosa em feitiços e com aquele chicote maldito sempre pronto.

— Minha irmã — disse Dinin assim que ela começou a se afastar. Briza girou para encará-lo, surpresa por ele ousar falar em voz alta com ela —, aceite minhas desculpas — disse Dinin. Ele fez um gesto para que os outros soldados continuassem em movimento, depois voltou a usar o código de sinais, de modo que os companheiros não soubessem de sua conversa com Briza.

— Não estou satisfeito com a adição de SiNafay Hun'ett à família — explicou Dinin.

Os lábios de Briza se curvaram em um de seus sorrisos tipicamente ambíguos; Dinin não podia ter certeza se estava concordando ou zombando dele.

— Você se considera suficientemente sábio para questionar as decisões de Matriarca Malícia? — perguntaram seus dedos.

— Não! — Dinin sinalizou de forma enfática. — Matriarca Malícia faz o que precisa, e sempre buscando o bem-estar da Casa Do'Urden. Mas eu não confio na Hun'ett que nos foi remanejada. SiNafay viu sua casa ser esmagada em pedaços de pedra aquecida pelo julgamento do conselho governante. Todos os seus preciosos filhos foram mortos e a maioria de seus plebeus também. Ela poderia ser verdadeiramente leal à Casa Do'Urden depois dessa perda?

— Macho idiota — Briza sinalizou em resposta. — As sacerdotisas entendem que a lealdade é devida apenas a Lolth. A casa de SiNafay não existe mais, portanto SiNafay não existe mais. Ela é Shi'nayne Do'Urden agora, e pela ordem da Rainha Aranha, ela aceitará plenamente todas as responsabilidades que acompanham seu novo nome.

— Eu não confio nela — reiterou Dinin. — Também não estou feliz por ver minhas irmãs, as verdadeiras Do'Urden, rebaixadas na hierarquia para abrir espaço para ela. Shi'nayne deveria ter sido colocada abaixo de Maya, ou alojada entre os plebeus.

Briza grunhiu para ele, embora concordasse de todo o coração.

— A posição de Shi'nayne na família não é problema seu. A Casa Do'Urden está mais forte com a adição de outra alta sacerdotisa. Isso é tudo com que um macho precisa se preocupar.

Dinin assentiu sua aceitação da lógica de sua irmã e sabiamente embainhou sua espada antes de começar a se levantar. Briza também recolocou o chicote de cobras no cinto, mas continuou a observar seu irmão volátil pelo canto do olho.

Dinin seria mais cuidadoso perto de Briza agora. Sabia que sua sobrevivência dependia de sua capacidade de caminhar ao lado de sua irmã, uma vez que Malícia continuaria a enviar Briza para essas patrulhas de caça ao lado dele. Briza era a mais forte das filhas Do'Urden, e era quem tinha a maior chance de encontrar e capturar Drizzt. E Dinin, tendo sido um líder de patrulha para a cidade por mais de uma década, era a pessoa na casa mais familiarizada com os túneis além de Menzoberranzan.

Dinin deu de ombros para sua má sorte e seguiu sua irmã de volta pelos túneis da cidade. Teriam um breve período de repouso, não mais do que um dia, e voltariam mais uma vez à marcha, de volta à busca pelo seu irmão indescritível e perigoso, a quem Dinin realmente não desejava encontrar.

※

A cabeça de Guenhwyvar girou abruptamente e a grande pantera parou como que congelada, com uma das pernas inclinada, pronta para agir.

— Você também ouviu isso — sussurrou Drizzt, movendo-se firmemente para o lado da pantera.

— Venha, minha amiga. Vejamos o novo inimigo que entrou em nosso domínio — eles correram juntos, igualmente silenciosos, pelos corredores que conheciam tão bem. Drizzt parou de repente, e Guenhwyvar fez o mesmo, ao ouvir o eco do caminhar de um grupo. Os sons eram feitos por botas, Drizzt sabia, e não por algum monstro natural do Subterrâneo. Drizzt apontou para uma pilha quebrada de detritos com vista para uma caverna larga e de várias camadas do outro lado. Guenhwyvar o levou até lá, onde poderiam encontrar um melhor ponto de vantagem.

A patrulha drow só apareceu alguns minutos depois, um grupo de sete, embora estivessem longe demais para Drizzt perceber quaisquer outros detalhes. Drizzt ficou surpreso com o fato de tê-los ouvido tão facilmente, já que se lembrava daqueles dias em que assumia o posto de batedor em tais patrulhas. Quão sozinho ele sentia na época, na liderança de mais de uma dúzia de elfos negros, porque eles não faziam sequer um sussurro com seus movimentos treinados e se escondiam tão bem nas sombras que mesmo os olhos afiados de Drizzt não teriam chance de localizá-los.

E, no entanto, esse caçador que Drizzt se tornou, esse eu primitivo e instintivo, encontrou aquele grupo com facilidade.

🕸

Briza parou de repente e fechou os olhos, concentrando-se nas emanações de seu feitiço de localização.

— O que é? — os dedos de Dinin lhe perguntaram quando ela olhou para ele. Sua expressão surpresa e obviamente empolgada revelava o suficiente.

— Drizzt? — Dinin suspirou em voz alta, mal sendo capaz de acreditar.

— Silêncio — as mãos de Briza gritaram para ele. Ela olhou ao redor para examinar seus arredores e, em seguida, sinalizou para a patrulha segui-la até as sombras da parede, na imensa e exposta caverna.

Briza assentiu sua confirmação para Dinin, confiante de que sua missão seria finalmente completada.

— Você tem certeza de que é Drizzt? — Perguntaram os dedos de Dinin. Em sua empolgação, ele mal podia manter os movimentos suficientemente precisos para transmitir seus pensamentos — Talvez algum ladrão...

— Sabemos que nosso irmão está vivo — Briza fez um rápido gesto. — Caso contrário, Matriarca Malícia não estaria mais fora do favor de Lolth. E, se Drizzt está vivo, então podemos assumir que ele possui o objeto!

🕸

O súbito movimento evasivo da patrulha pegou Drizzt de surpresa. O grupo não poderia tê-lo visto atrás das pedras onde se encontrava, e acreditava no silêncio de seus passos e nos de Guenhwyvar.

Contudo, Drizzt tinha certeza de que era dele que a patrulha estava se escondendo. Alguma coisa parecia fora de lugar em toda aquela situação. Era raro encontrar elfos negros tão longe de Menzoberranzan. Talvez não fosse nada além da paranoia necessária para sobreviver nas imediações do Subterrâneo, Drizzt tentava dizer a si mesmo. Ainda assim, ele suspeitava de que mais do que o acaso trouxera aquele grupo até seus domínios.

— Vá, Guenhwyvar — ele sussurrou para a gata. — Veja os nossos convidados e volte para mim. A pantera correu sob as sombras que contornavam a grande caverna. Drizzt afundou-se nos escombros, ouviu e esperou.

Guenhwyvar voltou a ele apenas um minuto depois, embora parecesse uma eternidade para Drizzt.

— Você os reconhece? — Drizzt perguntou. A gata arranhou a pedra com uma de suas patas.

— Da nossa antiga patrulha? — Drizzt se perguntou em voz alta — Os guerreiros ao lado de quem você e eu caminhamos?

Guenhwyvar parecia incerta e não fez nenhum movimento definitivo.

— Um Hun'ett então. — disse Drizzt, pensando haver resolvido o enigma. A casa Hun'ett finalmente havia procurado por ele para fazê-lo pagar pelas mortes de Alton e Masoj, os dois magos Hun'ett que morreram tentando matar Drizzt. Ou talvez os Hun'ett estivessem procurando por Guenhwyvar, o item mágico de Masoj.

Quando Drizzt pausou sua reflexão por um momento para estudar a reação de Guenhwyvar, ele percebeu que suas hipóteses estavam erradas. A pantera tinha se afastado um passo e parecia agitada por sua corrente de suposições.

— Então quem? — Drizzt perguntou. Guenhwyvar ergueu-se sobre as patas traseiras e empurrou os ombros de Drizzt, para que uma de suas grandes patas batesse na bolsa de pescoço de Drizzt. Não entendendo, Drizzt tirou o objeto do pescoço e esvaziou seu conteúdo em uma palma, revelando algumas moedas de ouro, uma pequena pedra preciosa e o emblema de sua casa, um símbolo prateado gravado com as iniciais de Daermon N'a'shezbaernon, Casa Do'Urden. Drizzt então percebeu de vez o que Guenhwyvar estava insinuando.

— Minha família — ele sussurrou com dureza. Guenhwyvar afastou-se dele e novamente arranhou, dessa vez empolgada, a pedra com uma de suas patas.

Mil memórias inundaram Drizzt naquele momento, mas todas, boas e más, levavam-no inescapavelmente a uma possibilidade: Matriarca Malícia não havia perdoado, nem esquecido de suas ações naquele dia. Drizzt abandonara a ela e aos caminhos da Rainha Aranha, e conhecia os dogmas de Lolth bem o bastante para saber que suas ações não deixaram sua mãe em uma boa posição.

Drizzt voltou a olhar para a escuridão da ampla caverna.

— Venha — ele disse para Guenhwyvar antes de começar a correr pelos túneis. Sua decisão de deixar Menzoberranzan havia sido dolorosa e incerta, e agora Drizzt não tinha vontade alguma de encontrar seus familiares e reavivar todas as suas dúvidas e medos.

Ele e Guenhwyvar correram por mais de uma hora, atravessando passagens secretas e cruzando as seções mais confusas dos túneis da área. Drizzt conhecia a região intimamente e sentia-se certo de que poderia deixar o grupo de patrulha para trás com pouquíssimo esforço.

Mas quando, finalmente, fez uma pausa para recuperar o fôlego, Drizzt percebeu — e ele só precisou olhar para Guenhwyvar para confirmar suas suspeitas — que a patrulha ainda estava em sua trilha, talvez até mais perto do que antes.

Drizzt soube então que ele estava sendo rastreado magicamente; não poderia haver nenhuma outra explicação.

— Mas como? — perguntou à pantera — Eu mal sou aquele drow que eles conheciam como irmão, tanto na aparência quanto em pensamento. O que eles poderiam estar sentindo que seria familiar o suficiente para que seus feitiços se fixassem? — Drizzt examinou-se rapidamente, seus olhos primeiro caindo sobre suas armas.

As cimitarras eram realmente maravilhosas, mas a maioria das armas drow em Menzoberranzan também eram. E aquelas lâminas em particular sequer foram criadas na Casa Do'Urden e não eram de nenhum formato favorecido pela família de Drizzt. Sua capa então? Ele se perguntou. A *piwafwi* era uma sinalização de uma casa, levando os padrões de pontos e desenhos de uma única família.

Mas a *piwafwi* de Drizzt tinha sido esfarrapada e rasgada além do reconhecimento, e ele mal podia acreditar que um feitiço de localização o reconheceria como pertencente à Casa Do'Urden.

— Pertencente à Casa Do'Urden. — Drizzt sussurrou em voz alta. Ele olhou para Guenhwyvar e assentiu de repente — ele tinha sua resposta. Ele removeu a bolsa do pescoço e tirou o emblema de Daermon N'a'shezbaernon. Criado por mágica, o emblema possuía sua própria magia, um encantamento distinto daquela casa. Somente um nobre da Casa Do'Urden teria um.

Drizzt pensou por um momento, depois recolocou o emblema e deslizou a bolsa do pescoço pela cabeça de Guenhwyvar.

— Hora da caça se tornar o caçador — ele ronronou para a gata.

※

— Ele sabe que está sendo seguido. — as mãos de Dinin avisaram Briza. Briza não justificou a afirmação com uma resposta. Claro que Drizzt sabia da perseguição; era óbvio que ele estava tentando despistá-los. Briza permanecia indiferente. O emblema da casa de Drizzt queimava como se um farol direcionasse seus pensamentos magicamente aprimorados.

Briza parou, porém, quando o grupo chegou a uma bifurcação na passagem. O sinal vinha de além da bifurcação, mas não de uma forma definitiva para qualquer lado.

— À esquerda — Briza sinalizou para três dos soldados comuns, então — Direita — para os dois restantes. Ela manteve seu irmão ali, sinalizando que ela e Dinin iriam manter sua posição na bifurcação para servir como reserva para ambos os grupos.

Bem acima da patrulha dividida, pairando nas sombras do teto coberto de estalactites, Drizzt sorriu, satisfeito com sua astúcia. A patrulha poderia ter acompanhado o ritmo dele, mas não teria chance de pegar Guenhwyvar.

O plano tinha sido executado e completado com perfeição, uma vez que Drizzt tinha apenas a intenção de conduzir a patrulha até que estivesse longe de seus domínios e cansada daquela busca sem esperança. Mas enquanto Drizzt flutuava ali, olhando para baixo em direção a seu irmão e sua irmã mais velha, se viu ansioso por algo mais. Passaram alguns minutos, e Drizzt estava certo de que os soldados estavam a uma boa distância. Ele tirou as cimitarras, imaginando que uma reunião com seus irmãos talvez não fosse tão ruim, no fim das contas.

— Ele está se afastando — Briza falou com Dinin, não temendo o som de sua própria voz, já que tinha certeza da distância de seu irmão renegado — a uma velocidade impressionante.

— Drizzt sempre conheceu bem o Subterrâneo — respondeu Dinin, balançando a cabeça. — Ele vai ser difícil de capturar.

Briza riu.

— Ele vai se cansar muito antes dos meus feitiços terminarem. Vamos encontrá-lo sem fôlego em um buraco escuro.

Mas a arrogância de Briza se transformou em choque um segundo depois, quando uma forma escura se deixou cair entre ela e Dinin.

Dinin também mal foi capaz de registrar o choque daquilo tudo. Ele viu Drizzt por apenas uma fração de segundo, depois seus olhos se cruzaram, seguindo o arco descendente do punho veloz de uma cimitarra. Dinin caiu pesado, com a pedra lisa do chão pressionando-se contra sua bochecha, uma sensação com a qual Dinin não estava familiarizado.

Mesmo enquanto uma mão fazia seu trabalho em Dinin, a outra mão de Drizzt lançou uma ponta de sua cimitarra perto da garganta de Briza, tentando forçá-la a render-se. Briza, porém, não ficou tão surpresa quanto Dinin, e sempre mantinha uma mão perto de seu chicote. Ela desviou dançando do ataque de Drizzt, e seis cabeças de cobra dispararam no ar, enroladas e à procura de uma abertura.

Drizzt virou-se para encará-la, tecendo suas cimitarras em caminhos defensivos para manter as víboras agressivas à distância. Ele lembrou-se da mordida daqueles chicotes temidos; como todos os homens drow, ele havia sido apresentado a elas muitas vezes durante a infância.

— Irmão Drizzt — Briza disse em voz alta, esperando que a patrulha a ouvisse e entendesse o chamado de volta a seu lado. — Abaixe suas armas. Não precisa ser assim.

O som de palavras familiares, de palavras drow, era demais para Drizzt. Quão bom era ouvi-las novamente, lembrar que ele era mais que um caçador de mente fechada, que sua vida era mais do que mera sobrevivência.

— Abaixe suas armas — disse Briza de novo, com mais intensidade.

— P-por que você está aqui? — gaguejou Drizzt.

— Por você, é claro, meu irmão — Briza respondeu, muito gentilmente. — A guerra com a Casa Hun'ett está, finalmente, acabada. É hora de você voltar para casa.

Uma parte de Drizzt queria acreditar nela, queria esquecer aqueles fatos da vida drow que o forçaram a sair de sua cidade natal. Uma parte de Drizzt queria largar as cimitarras sobre a pedra e voltar para o abrigo — e a companhia — de sua vida anterior. O sorriso de Briza era tão convidativo.

Briza percebeu sua determinação enfraquecida.

— Venha para casa, querido Drizzt — ronronou, enquanto suas palavras seguravam as ligações de um feitiço menor. — A sua presença é necessária. Você é o mestre de armas da Casa Do'Urden agora.

A mudança súbita na expressão de Drizzt deixou claro para Briza que ela havia cometido um erro. Zaknafein, o mentor e querido amigo de Drizzt, havia sido o mestre de armas da Casa Do'Urden... e havia sido sacrificado à Rainha Aranha. Drizzt jamais se esqueceria daquilo.

Na verdade, Drizzt lembrou-se daquilo muito mais do que do conforto de casa naquele momento. Ele lembrou-se ainda mais claramente dos erros de sua vida passada, da perversidade que seus princípios simplesmente não toleravam.

— Você não deveria ter vindo — disse Drizzt, sua voz soando mais como um rugido. — Vocês não devem voltar aqui nunca mais!

— Querido irmão — respondeu Briza, mais para ganhar tempo do que para corrigir seu erro óbvio. Ela ficou parada, com a expressão congelada naquele sorriso de dois gumes.

Drizzt olhou por detrás dos lábios de Briza, que eram carnudos e cheios pelos padrões drow. A sacerdotisa não falava, mas Drizzt podia ver que sua boca estava se movendo por detrás daquele sorriso gelado.

Um feitiço!

Briza sempre fora hábil em tais enganações.

— Vá embora! — Drizzt gritou para ela, logo antes de lançar um ataque.

Briza desviou-se do golpe com bastante facilidade, uma vez que seu objetivo não era o de acertar, apenas interromper sua conjuração.

— Maldito seja, Drizzt, o indesejado! — ela cuspiu, e toda sua falsa amizade desapareceu. — Abaixe suas armas imediatamente, ou morra! — seu chicote de cobras surgiu em uma ameaça aberta.

Drizzt afastou bem os pés. Fogo queimava em seus olhos cor de lavanda enquanto o caçador dentro dele assumia o controle para enfrentar o desafio.

Briza hesitou, surpreendida com a ferocidade súbita que fervia em seu irmão. Não era um guerreiro drow comum quem estava diante dela, Briza sabia. Drizzt tornara-se algo mais do que isso, algo mais formidável.

Mas Briza era uma alta sacerdotisa de Lolth, perto do topo da hierarquia drow. Não ficaria assustada com um mero macho.

— Renda-se! — exigiu. Drizzt não conseguia sequer decifrar suas palavras, porque o caçador diante de Briza não era mais Drizzt Do'Urden. O guerreiro selvagem e primitivo que as memórias do assassinato de Zaknafein haviam invocado era impermeável a palavras e mentiras.

O braço de Briza contraiu-se e as seis cabeças de víbora do chicote giraram, se retorcendo e ondulando por vontade própria para encontrar os melhores ângulos de ataque.

As cimitarras do caçador responderam em um borrão indistinguível. Briza não conseguia seguir seus movimentos rápidos como um raio, e quando sua rotina de ataque terminou, ela só sabia que nenhuma das cabeças da cobra havia encontrado um alvo, mas que apenas cinco das cabeças permaneciam presas ao chicote.

Agora com uma raiva que quase se igualava a do adversário, Briza atacou, investindo com sua arma danificada. Serpentes e cimitarras e membros esguios de drow se entrelaçavam em um balé mortal.

Uma cabeça mordeu a perna do caçador, enviando uma explosão de dor fria por suas veias. Uma cimitarra derrotou outro ataque traiçoeiro, dividindo uma cabeça ao meio, bem entre as presas.

Outra cabeça mordeu o caçador. Uma outra cabeça caiu no chão de pedra. Os oponentes se separaram, estudando um ao outro. A respiração de Briza vinha com dificuldade depois dos poucos minutos furiosos, mas o peito do caçador se movia fácil e ritmicamente. Briza não fora atingida, mas Drizzt fora golpeado duas vezes.

Porém, o caçador havia aprendido há muito tempo a ignorar a dor. Ele estava pronto para continuar, e Briza, com seu chicote agora mantendo apenas três cabeças, obstinadamente investiu até ele. Ela hesitou por uma fração de segundo quando percebeu que Dinin ainda estava jogado no chão, mas com os sentidos aparentemente retornando. Será que seu irmão se levantaria para ajudá-la?

Dinin se contorceu e tentou ficar de pé, mas suas pernas não tinham forças para levantá-lo.

— Dane-se! — grunhiu Briza, seu veneno dirigido a Dinin, ou a Drizzt, não importava. Convocando o poder da Rainha Aranha, a alta sacerdotisa de Lolth atacou com todas as suas forças.

Três cabeças de cobra caíram no chão depois de um único cruzar das lâminas do caçador.

— Dane-se! — Briza gritou novamente, desta vez diretamente para Drizzt. Ela agarrou a maça de seu cinto e a sacudiu cruelmente sobre a cabeça do seu irmão.

As cimitarras cruzadas pegaram o golpe desajeitado muito antes de encontrar seu alvo, e o pé do caçador apareceu e chutou uma vez, duas vezes, e depois uma terceira vez no rosto de Briza antes de voltar para o chão.

Briza cambaleou para trás, com sangue nos olhos e mais sangue escorrendo de seu nariz. Ela tentou discernir as linhas da silhueta do irmão além do calor embaçado de seu próprio sangue, e o atacou com sua maça em um golpe amplo e desesperado.

O caçador usou uma cimitarra para bloquear a maça, girando sua lâmina de modo que a mão de Briza escorregasse até sua lâmina cruel assim que a maça errasse seu alvo. Briza gritou em agonia e deixou sua arma cair.

A maça caiu no chão ao lado de dois dos seus dedos.

Dinin, a essa altura, estava de pé, atrás de Drizzt, com a espada na mão. Usando toda sua disciplina, Briza manteve os olhos travados em Drizzt, segurando sua atenção. Se pudesse distraí-lo por tempo suficiente...

O caçador sentiu o perigo e girou na direção de Dinin.

Tudo o que Dinin viu nos olhos de lavanda de seu irmão era sua própria morte. Ele jogou a espada no chão e cruzou os braços sobre o peito para se render.

O caçador emitiu uma ordem em um grunhido, quase ininteligível, mas Dinin percebeu o significado bem, e fugiu tão rapidamente quanto suas pernas o levaram.

Briza começou a ensaiar uma fuga, com a intenção de ir atrás de Dinin, mas uma lâmina de cimitarra a interrompeu, travando abaixo de seu queixo e forçando sua cabeça tão para trás que tudo o que podia ver era a pedra escura do teto.

A dor queimava nos membros do caçador, dor infligida por ela e seu chicote maligno. Agora, o caçador queria acabar com a dor e a ameaça. Aquele era seu domínio!

Briza pronunciou uma oração final para Lolth enquanto sentia que a lâmina afiada começava a cortar. Mas então, no passar momentâneo de um borrão preto, ela estava livre. Ela olhou para baixo para ver Drizzt preso no chão por uma enorme pantera negra. Sem perder tempo para fazer perguntas, Briza correu pelo túnel atrás de Dinin.

O caçador se afastou de Guenhwyvar e se levantou em um salto.

— Guenhwyvar! — ele gritou, afastando a pantera. — Pega ela! Mata essa...! — Guenhwyvar respondeu caindo em uma posição sentada e emitindo um bocejo lento e largo. Com um movimento preguiçoso, a pantera levou uma pata sob a corda da bolsa de pescoço e a atirou no chão. O caçador queimava de raiva. — O que está fazendo? — ele gritou, pegando a bolsa. Será que Guenhwyvar o teria traído? Drizzt recuou um passo, levantando hesitantemente suas cimitarras entre ele e a pantera. Guenhwyvar não fez nenhum movimento, apenas ficou sentada ali, olhando para Drizzt.

Um momento depois, o clique de uma besta mostrou a Drizzt o tamanho do absurdo de sua linha de pensamento. O dardo o teria encontrado, sem dúvida, mas Guenhwyvar surgiu de repente e interceptou seu voo. O veneno dos drow não tinha nenhum efeito sobre a gata mágica.

Três guerreiros drow apareceram de um lado da bifurcação, e mais dois do outro. Todos os pensamentos de vingança contra Briza sumiram da cabeça de Drizzt naquele momento, e ele seguiu Guenhwyvar em plena fuga pelas passagens tortuosas. Sem a orientação da alta sacerdotisa e sua magia, os guerreiros sequer tentaram segui-los.

Um longo tempo depois, Drizzt e Guenhwyvar viraram em uma passagem lateral e deram uma pausa em sua fuga, parando para ouvir quaisquer sons de perseguição.

— Venha — Drizzt instruiu, e começou a se afastar lentamente, certo de que a ameaça de Dinin e Briza havia sido repelida com sucesso.

Novamente, Guenhwyvar ficou em uma posição sentada.

Drizzt olhou com curiosidade para a pantera.

— Eu disse para você vir — resmungou. Guenhwyvar fixou o olhar sobre ele, um olhar que encheu o drow renegado de culpa. Então a gata levantou-se e caminhou lentamente em direção a seu mestre.

Drizzt assentiu com a cabeça, pensando que Guenhwyvar iria obedecer a ele. Ele se virou e começou a se afastar, mas a pantera circulou ao redor dele, impedindo seu progresso. Guenhwyvar continuou a andar em círculos e lentamente a névoa reveladora começou a aparecer.

— O que está fazendo? — Drizzt exigiu saber.

Guenhwyvar não diminuiu sua velocidade.

— Eu não disse pra você ir! — Drizzt gritou enquanto a forma corpórea da pantera se desfazia. Drizzt girava freneticamente, tentando agarrar algo.

— Eu não disse pra você ir! — ele gritou novamente, impotente. Guenhwyvar tinha ido embora.

Foi uma longa caminhada de volta à caverna protegida de Drizzt. Aquela última imagem de Guenhwyvar seguiu cada passo dele, os olhos redondos da gata pesando nas suas costas. Guenhwyvar o havia julgado, ele sabia. Em sua raiva cega, Drizzt quase havia matado sua irmã; teria matado Briza, se Guenhwyvar não tivesse se atirado nele.

Por fim, Drizzt se arrastou até o pequeno cubículo de pedra que servia como seu quarto.

Suas contemplações se arrastaram com ele. Uma década antes, Drizzt havia matado Masoj Hun'ett, e naquela ocasião prometera nunca mais matar um drow. Para Drizzt, sua palavra era o núcleo de seus princípios, aqueles mesmos princípios que o forçaram a desistir de tantas coisas.

Drizzt certamente teria abandonado sua palavra naquele dia se não fosse pelas ações de Guenhwyvar. Quão melhor, então, ele seria do que aqueles elfos negros que havia deixado para trás?

Drizzt havia claramente ganhado a luta contra seus irmãos e estava confiante de que poderia continuar a se esconder de Briza — e de todos os outros inimigos que Matriarca Malícia mandasse para enfrentá-lo. Mas sozinho naquela caverna minúscula, Drizzt percebeu algo que o inundou em aflição.

Ele não podia se esconder de si mesmo.

Capítulo 4

Fugindo do caçador

Drizzt sequer parou para pensar sobre suas ações enquanto mantinha sua rotina diária nos dias que se seguiram. Ele sobreviveria. O caçador não teria outra maneira. Mas o aumento do preço dessa sobrevivência emitia uma nota profunda e dissonante no coração de Drizzt Do'Urden.

Se os rituais constantes do dia afastavam sua dor, Drizzt se via desprotegido ao final do dia. O encontro com seus irmãos o assombrava, permanecia em seus pensamentos tão vividamente como se tal encontro se repetisse todas as noites. Inevitavelmente, Drizzt acordava aterrorizado e sozinho, engolfado pelos monstros de seus sonhos. Ele entendia — e a consciencia disso aumentava sua impotência — que nenhum golpe de espada, por mais deslumbrante que fosse, poderia derrotá-los.

Drizzt não temia que sua mãe continuasse sua busca para capturá-lo e puni-lo, embora soubesse sem qualquer sombra de dúvida que ela certamente o faria. Aquele era o seu mundo, muito diferente das avenidas sinuosas de Menzoberranzan, com caminhos que os drow que viviam na cidade não poderiam sequer começar a entender. Nos túneis selvagens do Subterrâneo, Drizzt tinha confiança de que poderia sobreviver contra qualquer coisa que Matriarca Malícia mandasse atrás dele.

Drizzt também conseguiu libertar-se da culpa esmagadora de suas ações contra Briza. Ele racionalizou que eram seus irmãos que haviam forçado aquele confronto perigoso, e que fora Briza, tentando lançar um feitiço, quem iniciara o combate. Ainda assim, Drizzt percebeu que passaria muitos dias encontrando respostas às questões que suas ações haviam levantado sobre a natureza de seu caráter.

Será que se tornara esse caçador selvagem por causa das duras condições impostas a ele? Ou seria esse caçador uma expressão do ser que Drizzt havia sido desde sempre? Não eram perguntas que Drizzt poderia responder, mas também não eram seus principais pensamentos.

O que Drizzt não podia se esquecer do encontro com seus irmãos era o som de suas vozes, a melodia das palavras faladas que ele podia entender e responder. Em todas as lembranças daqueles momentos com Briza e Dinin, eram as palavras, e não os golpes, que se destacavam com mais clareza. Drizzt agarrou-se a elas desesperadamente, ouvindo-as uma e outra vez em sua mente e temendo o dia em que desapareceriam. Então, embora pudesse se lembrar delas, ele não mais as ouviria.

Ele ficaria sozinho novamente.

Drizzt tirou a estatueta de ônix do bolso pela primeira vez desde que Guenhwyvar se afastou dele. Ele colocou-a na pedra diante dele e olhou os arranhões de sua parede para determinar quanto tempo havia se passado desde que ele havia convocado pela última vez a pantera. Imediatamente, Drizzt percebeu a futilidade disso. Qual foi a última vez que ele marcara a parede? E qual era a utilidade daquelas marcas, de qualquer forma? Como Drizzt poderia ter certeza de sua contagem, mesmo que fizesse a marca após cada um de seus períodos de sono?

— O tempo é algo daquele outro mundo — murmurou Drizzt, seu tom claramente um lamento. Ele ergueu sua adaga na pedra, um ato de negação contra sua própria proclamação.

— Do que importa? — Drizzt perguntou-se retoricamente, logo antes de mover a adaga em direção ao chão. O som que ecoou após ele atingir a pedra enviou um arrepio ao longo da coluna de Drizzt, como se fosse um sino que sinalizasse sua rendição.

Sua respiração veio com dificuldade. O suor começou a escorrer em sua fronte de ébano, e suas mãos ficaram repentinamente frias. Tudo ao seu redor, as paredes de sua caverna, a pedra próxima que o abrigava há anos contra os perigos sempre invasivos do Subterrâneo, agora o pressionava. Ele imaginava rostos atrevidos nas linhas de rachaduras e nas formas das rochas. Os rostos zombavam dele e riam, depreciando seu orgulho teimoso.

Ele se virou para fugir, mas tropeçou em uma pedra e caiu no chão. Ele ralou um joelho no processo e rasgou mais um buraco na sua piwafwi esfarrapada. Drizzt mal ligou para o joelho ou para a capa quando tornou a olhar para a pedra na qual tropeçara, porque outro fato o assaltou, deixando o imerso em confusão.

O caçador acabara de tropeçar. Pela primeira vez em mais de uma década, o caçador havia tropeçado.

— Guenhwyvar! — Drizzt gritou freneticamente. — Venha a mim! Ah, por favor, minha Guenhwyvar!

Ele não sabia se a pantera responderia. Após sua última separação nada amigável, Drizzt não podia ter certeza se Guenhwyvar voltaria a caminhar ao seu lado. Drizzt se arrastou até a estatueta, e cada centímetro parecia uma luta tediosa na fraqueza de seu desespero.

Até que finalmente a névoa turbulenta apareceu. A pantera não abandonaria o seu mestre, não teria um julgamento duradouro contra o drow que tinha sido seu amigo.

Drizzt relaxou quando a névoa tomou forma, usando aquela visão para bloquear as alucinações malignas nas pedras. Logo Guenhwyvar estava sentada ao lado dele, lambendo casualmente uma de suas grandes patas. Drizzt olhou fixamente para os olhos redondos da pantera e não viu nenhum julgamento ali. Era apenas Guenhwyvar, sua amiga e sua salvação.

Drizzt dobrou suas pernas abaixo de si mesmo, alcançou a gata e enrolou seu pescoço musculoso em um abraço apertado. Guenhwyvar aceitou o abraço sem resposta, soltando apenas o suficiente para continuar a lamber sua pata. Se a gata, em sua inteligência sobrenatural, entendia a importância daquele abraço, não ofereceu nenhum sinal externo.

A inquietude marcou os dias seguintes de Drizzt. Ele continuou em movimento, seguindo as rotas dos túneis ao redor de seu santuário. Matriarca Malícia estava atrás dele, lembrou continuamente a si mesmo. Ele não podia se dar ao luxo de deixar nenhuma brecha em suas defesas.

No fundo de si mesmo, além das racionalizações, Drizzt sabia a verdade sobre seus movimentos. Ele poderia oferecer-se a desculpa de patrulhar, mas ele havia, na verdade, fugido. Ele fugia das vozes e das paredes de sua pequena caverna. Ele fugia de Drizzt Do'Urden e voltava para o caçador.

Gradualmente, suas rotas seguiam um curso mais amplo, muitas vezes impedindo-o de voltar a sua caverna por vários dias seguidos. Secretamente, Drizzt ansiava por um confronto com algum inimigo poderoso. Ele precisava de um lembrete tangível da necessidade de sua existência primitiva, uma batalha contra algum monstro horrível que o colocaria em um modo de sobrevivência puramente instintivo.

Ao invés disso, o que Drizzt encontrou um dia foi a vibração de um toque distante na parede, o toque rítmico e medido da picareta de um mineiro.

Drizzt recostou-se contra a parede e considerou cuidadosamente o próximo passo. Ele sabia onde o som o levaria; ele estava no mesmo túnel no qual havia vagado quando foi em busca de seu rothé perdido, os mesmos túneis onde encontrou o grupo de mineração svirfneblin algumas semanas antes. Naquela época, Drizzt não podia admitir a si mesmo, mas não fora por uma simples coincidência que havia tornado a passar por aquela região de novo. Seu subconsciente o trouxera para ouvir o toque dos martelos svirfneblin, e mais particularmente, para ouvir o riso e a conversa das vozes graves dos gnomos.

Agora Drizzt, apoiado pesadamente contra uma parede, estava realmente destruído. Ele sabia que espionar os mineiros svirfneblin só traria mais tormento, que, ao ouvir suas vozes, ficaria ainda mais vulnerável às dores da solidão. Os gnomos das profundezas certamente voltariam para sua cidade, e Drizzt novamente ficaria vazio e sozinho.

Mas Drizzt chegara a ouvir as batidas, que agora vibravam na pedra, o atraindo com um impulso intenso demais para que pudesse ignorar. Seu bom senso lutava contra os impulsos que o atraíam para aquele som, mas sua decisão havia sido tomada no momento em que dera seus primeiros passos naquela área. Ele se repreendeu por sua tolice, sacudindo a cabeça em negação. Apesar de seu raciocínio consciente, suas pernas se moviam, levando-o até o som rítmico das picaretas.

O instinto de alerta do caçador argumentava contra permanecer perto dos mineiros, até mesmo enquanto Drizzt olhava para baixo de uma borda alta para o grupo de svirfneblin. Mas Drizzt não saiu dali. Durante vários dias, pelo que podia calcular, ele ficou nos arredores da mina dos gnomos das profundezas, pegando trechos de suas conversas onde quer que pudesse, observando-os no trabalho e no lazer.

Quando chegou o dia inevitável em que os mineiros começaram a arrumar seus carrinhos de mão, Drizzt entendeu a profundidade da sua loucura. Ele havia sido fraco ao ir até os gnomos da profundeza; havia negado a verdade brutal de sua existência. Agora ele teria que voltar para seu buraco escuro e vazio, ainda mais solitário agora, graças às lembranças dos últimos dias.

Os carrinhos foram arrastados para fora dos túneis em direção à cidade svirfneblin. Drizzt deu os primeiros passos em direção ao seu santuário, a caverna coberta de musgo com o córrego de fluxo constante e o bosque de cogumelos que abrigava os miconídios.

Em todos os séculos de vida que tinha pela frente, Drizzt Do'Urden nunca mais olharia para aquele lugar.

Futuramente, ele não seria capaz de se lembrar quando havia mudado de direção; não havia sido uma decisão consciente. Alguma coisa o conduziu — talvez o barulho prolongado dos carrinhos cheios de minério sendo empurrados — e só quando Drizzt ouviu o som forte do abrir das grandes portas exteriores de Gruta das Pedras Preciosas que ele percebeu o que deveria fazer.

— Guenhwyvar — Drizzt sussurrou para a estatueta, logo antes de se encolher com o volume perturbador de sua própria voz. Os guardas svirfneblin que estavam naquela escadaria ampla, no entanto, pareciam envolvidos demais em sua própria conversa, e Drizzt estava seguro.

A névoa cinzenta girou ao redor da estatueta e a pantera atendeu ao chamado de seu mestre. As orelhas de Guenhwyvar se achataram e a pantera farejou cautelosamente, tentando compreender o cenário desconhecido.

Drizzt respirou fundo e forçou as palavras seguintes:

— Eu queria me despedir de você, minha amiga — sussurrou.

As orelhas de Guenhwyvar se levantaram, e as pupilas dos olhos brilhantes e amarelos da gata se arregalaram e diminuíram novamente enquanto Guenhwyvar fazia uma rápida varredura no estado de Drizzt.

— No caso de... — Drizzt continuou — Eu não aguento mais viver no Subterrâneo, Guenhwyvar. Temo estar perdendo tudo o que dá sentido à vida. Temo que eu esteja *me* perdendo — ele olhou por cima do ombro até a escadaria que levava a Gruta de Pedras Preciosas. — E isso é mais precioso para mim do que a minha vida. Você me entende, Guenhwyvar? Preciso de mais, mais do que só sobrevivência. Preciso de uma vida definida por mais do que os instintos selvagens desta criatura que me tornei.

Drizzt recuou contra o muro de pedra do corredor. Suas palavras soavam tão lógicas e simples, mas ele sabia que cada passo naquela escadaria até a cidade dos gnomos das profundezas seria uma prova para sua coragem e suas convicções. Ele lembrou-se do dia em que ficou de pé diante do grande portal de Gruta das Pedras Preciosas. Por mais que quisera, Drizzt não havia conseguido se forçar a seguir os gnomos das profundezas até lá dentro. Ele estava totalmente apanhado em uma paralisia muito real que o agarrava e o segurava firmemente quando pensou em apressar-se pelos portais até a cidade dos gnomos das profundezas.

— Você raramente me julgou, minha amiga — disse Drizzt à pantera. — E em todas as vezes que fez isso, sempre me julgou justamente. Você me entende, Guenhwyvar? Nos próximos momentos, podemos nos perder para sempre. Você consegue entender por que eu preciso fazer isso?

Guenhwyvar aproximou-se pela lateral de Drizzt e acariciou as costelas do drow com sua grande cabeça felina.

— Minha amiga — Drizzt sussurrou na orelha da gata. — Volte agora antes que eu perca minha coragem. Volte para casa e tenha esperança de que nos encontremos de novo.

Guenhwyvar se afastou obedientemente e caminhou até a estatueta. A transição dessa vez pareceu a Drizzt mais rápida do que o comum. Então, apenas a estatueta permanecia. Drizzt a recolheu e examinou. O drow parou novamente para considerar o risco diante dele. Então, conduzido pelas mesmas necessidades subconscientes que o trouxeram até ali, Drizzt correu para a escada e começou a subir. Acima dele, a conversa dos gnomos das profundezas havia cessado; aparentemente, os guardiões sentiram que alguém ou algo se aproximava.

Ainda assim, não foi pequena a surpresa dos guardas svirfneblin quando um elfo drow apareceu caminhando até o topo da escada e parou diante das portas da cidade.

Drizzt cruzou os braços sobre o peito, um gesto que os drow entendiam como um sinal de trégua. Drizzt só podia esperar que os svirfneblin estivessem familiarizados com o gesto, uma vez que sua mera aparição havia deixado os guardas desconfortáveis. Eles tropeçaram um sobre o outro, corendo desajeitadamente pela pequena plataforma, alguns se apressando em proteger as portas da cidade, outros cercando Drizzt em um anel de pontas de armas, outros ainda se precipitando freneticamente para as escadas e alguns poucos tentando analisar se aquele elfo negro não seria o primeiro de uma armada de guerra.

Um svirfneblin, o líder do contingente de guarda que, aparentemente, procurava alguma explicação, berrou uma série de perguntas para Drizzt. Drizzt deu de ombros impotente, e a meia dúzia de gnomos das profundezas ao seu redor deu um passo cauteloso para trás em resposta ao seu movimento inócuo.

O svirfneblin falou novamente, mais alto, e apontou sua lança de ferro afiadíssima na direção de Drizzt, que não podia entender ou responder à língua estrangeira. Muito devagar e de forma obviamente visível, ele deslizou uma mão sobre o estômago até o fecho da fivela do cinto. As mãos do líder dos gnomos das profundezas se apertaram fortemente sobre a haste de suas armas enquanto observava cada movimento do elfo negro.

Um movimento do pulso de Drizzt liberou o fecho e suas cimitarras caíram ruidosamente sobre o chão de pedra.

Os svirfneblin saltaram em uníssono, depois se recuperaram rapidamente e se reaproximaram dele. Com uma única palavra do líder do grupo, dois dos guardas largaram suas armas e começaram uma revista completa — e não muito gentil — no intruso. Drizzt estremeceu quando encontraram a adaga que guardava na bota. Ele se considerou estúpido por esquecer a arma e não revelá-la abertamente desde o início.

Um momento depois, quando um dos svirfneblin alcançou o bolso mais profundo da *piwafwi* de Drizzt e puxou a estatueta de ônix, Drizzt se encolheu ainda mais.

Instintivamente, Drizzt alcançou a pantera, com uma expressão suplicante em seu rosto.

Ele recebeu um golpe de cabo de lança nas costas por seus esforços. Os gnomos das profundezas não eram uma raça má, mas não tinham amor pelos elfos negros. Os svirfneblin haviam sobrevivido durante séculos incontáveis no Subterrâneo com poucos aliados, mas muitos inimigos, e eles classificavam os drow como os mais importantes dentre os últimos. Desde a fundação da antiga cidade de Gruta das Pedras Preciosas, a maioria dos vários svirfneblin que haviam sido mortos fora da cidade havia caído pelas mãos e armas dos drow.

Agora, inexplicavelmente, um desses mesmos elfos negros havia andado até as portas da cidade e entregado suas armas de forma voluntária.

Os gnomos das profundezas amarraram as mãos de Drizzt firmemente atrás de suas costas, e quatro dos guardas mantiveram as pontas de suas armas apoiadas nele, prontos para afundá-las ao menor movimento ameaçador de Drizzt. Os guardas restantes retornaram de sua busca pela escadaria, não relatando outros elfos drow em qualquer lugar nos arredores. O líder continuava desconfiado, no entanto, e colocou guardas em várias posições estratégicas, depois fez um gesto para os dois gnomos das profundezas que esperavam nas portas da cidade.

As grandes portas se separaram, e Drizzt foi conduzido para dentro. Ele só podia esperar naquele momento de medo e emoção que houvesse abandonado o caçador no Subterrâneo selvagem.

Capítulo 5
Aliado profano

Sem pressa de encarar sua mãe furiosa, Dinin se dirigiu lentamente em direção à antessala da capela da Casa Do'Urden. Matriarca Malícia havia mandado chamá-lo, e não poderia recusar a convocação. Ele encontrou Vierna e Maya no corredor além das portas ornamentadas, igualmente hesitantes.

— O que está acontecendo? — Dinin perguntou a suas irmãs na língua silenciosa de sinais.

— Matriarca Malícia esteve com Briza e Shi'nayne o dia todo — responderam as mãos de Vierna.

— Planejando outra expedição em busca de Drizzt — Dinin gesticulou desanimado, não gostando nem um pouco da ideia de que, sem dúvida, seria incluído em tais planos.

As duas mulheres não deixaram o escárnio desdenhoso de seu irmão passar.

— Foi tão terrível assim? — Maya perguntou. — Briza praticamente não tocou no assunto.

— Seus dedos decepados e o estado de seu chicote revelaram muito — completou Vierna, com um sorriso irônico cruzando seu rosto enquanto gesticulava. Vierna, como qualquer outro filho da Casa Do'Urden, tinha pouco amor por sua irmã mais velha.

Nenhum sorriso em acordo se espalhou pelo rosto de Dinin quando se lembrou de seu encontro com Drizzt.

— Você testemunhou as proezas de nosso irmão enquanto ele ainda vivia conosco — as mãos de Dinin responderam. — Suas habilidades melhoraram dez vezes nesses anos que passou fora da cidade.

— Mas como ele estava? — perguntou Vierna, obviamente intrigada pela habilidade de Drizzt em sobreviver. Desde que a patrulha voltou com o relatório de que Drizzt ainda estava vivo, Vierna esperava secretamente poder voltar a ver o irmão mais novo. Eles haviam compartilhado um pai, pelo que diziam, e Vierna tinha mais empatia por Drizzt do que o bom senso permitia, considerando os sentimentos de Malícia por ele.

Percebendo sua expressão empolgada e lembrando-se da própria humilhação que sofrera pelas mãos de Drizzt, Dinin lançou uma careta de desaprovação para ela.

— Não tema, querida irmã — disseram rapidamente as mãos de Dinin. — Se Malícia te mandar para o Subterrâneo desta vez, como eu suspeito que irá, você vai ver mais de Drizzt do que gostaria. — Ao terminar a frase, Dinin bateu as mãos para marcar a ênfase do que acabara de dizer e caminhou diretamente entre as duas mulheres, passando pela porta da antessala.

— Seu irmão se esqueceu de como se bate na porta — disse Matriarca Malícia a Briza e Shi'nayne, que estavam de pé.

Rizzen, ajoelhado diante do trono, olhou por cima do ombro para ver Dinin.

— Eu não lhe dei permissão para levantar os olhos! — Malícia gritou para o patrono. Ela bateu com seu punho no braço de seu grande trono, e Rizzen se deixou cair no chão em medo. As próximas palavras de Malícia levavam a força de um feitiço.

— Para o chão! — ordenou, e Rizzen caiu a seus pés. Malícia estendeu a mão para o macho enquanto olhava diretamente para Dinin. O primogênito não deixou a intenção de sua mãe passar despercebida.

— Beije — ela disse a Rizzen, e ele rapidamente começou a cobrir de beijos sua mão estendida. — De pé — Malícia emitiu seu terceiro comando.

Rizzen chegou a meio caminho até que a matriarca o socasse diretamente no rosto, deixando-o cair no chão de pedra.

— Mexa-se e eu te mato — prometeu Malícia, e Rizzen permaneceu perfeitamente imóvel, sem dúvida alguma de que ela cumpriria sua promessa.

Dinin sabia que o show contínuo tinha sido mais para seu benefício do que para o de Rizzen. Ainda assim, sem piscar, Malícia olhava para ele.

— Você falhou — disse ela após uma longa pausa. Dinin aceitou a repreensão sem discutir, sem sequer ousar respirar até que Malícia girasse bruscamente na direção de Briza.

— E você! — gritou Malícia. — Seis guerreiros drow treinados ao seu lado, e você, uma alta sacerdotisa, não conseguiu trazer Drizzt de volta para mim.

Briza apertou e soltou os dedos enfraquecidos que Malícia havia restaurado magicamente em sua mão.

— Sete contra um — esbravejou Malícia —, e você vem correndo aqui com historinhas para assustar!

— Eu vou pegá-lo, Matriarca Mãe — prometeu Maya enquanto tomava seu lugar ao lado de Shi'nayne. Malícia olhou para Vierna, mas a segunda filha estava mais relutante em fazer promessas tão grandes.

— Você fala com coragem — disse Dinin a Maya. Imediatamente, o sorriso incrédulo de Malícia caiu sobre ele em uma lembrança áspera de que não era seu momento de falar.

Mas Briza concluiu prontamente o pensamento de Dinin.

— Coragem demais — rosnou. O olhar de Malícia desceu sobre ela, mas Briza era uma alta sacerdotisa sob o favor da Rainha Aranha e estava bem dentro de seus direitos de falar. — Você não sabe nada sobre nosso irmão mais novo — Briza continuou, falando tanto com Malícia quanto com Maya.

— Ele é apenas um macho — replicou Maya. — Eu iria...

— Você iria ser retalhada! — gritou Briza. — Controle suas palavras tolas e promessas vazias, irmã mais nova. Nos túneis além de Menzoberranzan, Drizzt a mataria sem sequer suar.

Malícia havia ouvido o relato de Briza sobre o reencontro com Drizzt por diversas vezes, e sabia o bastante sobre a coragem e os poderes de sua filha mais velha para entender que Briza não estava mentindo.

Maya recuou do confronto, não querendo chegar perto de arrumar uma briga com Briza.

— Você poderia derrotá-lo — Malícia perguntou a Briza —, agora que você entende melhor o que ele se tornou?

Em resposta, Briza flexionou sua mão ferida novamente. Levariam várias semanas antes de recuperar completamente sua habilidade com seus novos dedos.

— Ou você? — Malícia perguntou a Dinin, entendendo o gesto de Briza como uma resposta conclusiva.

Dinin se mexia nervosamente, sem saber como responder a sua mãe volátil. A verdade poderia deixá-lo com problemas com Malícia, mas uma mentira certamente o enviaria de volta aos túneis contra seu irmão.

— Fale a verdade pra mim! — Malícia rugiu. — Você deseja sair em outra caça a Drizzt, para que possa recuperar meu favor?

— Eu... — Dinin gaguejou, depois abaixou os olhos na defensiva. Malícia havia posto um feitiço de detecção em sua resposta, Dinin percebeu. Ela saberia se tentasse mentir. — Não — ele disse sem rodeios. — Mesmo ao custo de seu favor, Matriarca Mãe, eu não quero sair atrás de Drizzt novamente.

Maya e Vierna — até mesmo Shi'nayne — congelaram em surpresa com a resposta honesta, pensando que nada poderia ser pior do que a ira de uma Matriarca Mãe. Briza, porém, concordou com a cabeça, uma vez que ela, também, havia visto mais de Drizzt do que desejava. Malícia não deixou o significado das ações de sua filha passar.

— Me perdoe, Matriarca Mãe — continuou Dinin, tentando desesperadamente curar quaisquer ressentimentos que tivesse despertado —, eu vi Drizzt em combate. Ele me derrubou com muita facilidade — mais facilidade do que eu supunha que qualquer inimigo pudesse. Ele derrotou Briza sozinho, e nunca a vi perder! Eu não desejo caçar meu irmão de novo, porque temo que o resultado traga apenas mais raiva para você e mais problemas para a Casa Do'Urden.

— Está com medo? — Malícia perguntou maliciosamente.

Dinin assentiu.

— E eu sei que apenas a decepcionaria novamente, Matriarca Mãe. Nos túneis que ele chama de lar, Drizzt está além das minhas habilidades. Não posso imaginar que possa superá-lo.

— Posso aceitar tal covardia em um macho — disse Malícia com frieza. Dinin, sem opção, aceitou o insulto de forma estoica. — Mas você é uma alta sacerdotisa de Lolth! — Malícia provocou Briza. — Certamente um macho renegado não está além dos poderes que a Rainha Aranha deu a você.

— Ouça as palavras de Dinin, minha matriarca — respondeu Briza.

— Lolth está com você! — Shi'nayne gritou para ela.

— Mas Drizzt está além da Rainha Aranha — rebateu Briza. — Temo que Dinin fale a verdade — por todos nós. Não podemos pegar Drizzt lá fora. Os túneis do Subterrâneo são o seu domínio, onde somos apenas estranhos.

— Então, o que devemos fazer? — resmungou Maya.

Malícia tornou a se recostar em seu trono e apoiou seu queixo delgado na palma de sua mão. Ela havia tentado persuadir Dinin sob o peso de uma ameaça, e ainda assim ele declarou que não se aventuraria voluntariamente atrás de Drizzt. Briza, ambiciosa e poderosa, e sob o favor de Lolth, mesmo que a Casa Do'Urden e Matriarca Malícia não estivessem, voltou sem seu precioso chicote e os dedos de uma mão.

— Jarlaxle e seu bando de mercenários? — Vierna ofereceu, vendo o dilema de sua mãe. — Bregan D'aerthe tem sido de valor para nós por muitos anos.

— O líder mercenário não concordará — respondeu Malícia, uma vez que tentara contratar o mercenário para a mesma tarefa anos atrás. — Todo membro de Bregan D'aerthe segue as decisões de Jarlaxle, além disso, nem toda a riqueza que possuímos seria capaz de tentá-lo. Eu suspeito que Jarlaxle está sob ordens estritas de Matriarca Baenre. Drizzt é problema nosso, e a Rainha Aranha está cobrando de nós a solução desse problema.

— Se ordenar que eu vá, eu irei — disse Dinin. — Eu só temo decepcioná-la, Matriarca Mãe. Não temo as lâminas de Drizzt, nem a própria morte, se estiver sob seu serviço. — Dinin havia interpretado o mau humor de sua mãe o suficiente para saber que ela não tinha intenção de mandá-lo novamente em busca de Drizzt, e ele acreditou que seria sábio em se mostrar tão generoso quando não o custaria nada.

— Obrigada, meu filho — Malícia sorriu para ele. Dinin teve que segurar seu riso quando percebeu que as três irmãs o estavam encarando. — Agora deixe-nos a sós — Malícia continuou condescendentemente, roubando o momento de Dinin. — Temos negócios a tratar que não são problemas de um macho.

Dinin fez uma longa reverência e foi para a porta. Suas irmãs tomaram nota do quão facilmente Malícia havia arrancado a prepotência de Dinin.

— Eu me lembrarei de suas palavras — Malícia disse ironicamente, se deliciando com sua demonstração de poder e com os aplausos silenciosos. Dinin congelou por um segundo, com sua mão na maçaneta da porta ornamentada. — Um dia você vai provar sua lealdade a mim, não duvide. — Todas as cinco altas sacerdotisas riram pelas costas de Dinin quando ele saiu da sala.

No chão, Rizzen se encontrava em um dilema bastante perigoso. Malícia havia dispensado Dinin, dizendo, basicamente, que os homens não tinham o direito de permanecer na sala. No entanto, Malícia não havia dado a Rizzen permissão para se mover. Ele plantou os pés e os dedos contra a pedra, pronto para sair em um instante.

— Você ainda está aqui? — Malícia berrou para ele. Rizzen disparou na direção da porta. — Pare! — Malícia gritou novamente, com suas palavras novamente fortalecidas por um feitiço.

Rizzen parou de repente, contra o seu bom senso e incapaz de resistir ao feitiço de Matriarca Malícia.

— Eu não lhe dei permissão para se mexer! — Malícia gritou por detrás dele.

— Mas... — Rizzen começou a reclamar.

— Peguem-no! — Malícia ordenou as suas duas filhas mais novas, e Vierna e Maya agarraram Rizzen. — Ponham-no em uma cela no calabouço — instruiu Malícia. — Mantenham-no vivo. Nós precisaremos dele mais tarde.

Vierna e Maya levaram o macho trêmulo da antessala. Rizzen não se atreveu a oferecer resistência.

— Você tem um plano — disse Shi'nayne a Malícia. Enquanto ainda era SiNafay, a Matriarca Mãe da Casa Hun'ett, a mais nova Do'Urden havia aprendido a enxergar os motivos por detrás de todas as ações. Ela conhecia bem os deveres de uma Matriarca Mãe e entendia que a explosão de Malícia contra Rizzen, que na verdade não havia feito nada de errado, era algo mais calculado do que um ataque de fúria.

— Eu concordo com sua avaliação — disse Malícia a Briza. — Drizzt está além de nós.

— Mas, pelas palavras da própria Matriarca Baenre, não devemos falhar — Briza lembrou à mãe. — Seu lugar no conselho governante deve ser fortalecido a todo custo.

— Não iremos falhar — Shi'nayne disse a Briza, olhando Malícia o tempo todo. Outro olhar irônico apareceu no rosto de Malícia quando Shi'nayne continuou. — Em dez anos de batalha contra a Casa Do'Urden — disse ela —, eu aprendi os métodos de Matriarca Malícia. Sua mãe encontrará uma forma de pegar Drizzt. — Ela fez uma pausa, observando o sorriso crescente de sua nova mãe. — Ou teria ela, talvez, já encontrando um jeito?

— Veremos — ronronou Malícia, sentindo sua confiança aumentar com o decreto de respeito de sua ex-rival. — Ah, veremos.

Mais de duzentos plebeus da Casa Do'Urden se amontoavam na grande capela, repartindo efusivamente os rumores sobre os próximos eventos. Aos plebeus raramente era permitido entrar naquele lugar sagrado, apenas nas datas mais importantes em honra a Lolth ou na oração comunitária antes de uma batalha. No entanto, não havia expectativas entre eles de qualquer guerra iminente, e aquele não era um dia santo no calendário drow.

Dinin Do'Urden, também ansioso e animado, caminhava por dentre a multidão, colocando elfos negros nas filas de assentos que cercavam o estrado central elevado. Sendo apenas um macho, Dinin não participaria da cerimônia no altar e Matriarca Malícia não lhe havia dito nada sobre seus planos. Pelas instruções que lhe dera, no entanto, Dinin sabia que os resultados dos eventos daquele dia seriam críticos para o futuro de sua família. Ele era o líder do entoar; continuaria caminhando ao longo da assembleia, regendo os plebeus nos versos apropriados para a Rainha Aranha. Dinin havia desempenhado esse papel muitas vezes antes, mas desta vez Matriarca Malícia havia avisado que, se uma única voz falasse incorretamente, Dinin perderia a vida. Ainda havia outro fato que perturbava o primogênito da Casa Do'Urden: ele normalmente era acompanhado em seus deveres na capela pelo outro nobre masculino da casa, o atual companheiro de Malícia. Rizzen não tinha sido visto desde o dia em que toda a família se reunira na antessala. Dinin suspeitava que o reinado de Rizzen como patrono logo chegaria a um final trágico. Não era segredo que Matriarca Malícia havia dado companheiros anteriores para Lolth.

Quando todos os plebeus estavam sentados, luzes mágicas avermelhadas começaram a brilhar suavemente sobre a sala. A iluminação aumentou gradualmente, permitindo que os elfos negros ajustassem confortavelmente seus olhos do espectro infravermelho para o luminoso.

Vapores diversos saíam debaixo dos assentos, abraçavam o chão e elevavam-se em baforadas ondulantes. Dinin liderou a multidão em um mantra grave, o chamado de Matriarca Malícia.

Malícia apareceu no alto do teto abobadado da sala, com os braços esticados e as dobras de suas túnicas negras com imagens de aranhas dançando no ar graças a uma brisa mágica. Ela desceu lentamente, em movimentos circulares, para poder esquadrinhar a sala, encarando cada participante do encontro — e para permitir que contemplassem o esplendor de sua Matriarca Mãe.

Quando Malícia pousou na plataforma central, Briza e Shi'nayne apareceram no teto, flutuando de forma semelhante. Elas pousaram e tomaram seus lugares, Briza na caixa coberta por um tecido ao lado da mesa de sacrifício em forma de aranha e Shi'nayne atrás de Matriarca Malícia.

Malícia bateu as mãos e o som cessou abruptamente. Oito braseiros que alinhavam a plataforma central se acenderam imediatamente. A luz das chamas era menos dolorosa para os olhos sensíveis dos drow em meio ao brilho brumoso e avermelhado.

— Entrem, minhas filhas! — gritou Malícia, e todas as cabeças se viraram para as portas principais da capela. Vierna e Maya entraram, com Rizzen, lento e aparentemente drogado, apoiado entre elas, seguido por um caixão que flutuava, os seguindo.

Dinin, dentre outros, achou aquele cortejo estranho. Ele poderia supor, pelo que imaginava, que Rizzen deveria ser sacrificado, mas nunca havia ouvido falar de um caixão sendo trazido para a cerimônia.

As Do'Urden mais jovens se dirigiram até a plataforma central e rapidamente colocaram Rizzen na mesa de sacrifício. Shi'nayne interceptou o caixão flutuante e guiou-o até posicioná-lo no lado oposto a Briza.

— Convoque a aia! — Malícia gritou, e Dinin imediatamente guiou os plebeus ali reunidos no entoar. Os braseiros rugiram mais alto. Malícia e as outras altas sacerdotisas incitavam a multidão com gritos mágicos de palavras-chave da convocação. Um vendaval repentino surgiu do nada, e chicoteou a névoa em uma dança frenética.

As chamas dos oito braseiros dispararam em colunas altas sobre Malícia e suas filhas, unindo-se em uma explosão acima do centro da plataforma circular. Os braseiros sopraram uma vez de forma unificada, lançando a última das suas chamas na convocação, depois passaram a queimar em uma chama tênue quando as linhas de fogo se enrolaram em uma única bola e se tornaram um único pilar de chamas.

Os plebeus ofegaram, mas continuaram entoando o encantamento enquanto o pilar assumia alternadamente todas as cores do espectro, esfriando gradualmente até as chamas dissiparem. Em seu lugar, havia uma criatura com tentáculos, mais alta do que um drow, similar a uma vela meio derretida com características faciais alongadas e caídas. Toda a multidão reconheceu o ser, embora alguns plebeus jamais tivessem visto um antes, exceto talvez em ilustrações nos livros clericais. Todos os presentes entendiam o bastante a importância daquela reunião naquele momento, uma vez que nenhum drow poderia ignorar o significado da presença de uma yochlol, uma aia pessoal de Lolth.

— Saudações, aia. — Malícia disse em voz alta. — Daermon N'a'shezbaernon é abençoada por sua presença.

A yochlol examinou a reunião por um longo tempo, surpresa pelo fato da Casa Do'Urden ter tido a coragem de providenciar tal convocação. Matriarca Malícia não estava sob o favor de Lolth.

Somente as altas sacerdotisas sentiram a pergunta telepática: *Por que ousaram chamar-me?*

— Para corrigir nossos erros! — Malícia gritou em voz alta, atraindo a atenção de todos ali reunidos para a tensão daquele momento. — Para recuperar o favor de sua Senhora, o favor que é o único propósito de nossa existência! — Malícia olhou fixamente para Dinin, e ele começou a canção correta, a maior canção de louvor à Rainha Aranha.

Estou satisfeita com a sua exibição, Matriarca Malícia vieram os pensamentos da yochlol, desta vez dirigidos exclusivamente para Malícia. *Mas você sabe que essa reunião não a ajudará em nada em sua atual situação.*

Este é apenas o começo, Malícia respondeu mentalmente, confiante de que a aia era capaz de ler todos os seus pensamentos. A matriarca encontrava certo alívio nessa certeza, porque acreditava que seus desejos de recuperar o favor de Lolth eram sinceros. *Meu filho mais novo prejudicou a Rainha Aranha. Ele deve pagar por seus atos.*

As outras altas sacerdotisas, excluídas da conversa telepática, se juntaram ao louvor para Lolth.

Drizzt Do'Urden vive, a yochlol lembrou a Malícia. *E não está sob sua custódia.*

Isso será corrigido em breve, prometeu Malícia.

E o que você deseja de mim?

— Zin-carla! — Malícia gritou em voz alta.

A yochlol recuou por um segundo, momentaneamente atordoada pela ousadia do pedido. Malícia manteve posição, determinada que seu plano não falharia. Ao redor dela, as outras sacerdotisas prendiam a respiração, percebendo plenamente que o momento de triunfo ou desastre pairava sobre todos eles.

É o nosso maior presente, vieram os pensamentos da yochlol, *raramente concedido, mesmo a Matriarcas sob o favor da Rainha Aranha. E você, que não agradou a Lolth, se atreve a pedir um Zin-carla?*

É o certo e o mais adequado, Malícia respondeu. Então, em voz alta, precisando do apoio de sua família, ela gritou:

— Que meu filho mais novo veja a loucura de seus caminhos e o poder dos inimigos que fez. Que meu filho testemunhe a horrível glória de Lolth revelada, de modo que ele se ajoelhe e implore por perdão! — Malícia voltou à comunicação telepática. *E que, só então, a aparição espectral crave uma espada em seu coração!*

O olho da yochlol ficou vazio quando a criatura voltou-se para si mesma, buscando orientação em seu plano de existência. Muitos minutos — minutos agonizantes para Matriarca Malícia e toda a reunião silenciosa — passaram antes que os pensamentos da Yochlol voltassem.

Você tem o cadáver?

Malícia sinalizou para Maya e Vierna, e elas correram até o caixão e removeram a tampa de pedra. Dinin entendeu então que o caixão não fora trazido para Rizzen, mas que já estava ocupado. Um cadáver animado se arrastou para fora e cambaleou para o lado de Malícia. Estava decomposto e a maior parte de suas feições haviam apodrecido, mas Dinin e a maioria dos outros na grande capela o reconheceram imediatamente: Zaknafein Do'Urden, o lendário mestre de armas.

Zin-carla, a yochlol perguntou, *para que o mestre de armas que você deu à Rainha Aranha corrija os erros de seu filho mais novo?*

É apropriado, Malícia respondeu, sentindo que a yochlol estava satisfeita. Zaknafein, o tutor de Drizzt, havia ajudado a inspirar as atitudes blasfemas que arruinaram Drizzt. Lolth apreciava a ironia, e ter esse mesmo serviço de Zaknafein como executor agradaria a ela.

Um zin-carla exige um grande sacrifício, veio a demanda da yochlol.

A criatura olhou para a mesa em forma de aranha, onde Rizzen estava alheio ao seu redor. A yochlol parecia franzir a testa, se tais criaturas pudessem franzir a testa, à vista de um sacrifício tão miserável. A criatura então voltou para Matriarca Malícia e leu seus pensamentos.

Continue, a yochlol induziu, de repente, muito interessada.

Malícia ergueu os braços, começando mais uma canção para Lolth. Ela dirigiu-se a Shi'nayne, que caminhou até o compartimento ao lado de Briza e retirou a adaga cerimonial, a mais preciosa posse da Casa Do'Urden. Briza se encolheu quando viu sua mais nova "irmã" lidar com o item, seu punho no formato do corpo de uma aranha com oito pernas em forma de lâmina que se dobravam até se unir. Durante séculos, era a função de Briza levar a adaga cerimonial aos corações dos presentes para a Rainha Aranha.

Shi'nayne sorriu para a filha mais velha enquanto se afastava, sentindo a raiva de Briza. Ela se juntou a Malícia na mesa ao lado de Rizzen e posicionou a adaga sobre o coração do patrono condenado.

Malícia agarrou suas mãos para detê-la.

— Desta vez eu devo fazer isso — explicou Malícia, para o desânimo de Shi'nayne, que olhou por cima do ombro para ver Briza retornando seu sorriso dez vezes mais aberto.

Malícia esperou até que a canção terminasse, e o grupo reunido permaneceu em silêncio, enquanto Malícia, sozinha, iniciou o entoar adequado.

— *Takken bres duis bres* — começou, ambas as mãos se retorcendo sobre o punho do instrumento mortal.

Um momento depois, o canto de Malícia terminou e o punhal se elevou. Toda a casa estava tensa, aguardando o momento de êxtase, a oferenda selvagem para a sua cruel Rainha Aranha.

O punhal desceu, mas Malícia girou abruptamente para o lado e levou-o ao coração de Shi'nayne, Matriarca SiNafay Hun'ett, sua rival mais odiada.

— Não! — ofegou SiNafay, mas já não havia como impedir o que havia sido feito. Oito pernas de lâmina agarraram seu coração. SiNafay tentou falar, lançar um feitiço de cura sobre si ou uma maldição sobre Malícia, mas nada além de sangue saia de sua boca. Dando seus últimos suspiros, ela caiu sobre Rizzen.

Toda a casa irrompeu em gritos de choque e alegria, enquanto Malícia arrancava a adaga do corpo de SiNafay Hun'ett, com o coração de sua inimiga saindo junto com ela.

— Sórdida! — Briza gritou acima do tumulto, uma vez que até ela desconhecia os planos de Malícia. Mais uma vez, Briza era a filha mais velha da Casa Do'Urden, de volta à posição de honra que tanto ansiava.

Sórdida!, a yochlol ecoou na mente de Malícia. *Saiba que estamos satisfeitas!*

Por detrás da cena horripilante, o cadáver animado caiu estatelado no chão. Malícia olhou para a aia e entendeu.

— Ponha Zaknafein na mesa! Rápido! — ela instruiu a suas filhas mais novas. Eles se mexeram, deslocando Rizzen e SiNafay e colocando o corpo de Zaknafein no lugar.

Briza, também, se pôs em ação, alinhando cuidadosamente os muitos frascos de pomadas que haviam sido minuciosamente preparados para aquele momento. A reputação de Matriarca Malícia como a melhor na arte dos unguentos da cidade seria testada naquele instante.

Malícia olhou para a yochlol.

— Zin-carla? — ela perguntou em voz alta.

Você não recuperou o favor de Lolth! Veio a resposta telepática, tão poderosa que levou Malícia a cair de joelhos. Malícia apertou sua cabeça, pensando que iria explodir da pressão que a inundava.

Gradualmente, a dor diminuiu.

Mas você agradou a Rainha Aranha no dia de hoje, Malícia Do'Urden, explicou a yochlol. *E concordamos que seus planos para seu filho sacrílego são apropriados. Será concedido o zin-carla, mas saiba que esta é sua última chance, Matriarca Malícia Do'Urden! Seus maiores medos não chegam nem perto da realidade das verdadeiras consequências de seu fracasso.*

A yochlol desapareceu em uma bola de fogo explosiva que estremeceu as estruturas da capela da Casa Do'Urden. Aqueles ali reunidos entraram em um frenesi ainda maior perante a demonstração do poder descomunal da divindade maligna, e Dinin liderou-os novamente em uma canção de louvor a Lolth.

— Dez semanas! — veio o último grito da aia, uma voz tão poderosa que os drow de posição mais baixa cobriram suas orelhas e se encolheram no chão.

E assim, por dez semanas, por setenta ciclos de Narbondel, o relógio diário de Menzoberranzan, toda a Casa Do'Urden reuniu-se na grande capela, Dinin e Rizzen conduzindo os plebeus em canções para a Rainha Aranha, enquanto Malícia e suas filhas trabalhavam sobre o cadáver de Zaknafein com pomadas mágicas e feitiços poderosos.

Reanimar um cadáver era um feitiço simples para uma sacerdotisa, mas zin-carla era algo muito além disso. Uma aparição espectral, o resultado morto-vivo, seria convocado, um zumbi imbuído das habilidades de sua vida anterior e controlado pela Matriarca Mãe designada por Lolth. Era o mais precioso dos presentes de Lolth, raramente solicitado e ainda mais raramente concedido, uma vez que zin-carla — devolver o espírito ao corpo — era uma prática arriscada. Somente através da pura força de vontade da sacerdotisa encantadora as habilidades desejadas do ser vivo eram separadas das memórias e emoções indesejadas. A fronteira da consciência e do controle era uma linha fina para se caminhar, mesmo considerando a disciplina mental exigida de uma alta sacerdotisa. Além disso, Lolth só concedia os zin-carla para a conclusão de tarefas específicas, e tropeçar nessa linha fina de disciplina inevitavelmente resultaria em fracasso.

Lolth não era misericordiosa diante do fracasso.

Capítulo 6

Gruta das Pedras Preciosas

GRUTA DAS PEDRAS PRECIOSAS era diferente de tudo o que Drizzt já havia visto. Quando os guardas svirfneblin o conduziram através das imensas portas de pedra e ferro, ele esperava dar de cara com algo não muito diferente de Menzoberranzan, embora em menor escala. Suas expectativas não poderiam estar mais longe da verdade.

Enquanto Menzoberranzan se espalhava em uma única caverna enorme, Gruta das Pedras Preciosas era composta de uma série de câmaras interligadas por túneis baixos. A maior caverna do complexo, logo além das portas de ferro, foi a primeira seção que Drizzt adentrou. A guarda da cidade estava alojada ali, e a câmara havia sido moldada e projetada exclusivamente para a defesa do local. Dezenas de camadas e duas vezes esse número de escadas subiam e desciam. Assim, mesmo que um atacante estivesse a apenas dez metros de um defensor, ainda precisaria descer vários níveis, e subir vários outros, para se aproximar o suficiente para atacar. As paredes baixas de pedras empilhadas e perfeitamente encaixadas definiam as passarelas e se teciam em paredes maiores e mais espessas que poderiam manter um exército invasor encurralado durante um período dolorosamente longo nas seções expostas da câmara.

Dezenas de svirfneblin corriam para seus postos a fim de confirmar os sussurros de que um elfo drow havia sido trazido para o interior de seus portões. Eles olharam para baixo, para Drizzt, de cada poleiro, e ele não conseguia decidir se achava que suas expressões significavam curiosidade ou indignação. Em ambos os casos, os gnomos das profundezas certamente estavam preparados para qualquer coisa que ele pudesse tentar; cada um carregava virotes ou bestas pesadas, armadas e prontas.

Os svirfneblin levaram Drizzt pela câmara, subindo tantas escadas quanto desciam, sempre dentro das passagens definidas e sempre com vários outros guardas nas proximidades. O caminho virava em curvas e caía, então elevava-se rapidamente e recuava por diversas vezes, e a única maneira que Drizzt conseguia saber para qual direção estava indo era observando o teto, visível mesmo dos níveis mais baixos da câmara. O drow sorria por dentro, ainda que não ousasse exibir seu sorriso, ante o pensamento de que, ainda que nenhum soldado gnomo estivesse presente, um exército invasor provavelmente passaria horas tentando encontrar seu caminho através daquela única câmara.

No final de um corredor baixo e estreito, no qual os gnomos das profundezas precisavam viajar em uma fila única e Drizzt tinha que se agachar a cada passo, a trupe entrou na cidade propriamente dita. Mais larga, mas não tão longa quanto o cômodo anterior, esta câmara, também, estava em camadas, embora com muito menos níveis. Dezenas de entradas de cavernas alinhavam-se às paredes por todos os lados, e chamas queimavam em várias áreas, uma visão rara no Subterrâneo, uma vez que não era fácil encontrar combustível apropriado e o ar era precioso. Gruta das Pedras Preciosas era brilhante e quente para os padrões do Subterrâneo, mas não era nada desconfortável em nenhum dos aspectos.

Drizzt sentiu-se à vontade, apesar de sua óbvia situação, ao ver os svirfneblin seguir suas rotinas diárias ao seu redor. Olhos curiosos caíam sobre ele, mas não se demoravam, porque os gnomos das profundezas de Gruta das Pedras Preciosas eram trabalhadores extremamente dedicados, com muito pouco tempo para desperdiçar ficando parados assistindo à procissão.

Mais uma vez, Drizzt foi conduzido para estradas claramente definidas. Na própria cidade, elas não eram tão tortuosas e difíceis quanto as da caverna de entrada. Lá, as estradas avançavam suavemente e retas, e todas aparentemente levavam a um grande edifício central de pedra.

O líder do grupo que conduzia Drizzt apressou-se a falar com dois guardas que empunhavam picaretas naquela estrutura central. Um dos guardas correu para dentro, enquanto o outro segurava a porta de ferro aberta para a patrulha e seu prisioneiro.

Andando com urgência pela primeira vez desde que entraram na cidade, os svirfneblin levaram Drizzt através de uma série de corredores curvos terminando em uma câmara circular de no máximo dois metros e meio de diâmetro com um teto desconfortavelmente baixo. A sala estava vazia, exceto por uma única cadeira de pedra. Assim que foi posto sentado sobre ela, Drizzt entendeu seu propósito. Grilhões de ferro haviam sido incorporados na cadeira, e Drizzt foi preso firmemente em todas as articulações. Os svirfneblin não eram muito gentis, mas quando Drizzt se encolheu quando a corrente ao redor de sua cintura se dobrou e o apertou demais, um dos gnomos das profundezas imediatamente a soltou e tornou a prendê-lo firme, mas confortavelmente.

Eles deixaram Drizzt sozinho no cômodo escuro e vazio. A porta de pedra se fechou com uma batida maçante, e Drizzt não conseguia mais ouvir som algum além dela.

As horas passaram.

Drizzt flexionou seus músculos, procurando alguma vulnerabilidade nos grilhões apertados. Uma mão se sacudiu e puxou, e apenas a dor do ferro mordendo o pulso o alertou para suas ações. Ele estava voltando para o caçador novamente, agindo para sobreviver e desejando apenas fugir.

— Não! — gritou Drizzt. — ele tencionou todos os músculos e os forçou a voltar a seu controle racional. Será que o caçador acabou ganhando tanto espaço? Drizzt se deixara conduzir até ali de bom grado, e até agora, a reunião havia tomado um rumo melhor do que esperava. Este não era o momento de ação desesperada, mas será que o caçador era forte o suficiente para anular as decisões racionais de Drizzt?

Drizzt não encontrou tempo para responder àquelas perguntas, uma vez que, um segundo depois, a porta de pedra abriu-se e um grupo de sete anciões svirfneblin — a julgar pelo extraordinário número de rugas que atravessavam seus rostos — entrou e se espalhou ao redor da cadeira de pedra. Drizzt reconheceu a importância aparente daquele grupo, porque, enquanto os guardas haviam usado armaduras de couro com anéis de mithral, esses gnomos das profundezas usavam vestes de um material delicado. Eles se movimentaram, examinando Drizzt de perto e tagarelando em sua língua indecifrável.

Um svirfneblin segurou o emblema da casa de Drizzt, que havia sido tirado da sua bolsa de pescoço, e pronunciou:

— Menzoberranzan?

Drizzt acenou com a cabeça, ao menos tanto quanto o grilhão de ferro em seu pescoço permitia, desejoso de estabelecer algum tipo de comunicação com seus captores. Os gnomos das profundezas, porém, tinham outras intenções. Eles voltaram para sua conversa particular, agora ainda mais agitada.

A conversa continuou por muitos minutos, e Drizzt podia dizer pelas inflexões de suas vozes que alguns dos svirfneblin não ficaram nada felizes por terem como prisioneiro um elfo negro vindo da cidade de seus inimigos mais próximos e mais odiados. Pelo tom irritado de sua discussão, Drizzt quase esperava que um deles se voltasse a qualquer momento e cortasse sua garganta.

Isso não aconteceu assim, é claro; os gnomos das profundezas não eram criaturas rudes nem cruéis. Um dos membros do grupo se separou dos outros e se aproximou para encarar Drizzt diretamente. Ele perguntou em uma linguagem hesitante, mas indiscutivelmente na língua drow:

— Por todas as pedras, elfo negro, por que você veio?

Drizzt não sabia como responder àquela pergunta simples. Como poderia explicar seus anos de solidão no Subterrâneo? Ou a decisão de abandonar seu povo maligno e viver de acordo com seus princípios?

— Amigo — ele respondeu simplesmente, e então se mexeu desconfortavelmente, achando sua resposta absurda e inadequada.

O svirfneblin, no entanto, parecia pensar o contrário. Ele coçou seu queixo sem pelos e refletiu profundamente sobre a resposta.

— Você... Você veio até nós de Menzoberranzan? — ele perguntou, seu nariz de águia enrugado enquanto pronunciava cada palavra.

— Sim — respondeu Drizzt, ganhando confiança.

O gnomo das profundezas inclinou a cabeça, esperando que Drizzt continuasse.

— Eu deixei Menzoberranzan há muitos anos — Drizzt tentou explicar. Seus olhos se voltaram para o passado enquanto se lembrava da vida que havia desertado. — Lá nunca foi meu lar.

— Ah, mas você está mentindo, elfo negro! — o svirfneblin gritou, segurando o emblema da Casa Do'Urden sem entender as conotações particulares das palavras de Drizzt.

— Eu vivi por muitos anos na cidade dos drow — ele respondeu rapidamente. — Eu sou Drizzt Do'Urden, aquele que um dia foi o Segundo Filho da Casa Do'Urden. — Ele olhou para o emblema que o svirfneblin segurava, marcado com a insígnia de sua família, e tentou explicar. — Daermon N'a'shezbaernon.

O gnomo das profundezas voltou-se para seus camaradas, que começaram a falar ao mesmo tempo. Um deles assentia com entusiasmo, aparentemente reconhecendo o nome antigo da casa drow, o que surpreendeu a Drizzt.

O gnomo das profundezas que estava interrogando Drizzt bateu os dedos sobre seus lábios enrugados, fazendo pequenos sons irritantes enquanto contemplava o curso do interrogatório.

— De acordo com o que sabemos, a Casa Do'Urden sobrevive — ele comentou casualmente, observando as reações de Drizzt. Quando Drizzt não respondeu imediatamente, o gnomo das profundezas o criticou acusadoramente:

— Você não é nenhum renegado!

Como poderia o svirfneblin saber disso? Drizzt se perguntou.

— Sou um renegado por escolha própria — ele começou a explicar.

— Ah, elfo negro — o gnomo das profundezas respondeu novamente com calma —, você está aqui por escolha própria, nisso eu consigo acreditar. Mas um renegado? Por todas as pedras, elfo negro — o rosto do gnomo das profundezas se contorceu de repente e assustadoramente —, você é um espião! — então, de repente, o gnomo das profundezas tornou a se acalmar e relaxou, assumindo uma postura mais confortável.

Drizzt olhou-o com cuidado. Será que aquele svirfneblin em específico era um adepto de tais mudanças de atitude abruptas, talvez com o objetivo de confundir seu prisioneiro? Ou será que essa imprevisibilidade era o padrão daquela raça? Drizzt se esforçou para organizar seus pensamentos por um momento, tentando lembrar-se de seu encontro anterior com gnomos das profundezas. Mas então o interrogador alcançou um bolso incrivelmente profundo em suas roupas grossas e retirou de lá uma estatueta que Drizzt conhecia bem.

— Me diga, e me diga a verdade, elfo negro, e assim se poupe de muito tormento. O que é isso? — o gnomo das profundezas perguntou calmamente.

Drizzt sentiu seus músculos se contraindo de novo. O caçador queria chamar Guenhwyvar, para trazer para lá a pantera, para que ela pudesse estraçalhar aqueles svirfnebli velhos e enrugados. Um deles poderia estar com as chaves das correntes de Drizzt — então ele estaria livre...

Drizzt afastou os pensamentos com uma sacudidela de sua cabeça e afastou o caçador de sua mente. Ele conhecia o desespero de sua situação e sabia aquilo desde o momento em que decidiu vir a Gruta das

Pedras Preciosas. Se os svirfneblin realmente acreditassem que ele era um espião, certamente o executariam. Mesmo que não estivessem certos de sua intenção, eles poderiam se atrever a mantê-lo vivo?

— Foi uma loucura vir aqui — Drizzt sussurrou em voz baixa, percebendo o dilema sob o qual colocara a si mesmo e aos gnomos das profundezas. O caçador tentou voltar a seus pensamentos: uma única palavra, e a pantera apareceria.

— Não! — Drizzt gritou pela segunda vez naquele dia, descartando aquele lado mais sombrio de si mesmo. Os gnomos das profundezas saltaram para trás, temendo que o drow estivesse lançando um feitiço. Um dardo cravou-se no peito de Drizzt, liberando um sopro de gás no impacto.

Drizzt perdeu a consciência assim que o gás penetrou em suas narinas. Ele ouviu os svirfneblin falando desenfreadamente sobre ele, discutindo seu destino em sua língua indecifrável. Ele viu a forma de um deles, apenas uma sombra, aproximando-se e examinando seus dedos, procurando em suas mãos algum possível componente mágico.

Quando os pensamentos e a visão de Drizzt voltaram finalmente ao normal, tudo estava como antes. A estatueta de ônix surgiu diante de seus olhos.

— O que é isto?— o mesmo gnomo das profundezas perguntou novamente, desta vez um pouco mais insistentemente.

— Uma companheira — sussurrou Drizzt. — Minha única amiga — Drizzt pensou muito em suas próximas ações por um longo momento. Ele realmente não podia culpar os svirfneblin se o matassem, e Guenhwyvar deveria ser mais do que uma estatueta que adornava um manto de um gnomo das profundezas que sequer sabia o que estava carregando.

— Seu nome é Guenhwyvar — explicou Drizzt ao gnomo das profundezas. — Chame a pantera e ela virá, uma aliada e amiga. Mantenham-na segura, porque é muito preciosa e muito poderosa.

O svirfneblin olhou para a estatueta e depois voltou para Drizzt, curioso e com cautela. Ele entregou a estatueta a um de seus companheiros e o enviou para fora da sala com ela, sem confiar muito no drow. Se o drow houvesse falado a verdade, e o gnomo das profundezas não duvidava que houvesse, Drizzt acabara de entregar o segredo para um item mágico muito valioso. Ainda mais surpreendente, se Drizzt tivesse falado verdade, ele poderia ter abandonado sua única chance de escapar. Aquele svirfneblin vivera por quase dois séculos e era tão experiente nos caminhos dos elfos negros quanto qualquer um de seu povo. Quando um drow agia de forma imprevisível, como aquele ali estava fazendo, aquilo perturbava o svirfneblin. Os elfos negros eram cruéis e malignos, com uma reputação bem merecida, e quando um drow individual se encaixava nesse padrão, poderia ser tratado de forma eficiente e sem remorso. Mas o que os gnomos das profundezas poderiam fazer com um drow que dava uma demonstração de moral tão inesperada?

Os svirfneblin voltaram a sua conversa particular, ignorando Drizzt completamente. Então eles partiram, exceto aquele que poderia falar a língua dos elfos negros.

— O que fará? — Drizzt ousou perguntar.

— O julgamento é reservado apenas para o rei — o gnomo das profundezas respondeu com sobriedade. — Ele ponderará sobre seu destino por vários dias, com base nas observações de seu conselho, o grupo que você conheceu. — o gnomo fez uma reverência profunda, então olhou Drizzt nos olhos quando se levantou e disse sem rodeios:

— Eu suspeito, elfo negro, que você será executado. — Drizzt assentiu, resignado à lógica que exigiria sua morte. — Mas acredito que você é diferente, elfo negro — continuou o gnomo das profundezas. — Suspeito, também, que irei recomendar a clemência, ou pelo menos a misericórdia, na execução.

Com um rápido encolher de seus ombros pesados, o svirfneblin virou-se e dirigiu-se para a porta.

O tom das palavras do gnomo das profundezas trouxe à tona uma sensação familiar em Drizzt. Outro svirfneblin falara com Drizzt de uma maneira similar, com palavras similares, muitos anos antes.

— Espere — chamou Drizzt. O svirfneblin parou e se virou, e Drizzt revirou seus pensamentos, tentando se lembrar do nome do gnomo das profundezas que salvara naquela ocasião.

— O que é? — perguntou o svirfneblin, começando a perder a paciência.

— Um gnomo das profundezas — explicou Drizzt, em crescente euforia — da sua cidade, eu acredito. Sim, ele tinha que ser.

— Você conhece alguém de meu povo, elfo negro? — o svirfneblin sugeriu, voltando a se dirigir para a cadeira de pedra. — Diga seu nome.

— Eu não sei — respondeu Drizzt. — Eu era membro de um grupo de caça, anos atrás, talvez uma década. Nós lutamos contra um grupo de svirfneblin que entrou em nossa região. — ele se encolheu com o olhar furioso do gnomo, mas continuou, sabendo que o único sobrevivente svirfneblin daquele combate poderia ser sua única esperança. — Apenas um gnomo das profundezas sobreviveu, creio eu, e voltou para Gruta das Pedras Preciosas.

— Qual era o nome deste sobrevivente? — o svirfneblin perguntou com raiva, com seus braços cruzados firmemente sobre seu peito e sua bota pesada batendo no chão de pedra.

— Eu não me lembro — admitiu Drizzt.

— Por que você está me dizendo isso? — o svirfneblin rosnou. — Eu tinha pensado que você era diferente d...

— Ele perdeu as mãos na batalha — Drizzt continuou obstinadamente. — Por favor, você deve saber sobre ele.

— Belwar? — o svirfneblin respondeu imediatamente. O nome reavivou ainda mais lembranças em Drizzt.

— Belwar Dissengulp — disparou Drizzt. — Então ele está vivo! Ele pode se lembrar...

— Ele nunca se esquecerá daquele dia terrível, elfo negro! — o svirfneblin declarou com os dentes cerrados, com um tom evidentemente furioso em sua voz. — Ninguém em Gruta das Pedras Preciosas jamais se esquecerá daquele dia terrível!

— Traga-o. Traga Belwar Dissengulp — argumentou Drizzt.

O gnomo das profundezas afastou-se da sala, sacudindo a cabeça em descrença ante as surpresas frequentes daquele elfo negro.

A porta de pedra se fechou, deixando Drizzt sozinho para contemplar sua mortalidade e afastar as esperanças que ele não ousava alimentar.

※

— Você achou que eu deixaria você escapar de mim? — Malícia estava dizendo a Rizzen quando Dinin entrou na antessala da capela. — Era apenas um estratagema para evitar qualquer suspeita vinda de SiNafay Hun'ett.

— Obrigado, Matriarca Mãe — Rizzen respondeu com alívio sincero. Curvando-se a cada passo, ele se afastou do trono de Malícia.

Malícia olhou ao redor para sua família reunida.

— Nossas semanas de trabalho estão terminadas — proclamou. — Zin-carla está completo!

Dinin torceu as mãos em antecipação. Somente as mulheres da família tinham visto o produto de seu trabalho. Diante de Malícia, Vierna dirigiu-se a uma cortina no lado da sala e puxou-a. Lá estava Zaknafein, o mestre de armas, não mais um cadáver apodrecido, mas ostentando a vitalidade que possuía em vida.

Dinin recuou de susto quando o mestre de armas se aproximou de Matriarca Malícia.

— Está tão bonito quanto sempre foi, meu querido Zaknafein — Malícia ronronou para a aparição espectral. A coisa desmorta não emitiu nenhuma resposta.

— E mais obediente — acrescentou Briza, arrancando risos de todas as mulheres.

— Isso... Ele... Vai atrás de Drizzt? — Dinin ousou perguntar, embora compreendesse perfeitamente que não era o momento dele falar. Malícia e as outras estavam absorvidas demais pelo espetáculo que era Zaknafein para punir o deslize do primogênito.

— Zaknafein irá infligir o castigo que seu irmão tanto fez por merecer — prometeu Malícia, seus olhos brilhando com a simples ideia do acontecimento. — Mas espere — Malícia disse com firmeza, olhando da aparição espectral para Rizzen. — Ele é bonito demais para inspirar medo em meu filho imprudente. — Os outros trocaram olhares confusos, se perguntando se Malícia tentava oferecer outro agrado a Rizzen pela provação que o tinha feito passar. — Venha, meu marido — disse Malícia a Rizzen. — Pegue sua lâmina e marque o rosto de seu rival morto. Vai ser agradável para você, e ele inspirará terror em Drizzt quando o rapaz finalmente olhar para seu antigo mentor!

Rizzen moveu-se hesitantemente no início, depois ganhou confiança quando se aproximou da aparição espectral. Zaknafein ficou perfeitamente imóvel, sem respirar nem piscar, aparentemente inconsciente dos acontecimentos ao seu redor. Rizzen colocou uma mão em sua espada, olhando para Malícia uma última vez para confirmação.

Malícia assentiu. Com um rosnado, Rizzen tirou a espada da bainha e lançou-a na direção do rosto de Zaknafein.

Mas sequer chegou perto.

Mais rápido do que os outros poderiam acompanhar, a aparição espectral explodiu em movimento. Duas espadas saíram e cortaram, mergulhando e se cruzando com uma precisão perfeita. A espada saiu voando da mão de Rizzen e, antes que o patrono condenado da Casa Do'Urden pudesse ao menos reclamar, uma das espadas de Zaknafein atravessou sua garganta e a outra mergulhou profundamente em seu coração.

Rizzen estava morto antes de atingir o chão, mas a aparição espectral não acabaria com ele de forma tão limpa. As armas de Zaknafein continuaram seu ataque, cortando e fatiando Rizzen dezenas de vezes até que Malícia, satisfeita com a exibição, pediu que parasse.

— Ele me incomodava — Malícia explicou aos olhos incrédulos de seus filhos. — Já escolhi outro patrono entro os plebeus.

Não foi, no entanto, a morte de Rizzen que inspirou as expressões exageradas nos filhos de Malícia; eles não se importavam com nenhum dos companheiros que sua mãe escolhia como patrono da casa, porque sempre fora uma posição temporária. Era a velocidade e habilidade da aparição espectral que os deixara sem fôlego.

— Tão bom quanto em vida — observou Dinin.

— Melhor! — respondeu Malícia. — Zaknafein é tudo o que era enquanto guerreiro, e agora essa habilidade de luta mantém todos os seus pensamentos. Ele não encontrará nenhuma distração que possa desviá-lo de seu curso. Olhe para ele, meus filhos. Zin-carla, o presente de Lolth — ela se virou para Dinin e sorriu perversamente.

— Eu não vou chegar perto dessa coisa — Dinin ofegou, acreditando que sua mãe macabra pudesse desejar uma segunda exibição.

Malícia riu dele.

— Não tenha medo, primogênito. Não tenho motivo nenhum para te machucar — Dinin não conseguiu relaxar muito com suas palavras. Malícia não precisava de motivos; o corpo estraçalhado de Rizzen provava esse ponto. — Você vai liderar a aparição espectral lá fora — disse Malícia.

— Lá fora? — Dinin respondeu hesitantemente.

— Até a região onde você encontrou seu irmão — explicou Malícia.

— Eu vou ficar ao lado dessa coisa? — ofegou Dinin.

— Leve-o até lá e então deixe-o — respondeu Malícia. — Zaknafein conhece sua presa. Ele foi imbuído de feitiços para ajudá-lo em sua caçada.

Ao lado, Briza parecia preocupada.

— O que é? — Malícia exigiu saber, vendo seu cenho franzido.

— Eu não questiono o poder da aparição espectral, nem a magia que você colocou sobre ela — Briza começou hesitantemente, sabendo que Malícia não aceitaria nenhuma discórdia sobre um assunto tão importante.

— Você ainda teme seu irmão mais novo? — perguntou Malícia.

Briza não sabia como responder.

— Afaste seus medos, por mais válidos que você acredite que sejam — disse Malícia calmamente. — Todos vocês! Zaknafein é um presente da nossa rainha. Nada em todo o Subterrâneo será capaz de detê-lo! — ela olhou para o monstro desmorto. — Você não vai falhar, não é, meu mestre de armas?

Zaknafein ficou impassível, com suas espadas ensanguentadas de volta as suas bainhas, suas mãos soltas ao seu lado e os olhos sem piscar. Como uma estátua. Sem respirar. Não-vivo.

Mas qualquer um que achasse que Zaknafein estava inanimado precisaria apenas olhar os pés da aparição, para o pedaço mutilado de sanguinolência que um dia fora o patrono da Casa Do'Urden.

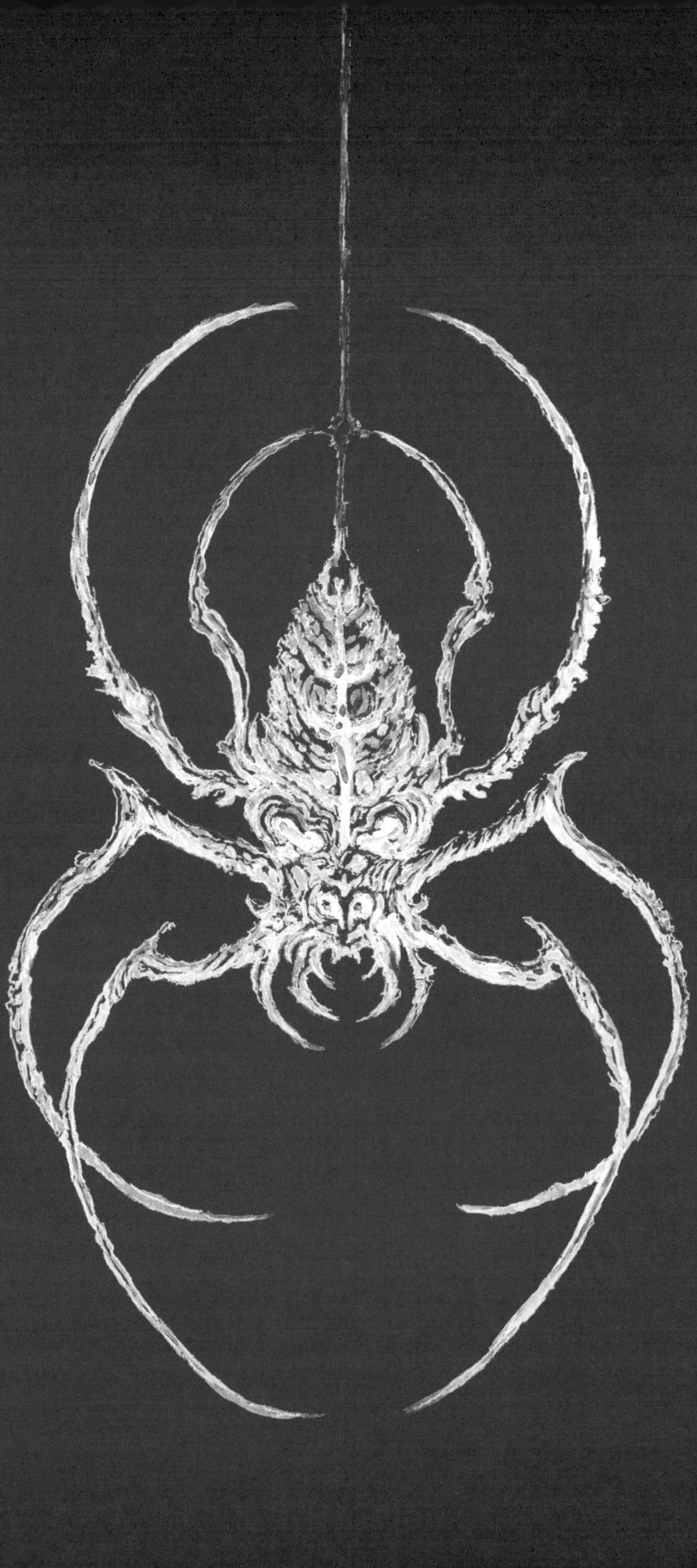

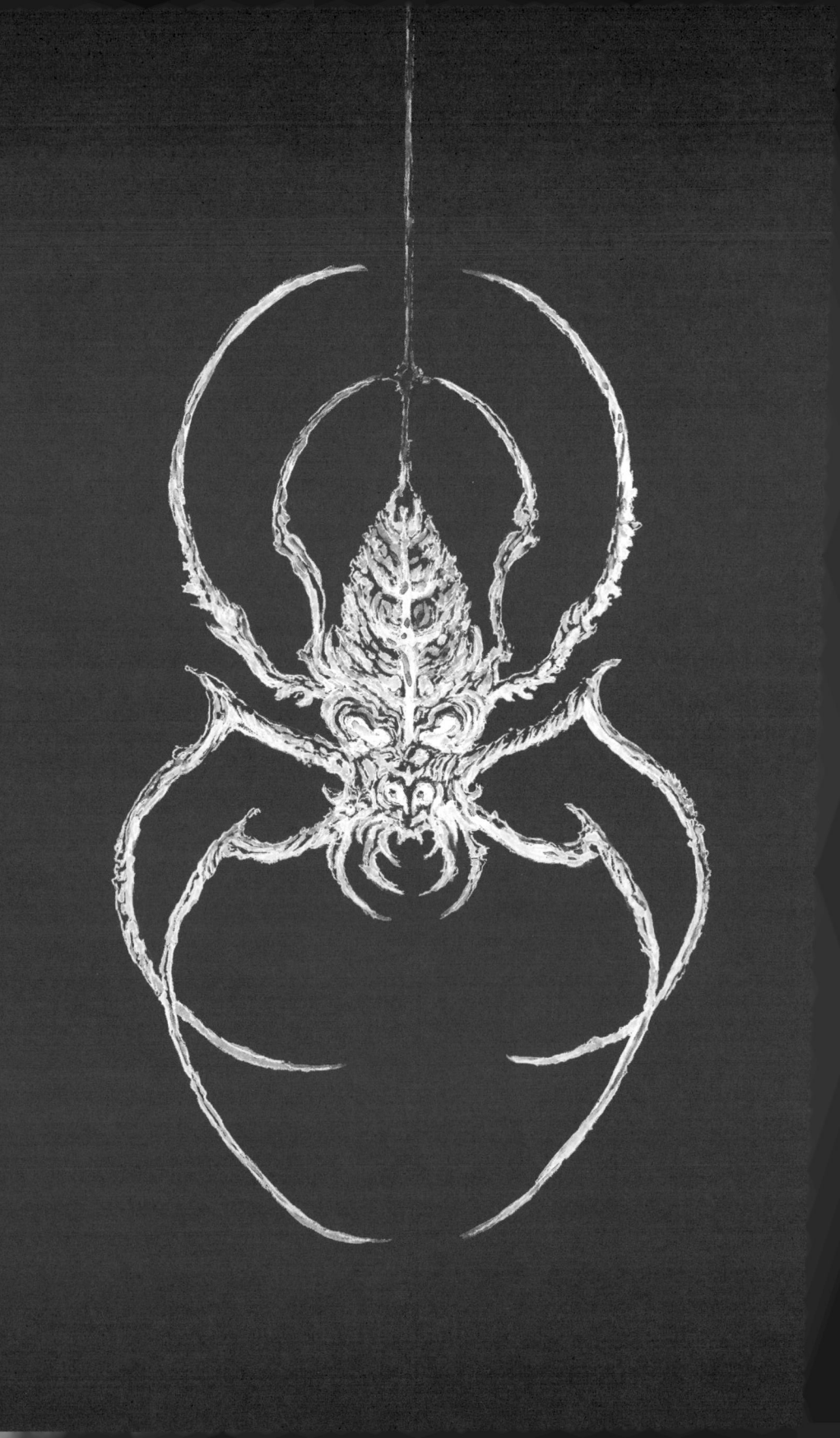

Parte 2
Amizade

Amizade. Essa palavra ganhou significados diferentes dentre as várias raças do Subterrâneo e dos reinos da superfície. Em Menzoberranzan, a amizade costumava nascer do benefício mútuo. Enquanto ambas as partes tivessem algo a ganhar de tal união, ela permaneceria segura. Mas a lealdade não é um princípio drow, e, assim que um amigo não visse mais vantagem de estar do lado do outro, a parceria — e provavelmente a vida do outro — chegaria ao fim.

Eu tive poucos amigos na vida, e mesmo que viva mais mil anos, suspeito que isso continuará sendo verdade. Há, porém, pouco a lamentar desse fato, uma vez que aqueles que me chamaram de amigo foram de grande caráter e que enriqueceram minha existência. Primeiro, havia Zaknafein, meu pai e mentor, aquele que me mostrou que eu não estava sozinho e que não estava errado em manter minhas crenças. Zaknafein me salvou, tanto da lâmina quanto daquela religião caótica, maligna e fanática que amaldiçoa meu povo.

No entanto, eu não estava menos perdido quando um gnomo das profundezas sem mãos entrou na minha vida, um svirfneblin que eu havia salvado da morte, muitos anos antes, ante a lâmina implacável de meu irmão, Dinin. Minha boa ação foi retribuída, porque quando o svirfneblin e eu tornamos a nos encontrar, desta vez nas mãos de seu povo, eu teria sido morto se não fosse por Belwar Dissengulp.

O tempo que passei em Gruta das Pedras Preciosas, a cidade dos gnomos das profundezas, foi um período curto na medida dos meus anos. Lembro-me bem da cidade de Belwar e de seu povo, e sempre me lembrarei. Aquela foi a primeira sociedade que conheci que se baseava nos pontos fortes da comunidade, não na paranoia egoísta. Juntos, os gnomos das profundezas sobrevivem aos perigos do Subterrâneo hostil, trabalham em seus esforços intermináveis de mineração da pedra e jogam jogos que dificilmente se distinguem de todos os outros aspectos de suas ricas vidas.

De fato, os prazeres são maiores quando compartilhados.

— Drizzt Do'Urden

Capítulo 7

O honorável mestre de escavações

— Obrigado por vir, Honorável Mestre de Escavações — disse um dos gnomos das profundezas reunidos fora do pequeno cômodo que continha o prisioneiro drow. Todo o grupo de anciãos svirfneblin inclinou-se com a chegada do mestre de escavações.

Belwar Dissengulp estremeceu com a graciosa saudação. Ele nunca chegou a concordar com os vários louros com os quais o seu povo o cobrira desde aquele dia desastroso mais de uma década atrás, quando os elfos drow descobriram seu grupo de mineração nos corredores a leste de Gruta das Pedras Preciosas, perto de Menzoberranzan. Horrivelmente mutilado e quase morto pela perda de sangue, Belwar se arrastara de volta a Gruta das Pedras Preciosas como o único sobrevivente da expedição.

Os svirfneblin reunidos abriram caminho para Belwar, dando-lhe uma visão clara da sala e do drow. Para os prisioneiros presos na cadeira, a câmara circular parecia ser de pedra sólida e sem graça, sem outra abertura além da pesada porta de ferro. Porém, havia uma única janela na câmara, coberta por ilusões de visão e som, que permitia aos captores svirfneblin ter uma visão clara de seus prisioneiros a qualquer momento.

Belwar estudou Drizzt por vários momentos.

— Ele é um drow — o mestre de escavações murmurou em sua voz ressonante, parecendo um pouco perturbado. Belwar ainda não conseguia entender o porquê de haver sido convocado. — Se parece com qualquer outro drow.

— O prisioneiro afirma ter te conhecido no Subterrâneo — disse um ancião svirfneblin a Belwar. Sua voz era apenas um sussurro, e ele deixou seu olhar cair enquanto completava sua frase. — Naquele dia da grande perda.

Belwar estremeceu novamente com a menção daquele dia. Quantas vezes ele deveria revivê-lo?

— Ele pode ter — disse Belwar com um dar de ombros discreto. — Não consigo distinguir muito entre as aparências dos elfos drow, e não tenho muita vontade de tentar!

— Concordo — disse o outro. — Eles são todos parecidos.

Enquanto o gnomo das profundezas falava, Drizzt virou o rosto para o lado e encarou-os diretamente, embora não conseguisse ver ou ouvir nada além da iluminação da pedra.

— Talvez você possa se lembrar do nome dele, Mestre de Escavações — ofereceu outro svirfneblin. O gnomo que acabara de falar silenciou ao notar o súbito interesse de Belwar pelo drow.

A câmara circular não tinha luz e, sob tais condições, os olhos de uma criatura que enxergasse no espectro infravermelho brilhavam. Normalmente, esses olhos apareciam como pontos de luz vermelha, mas não era o caso com Drizzt Do'Urden. Mesmo no espectro infravermelho, os olhos daquele drow mostravam-se claramente de cor lavanda.

Belwar se lembrava daqueles olhos.

— *Magga cammara* — ofegou Belwar. — Drizzt — ele murmurou em resposta ao outro gnomo das profundezas.

— Você conhece mesmo o drow! — vários dos svirfneblin gritaram juntos.

Belwar levantou os tocos sem mão de seus braços, um servindo de base para a cabeça de uma picareta de mithral, o outro com a cabeça de um martelo.

— Este drow, esse Drizzt — ele balbuciou, tentando explicar. — Responsável pela minha condição. Foi ele!

Alguns dos outros murmuraram orações para o drow condenado, crendo que o Mestre de Escavações estava irritado com a memória.

— Então será mantida a decisão do rei Schnicktick — disse um deles. — O drow deve ser executado imediatamente.

— Mas ele, este Drizzt, salvou minha vida — interveio Belwar em voz alta. Os outros, incrédulos, viraram-se para ele. — Não foi Drizzt quem decidiu que minhas mãos fossem cortadas — continuou o mestre de escavações. — Foi a intervenção dele que me permitiu voltar para Gruta. "Como exemplo", ele disse, mas entendi que tais palavras foram ditas só para aplacar seus parentes malignos. Eu entendi a verdade por detrás daquelas palavras, e aquela verdade era a piedade!

Uma hora depois, um único conselheiro svirfneblin, aquele que falara com Drizzt anteriormente, chegou ao prisioneiro.

— O rei decidiu por sua execução — disse o gnomo das profundezas sem rodeios enquanto se aproximava da cadeira de pedra.

— Eu entendo — respondeu Drizzt tão calmamente quanto pôde. — Não vou oferecer resistência a seu veredicto — Drizzt observou seus grilhões por um momento. — Não que eu pudesse.

O svirfneblin parou e analisou o prisioneiro imprevisível, acreditando plenamente na sinceridade de Drizzt. Antes de seguir falando, na intenção de continuar a explicar os acontecimentos do dia, Drizzt completou seu pensamento.

— Peço um único favor — disse Drizzt. O svirfneblin o deixou terminar, curioso com o que estaria se passando pela cabeça daquele drow estranho. — A pantera — Drizzt continuou. — Você verá que Guenhwyvar é uma companheira valiosa e uma amiga verdadeiramente querida. Quando eu não existir mais, você deve dar a pantera a um mestre de valor e que a mereça. Belwar Dissengulp, talvez. Prometa-me isso, bom gnomo, eu imploro.

O svirfneblin sacudiu sua cabeça careca, não para negar o pedido de Drizzt, mas em simples descrença.

— O rei, infelizmente, não poderia simplesmente minimizar os riscos de mantê-lo vivo — ele disse sombriamente. A boca larga do gnomo se transfigurou em um sorriso quando ele rapidamente acrescentou. — Mas a situação mudou!

Drizzt inclinou a cabeça, mal ousando ter alguma esperança.

— O Mestre de Escavações se lembra de você, elfo negro — afirmou o svirfneblin. — O Honorável Mestre de Escavações Belwar Dissengulp falou em seu favor e aceita a responsabilidade de mantê-lo!

— Então... Não vou morrer?

— Não, a menos que você se faça ser morto.

Drizzt mal conseguia pronunciar as palavras.

— E vou ter permissão para viver entre o seu povo? Em Gruta das Pedras Preciosas?

— Isso ainda não foi decidido — respondeu o svirfneblin. — Belwar Dissengulp falou em seu favor, e isso é uma coisa muito boa. Você vai morar com ele. Se a situação será continuada ou expandida... — ele deixou a frase morrer nesse ponto, dando de ombros inconclusivamente.

Após a sua libertação, a caminhada através das cavernas de Gruta das Pedras Preciosas foi um exercício de esperança para o drow em apuros. Drizzt via cada pedaço da cidade dos gnomos das profundezas como um contraste com Menzoberranzan. Os elfos negros haviam trabalhado a grande caverna de sua cidade em esculturas inegavelmente lindas. A cidade dos gnomos das profundezas era linda, também, mas suas características continuavam sendo os traços naturais da pedra. Enquanto os drow clamaram a caverna como sua, cortando-a de acordo com seu gosto, os svirfneblin se adaptaram aos projetos nativos de seu complexo.

Menzoberranzan tinha uma vastidão, com um teto que ia além da vista, da qual Gruta das Pedras Preciosas não poderia sequer se aproximar. A cidade drow era uma série de castelos familiares, cada um deles uma fortaleza fechada e uma casa em si. Na cidade dos gnomos das profundezas havia uma sensação geral de lar, como se todo o complexo dentro das portas gigantescas de pedra e metal fosse uma estrutura singular, um abrigo comunitário dos perigos sempre presentes do Subterrâneo.

Os ângulos da cidade svirfneblin também eram diferentes. Como os traços da raça diminuta, os contrafortes e os níveis de Gruta das Pedras Preciosas eram arredondados, suaves e graciosamente curvados. Por outro lado, Menzoberranzan era um lugar angular, tão afiado quanto a ponta de uma estalactite, um lugar de becos e terraços chamativos. Drizzt parou para pensar sobre as duas cidades distintivas das raças que abrigavam, afiadas e suaves, como as características — e os corações, Drizzt ousava imaginar — de seus respectivos habitantes.

Escondida em um canto remoto de uma das câmaras externas, ficava a casa de Belwar, uma pequena estrutura de pedra construída em torno da abertura de uma caverna ainda menor. Ao contrário da maioria das habitações abertas svirfneblin, a casa de Belwar tinha uma porta da frente.

Um dos cinco guardas que escoltava Drizzt bateu na porta com o cabo de sua maça.

— Saudações, Honorável Mestre de Escavações — ele chamou. — Por ordens do rei Schnicktick, nós entregamos o drow.

Drizzt tomou nota do tom respeitoso na voz do guarda. Ele havia temido por Belwar naquele dia há mais de uma década, e tinha se perguntado se o fato de Dinin cortar as mãos do gnomo das profundezas não teria sido mais cruel do que simplesmente matar a infeliz criatura. Os deficientes não se davam bem no Subterrâneo.

A porta de pedra abriu-se e Belwar cumprimentou seus convidados. Imediatamente, seus olhos travaram em Drizzt naquele mesmo olhar que haviam compartilhado dez anos antes, quando se separaram pela última vez.

Drizzt viu algo de sombrio nos olhos do mestre de escavações, mas seu forte orgulho permanecia, mesmo que um pouco diminuído. Drizzt não queria olhar para a deficiência do svirfneblin; muitas memórias desagradáveis estavam ligadas àquele momento de tanto tempo atrás. Mas, inevitavelmente, o olhar do drow caiu, abaixo do torso largo como um barril de Belwar, até os seus braços, que pendiam ao seu lado.

Longe do que temia, os olhos de Drizzt se arregalaram quando admiraram as "mãos" de Belwar. No lado direito, maravilhosamente equipado para cobrir o fim de seu braço, estava a cabeça de um martelo feito de mithral com runas intrincadas e fabulosas e entalhes de um elemental da terra e outras criaturas que Drizzt não conhecia.

A prótese esquerda de Belwar não era menos espetacular. Lá, o gnomo das profundezas empunhava uma picareta de duas pontas, também de mithral e igualmente trabalhada em runas e esculturas, mais notavelmente um dragão que alçava voo pela superfície plana da extremidade mais larga do instrumento. Drizzt sentia a magia nas mãos de Belwar e percebeu que muitos outros svirfneblin, tanto artesãos quanto magos, haviam desempenhado um papel no aperfeiçoamento dos itens.

— Útil — observou Belwar depois de permitir que Drizzt estudasse suas mãos de mithral por alguns instantes.

— Lindo — Drizzt sussurrou em resposta, e ele estava pensando em mais do que apenas o martelo e a picareta. As mãos em si eram realmente maravilhosas, mas as implicações de sua confecção pareciam algo ainda mais lindo aos olhos de Drizzt. Se um elfo negro, especialmente um macho drow, rastejasse de volta para Menzoberranzan em um estado tão desfigurado, ele teria sido rejeitado e expulso por sua família para vagar como um renegado indefeso até que algum escravo ou outro drow finalmente pusesse fim a sua desgraça. Não havia espaço para fraqueza aparente na cultura drow. Aqui, obviamente, os svirfneblin aceitaram Belwar e cuidaram dele da melhor maneira que conheciam.

Drizzt retornou educadamente seu olhar para os olhos do mestre de escavações.

— Você se lembrou de mim — disse. — Eu temia...

— Mais tarde conversaremos, Drizzt Do'Urden. — interrompeu Belwar. Usando a língua svirfneblin, que Drizzt não conhecia, o mestre de escavações disse aos guardas:

— Se já fizeram tudo o que deveriam fazer, então vão embora.

— Estamos a seu comando, Honorável Mestre de Escavações — um dos guardas respondeu. Drizzt percebeu o leve estremecimento de Belwar com a menção do título. — O rei nos enviou como acompanhantes e guardas, para permanecer ao seu lado até que a verdade desse drow seja revelada.

— Vão, então — respondeu Belwar, sua voz crescente se elevando em ira evidente. Ele olhou diretamente para Drizzt quando terminou. — Eu já conheço a verdade sobre ele. Não estou em perigo.

— Me perdoe, Honorá—

— Tá perdoado — disse bruscamente Belwar, vendo que o guarda tinha intenção de discutir. — Vá embora. Eu já falei em favor dele. Ele está sob meus cuidados, e eu não o temo de forma alguma.

Os guardas svirfneblin inclinaram-se em uma reverência baixa e lentamente se afastaram. Belwar levou Drizzt para o lado de dentro e, em seguida, o virou para apontar discretamente para os dois guardas que assumiram posições cautelosas ao lado de estruturas próximas.

— Se preocupam demais com minha saúde — ele observou secamente na língua drow.

— Você deveria estar agradecido por esse cuidado — respondeu Drizzt.

— Não sou ingrato! — Belwar rebateu, um rubor irritado vindo ao seu rosto.

Drizzt conseguiu ler a verdade por detrás daquelas palavras. Belwar não era ingrato, isso era verdade, mas o mestre de escavações não acreditava que merecesse tamanha atenção. Drizzt guardou suas suspeitas para si, não querendo envergonhar ainda mais o svirfneblin orgulhoso.

O interior da casa de Belwar era escassamente decorado com uma mesa de pedra e um único banco, várias prateleiras repletas de potes e jarros, e uma fogueira com uma grade de ferro sobre a qual se poderia cozinhar algo. Além da entrada rústica para a sala dos fundos, a sala dentro da pequena caverna era o quarto do gnomo das profundezas, completamente vazio, exceto por uma rede amarrada de uma parede a outra. Outra rede, recém-adquirida para Drizzt, estava jogada no chão, e uma armadura de couro com anéis de mithral pendia na parede traseira, com uma pilha de sacos e bolsas embaixo dele.

— Vamos prendê-la na sala de entrada — disse Belwar, apontando com a mão do martelo para a segunda rede. Drizzt se dirigiu até o objeto para pegá-lo, mas Belwar o prendeu com sua mão de picareta e o fez girar. — Mais tarde — explicou o svirfneblin. — Primeiro você deve me dizer por que veio. — Ele estudou a roupa esfarrapada de Drizzt e seu rosto maltratado e sujo. Era óbvio que o drow estava fora da cidade há algum tempo. — E diga-me também de onde você veio.

Drizzt desabou no chão de pedra e colocou as costas contra a parede.

— Eu vim porque não tinha para onde ir.

— Há quanto tempo você saiu da sua cidade, Drizzt Do'Urden? — Belwar perguntou suavemente. Mesmo em tons mais silenciosos, a sólida voz do gnomo das profundezas ressoava com a clareza de um sino bem afinado. Drizzt ficou maravilhado com sua variação emotiva e como poderia transmitir compaixão sincera ou inspirar medo com mudanças sutis de volume.

Drizzt deu de ombros e elevou sua cabeça até manter seu olhar no teto. Sua mente, por sua vez, olhava para os caminhos de seu passado.

— Anos. Perdi a conta do tempo — ele tornou a olhar para o svirfneblin. — O tempo tem pouco significado nas passagens abertas do Subterrâneo.

A julgar pela aparência esfarrapada de Drizzt, Belwar não podia duvidar da verdade de suas palavras, mas o gnomo das profundezas, no entanto, fora pego de surpresa. Ele se dirigiu à mesa no centro da sala e sentou-se no banquinho. Belwar havia testemunhado Drizzt em batalha, e vira o drow derrotar um elemental da terra — um feito nada fácil! Mas, se Drizzt realmente estava falando a verdade, se ele tivesse sobrevivido sozinho no Subterrâneo por anos, então o respeito do mestre de escavações por ele era ainda maior.

— Sobre suas aventuras, você deve me contar, Drizzt Do'Urden — alertou Belwar. — Desejo saber tudo sobre você, para que possa entender melhor o seu propósito ao chegar a uma cidade dos inimigos de sua raça.

Drizzt ficou em silêncio por um tempo, perguntando-se como começar. Ele confiava em Belwar, mas não tinha certeza se o svirfneblin poderia entender o dilema que o forçara a sair da segurança de Menzoberranzan. Será que Belwar, que vivia em uma comunidade mantida sob conceitos de cooperação, poderia sequer ver sentido na dimensão da tragédia que era Menzoberranzan?

Drizzt contou a Belwar a história da última década de sua vida; contou sobre a guerra iminente entre a Casa Do'Urden e a Casa Hun'ett; sobre seu confronto contra Masoj e Alton, quando adquiriu Guenhwyvar; sobre o sacrifício de Zaknafein, o mentor, pai e amigo de Drizzt; e então contou sobre sua decisão de renegar aos seus e a sua divindade maligna, Lolth. Belwar percebeu que Drizzt estava falando sobre a Deusa Sombria, o nome pelo qual os gnomos das profundezas chamavam Lolth, mas ele calmamente deixou o regionalismo passar. Se Belwar ainda tivesse alguma suspeita, sem saber realmente a verdadeira intenção de Drizzt naquele dia em que se conheceram muitos anos antes, o mestre de escavações rapidamente teria aceitado que seus palpites em relação ao drow estavam corretos. Belwar encontrou-se estremecendo em calafrios enquanto Drizzt contava sua vida no Subterrâneo, o encontro com o basilisco e a batalha contra seu irmão e sua irmã.

Antes de Drizzt mencionar a razão para procurar os svirfneblin — a agonia de sua solidão e o medo de que estivesse perdendo sua própria identidade na selvageria necessária para sobreviver no Subterrâneo — Belwar tinha adivinhado tudo. Quando Drizzt chegou nos últimos dias de sua vida fora de Gruta das Pedras Preciosas, escolheu suas palavras cuidadosamente. Ainda não havia aceitado completamente seus sentimentos e temores sobre quem realmente era, e ainda não estava pronto para divulgar seus pensamentos, por mais que confiasse em seu novo companheiro.

O mestre de escavações estava sentado em silêncio, apenas olhando para Drizzt quando o drow finalmente terminava seu relato. Belwar entendia a dor que ele sentia ao recontar aqueles eventos. Ele não buscou mais informações ou pediu detalhes da angústia pessoal de Drizzt que o drow não houvesse escolhido compartilhar abertamente.

— *Magga cammara* — o gnomo das profundezas sussurrou sobriamente. Drizzt inclinou a cabeça.

— Pelas pedras — explicou Belwar. — *Magga cammara*.

— Pelas pedras mesmo — Drizzt concordou. Um silêncio longo e desconfortável se seguiu.

— Uma boa história, é sim — disse Belwar calmamente. Ele deu uma pancada de leve no ombro de Drizzt, e entrou na sala da caverna para buscar a rede sobressalente. Antes que Drizzt terminasse de se levantar para ajudar, Belwar colocou a rede entre os ganchos nas paredes.

— Durma em paz, Drizzt Do'Urden — disse Belwar ao se virar para se retirar. — Não há inimigos aqui. Nenhum monstro espreita além da pedra de minha porta.

Então, Belwar foi para o outro cômodo e Drizzt foi deixado sozinho no redemoinho indecifrável de seus pensamentos e emoções. Ele continuava desconfortável, mas certamente sua esperança fora renovada.

Capítulo 8

Estranhos

Drizzt olhou através da porta aberta de Belwar para as rotinas diárias da cidade svirfneblin, como fazia todos os dias nas últimas semanas. Drizzt sentia-se como se sua vida estivesse em uma espécie de limbo, como se tudo tivesse sido posto em êxtase. Ele não tinha visto nem ouvido falar de Guenhwyvar desde que fora à casa de Belwar, nem tinha nenhuma expectativa de ter sua piwafwi ou suas armas e armadura de volta tão cedo. Drizzt aceitou tudo isso de forma estoica, imaginando que ele, e Guenhwyvar, estavam melhor agora do que estiveram durante anos, e confiante de que os svirfneblin não estragariam a estatueta ou nenhum de seus bens. O drow sentou-se e observou, deixando que os eventos seguissem seu curso no tempo devido.

Belwar havia saído naquele dia, uma das raras ocasiões em que o recluso mestre de escavações deixava sua casa. Apesar do fato do gnomo das profundezas e Drizzt raramente conversarem — Belwar não era do tipo que falava apenas para ouvir sua própria voz — Drizzt percebeu que sentia falta do mestre de escavações. Sua amizade crescera, ainda que a substância de suas conversas não tivesse crescido muito.

Um grupo de jovens svirfneblin passou e gritou algumas palavras rápidas para o drow lá dentro. Isso acontecera muitas vezes antes, particularmente nos primeiros dias após a chegada de Drizzt na cidade. Nas ocasiões anteriores, Drizzt se havia se perguntado se havia sido saudado ou insultado. Desta vez, Drizzt entendia basicamente o significado amistoso das palavras graças a Belwar, que havia decidido ensiná-lo o básico da língua svirfneblin.

O mestre de escavações voltou horas depois para encontrar Drizzt sentado no banco de pedra, observando o mundo passar.

— Diga-me, elfo negro — perguntou o gnomo das profundezas com sua voz calorosa e ressoante —, o que você vê quando nos olha? Somos tão estranhos a sua visão?

— Eu vejo esperança — respondeu Drizzt. — E vejo desespero.

Belwar entendeu. Ele sabia que a sociedade svirfneblin era mais adequada aos princípios do drow, mas assistir à agitação de Gruta das Pedras Preciosas de longe só poderia evocar memórias dolorosas em seu novo amigo.

— O rei Schnicktick e eu nos encontramos hoje — disse o mestre de escavações. — Ele está muito interessado em você.

— Curioso pareceria uma palavra melhor — respondeu Drizzt, sorrindo enquanto o fazia, e Belwar se perguntou quanta dor estava escondida por detrás daquele sorriso.

O mestre de escavações mergulhou em uma reverência curta e apologética, se rendendo à franca honestidade de Drizzt.

— Curioso, então, como quiser. Você deve saber que você não é como nós aprendemos a ver os elfos drow. Eu imploro que você não se ofenda.

— Nem um pouco — Drizzt respondeu honestamente. — Você e seu povo me deram mais do que jamais ousei esperar. Se eu tivesse sido morto naquele primeiro dia em sua cidade, eu teria aceitado meu destino sem culpar os svirfneblin.

Belwar seguiu o olhar de Drizzt pela caverna, para o grupo de jovens reunidos.

— Você deveria se juntar a eles — ofereceu Belwar.

Drizzt olhou para ele, surpreso. Em todo o tempo que passara na casa de Belwar, o svirfneblin nunca sugerira tal coisa. Drizzt tinha imaginado que continuaria sendo o convidado do mestre de escavações, e que Belwar havia sido responsabilizado pessoalmente por restringir seus movimentos.

Belwar inclinou a cabeça em direção à porta, reiterando silenciosamente sua sugestão. Drizzt olhou para fora novamente. Através da caverna, o grupo de jovens svirfneblin, cerca de uma dúzia, começara uma disputa de lançamento de pedras consideravelmente grandes até a imagem de um basilisco, uma estátua de tamanho natural construída com pedras e peças velhas de armadura. Os svirfneblin eram altamente qualificados nas artes mágicas da ilusão, e um desses ilusionistas colocou pequenos encantamentos na estátua para suavizar os pontos mais rústicos e fazê-la parecer ainda mais realista.

— Elfo negro, você vai ter que sair algum dia — disse Belwar. — Por quanto tempo você ficará satisfeito só de observar as paredes vazias da minha casa?

— Elas combinam com você — retrucou Drizzt, um pouco mais rudemente do que desejava.

Belwar assentiu e lentamente se virou para examinar a sala.

— Combinam mesmo — ele disse calmamente, e Drizzt podia ver claramente sua grande dor. Quando Belwar se voltou novamente para o drow, seu rosto redondo apresentava uma expressão inconfundivelmente resignada. — *Magga cammara*, elfo negro. Que essa seja sua lição.

— Por quê? — Drizzt perguntou. — Por que Belwar Dissengulp, o Honorável Mestre de Escavações — Belwar estremeceu novamente ante a menção do título —, permanece sob as sombras de sua própria porta?

O maxilar de Belwar retesou-se e seus olhos escuros se estreitaram.

— Saia — ele disse em um rosnado ressonante. — Você é jovem, elfo negro, e todo o mundo está diante de você. Eu sou velho. Meus dias se passaram há tempos.

— Não tão velho — Drizzt começou a argumentar, determinado desta vez a pressionar o mestre de escavações a revelar o que tanto o perturbava. Mas Belwar simplesmente se virou e caminhou silenciosamente para dentro da sala da caverna, puxando para trás o cobertor que usava como porta.

Drizzt sacudiu a cabeça e bateu o punho na palma da mão em frustração. Belwar tinha feito tanto por ele, primeiro salvando-o do julgamento do rei svirfneblin, então fazendo amizade com ele durante as últimas semanas e ensinando-lhe a língua svirfneblin e os caminhos dos gnomos das profundezas. Drizzt não conseguia retribuir o favor, embora tenha visto claramente que Belwar carregava um grande fardo. Drizzt queria correr através daquele cobertor naquele momento, ir ao mestre de escavações e fazê-lo confessar seus pensamentos sombrios.

No entanto, Drizzt ainda não era tão ousado com seu novo amigo. Ele jurou que acharia a chave para a dor do mestre de escavações no momento certo, mas agora ele tinha seu próprio dilema a superar. Belwar lhe dera permissão para entrar em Gruta das Pedras Preciosas!

Drizzt tornou a olhar para o grupo do outro lado da caverna. Três deles ficaram perfeitamente imóveis diante da estátua, como se tivessem se tornado pedra. Curioso, Drizzt foi até a entrada, e então, antes de perceber o que estava fazendo, estava do lado de fora se aproximando dos jovens gnomos das profundezas.

A brincadeira acabou quando o drow se aproximou: os svirfneblin estavam mais interessados em conhecer o elfo negro sobre o qual tanto haviam fofocado pelas últimas semanas. Eles correram até Drizzt e o rodearam, sussurrando com curiosidade.

Drizzt sentiu os músculos se tensionarem involuntariamente enquanto os svirfneblin corriam até ele. Os instintos primitivos do caçador sentiam uma vulnerabilidade que não podia ser tolerada. Drizzt lutou muito para controlar seu alter ego, lembrando-se em silêncio, mas firmemente, que os svirfneblin não eram seus inimigos.

— Saudações, drow amigo de Belwar Dissengulp — ofereceu um dos jovens. — Eu sou Seldig, um aprendiz a seu dispor, e serei um mineiro de expedição daqui a três anos.

Levou a Drizzt um longo momento para entender a fala rápida do gnomo das profundezas. Ele, porém, conseguiu entender o significado da futura profissão de Seldig, porque Belwar lhe havia dito que os mineiros de expedição, os gnomos das profundezas que saíam no Subterrâneo em busca de minerais e gemas preciosos, estavam entre os svirfneblin de maior status em toda a cidade.

— Saudações, Seldig — respondeu Drizzt por fim. — Eu sou Drizzt Do'Urden — Não sabendo o que ele deveria fazer em seguida, Drizzt cruzou os braços sobre o peito. Para os elfos negros, aquele era um gesto de paz, embora Drizzt não tivesse certeza se o movimento era universalmente aceito em todo o Subterrâneo.

Os svirfneblin olharam um para o outro, retornaram o gesto e sorriram em uníssono ao suspiro aliviado de Drizzt.

— Você esteve no Subterrâneo, pelo que dizem — disse Seldig, pedindo que Drizzt o seguisse de volta à área de sua brincadeira.

— Por muitos anos — respondeu Drizzt, parando ao lado do jovem svirfneblin. O caçador dentro do drow estava desesperado devido à proximidade dos gnomos das profundezas, mas Drizzt estava no controle total de seu reflexo paranoico. Quando o grupo chegou ao lado do basilisco forjado, Seldig sentou-se na pedra e ofereceu a Drizzt para contar-lhes um causo ou dois de suas aventuras.

Drizzt hesitou, duvidando que seu comando da língua svirfneblin fosse suficiente para tal tarefa, mas Seldig e os outros o pressionaram. Por fim, Drizzt assentiu e ficou de pé. Ele passou um momento refletindo, tentando se lembrar de alguma história que pudesse interessar aos jovens. Seu olhar inconscientemente percorreu a caverna, procurando por alguma pista, e caiu sobre a imagem do basilisco aprimorada pela ilusão.

— Basilisco — explicou Seldig.

— Eu sei — respondeu Drizzt. — Eu encontrei uma criatura dessas.

Ele se voltou casualmente para o grupo e ficou surpreso com sua expressão. Seldig e cada um de seus companheiros se inclinaram para a frente, suas bocas abertas em uma mistura de dúvida, terror e prazer evidentes.

— Elfo negro! Você viu um basilisco? — um deles perguntou com incredulidade. — Um basilisco vivo e de verdade?

Drizzt sorriu quando percebeu seu espanto. Os svirfneblin, ao contrário dos elfos, abrigavam os membros mais jovens de sua comunidade. Embora esses gnomos das profundezas provavelmente tivessem mais ou menos a idade de Drizzt, raramente, se alguma vez, estiveram fora de Gruta das Pedras Preciosas. Na idade deles, os drow teriam passado anos patrulhando os corredores além de Menzoberranzan. O fato de Drizzt ter encontrado um basilisco não teria sido tão inacreditável para os gnomos das profundezas então, embora os formidáveis monstros fossem raros mesmo no Subterrâneo.

— Você disse que os basiliscos não eram reais! — um dos svirfneblin gritou para outro enquanto o empurrava pelo ombro.

— Eu nunca disse isso! — o outro reclamou, devolvendo o empurrão.

— Meu tio viu uma vez — mencionou mais outro.

— Marcas na pedra, isso foi tudo o que seu tio viu! — Seldig riu.

— Eram os rastros de um basilisco, ele mesmo afirmou.

O sorriso de Drizzt alargou-se. Os basiliscos eram criaturas mágicas, mais comuns em outros planos de existência. Enquanto os drow, principalmente as altas sacerdotisas, muitas vezes abriam portais para outros planos, tais monstros, obviamente, estavam muito além da vida comum dos svirfneblin. Poucos eram os gnomos das profundezas que já haviam visto um basilisco. Drizzt riu em voz alta. Menos ainda, sem dúvida, eram os gnomos das profundezas que retornaram para dizer que tinham visto um!

— Se seu tio seguisse a trilha e encontrasse o monstro — Seldig continuou, — ele seria até hoje uma pilha de pedras em uma passagem! Eu digo para você que pedras não contam histórias.

O gnomo das profundezas reprimido olhou ao redor para pedir uma refutação.

— Drizzt Do'Urden já viu um! — rebateu. — Ele não se parece com uma pilha de pedra!

Todos os olhos se voltaram para Drizzt.

— Você realmente viu um, elfo negro? — perguntou Seldig. — Responda apenas a verdade, por favor.

— Um — respondeu Drizzt.

— E você escapou da criatura antes que ele pudesse voltar o olhar pra você? — perguntou Seldig, uma pergunta que ele e o outro svirfneblin consideravam retórica.

— Escapou? — Drizzt ecoou a palavra gnômica, sem ter certeza de seu significado.

— Escapar... err... fugir — explicou Seldig. — ele olhou para um dos outros svirfneblin, que prontamente fingiu um olhar de horror, depois tropeçou e fingiu fugir desajeitadamente por poucos metros. Os outros gnomos das profundezas aplaudiram a performance, e Drizzt juntou-se a eles em sua risada.

— Você correu do basilisco antes que ele pudesse te olhar? — explicou Seldig.

Drizzt deu de ombros, um pouco envergonhado, e Seldig percebeu que ele estava escondendo algo.

— Você não fugiu?

— Eu não podia... escapar — explicou Drizzt. — O basilisco tinha invadido minha casa e matado muitos dos meus rothé. Casas... — ele fez uma pausa, procurando a palavra svirfneblin correta. — Santuários — explicou por fim — não são comuns no Subterrâneo. Depois de encontrados e conquistados, devem ser defendidos a todo custo.

— Você lutou com ele? — veio um grito anônimo da parte de trás do grupo svirfneblin.

— De longe, com pedras? — perguntou Seldig. — Esse é o método aceito.

Drizzt olhou para a pilha de pedras que os gnomos das profundezas haviam lançado na estátua, depois considerou sua própria estrutura delgada.

— Meus braços não conseguiriam nem levantar essas pedras. — riu Drizzt.

— Então como? — perguntou Seldig. — Você tem que nos contar.

Drizzt agora tinha sua história. Ele parou por alguns instantes, organizando seus pensamentos. Ele percebeu que suas habilidades limitadas com sua nova linguagem não lhe permitiam tecer muito bem um conto intrincado, então ele decidiu ilustrar suas palavras. Ele encontrou dois bastões que os svirfnebli tinham carregado, explicou que eles representariam cimitarras e, em seguida, examinou a construção da efígie para garantir que ela aguentaria seu peso.

Os jovens gnomos das profundezas se encolheram ansiosamente quando Drizzt configurou a situação, detalhando seu feitiço de escuridão — na verdade, conjurando um deles pouco além da cabeça do basilisco — e o posicionamento de Guenhwyvar, sua companheira felina. Os svirfneblin sentaram-se sobre suas mãos e se inclinaram para frente, ofegantes a cada palavra. A estátua parecia ganhar vida em suas mentes, um monstro enorme, com Drizzt, um estranho ao mundo deles, espreitando nas sombras por detrás dele.

O drama se desenrolou e chegou a hora de Drizzt representar seus movimentos na batalha. Ele ouviu os svirfneblin ofegar em uníssono quando ele pulou de leve nas costas do basilisco, cuidadosamente escolhendo seus passos na cabeça da coisa. Drizzt fora apanhado em sua empolgação, e isso só aumentou suas lembranças.

Tudo se tornou tão real.

Os gnomos das profundezas se aproximaram, antecipando uma demonstração deslumbrante das habilidades com a espada daquele drow notável que viera até eles dos corredores do Subterrâneo.

Então, algo terrível aconteceu.

Num momento ele era Drizzt, o ator, entretendo seus novos amigos com um conto de coragem e armas. No momento seguinte, quando ergueu um de seus adereços para atacar o falso monstro, não era mais. O caçador estava em cima do basilisco, assim como estivera naquele dia nos túneis fora da caverna coberta de musgo.

Bastões furavam os olhos do monstro; bastões chocavam-se violentamente na cabeça de pedra.

Os svirfneblin recuaram, alguns por cautela, outros por medo. O caçador batia, e a pedra foi lascada e quebrada. A pedra que servia como cabeça da criatura se arrebentou e caiu, com o elfo negro despencando logo atrás. O caçador caiu em um rolamento preciso, levantou-se, e voltou a atacar, batendo furiosamente com seus bastões. As armas de madeira se quebraram e as mãos de Drizzt sangraram, mas ele não cederia.

As mãos fortes dos gnomos das profundezas agarraram o drow pelos braços, tentando acalmá-lo. O caçador girou para encarar seus mais novos adversários. Eles eram mais fortes do que ele, e dois seguravam com força, mas algumas torções tiraram o equilíbrio dos svirfneblin. O caçador chutou seus joelhos e se deixou cair sobre os seus, girando enquanto caía e lançando os dois svirfneblin em longos rolamentos.

O caçador estava de pé imediatamente, cimitarras quebradas em prontidão no momento em que um único inimigo vinha em sua direção.

Belwar não demonstrou medo, estendendo os braços de forma indefesa.

— Drizzt! — ele gritou por repetidas vezes — Drizzt Do'Urden!

O caçador observou o martelo e a picareta svirfneblin, e a visão das mãos de mithral invocava memórias calmantes. De repente, ele voltou a ser Drizzt. Atordoado e envergonhado, o drow largou os bastões e olhou para suas mãos feridas.

Belwar pegou o drow enquanto ele caía, o levantou em seus braços e levou-o de volta a sua rede.

Sonhos desagradáveis invadiram o sono de Drizzt, repletos das memórias do Subterrâneo e daquele outro, um eu mais escuro do qual ele não conseguia escapar.

— Como posso explicar? — ele perguntou a Belwar quando o mestre de escavações o encontrou sentado na beira da mesa de pedra naquela noite. — Como posso oferecer um pedido de desculpas?

— Não precisa — disse Belwar.

Drizzt olhou para ele com incredulidade.

— Você não entende — começou Drizzt, perguntando-se como poderia fazer com que o mestre de escavações compreendesse a profundidade do que havia se passado com ele.

— Por muitos anos você viveu no Subterrâneo — disse Belwar —, sobrevivendo onde outros não poderiam.

— Mas será que eu sobrevivi? — Drizzt se perguntou em voz alta.

A mão de martelo de Belwar bateu suavemente no ombro do drow, e o mestre de escavações sentou-se ao lado dele. Lá permaneceram durante a noite. Drizzt não disse mais nada, e Belwar não o pressionou. O mestre de escavações conhecia seu papel ali: um apoio silencioso.

Nenhum deles saberia dizer quantas horas se passaram quando a voz de Seldig veio de além da porta.

— Venha, Drizzt Do'Urden — gritou o jovem gnomo. — Venha e conte-nos mais contos do Subterrâneo.

Drizzt olhou para Belwar com curiosidade, se perguntando se o pedido era parte de algum truque cruel ou piada irônica.

O sorriso de Belwar dissipou essa ideia.

— *Magga cammara*, elfo negro — o gnomo das profundezas riu. — Eles não vão deixar você se esconder.

— Mande-os embora — insistiu Drizzt.

— Então, você quer tanto assim se render? — replicou Belwar, com uma entonação distintivamente afiada em sua voz normalmente arredondada. — Você, que sobreviveu às provas do Subterrâneo?

— É perigoso demais — explicou Drizzt desesperadamente, procurando as palavras certas. — Eu não consigo controlar... Não consigo me livrar...

— Vá com eles, elfo negro — disse Belwar. — Eles serão mais cautelosos desta vez.

— Esta... fera... me segue — Drizzt tentou explicar.

— Talvez por um tempo — o mestre de escavações respondeu casualmente. — *Magga camara*, Drizzt Do'Urden! Cinco semanas não são tanto tempo, não se compararmos com as provas que você suportou nos últimos dez anos. Você ficará livre dessa... fera.

Os olhos lavanda de Drizzt encontraram apenas sinceridade nas órbitas cinza-escuras de Belwar Dissengulp.

— Mas só se você tentar — finalizou o mestre de escavações.

— Saia, Drizzt Do'Urden — Seldig gritou novamente de além da porta de pedra.

Desta vez, e todas as vezes nos próximos dias, Drizzt, e apenas Drizzt, respondia ao chamado.

O rei miconídio observou o elfo negro percorrer o nível mais baixo coberto de musgo da caverna. Não era o mesmo drow que havia ido embora, o fungoide sabia, mas Drizzt, um aliado, tinha sido o único contato anterior do rei com os elfos negros. Ignorando o perigo, o gigante de três metros e meio se arrastou para interceptar o estranho.

A aparição espectral de Zaknafein sequer tentou fugir ou esconder-se quando o homem-cogumelo se aproximou. As espadas de Zaknafein estavam confortavelmente colocadas em suas mãos. O rei miconídio soprou uma nuvem de esporos, buscando uma conversa telepática com o recém-chegado.

Mas as criaturas mortas-vivas existiam em dois planos distintos, e suas mentes eram impermeáveis a tais tentativas. O corpo material de Zaknafein encarava o miconídio, mas a mente do espírito estava muito distante, ligada a sua forma corpórea pela vontade de Matriarca Malícia. A aparição espectral percorreu os últimos metros que faltavam para chegar a seu adversário.

O miconídio soprou uma segunda nuvem, esta de esporos projetados para acalmar um oponente, e a nuvem era igualmente inútil. A aparição espectral continuou caminhando de forma imperturbável, e o gigante ergueu seus braços poderosos para derrubá-lo.

Zaknafein bloqueou os ataques com cortes rápidos de suas espadas afiadas, cortando as mãos do miconídio. Rápidas demais para se acompanhar, as armas da aparição espectral cortaram o tronco do rei cogumelo, cavando feridas profundas que levaram o fungoide para trás, até atingir o chão.

Do nível superior, dezenas dos miconídios mais velhos e mais fortes desceram para resgatar seu rei ferido. A aparição espectral os viu se aproximando, mas não conhecia o medo. Zaknafein acabou seu combate com o gigante, depois se virou calmamente para enfrentar o ataque.

Os homens-fungo vieram, explodindo seus vários esporos. Zaknafein ignorava as nuvens, uma vez que nenhuma poderia afetá-lo, e concentrou-se exclusivamente no manejar das armas. Os miconídios vinham de todos os lados a seu redor.

E todos morreram ao seu redor.

Eles foram donos de seu bosque durante séculos incontáveis, vivendo em paz e seguindo seu próprio caminho. Mas quando a aparição espectral voltou do túnel que levava à pequena caverna agora abandonada, mas que já tinha servido como casa para Drizzt, a fúria de Zak não toleraria nenhuma aparência de paz. Zaknafein correu pela parede até o bosque de cogumelos, destruindo tudo em seu caminho.

Os cogumelos gigantes caíam como árvores cortadas. Abaixo, o pequeno rebanho de rothé, agitado por natureza, estourou em uma fuga frenética e correu pelos túneis do Subterrâneo. Os poucos homens-fungo restantes, tendo testemunhado o poder daquele elfo negro, começaram a sair de seu caminho. Mas os miconídios não eram criaturas que se moviam rapidamente, e Zaknafein os perseguiu sem cessar.

O reinado na caverna coberta de musgo, assim como o bosque de cogumelos, chegaram a um final súbito e definitivo.

Capítulo 9

Sussurros nos túneis

A PATRULHA SVIRFNEBLIN ABRIU CAMINHO pelas curvas do túnel retorcido e quebrado, com seus martelos de guerra e picaretas em prontidão. Os gnomos das profundezas não estavam longe de Gruta das Pedras Preciosas — a menos de um dia viagem —, mas tinham entrado em suas formações de batalha, geralmente reservadas para o Subterrâneo mais profundo.

O túnel cheirava a morte.

O líder dos gnomos das profundezas, sabendo que a carnificina estava logo além, olhava cuidadosamente por sobre uma rocha. *"Goblins!"* seus sentidos gritaram para seus companheiros, uma voz clara na empatia racial dos svirfneblin. Quando os perigos do Subterrâneo se fechavam sobre os gnomos das profundezas, eles raramente falavam em voz alta, se sintonizando a seu vínculo empático comunal que poderia transmitir pensamentos básicos.

Os outros svirfneblin apertaram o cabo de suas armas e começaram a decifrar um plano de batalha em meio à movimentação empolgada de suas comunicações mentais. O líder, o único que ainda olhava sobre o pedregulho, os parou com uma noção dominante. *"Goblins mortos!"*

Os outros o seguiram ao redor da rocha até a cena terrível. Cerca de vinte goblins estavam jogados ali, cortados e estraçalhados.

— Drow — sussurrou um dos svirfneblin, depois de ver a precisão dos ferimentos e a facilidade com que as lâminas haviam cortado através das armaduras daquelas criaturas infelizes. Entre as raças do Subterrâneo, apenas os drow portavam lâminas tão finas e com um fio tão cruel.

Bem perto, outro gnomo das profundezas respondeu de forma empática, com um soco no ombro daquele que falava:

"Eles foram mortos há mais de um dia". Outro, então, disse em voz alta, refutando a cautela de seu companheiro:

— Os drow não ficariam à espreita pela área. Eles não são assim.

"E eles também não costumam assassinar grupos inteiros de goblins", respondeu o único que ainda insistia nas comunicações silenciosas. *"Não quando há prisioneiros para serem levados!"*

— Eles apenas fazem prisioneiros quando pretendem voltar diretamente para Menzoberranzan — comentou o primeiro. Ele se virou para o líder. — Supervisor de Escavações Krieger, devemos voltar imediatamente para Gruta das Pedras Preciosas e reportar esta carnificina!

— Seria um relatório bem pequeno — respondeu Krieger. — Goblins mortos nos túneis? Não é uma visão tão incomum.

— Esse não é o primeiro sinal de atividade drow na região — observou o outro.

O supervisor de escavações não podia negar a verdade das palavras de seu companheiro, nem a sabedoria da sugestão. Duas outras patrulhas voltaram para Gruta das Pedras Preciosas recentemente contando histórias sobre outros monstros mortos — provavelmente por elfos — largados nos corredores do Subterrâneo.

— E olha — o outro gnomo das profundezas continuou, curvando-se para tirar uma bolsa de um dos goblins. Ele abriu para revelar um punhado de moedas de ouro e prata. — Qual elfo negro seria tão impaciente a ponto de deixar esse saque para trás?

— Podemos ter certeza de que isso foi obra de um drow? — perguntou Krieger, embora ele mesmo não duvidasse do fato. — Talvez alguma outra criatura tenha chegado ao nosso reino. Ou possivelmente algum inimigo menor, como um goblin ou orc, que tenha encontrado armas drow.

Drow! Os pensamentos de vários dos outros concordaram imediatamente.

— Os cortes foram rápidos e precisos — disse um. — E não vejo nada que indique nenhum ferimento além dos sofridos pelos goblins. Quem mais, além dos elfos negros, é tão eficiente em matar?

O Supervisor de Escavações Krieger saiu sozinho um pouco mais abaixo da passagem, esquadrinhando a pedra em busca de alguma pista para aquele mistério. Os gnomos das profundezas possuíam uma afinidade com a rocha além da maioria das criaturas, mas os muros de pedra daquela passagem não disseram nada ao mestre de escavações. Os goblins foram mortos por armas, não pelas garras de monstros, mas não foram saqueados. Todas as mortes foram confinadas a uma pequena área, mostrando que aqueles goblins azarados sequer tiveram tempo para fugir. Que vinte goblins tenham sido cortados tão rapidamente implicava em uma patrulha drow de tamanho considerável, e mesmo se houvesse apenas um punhado de elfos negros, um deles, pelo menos, teria saqueado os corpos.

— Para onde vamos, Supervisor de Escavações? — um dos gnomos das profundezas perguntou por detrás de Krieger. — Em frente, para explorar o veio mineral relatado ou voltar para Gruta das Pedras Preciosas para reportar isso?

Krieger era um svirfneblin sábio que achava que conhecia todos os truques do Subterrâneo. Ele não gostava de mistérios, mas essa cena o fazia coçar sua cabeça calva sem ter ideia do que estava acontecendo. *De volta,* ele transmitiu para os outros, voltando para o método empático silencioso. Ele não encontrou nenhuma discussão entre os seus; os gnomos das profundezas sempre tomavam muito cuidado para evitar os drow o máximo possível.

A patrulha rapidamente assumiu uma formação defensiva apertada e começou a caminhar de volta para casa.

Levitando, nas sombras das estalactites do teto alto, a aparição espectral de Zaknafein Do'Urden observava seu progresso.

※

O rei Schnicktick inclinou-se para frente em seu trono de pedra e considerou as palavras do supervisor de escavações. Os conselheiros de Schnicktick, sentados ao seu redor, estavam igualmente curiosos e nervosos, uma vez que este relatório apenas confirmava os dois relatórios anteriores de atividade drow em potencial nos túneis a leste.

— Por que Menzoberranzan entraria nas nossas fronteiras? — um dos conselheiros perguntou quando Krieger terminou. — Nossos agentes não mencionaram qualquer intenção de guerra. Certamente, teríamos algumas indicações se o Conselho Governante de Menzoberranzan planejasse algo dramático.

— Teríamos — concordou o rei Schnicktick, para silenciar a conversa nervosa que surgiu na sequência das palavras sombrias do conselheiro. — A todos vocês, eu ofereço o lembrete de que não sabemos se os perpetradores daquelas mortes foram de fato os drow.

— Me perdoe, meu Rei — Krieger começou hesitantemente.

— Sim, Supervisor de Escavações — respondeu Schnicktick imediatamente, agitando uma mão diante de seu rosto escarpado para evitar quaisquer reclamações. — Você parece certo de suas observações. E o conheço o bastante para confiar nos seus julgamentos. Mas até que esta patrulha drow tenha sido vista, nenhum pressuposto será feito.

— Então, podemos concordar que algo perigoso invadiu nossa região oriental — disse outro dos conselheiros.

— Sim — respondeu o rei svirfneblin. — Temos de descobrir a verdade sobre o assunto. Os túneis a leste estão, portanto, selados para novas expedições de mineração — Schnicktick novamente acenou com as mãos para acalmar os rosnados que se seguiram. — Sei que vários veios promissores foram relatados. Nós chegaremos a eles assim que pudermos. Mas, no momento, as regiões leste, nordeste e sudeste serão exclusivas das patrulhas de guerra. As patrulhas serão duplicadas, tanto em número de grupos quanto em tamanho de cada um, e seu alcance será ampliado para abranger toda a região dentro de uma marcha de três dias de Gruta das Pedras Preciosas. Este mistério precisa ser desvendado.

— E quanto aos nossos agentes na cidade drow? — perguntou um conselheiro. — Devemos entrar em contato?

Schnicktick elevou as palmas das mãos.

— Fique à vontade — explicou. — Nós manteremos nossos ouvidos abertos, mas não informaremos nossos inimigos de que suspeitamos de seus movimentos.

O rei svirfneblin não precisou expressar suas preocupações de que seus agentes dentro de Menzoberranzan não pudessem ser totalmente confiáveis. Os informantes poderiam facilmente aceitar as pedras preciosas dos svirfneblin em troca de informações menores, mas se os poderes de Menzoberranzan planejassem algo drástico na direção de Gruta das Pedras Preciosas, eles provavelmente funcionariam como agentes duplos contra os gnomos das profundezas.

— Se ouvirmos quaisquer relatórios incomuns de Menzoberranzan — o rei continuou — ou se descobrimos que os intrusos são realmente drow, então aumentaremos as ações de nossa rede. Até lá, deixe que as patrulhas descubram o que puderem.

O rei então dispensou seu conselho, preferindo ficar sozinho na sala do trono para refletir sobre as notícias sombrias. Mais cedo, naquela mesma semana, Schnicktick tinha ouvido falar do ataque selvagem de Drizzt à estátua do basilisco.

Ultimamente, ao que parecia, o Rei Schnicktick de Gruta das Pedras Preciosas vinha ouvindo façanhas demais dos elfos negros.

※

As patrulhas de exploração svirfneblin se afastaram dentre os túneis do leste. Mesmo aqueles grupos que não encontravam nada voltavam para Gruta das Pedras Preciosas cheios de suspeitas, porque sentiam uma quietude no Subterrâneo além do comum. Nenhum svirfneblin havia sido ferido até então, mas nenhum parecia ansioso para estar nas patrulhas. Havia algo maligno nos túneis, eles sabiam instintivamente, algo que matava sem questionar e sem piedade.

Uma patrulha encontrou a caverna coberta de musgo que uma vez servira como o santuário de Drizzt. O rei Schnicktick ficou genuinamente triste quando ouviu que os miconídios pacíficos e seu precioso bosque de cogumelos foram destruídos.

No entanto, durante todas aquelas horas infindáveis que os svirfneblin passaram vagando pelos túneis, não viram inimigo algum. Continuaram com a suposição de que os elfos negros, tão discretos e brutais, estavam envolvidos.

— E agora temos um drow vivendo em nossa cidade — um dos conselheiros do rei dos gnomos das profundezas lembrou ao rei durante um de seus encontros diários.

— Ele causou algum problema? — perguntou Schnicktick.

— Menores — respondeu o conselheiro. — E Belwar Dissengulp, o Honorável Mestre de Escavações, ainda fala por ele e o mantém em sua casa como convidado, não prisioneiro. O Mestre de Escavações Dissengulp não aceitará nenhum guarda próximo ao drow.

— Mantenha o drow sob observação — disse o rei depois de um momento de reflexão. — Mas à distância. Se ele for um amigo, como o Mestre Dissengulp acredita, então não deve sofrer nossas intrusões.

— E quanto às patrulhas? — perguntou outro conselheiro, desta vez um representante da caverna de entrada que abrigava a guarda da cidade. — Meus soldados estão ficando cansados. Eles não viram nada além de alguns sinais de batalha, não ouviram nada além do arrastar de seus próprios pés exaustos.

— Devemos ficar alertas — lembrou o rei Schnicktick. — Se os elfos negros estiverem se reunindo...

— Eles não estão — respondeu o conselheiro com firmeza. — Não encontramos nenhum acampamento, nem nenhum vestígio de acampamento. Esta patrulha de Menzoberranzan, se é que é uma patrulha, ataca e depois recua para algum santuário que não pudemos localizar, possivelmente criado magicamente.

— E se os elfos negros realmente quisessem atacar Gruta das Pedras Preciosas — supôs outro —, eles deixariam tantos sinais de sua atividade? O primeiro massacre, os goblins encontrados pela expedição do Supervisor de Escavações Krieger, ocorreu há quase uma semana, e a tragédia dos miconídios foi algum tempo antes disso. Nunca ouvi falar de elfos negros vagando por uma cidade inimiga e deixando sinais como goblins abatidos dias antes de executar seu ataque final.

O rei vinha pensando da mesma forma há algum tempo. A cada dia em que ele acordava e encontrava Gruta das Pedras Preciosas intacta, a ameaça de uma guerra contra Menzoberranzan parecia mais distante. Mas, embora Schnicktick tenha se confortado no raciocínio similar de seu conselheiro, não podia ignorar as cenas horrendas que seus soldados haviam encontrando nos corredores a leste. Algo, provavelmente um drow, estava lá embaixo, perto demais para seu gosto.

— Vamos supor que Menzoberranzan não planeja guerra contra nós neste momento — ofereceu Schnicktick. — Então, por que há elfos drow tão perto de nossos portões? Por que os elfos negros assombrariam os túneis orientais de Gruta das Pedras Preciosas, tão longe de casa?

— Expansão? — respondeu um conselheiro.

— Um grupo de renegados? — questionou outro. Nenhuma possibilidade parecia muito provável. Então um terceiro conselheiro chilreou uma sugestão tão simples que pegou os outros desprevenidos.

— Eles estão procurando por alguma coisa.

O rei dos svirfneblin deixou seu queixo cair sobre suas mãos, pensando que acabara de ouvir uma possível resposta para o enigma e se sentindo tolo por não ter pensado nisso antes.

— Mas o quê? — perguntou a um dos conselheiros, que obviamente compartilhava de sua sensação.

— Os elfos negros raramente minam a pedra — eles não se saem muito bem quando tentam, devo acrescentar — e não teriam que ir tão longe de Menzoberranzan para encontrar minerais preciosos. O que, tão perto de Gruta das Pedras Preciosas, os elfos negros estariam procurando?

— Algo que perderam — respondeu o rei. Imediatamente seus pensamentos foram para o drow que havia começado a viver entre seu povo. Parecia uma coincidência grande demais para ser ignorada. — Ou alguém — acrescentou Schnicktick, e os outros não deixaram sua intenção passar despercebida.

— Talvez devêssemos chamar nosso convidado para se sentar conosco em conselho?

— Não — respondeu o rei. — Mas talvez nossa vigilância distante deste Drizzt não seja o suficiente. Envie a Belwar Dissengulp ordens para que o drow seja monitorado a cada minuto. E Firble — disse ele ao conselheiro mais próximo dele —, como concluímos razoavelmente que nenhuma guerra é iminente com os elfos negros, contate nossa rede de espiões. Obtenha informações sobre Menzoberranzan, e rápido. Eu não gosto da ideia dos elfos negros vagarem pela minha porta da frente. Estraga a qualidade da nossa vizinhança.

O conselheiro Firble, o chefe da segurança secreta em Gruta das Pedras Preciosas, concordou com a cabeça, embora não estivesse satisfeito com o pedido. As informações de Menzoberranzan não eram baratas, e muitas vezes se mostravam mais como uma mentira bem calculada do que como verdade. Firble não gostava de lidar com nada nem ninguém que pudesse enganá-lo, e enumerava os elfos negros como os primeiros nessa lista desfavorecida.

A aparição espectral observou enquanto outra patrulha svirfneblin abria caminho pelo túnel tortuoso. A sabedoria tática do ser que uma vez fora o melhor mestre de armas em toda a Menzoberranzan mantinha o monstro morto-vivo e sua espada ansiosa sob controle pelos últimos dias. Zaknafein não entendia verdadeiramente o significado do crescente número de patrulhas dos gnomos das profundezas, mas sentia que a sua missão seria posta em perigo se ele entrasse em combate contra alguma delas. No mínimo, seu ataque contra um inimigo tão organizado enviaria alarmes por todos os corredores, alarmes que o evasivo Drizzt certamente ouviria.

Da mesma forma, a aparição espectral havia sublimado seus impulsos cruéis contra outros seres vivos e não deixou às patrulhas svirfneblin nada para ser encontrado nos últimos dias, evitando propositadamente os conflitos com os muitos habitantes da região. A vontade maligna de Matriarca Malícia Do'Urden seguia os movimentos de Zaknafein, batendo implacavelmente em seus pensamentos, o inflamando com os desejos de uma grande vingança. Qualquer assassinato feito pela mão de Zaknafein saciava temporariamente essa vontade insidiosa, mas a sabedoria tática daquele ser desmorto anulava a convocação selvagem. O leve cintilar que era o raciocínio restante de Zaknafein sabia que ele só acharia seu retorno à paz da morte quando Drizzt Do'Urden se juntasse a ele em seu sono eterno.

A aparição espectral manteve suas espadas em suas bainhas enquanto observava a passagem dos gnomos das profundezas.

Então, enquanto mais outro grupo de svirfneblin cansados voltou para o oeste, outro oscilar de cognição se agitou dentro da aparição espectral. Se esses gnomos das profundezas fossem tão proeminentes naquela região, parecia provável que Drizzt Do'Urden os tivesse encontrado.

Desta vez, Zaknafein não deixou que os gnomos das profundezas vagassem até se perder de vista. Ele flutuou para fora do esconderijo do teto de estalactites e se deixou seguir o ritmo da patrulha, por detrás deles. O nome de Gruta das Pedras Preciosas tremulava no limite de sua compreensão consciente, uma lembrança de sua vida passada.

— Gruta das Pedras Preciosas — a aparição espectral tentou falar em voz alta, as primeiras palavras que o monstro desmorto de Matriarca Malícia tentara pronunciar. Mas o nome saiu como não mais do que um grunhido indecifrável.

Capítulo 10

A culpa de Belwar

Drizzt saiu com Seldig e seus novos amigos muitas vezes durante os dias que seguiram. Os jovens gnomos das profundezas, seguindo o conselho de Belwar, passaram o tempo com o elfo drow em brincadeiras mais calmas e discretas; eles não pressionavam mais Drizzt para fazer as reconstruções das batalhas emocionantes que havia travado nos corredores do subterrâneo.

Nas primeiras vezes em que Drizzt saiu, Belwar o observava da porta. O mestre de escavações confiava em Drizzt, mas também entendia as provações que o drow tinha suportado. Uma vida de selvageria e brutalidade como a que Drizzt havia conhecido não poderia ser tão facilmente descartada.

Logo ficou evidente para Belwar e para todos os outros que observavam Drizzt que o drow tinha se acostumado com o ritmo confortável dos jovens gnomos das profundezas e representava pouca ameaça para qualquer um dos svirfneblin de Gruta das Pedras Preciosas. Mesmo o Rei Schnicktick, preocupado como estava com os eventos além das fronteiras da cidade, chegou a concordar que Drizzt poderia ser confiável.

— Você tem visita — disse Belwar a Drizzt uma manhã. Drizzt seguiu os movimentos do mestre de escavações até a porta de pedra, acreditando que Seldig tivesse vindo buscá-lo mais cedo. Quando Belwar abriu a porta, porém, Drizzt quase caiu de surpresa, uma vez que não era um svirfneblin que se esperava diante da estrutura de pedra. Em vez disso, lá estava uma enorme forma felina e negra.

— Guenhwyvar! — gritou Drizzt, correndo para se abaixar e abraçar a pantera. Guenhwyvar pulou sobre ele, batendo de leve no elfo negro com sua grande pata.

Quando Drizzt finalmente conseguiu sair de baixo da pantera e sentar-se, Belwar aproximou-se dele e entregou-lhe a estatueta de ônix.

— Certamente, o conselheiro encarregado de examinar a pantera não ficou muito feliz por devolvê-la — disse o mestre de escavações. — Mas Guenhwyvar é sua amiga, acima de tudo.

Drizzt não conseguia encontrar as palavras para responder. Mesmo antes do retorno da pantera, os gnomos das profundezas de Gruta das Pedras Preciosas o tratavam melhor do que ele merecia, ou pelo menos era o que ele acreditava. Agora, o fato de os svirfneblin devolverem um item mágico tão poderoso e mostrar-lhe uma confiança tão absoluta o tocava profundamente.

— Quando tiver tempo, você pode voltar ao Centro da Casa, o prédio no qual você esteve detido quando chegou aqui — afirmou Belwar — e recuperar suas armas e armadura.

Drizzt estava um pouco hesitante com a ideia, lembrando-se do incidente na efígie do basilisco. Quanto dano ele teria causado naquele dia se estivesse armado, não com bastões, mas com suas cimitarras afiadas?

— Vamos guardá-las aqui, em segurança — disse Belwar, entendendo a súbita angústia de seu amigo. — Se você precisar delas, você as terá.

— Estou em débito para com você — respondeu Drizzt. — Em débito para com toda Gruta das Pedras Preciosas.

— Nós não consideramos a amizade uma dívida — respondeu o mestre de escavações com uma piscadela. Então, Belwar deixou Drizzt e Guenhwyvar a sós e voltou para dentro de casa, permitindo que dois queridos amigos tivessem privacidade em seu reencontro. Seldig e os outros jovens gnomos das profundezas explodiram em deleite naquele dia, quando Drizzt saiu para se juntar a eles com Guenhwyvar ao seu lado. Ao ver a gata brincando com os svirfneblin, Drizzt não pôde deixar de se lembrar daquele dia trágico, uma década antes, quando Masoj usou Guenhwyvar para perseguir os últimos dos mineiros de Belwar que tentaram fugir do massacre. Aparentemente, Guenhwyvar havia descartado completamente aquela memória horrível, uma vez que a pantera e os jovens gnomos das profundezas brincaram juntos o dia todo.

Drizzt apenas desejava que pudesse esquecer tão facilmente os erros de seu passado.

— Honorável Mestre de Escavações — veio um chamado alguns dias depois, enquanto Belwar e Drizzt estavam em sua refeição matinal. Belwar fez uma pausa e ficou perfeitamente imóvel, e Drizzt não deixou passar a nuvem inesperada de dor que se espalhou pelo rosto de seu anfitrião. Drizzt havia passado a conhecer bem o svirfneblin, e quando o longo nariz comprido e curvado de Belwar se dobrava de uma maneira específica, era sinal da angústia do mestre de escavações.

— O rei reabriu os túneis do leste — continuou a voz. — Há rumores de um veio farto de minério a apenas um dia de marcha. Seria uma honra para a minha expedição se Belwar Dissengulp pudesse nos acompanhar.

Um sorriso esperançoso alargou-se no rosto de Drizzt, não por qualquer pensamento de se aventurar, mas porque ele notou que Belwar parecia um pouco recluso na comunidade svirfneblin, que parecia muito aberta a todos.

— Supervisor de Escavações Lajota — Belwar explicou sombriamente a Drizzt, no mínimo não compartilhando do entusiasmo crescente do drow. — Um daqueles que vêm à minha porta antes de toda expedição, me pedindo para participar da jornada.

— E você nunca vai — concluiu Drizzt.

Belwar deu de ombros.

— Um chamado por cortesia, nada mais — disse, seu nariz se contorcendo e seus dentes largos se apertando.

— Você não é digno de marchar ao lado deles — acrescentou Drizzt, seu tom de voz respingando sarcasmo. Finalmente, ele acreditava, havia encontrado a fonte da frustração de seu amigo.

Novamente Belwar deu de ombros.

Drizzt franziu o cenho para ele.

— Eu já o vi trabalhar com suas mãos de mithral — disse ele. — Você não seria atraso para grupo nenhum! Na verdade, você é uma vantagem incrível! Você tem coragem de se considerar aleijado, quando aqueles ao seu redor não?

Belwar bateu a mão do martelo sobre a mesa, criando uma fenda de tamanho considerável que atravessava a pedra.

— Eu posso cortar a pedra mais rápido do que a maioria deles juntos! — o mestre de escavações rugiu ferozmente. — E se monstros decidirem nos atacar... — ele acenou com a mão da picareta de uma forma ameaçadora, e Drizzt não duvidava que o atarracado gnomo das profundezas pudesse usar bem aquele instrumento.

— Tenha um bom dia, Honorável Mestre de Escavações — veio um grito final do lado de fora da porta. — Como sempre, devemos respeitar a sua decisão, mas, como sempre, também lamentaremos a sua ausência.

Drizzt olhou com curiosidade para Belwar.

— Por quê, então? — ele perguntou por fim. — Se você é tão competente, conforme todos, incluindo você mesmo, concordam, por que você continua ficando para trás? Eu sei do amor que os svirfneblin têm por essas expedições, mas você não está interessado. Assim como você nunca falou de suas aventuras fora de Gruta das Pedras Preciosas. É a minha presença que o mantém em casa? Você está sob a função de me vigiar?

— Não! — respondeu Belwar, sua voz estrondosa ecoando nos ouvidos sensíveis de Drizzt. — Você teve o direito da devolução das suas armas, elfo negro. Não duvide da nossa confiança.

— Mas... — Drizzt começou, mas parou, percebendo de repente o verdadeiro motivo da relutância do gnomo das profundezas. — Aquele dia... — ele disse suavemente, quase se desculpando. — Aquele dia pérfido há mais de uma década.

O nariz de Belwar quase enrolou-se sobre si mesmo, e ele rapidamente se afastou.

— Você se culpa pela perda dos seus! — Drizzt continuou, ganhando volume enquanto ganhava confiança em seu raciocínio. Ainda assim, o drow mal conseguia acreditar em suas palavras enquanto as falava.

Mas quando Belwar voltou-se para ele, os olhos do mestre de escavações estavam úmidos e Drizzt sabia que as palavras tinham atingido a verdade.

Drizzt passou a mão por sua grossa crina branca, sem saber como exatamente responder ao dilema de Belwar. Drizzt havia liderado pessoalmente os drow contra o grupo de mineração svirfneblin, e ele sabia que os gnomos das profundezas não deveriam receber parcela nenhuma na culpa por aquele massacre. No entanto, como poderia Drizzt possivelmente explicar isso a Belwar?

— Eu me lembro daquele dia infeliz — Drizzt começou hesitantemente — vividamente, eu me lembro, como se aquele momento maligno estivesse congelado em minha cabeça, para nunca mais desaparecer.

— Não mais do que na minha — sussurrou o mestre de escavações. Drizzt assentiu com a cabeça.

— Igualmente, no entanto — completou. — Porque me vejo preso na mesma rede de culpa que te aprisiona.

Belwar olhou para ele com curiosidade, sem entender bem.

— Fui eu quem liderou a patrulha drow — explicou Drizzt. — Eu encontrei sua equipe, acreditando erroneamente que vocês eram invasores com a intenção de atacar Menzoberranzan.

— Se não fosse você, seria outro — respondeu Belwar.

— Mas ninguém poderia guiá-los tão bem quanto eu — disse Drizzt. — Lá fora — ele olhou para a porta —, no Subterrâneo selvagem, eu estava em casa. Aquele era o meu domínio — Belwar estava ouvindo a todas as suas palavras com atenção, tal como Drizzt esperava. — E fui eu quem derrotou o elemental da terra — continuou Drizzt, falando com naturalidade, não com arrogância. — Se não fosse por minha presença, a batalha teria se mostrado igual. Muitos svirfneblin teriam sobrevivido para retornar a Gruta das Pedras Preciosas.

Belwar não conseguiu esconder seu sorriso. Havia uma certa verdade nas palavras de Drizzt, uma vez que ele havia sido um fator importante no sucesso do ataque drow. Mas Belwar achou a tentativa de Drizzt de dissipar sua culpa um pequeno exagero da verdade.

— Não entendo como você pode se culpar — disse Drizzt, agora sorrindo e esperando que sua culpa pudesse algum conforto ao seu amigo. — Com Drizzt Do'Urden liderando a patrulha drow, vocês nunca tiveram chance.

— *Magga cammara*. É um assunto doloroso demais para se fazer piadas — respondeu Belwar, embora risse de si mesmo enquanto falava essas palavras.

— Concordo — disse Drizzt, em um tom de voz repentinamente sério. — Mas diminuir a tragédia com uma brincadeira não é mais ridículo do que viver afogado em uma culpa por um incidente sem culpados. Não. Não sem culpados — Drizzt rapidamente se corrigiu. — A culpa está nos ombros de Menzoberranzan e seus habitantes. É o caminho dos drow que causou a tragédia. É a existência perversa que vivem, todos os dias, que condenou os mineiros pacíficos de sua expedição.

— Um supervisor de escavações é o responsável pela segurança de seu grupo — retrucou Belwar. — Somente um supervisor de escavações pode convocar uma expedição. Ele deve, então, aceitar a responsabilidade de sua decisão.

— Você escolheu liderar os gnomos das profundezas para um local tão próximo de Menzoberranzan? — Drizzt perguntou.

— Sim.

— Por vontade própria? — pressionou Drizzt. Ele acreditava que havia compreendido os caminhos dos gnomos das profundezas o suficiente para saber que a maioria de suas decisões importantes, se não todas, eram democraticamente resolvidas. — Sem a palavra de Belwar Dissengulp, o grupo de mineração nunca teria entrado naquela região?

— Nós sabíamos do achado — explicou Belwar. — Um veio rico de minério. Foi decidido no conselho que deveríamos arriscar a proximidade de Menzoberranzan. Eu liderei o grupo designado.

— Se não fosse você, seria outro — disse Drizzt sem rodeios, repetindo as palavras anteriores de Belwar.

— Um mestre de escavações deve aceitar a responsa... — começou Belwar, desviando seu olhar de Drizzt.

— Eles não o culpam — disse Drizzt, seguindo o olhar vazio de Belwar para a porta de pedra. — Eles te honram e cuidam de você.

— Eles têm pena de mim! — Belwar rosnou.

— Você precisa de sua piedade? — Drizzt gritou de volta. — Você é menos do que eles? Um aleijado indefeso?

— Nunca fui!

— Então vá com eles! — Drizzt gritou para ele. — Veja se eles realmente têm pena de você! Eu não acredito nisso, mas se suas suspeitas se mostrarem verdadeiras, se o seu povo tem piedade de seu "Honorável Mestre de Escavações", então mostre-lhes o verdadeiro Belwar Dissengulp! Se seus companheiros não têm pena de você nem o culpam, então não coloque nenhuma carga sobre seus próprios ombros!

Belwar olhou para o amigo por muito tempo, mas não respondeu.

— Todos os mineiros que o acompanharam conheciam o risco de se aventurar tão perto de Menzoberranzan — lembrou Drizzt. Um sorriso alargou-se no rosto do drow. — Nenhum deles, incluindo você, sabia que Drizzt Do'Urden lideraria seus oponentes drow contra você. Se você soubesse, certamente teria ficado em casa.

— *Magga cammara* — murmurou Belwar. Ele sacudiu a cabeça em descrença, tanto pelo tom de brincadeira de Drizzt quanto pelo fato de que, pela primeira vez em mais de uma década, sentia-se melhor com essas trágicas lembranças. Ele se levantou da mesa de pedra, sorriu por um instante para Drizzt e dirigiu-se para até o cômodo interno de sua casa.

— Para onde você vai? — Drizzt perguntou.

— Descansar — respondeu o mestre de escavações. — Os eventos deste dia já me cansaram.

— A expedição de mineração partirá sem você.

Belwar virou-se e lançou um olhar incrédulo para Drizzt. O drow realmente esperava que Belwar fosse facilmente refutar anos de culpa e simplesmente sair com os mineiros?

— Eu achei que Belwar Dissengulp tivesse mais coragem — disse Drizzt. O cenho franzido que atravessava o rosto do mestre de escavações era genuíno, e Drizzt sabia que ele havia encontrado uma fraqueza na armadura de autocompaixão de Belwar.

— Você fala com coragem — Belwar grunhiu com uma careta.

— Com coragem para os padrões de um covarde — respondeu Drizzt. A mão de mitral do svirfneblin avançou, sua respiração saindo em grandes baforadas vindas de seu torso densamente musculoso.

— Se você não gosta do título, então o renegue — Drizzt rosnou na cara dele. — Vá com os mineiros. Mostre-lhes o verdadeiro Belwar Dissengulp, e descubra por si mesmo!

Belwar bateu suas mãos de mithral.

— Corra então e pegue suas armas! — ordenou. Drizzt hesitou. Ele acabara de ser desafiado? Será que ele fora longe demais em sua tentativa de sacudir o mestre de escavações de seus laços de culpa?

— Pegue suas armas, Drizzt Do'Urden — Belwar rosnou novamente — Porque se eu for com os mineiros, então você vai junto!

Eufórico, Drizzt apertou a cabeça do gnomo das profundezas entre suas longas e esbeltas mãos e bateu sua testa suavemente em Belwar, os dois trocando olhares de profunda admiração e carinho. Em um instante, Drizzt correu para longe, caminhando para a Casa Central para recuperar sua cota de malha fina, a sua *piwafwi* e suas cimitarras.

Belwar acabara de bater uma mão contra sua cabeça em descrença, quase se derrubando, e observou Drizzt disparando fora pela porta da frente.

Seria uma viagem interessante.

O Supervisor de Escavações Lajota aceitou facilmente a adição dos dois novos membros ao grupo, embora tivesse lançado a Belwar um olhar curioso pelas costas de Drizzt, indagando sobre a respeitabilidade do drow. Mesmo o supervisor de escavações desconfiado não podia negar o valor de um elfo negro aliado nas regiões selvagens do Subterrâneo, principalmente se os rumores sobre as atividades drow nos túneis do leste provassem ser verdade.

Mas a patrulha não viu nenhuma atividade, nenhuma carnificina, enquanto seguiam para a região apontada pelos batedores. Os rumores de um veio farto de minério definitivamente estavam longe de ser exagerados, e os vinte e cinco mineiros da expedição passaram a trabalhar com uma ânsia diferente de algo que qualquer drow já havia testemunhado. Drizzt ficou especialmente satisfeito por Belwar, já que as mãos de martelo e picareta do mestre de escavações cortavam a pedra com uma precisão e potência que ultrapassavam qualquer uma das outras. Não demorou muito para que Belwar percebesse que ele não estava recebendo pena alguma de seus camaradas. Ele era um membro da expedição — um membro honrado e sem detrimento — que enchia os vagões com mais minério do que qualquer um de seus companheiros.

Durante os dias que passaram nos túneis retorcidos, Drizzt e Guenhwyvar, quando a gata estava disponível, mantinham uma guarda atenta ao redor do acampamento. Após o primeiro dia de mineração, Supervisor de Escavações Lajota atribuiu um terceiro guarda-costas para o drow e a pantera, e Drizzt suspeitava corretamente que seu novo companheiro svirfneblin tinha sido designado tanto para vigiá-lo quanto para procurar por outros perigos. Conforme o tempo passou, e a expedição svirfneblin se acostumou mais ao seu companheiro de pele de ébano, Drizzt foi deixado para vagar como quisesse.

Foi uma viagem lucrativa e sem problemas, bem do jeito que os svirfneblin gostavam, e logo, sem ter encontrado um único monstro, seus vagões estavam cheios de minerais preciosos. Batendo nas costas uns dos outros — Belwar, com o cuidado de não bater forte demais — eles juntaram seus equipamentos, com seus carrinhos em uma linha e partiram para casa, uma jornada que levaria dois dias com os carrinhos pesados.

Depois de apenas algumas horas de viagem, um dos batedores à frente da expedição voltou, com uma expressão sombria em seu rosto.

— O que é? — perguntou o Supervisor de Escavações Lajota, suspeitando que sua sorte tivesse acabado.

— Tribo goblin — o batedor svirfneblin respondeu. — No mínimo quarenta. Eles se amontoaram em uma pequena câmara à frente, a oeste, acima de uma passagem inclinada.

O Mestre de Escavações Lajota bateu um punho em um carrinho. Ele não duvidava que seus mineiros pudessem lidar com o bando goblin, mas não queria problemas. No entanto, com os carrinhos pesados rolando ruidosamente, evitar os goblins não seria um feito fácil. — Transmita ordens para nos mantermos em silêncio — ele decidiu por completo. — Se houver uma luta, que os goblins venham até nós.

— Qual é o problema? — Drizzt perguntou a Belwar quando chegou pela parte de trás da expedição. Ele havia se mantido na retaguarda desde que haviam levantado acampamento.

— Bando de goblins — respondeu Belwar. — Lajota disse para sermos discretos e esperar que eles passem direto por nós.

— E se eles não passarem direto? — Drizzt teve que perguntar.

Belwar bateu as mãos.

— Eles são apenas goblins — murmurou sombriamente — mas eu, e todos os meus, queremos um caminho livre para casa.

O fato de seus novos companheiros não estarem tão ansiosos pela batalha, mesmo sendo contra um inimigo que sabiam que poderiam facilmente derrotar, agradava a Drizzt. Se Drizzt estivesse viajando ao lado de uma patrulha drow, toda a tribo goblin provavelmente já teria sido morta ou capturada.

— Venha comigo — disse Drizzt a Belwar. — Eu preciso que você ajude o Supervisor de Escavações Lajota a me entender. Eu tenho um plano, mas temo que o meu comando limitado de seu idioma não me permita explicar suas sutilezas — Belwar puxou Drizzt com sua mão de picareta, girando o drow delgado com mais rapidez do que pretendia.

— Não é o conflito o que desejamos — explicou. — É melhor que os goblins sigam seu próprio caminho.

— Eu não desejo nenhuma luta — Drizzt assegurou-lhe com uma piscadela. Satisfeito, o gnomo das profundezas se pôs a caminhar logo atrás de Drizzt.

Lajota abriu um sorriso enquanto Belwar traduzia o plano de Drizzt.

— As expressões nos rostos dos goblins será algo que valerá a pena ver — Lajota riu para Drizzt. — Eu gostaria de acompanhá-lo.

— É melhor eu fazer isso — disse Belwar. — Conheço tanto a língua dos goblins quanto a dos drow, e você tem responsabilidades aqui, caso as coisas não corram tão bem quanto esperamos.

— Eu também conheço a língua dos goblins — respondeu Lajota. — E consigo entender o seu companheiro elfo negro bem o bastante. Quanto aos meus deveres com a expedição, eles não são tão grandes quanto você acredita, porque outro supervisor de escavações está aqui conosco.

— Um que não via os túneis do Subterrâneo há muitos anos — lembrou Belwar.

— Ah, mas ele era o melhor de todos — retrucou Lajota. — A caravana está sob seu comando, Mestre de Escavações Belwar. Eu escolho ir e me encontrar com os goblins ao lado do drow.

Drizzt entendeu o bastante das palavras para compreender o curso geral da ação de Lajota. Antes que Belwar pudesse argumentar, Drizzt colocou uma mão em seu ombro e assentiu.

— Se os goblins não forem enganados e nós precisarmos de você, venha rápido e com tudo — disse ele.

Então Lajota removeu seu equipamento e armas, e Drizzt o conduziu. Belwar voltou-se para os outros com cuidado, sem saber como eles se sentiriam com a decisão. Seu primeiro olhar para os mineiros da caravana disse-lhe que estavam firmemente atrás dele, cada um à espera e dispostos a cumprir seus comandos.

O Supervisor de Escavações Lajota não ficou nem um pouco decepcionado com as expressões nos rostos dentuços e retorcidos dos goblins quando ele e Drizzt entraram no meio deles. Um goblin soltou um grito e levantou uma lança para arremessar, mas Drizzt, usando suas habilidades mágicas inatas, deixou cair um globo de escuridão sobre sua cabeça, cegando-o completamente. A lança saiu de qualquer jeito e Drizzt sacou uma cimitarra e cortou-a no ar enquanto voava.

Lajota, com as mãos amarradas, por estar representando o papel de um prisioneiro naquela farsa, ficou boquiaberto com a velocidade e facilidade com que o drow derrubou a lança voadora. O svirfneblin olhou para os goblins e viu que ficaram igualmente impressionados.

— Mais um passo e eles estão mortos — Drizzt prometeu no idioma goblin, uma lingua gutural de grunhidos e gemidos. Lajota entendeu um momento depois, quando ouviu um som desajeitado de arrastar de botas e um gemido por trás. O gnomo virou-se para ver dois goblins contornados pelas chamas purpúreas do fogo feérico dos drow, afastando-se tão rapidamente quanto seus pés flexíveis poderiam carregá-los.

Novamente o svirfneblin olhou para Drizzt com espanto. Como Drizzt havia sequer notado que aqueles goblins furtivos estavam ali?

Lajota, é claro, não tinha como saber sobre o caçador, aquele alter ego de Drizzt Do'Urden que dava ao drow uma vantagem distinta em conflitos como aquele. Nem o supervisor de escavações sabia que, naquele momento, Drizzt estava envolvido em outra luta para controlar esse perigoso alter ego.

Drizzt olhou para a cimitarra na mão e de volta para a multidão de goblins. Pelo menos três dúzias estavam em prontidão, e o caçador incitava Drizzt a atacar, atacar os monstros covardes e enviá-los em fuga por todos os corredores que levavam para fora da câmara. Um olhar para o seu companheiro svirfneblin amarrado, porém, lembrou a Drizzt de seu plano em ir até ali, e permitiu que ele colocasse o caçador para descansar.

— Quem é o líder? — ele perguntou em um goblin gutural.

O chefe dos goblins não estava tão ansioso para se revelar para um drow, mas uma dúzia de seus subordinados, mostrando a típica coragem e lealdade goblin, girou em seus calcanhares e apontou seus dedos em sua direção.

Sem outra escolha, o chefe dos goblins estufou o peito, endireitou seus ombros ossudos e avançou para enfrentar o drow.

— Bruck! — o chefe se nomeou, batendo um punho no peito.

— Por que você está aqui? — disse Drizzt de forma zombeteira

Bruck simplesmente não sabia como responder àquela pergunta. Nunca antes o goblin pensou que precisaria pedir permissão para a movimentação de sua tribo.

— Esta região pertence aos drow! — rosnou Drizzt. — Você não pertence a esse lugar.

— Cidade drow longe, cara — Bruck se queixou, apontando sobre a cabeça de Drizzt — o caminho errado para Menzoberranzan, observou Drizzt, mas ele deixou passar o erro. — Aqui terra svirfneblin.

— Por enquanto — respondeu Drizzt, provocando Lajota com a ponta de sua cimitarra. — Mas meu povo decidiu reivindicar a região como nossa. — Uma pequena chama cintilou nos olhos lavanda de Drizzt e um sorriso tortuoso se espalhou por seu rosto. — Será que Bruck e sua tribo goblin irão se opor a nós?

Bruck levantou suas mãos de dedos longos, impotente.

— Vá embora — ordenou Drizzt. — Nós não precisamos de escravos agora, nem desejamos o som da batalha ecoando pelos túneis! Considere-se com sorte, Bruck. Sua tribo vai fugir e viver... desta vez!

Bruck virou-se para os outros, procurando ajuda. Apenas um drow os desafiava, enquanto mais de três dúzias de goblins estavam em prontidão com suas armas. As chances eram promissoras, se não esmagadoras.

— Vá embora — Drizzt ordenou novamente, apontando sua cimitarra para uma passagem lateral. — Corra até que seus pés estejam cansados demais para levá-lo!

O chefe dos goblins enroscava seus dedos desafiadoramente no pedaço de corda que segurava sua tanga.

Uma batida cacofônica soou em toda a câmara, mostrando o tempo de uma percussão feita propositadamente na pedra. Bruck e os outros goblins olharam ao redor, e Drizzt não perdeu a oportunidade:

— Você ousa desafiar-nos? — o drow gritou, fazendo com que Bruck fosse encurralado pelas chamas de brilho púrpura. — Então que o estúpido Bruck seja o primeiro a morrer!

Antes de Drizzt ter terminado a frase, o chefe dos goblins já tinha desaparecido, correndo com toda a velocidade pela passagem que Drizzt havia indicado. Justificando a fuga como lealdade ao chefe, toda a tribo goblin partiu imediatamente atrás dele. O mais rápido chegou a ultrapassar Bruck.

Poucos momentos depois, Belwar e os outros mineiros svirfneblin apareceram em cada passagem.

— Achei que você pudesse precisar de algum apoio — explicou o mestre de escavações com mãos de mithral, batendo com sua mão do martelo na pedra.

— Perfeito foi o seu tempo e seu julgamento, Honorável Mestre de Escavações — disse Lajota ao seu par quando finalmente conseguiu parar de rir. — Perfeito, conforme se espera de Belwar Dissengulp!

Pouco tempo depois, a caravana svirfneblin retomou seu caminho, toda a trupe animada e exaltada pelos acontecimentos dos últimos dias. Os gnomos das profundezas se acharam muito inteligentes pela forma como haviam evitado o problema. A alegria se transformou em uma festa de pleno direito quando eles chegaram em Gruta das Pedras Preciosas — e os svirfneblin, embora fossem geralmente um povo sério e trabalhador, davam festas tão incríveis quanto qualquer outra raça de todos os Reinos.

Drizzt Do'Urden, apesar de todas as suas diferenças físicas com os svirfneblin, sentia-se mais em casa e à vontade do que jamais se sentira em todas as quatro décadas de sua vida.

E nunca mais Belwar Dissengulp se encolheu quando um colega svirfneblin dirigiu-se a ele como "Honorável Mestre de Escavações".

A aparição espectral estava confusa. Assim que Zaknafein começou a acreditar que sua presa estava dentro da cidade dos svirfneblin, os feitiços mágicos que Malícia colocou sobre ele sentiram a presença de Drizzt nos túneis. Para a sorte de Drizzt e dos mineiros svirfneblin, a aparição espectral estava longe quando pegou o rastro. Zaknafein abriu caminho de volta pelos túneis, se esquivando das patrulhas dos gnomos das profundezas. Cada conflito em potencial que evitava era uma luta para Zaknafein, uma vez que Matriarca Malícia, em seu trono em Menzoberranzan, ficava cada vez mais impaciente e agitada.

Malícia queria o sabor do sangue, mas Zaknafein mantinha seu propósito, focando em Drizzt. Mas, de repente, o rastro desapareceu.

Bruck gemeu em voz alta quando outro elfo negro solitário vagou em seu acampamento no dia seguinte. Nenhuma lança foi içada e nenhum goblin sequer tentou se esgueirar por trás daquele drow.

— Qual é? Caimo fora como cê disse! — queixou-se Bruck, indo para a frente do grupo antes mesmo de ser chamado. O chefe dos goblins sabia agora que seus subordinados o apontariam de qualquer maneira.

Se a aparição espectral chegou a compreender as palavras do goblin, não demonstrou isso de forma alguma. Zaknafein continuou andando direto para o chefe dos goblins, com suas espadas em mãos.

— Mas... — Bruck começou, mas o resto de suas palavras saíram como gorgolejos de sangue. Zaknafein arrancou sua espada da garganta do goblin e correu para o resto do grupo.

Os goblins se espalharam por todas as direções. Alguns, presos entre o drow enlouquecido e a parede de pedra, levantaram suas lanças rudimentares em defesa. A aparição espectral passou direto por eles, cortando lanças e membros a cada movimento de espada. Um goblin conseguiu passar sua lança através das espadas giratórias, enterrando sua ponta profundamente no quadril de Zaknafein.

O monstro desmorto sequer estremeceu. Zak virou-se para o goblin e o atingiu com uma série de golpes perfeitamente direcionados, que separou a cabeça e os braços de seu corpo.

No final, quinze goblins mortos estavam caídos pelo chão da câmara, e a tribo foi espalhada e ainda corria por todas as passagens da região. A aparição espectral, coberta pelo sangue de seus inimigos, saiu da câmara através da passagem oposta daquela em que entrou, continuando sua busca frustrada pelo esquivo Drizzt Do'Urden.

De volta a Menzoberranzan, na antessala da capela da Casa Do'Urden, Matriarca Malícia descansava, completamente exausta e momentaneamente saciada. Ela sentiu todas as mortes causadas pelas mãos de Zak, sentindo uma explosão de êxtase toda vez que a espada de sua aparição espectral mergulhava em outra vítima.

Malícia afastou suas frustrações e sua impaciência, sua confiança renovada pelos prazeres da cruel chacina feita por Zaknafein. Quão intenso seria o êxtase de Malícia quando a aparição espectral finalmente encontrasse seu filho traidor!

Capítulo 11

O informante

O CONSELHEIRO FIRBLE de Gruta das Pedras Preciosas entrou hesitantemente na pequena caverna rústica, o ponto de encontro combinado. Um exército de svirfneblin, incluindo vários gnomos das profundezas encantadores, levando pedras que podiam convocar elementais da terra, assumiram posições defensivas ao longo dos corredores que levavam para o oeste da sala. Apesar disso, Firble não estava à vontade. Ele olhou para o túnel do leste, a única outra entrada para a câmara, perguntando-se quais informações seu agente teria para ele e preocupando-se com o quanto isso custaria.

Então o drow fez sua entrada triunfal, suas altas botas pretas ecoando alto no chão de pedra. Seu olhar esquadrinhou os arredores rapidamente para garantir que Firble fosse o único svirfneblin na câmara — seu acordo comum— depois caminhou até o conselheiro e se deixou cair em uma longa reverência.

— Saudações, meu amigo pequeno com uma bolsa grande — disse o drow com uma risada. Seu comando da linguagem svirfneblin, com as inflexões e pausas perfeitas de um gnomo das profundezas que tinha vivido um século em Gruta das Pedras Preciosas, sempre surpreendia Firble.

— Você poderia exercer algum cuidado — retrucou Firble, novamente olhando ansiosamente ao redor.

— Bah — bufou o drow, batendo os saltos de suas botas.

— Você tem um exército de gnomos das profundezas, magos e guerreiros, atrás de você, e eu... Bem, vamos apenas concordar que também estou bem protegido.

— Disso eu não duvido, Jarlaxle — respondeu Firble. — Ainda assim, eu preferiria que nossos negócios permanecessem tão particulares e reservados quanto possível.

— Todo o negócio de Bregan D'aerthe é privado, meu querido Firble — respondeu Jarlaxle, e novamente ele se curvou, varrendo seu chapéu de abas largas em um longo e gracioso arco.

— Chega disso — disse Firble. — Vamos fazer o nosso negócio, para que eu possa voltar para minha casa.

— Então pergunte — disse Jarlaxle.

— Houve um aumento na atividade drow perto de Gruta das Pedras Preciosas — explicou o gnomo.

— Houve? — Jarlaxle perguntou, parecendo surpreso. O sorriso do drow, porém, revelava suas verdadeiras emoções. Este seria um lucro fácil para Jarlaxle, pois a mesma Matriarca Mãe em Menzoberranzan que o empregara recentemente estava indubitavelmente ligada ao perigo de Gruta das Pedras Preciosas. Jarlaxle gostava de coincidências que tornavam os lucros fáceis.

Firble percebeu muito bem que o mercenário havia fingido surpresa.

— Houve — disse ele com firmeza.

— E você deseja saber o porquê? — Jarlaxle parou para pensar, ainda tentando manter aquela fachada de ignorância.

— Parece prudente, do nosso ponto de vista — bufou o conselheiro, cansado do jogo interminável de Jarlaxle. Firble sabia sem dúvidas de que Jarlaxle estava ciente da atividade drow perto de Gruta das Pedras Preciosas e do propósito por trás disso. Jarlaxle era um renegado sem casa, o que não costumava ser uma posição muito saudável no mundo dos elfos negros. No entanto, esse mercenário engenhoso conseguiu sobreviver — até mesmo prosperar — em sua posição renegada. Através de sua posição, a maior vantagem de Jarlaxle era o conhecimento, conhecimento de cada agitação dentro de Menzoberranzan e nas regiões que cercavam a cidade.

— De quanto tempo você precisa? — Firble perguntou. — Meu rei deseja completar este negócio o mais rápido possível.

— Está com meu pagamento? — perguntou o drow, estendendo uma mão.

— Será entregue quando você me trouxer a informação — protestou Firble. — Esse sempre foi nosso acordo.

— É verdade — concordou Jarlaxle. — Mas, desta vez, não preciso de tempo para reunir suas informações. Se tiver minhas pedras, podemos fazer nosso negócio agora mesmo.

Firble puxou a bolsa de gemas do cinto e as jogou para o drow.

— Cinquenta ágatas, cuidadosamente cortadas — ele disse com um rosnado, nunca satisfeito com o preço. Ele esperava evitar usar Jarlaxle desta vez. Como qualquer gnomo das profundezas, Firble não se separava facilmente de tais gemas.

Jarlaxle rapidamente olhou para a bolsa, depois a deixou cair em um bolso profundo.

— Fique tranquilo, pequeno gnomo das profundezas — ele começou —, porque os poderes que governam Menzoberranzan não planejam ações contra sua cidade. Uma única casa drow tem interesse na região, nada mais.

— Por quê? — Firble perguntou depois de um longo momento de silêncio ter se passado. O svirfneblin odiava ter que perguntar, sabendo a consequência inevitável.

Jarlaxle estendeu a mão. Dez outras ágatas cuidadosamente cortadas foram entregues.

— A casa procura por um dos seus — explicou Jarlaxle. — Um renegado cujas ações arrancaram da família o favor da Rainha Aranha.

Mais uma vez, passaram-se alguns momentos intermináveis de silêncio. Firble conseguia supor com certeza quase total a identidade do drow que estava sendo caçado, mas o rei Schnicktick rugiria até o teto cair se ele não se certificasse. Ele puxou mais dez pedras preciosas da bolsa em seu cinto.

— Nomeie a casa — disse ele.

— Daermon N'a'shezbaernon — respondeu Jarlaxle, casualmente deixando cair as pedras em seu bolso profundo. Firble cruzou os braços sobre o peito e franziu o cenho. O drow inescrupuloso o pegara mais uma vez.

— Não o nome ancestral! — o conselheiro resmungou, tirando com raiva dez outras pedras.

— Realmente, Firble — provocou Jarlaxle. — Você precisa aprender a ser mais específico no seu questionamento. Esses erros te custam tanto!

— Nomeie a casa em termos que eu possa entender — instruiu Firble. — E nomeie o renegado que está sendo caçado. Não pagarei mais nada hoje, Jarlaxle. Jarlaxle estendeu sua mão e sorriu ante o silêncio do gnomo das profundezas.

— Concordo — ele riu, mais do que satisfeito com seus lucros. — A Casa Do'Urden, a Oitava Casa de Menzoberranzan, procura por seu segundo filho.

O mercenário notou um toque de reconhecimento na expressão de Firble. Talvez essa pequena reunião fornecesse a Jarlaxle informações que ele poderia transformar em lucro adicional vindo dos cofres de Matriarca Malícia?

— Drizzt é o nome dele — continuou o drow, estudando a reação do svirfneblin. — A informação sobre seu paradeiro traria um lucro elevado em Menzoberranzan — acrescentou maliciosamente.

Firble olhou para o drow impetuoso por um longo tempo. Ele havia transparecido alguma coisa quando a identidade do renegado tinha sido revelada? Se Jarlaxle tivesse adivinhado que Drizzt estava na cidade dos gnomos das profundezas, as implicações poderiam ser sombrias. Agora Firble estava em uma situação difícil. Ele deveria admitir seu erro e tentar corrigi-lo? Mas quanto custaria a Firble para comprar a promessa do silêncio de Jarlaxle? E não importa o quão grande fosse o pagamento, será que Firble poderia realmente confiar no mercenário sem escrúpulos?

— Nosso negócio aqui acabou — anunciou Firble, decidindo confiar que Jarlaxle não percebeu o suficiente para negociar com a Casa Do'Urden. O conselheiro deu meia-volta e começou a sair da câmara.

Jarlaxle aplaudiu secretamente a decisão de Firble. Ele sempre acreditou que o conselheiro svirfneblin era um adversário de negociação digno, e agora não estava desapontado. Firble havia revelado pouca informação, pouca demais para levar a Matriarca Malícia, e se o gnomo das profundezas tivesse mais a oferecer, sua decisão de encerrar abruptamente a reunião era sábia. Apesar de suas diferenças raciais, Jarlaxle tinha que admitir que realmente gostava de Firble.

— Pequeno gnomo — ele gritou para o ser que se afastava. — Eu lhe ofereço um aviso — Firble girou de volta, sua mão cobrindo defensivamente sua bolsa de pedras fechada. — Por conta da casa — disse Jarlaxle com uma risada e um balançar de sua cabeça raspada.

Mas então o rosto do mercenário tornou-se sério, mesmo sombrio.

— Se você souber de Drizzt Do'Urden — continuou Jarlaxle — mantenha-o longe. A própria Lolth deu a Matriarca Malícia Do'Urden a função de matar Drizzt, e Malícia fará o que for necessário para cumprir com sua tarefa. E mesmo que Malícia falhe, outros continuarão a caçá-lo, sabendo que a morte do Do'Urden trará grande prazer para a Rainha Aranha. Ele está condenado, Firble, assim como qualquer um que seja idiota o bastante para ficar ao lado dele.

— Um aviso desnecessário — respondeu Firble, tentando manter sua expressão calma —, porque ninguém em Gruta das Pedras Preciosas sabe quem é ou se importa com esse elfo negro renegado. Ninguém, eu te asseguro, em Gruta das Pedras Preciosas tem desejo algum de estar sob o favor bom ou ruim dessa divindade dos elfos negros, a Rainha Aranha.

Jarlaxle sorriu, consciente do blefe do svirfneblin.

— É claro — ele repetiu, e tirou seu enorme chapéu, se deixando cair em outra reverência espalhafatosa.

Firble parou um momento para considerar as palavras e a reverência, pensando novamente em tentar comprar o silêncio do mercenário.

Antes de chegar a qualquer decisão, Jarlaxle tinha ido embora, batendo alto com os saltos de suas botas a cada passo. O pobre Firble fora deixado para se perguntar se havia procedido da maneira certa.

Ele não precisava. Jarlaxle, de fato, gostava do pequeno Firble, o mercenário admitiu para si mesmo quando partiu, e não divulgaria suas suspeitas do paradeiro de Drizzt para Matriarca Malícia.

A menos que, é claro, a oferta fosse muito tentadora.

Firble ficou de pé e observou a câmara vazia por muitos minutos, se perguntando e se preocupando.

※

Para Drizzt, os dias estavam repletos de amizade e diversão. Ele era quase um herói com os mineiros svirfneblin que haviam entrado nos túneis com ele, e a história de seu ato inteligente contra a tribo goblin crescia a cada relato. Drizzt e Belwar saíam muitas vezes agora, e sempre que entravam em uma taverna ou casa de reunião, eram recebidos por saudações e ofertas de comida e bebida gratuitas. Ambos os amigos estavam contentes pelo outro, porque juntos encontraram seu lugar e sua paz. Os Supervisores de Escavações Lajota e Belwar estavam ocupados planejando outra expedição de mineração. Sua maior tarefa era reduzir a lista de voluntários, porque svirfneblin de todos os cantos da cidade os havia contatado, ansiosos para viajar ao lado do elfo negro e do Honorável Mestre de Escavações.

Quando uma batida alta e insistente veio uma manhã na porta de Belwar, tanto Drizzt quanto o gnomo das profundezas acharam que eram mais recrutas procurando um lugar na expedição. Eles ficaram realmente surpresos ao encontrar a guarda da cidade esperando por eles, chamando Drizzt, sob a persuasão de uma dúzia de pontas de lanças, para ir com eles até uma audiência com o rei.

Belwar parecia indiferente.

— Uma precaução — ele assegurou a Drizzt, empurrando seu prato de café da manhã com cogumelos e molho de musgo. Belwar foi até a parede para pegar seu manto, e se Drizzt, concentrando-se nas lanças, tivesse notado os movimentos bruscos e hesitantes de Belwar, o drow certamente não teria ficado mais calmo.

A viagem através da cidade dos gnomos das profundezas foi rápida, com os guardas ansiosos conduzindo o drow e o mestre de escavações. Belwar continuou a diminuir tudo aquilo declarando ser apenas uma "precaução" a cada passo que dava, e na verdade, Belwar fez um bom trabalho mantendo uma certa calma em seu tom de voz. Mas Drizzt não teve ilusões ao adentrar as câmaras do rei. Toda a sua vida estava repleta de fins trágicos para começos promissores.

O rei Schnicktick sentava-se desconfortavelmente em seu trono de pedra, seus conselheiros igualmente desconfortáveis ao seu redor. Ele não gostou desse dever que havia sido colocado sobre seus ombros — os svirfneblin se consideravam amigos leais —, mas à luz das revelações do conselheiro Firble, a ameaça para Gruta das Pedras Preciosas não poderia ser ignorada.

Especialmente não para pessoas como um elfo negro.

Drizzt e Belwar se posicionaram diante do rei, Drizzt curioso, embora pronto para aceitar o que quer que viesse, mas Belwar, no limite da raiva.

— Agradeço por virem tão rápido — o rei Schnicktick os cumprimentou, limpou a garganta e olhou em volta para seus conselheiros para obter apoio.

— As lanças nos mantiveram em movimento — Belwar grunhiu sarcasticamente.

O rei svirfneblin limpou a garganta novamente, visivelmente desconfortável, e se moveu em seu assento.

— Meus guardas se empolgam com facilidade — se desculpou — por favor, não se ofendam.

— Não me ofendi — assegurou Drizzt.

— E de seu tempo em nossa cidade? Você gostou? — Perguntou Schnicktick, conseguindo sorrir um pouco.

Drizzt assentiu com a cabeça.

— Seu povo tem sido gracioso além de qualquer coisa que eu pudesse ter pedido ou esperado — ele respondeu.

— E você provou ser um amigo digno, Drizzt Do'Urden — disse Schnicktick. — De verdade, nossas vidas foram enriquecidas com sua presença.

Drizzt inclinou-se, cheio de gratidão pelas amáveis palavras do rei svirfneblin. Mas Belwar estreitou seus olhos escuros e cinzentos e enrugou seu nariz de gancho, começando a entender onde o rei queria chegar.

— Infelizmente — começou o rei Schnicktick, olhando ao redor e suplicando aos seus conselheiros, e não diretamente para Drizzt — algo aconteceu...

— *Magga cammara*! — gritou Belwar, assustando a todos os presentes. — Não! — o rei Schnicktick e Drizzt olharam para o mestre de escavações em descrença. — Você quer expulsá-lo! — gritou Belwar acusadoramente para Schnicktick.

— Belwar! — Drizzt começou a protestar.

— Honorável Mestre de Escavações — disse o rei svirfneblin severamente —, você não está em posição de interromper. Se fizer isso novamente, serei forçado a tirá-lo da câmara.

— É verdade, então — Belwar rosnou suavemente. Ele desviou o olhar.

Drizzt olhava do rei para Belwar alternadamente, confuso quanto ao propósito por trás desse encontro.

— Você já ouviu falar da suspeita de atividade drow nos túneis perto de nossas fronteiras orientais? — o rei perguntou a Drizzt.

Drizzt assentiu com a cabeça.

— Descobrimos o motivo desta atividade — explicou Schnicktick. A pausa quando o rei svirfneblin olhou mais uma vez para seus conselheiros enviou arrepios pela coluna de Drizzt. Ele sabia sem dúvida alguma sobre o que estava por vir, mas as palavras o feriram profundamente de qualquer maneira.

— Você, Drizzt Do'Urden, é esse motivo.

— Minha mãe procura por mim — respondeu Drizzt sem rodeios.

— Mas ela não vai encontrar você! — Belwar grunhiu em desafio, tanto a Schnicktick quanto para essa mãe desconhecida de seu novo amigo. — Não enquanto você for um convidado dos gnomos das profundezas de Gruta das Pedras Preciosas!

— Belwar, cale-se! — repreendeu o Rei Schnicktick. Ele tornou a olhar para Drizzt e suas feições suavizaram. — Por favor, meu amigo Drizzt, você deve entender. Não posso arriscar entrar em guerra contra Menzoberranzan.

— Eu entendo — Drizzt respondeu com sinceridade. — Eu vou pegar minhas coisas.

— Não! — Belwar protestou. Ele correu até o trono. — Nós somos svirfneblin. Nós não expulsamos nossos amigos em face de perigo algum! — o mestre de escavações correu de conselheiro para conselheiro, implorando por justiça. — Nada além de amizade nos mostrou Drizzt Do'Urden, e nós o colocaremos para fora? *Magga cammara*! Se nossas lealdades são tão frágeis, como somos melhores do que os drow de Menzoberranzan?

— Chega, Honorável Mestre de Escavações! — o Rei Schnicktick gritou com um tom de finalidade que nem mesmo o teimoso Belwar podia ignorar. — Nossa decisão não foi fácil, mas é definitiva! Não vou por Gruta das Pedras Preciosas em perigo por causa de um elfo negro, não importa quão amigável ele tenha se mostrado — Schnicktick olhou para Drizzt. — Eu sinto muito, de verdade.

— Não sinta — respondeu Drizzt. — Você está fazendo apenas o que precisa ser feito, como eu fiz naquele dia, há tanto tempo, quando eu escolhi abandonar meu povo. Essa decisão eu tomei sozinho, e nunca pedi por aprovação ou auxílio. Você, bom rei svirfneblin, e seu povo, me devolveram tanto daquilo que eu perdi. Acredite em mim quando digo que não tenho vontade alguma de invocar a ira de Menzoberranzan contra Gruta das Pedras Preciosas. Eu nunca me perdoaria se eu tivesse qualquer papel nessa tragédia. Eu sairei de sua cidade justa dentro de uma hora. E, na partida, eu ofereço apenas minha gratidão.

O rei svirfneblin ficou tocado pelas palavras, mas sua posição permaneceu inflexível. Ele fez um gesto para que seus guardas acompanhassem Drizzt, que aceitou a escolta armada com um suspiro resignado. Ele olhou uma vez para Belwar, permanecendo impotente ao lado dos conselheiros svirfneblin, e depois deixou os salões do rei.

✺

Uma centena de gnomos das profundezas, principalmente o Supervisor de Escavações Krieger e os outros mineiros da única expedição que Drizzt acompanhara, disseram suas despedidas ao drow quando ele saiu pelas enormes portas de Gruta das Pedras Preciosas. A ausência de Belwar Dissengulp, no entanto, era visível; Drizzt não tinha visto o mestre de escavações nenhuma vez naquela hora desde que tinha deixado a sala do trono. Ainda assim, Drizzt estava grato pela despedida que aqueles svirfneblin fizeram para ele. Suas palavras gentis o confortaram e deram a força que ele sabia que iria precisar nas dificuldades que enfrentaria nos anos que se seguiriam. De todas as lembranças que Drizzt levaria de Gruta das Pedras Preciosas, ele prometeu manter essas palavras de despedida.

Porém, assim que Drizzt se afastou da reunião, atravessou a pequena plataforma e desceu a escada larga, ouviu apenas os ressoantes ecos das enormes portas que se fechavam atrás dele. Drizzt tremia enquanto olhava pelos túneis do Subterrâneo selvagem, se perguntando como poderia sobreviver àquelas provas desta vez. Gruta das Pedras Preciosas havia sido sua salvação do caçador; quanto tempo levaria até que seu lado sombrio decidisse voltar e roubar sua identidade?

Mas que escolha Drizzt tinha? Deixar Menzoberranzan tinha sido sua decisão, a decisão certa. Agora, porém, entendendo melhor as consequências de sua escolha, Drizzt se perguntou sobre sua determinação. Dada a oportunidade de fazer tudo de novo, será que teria forças para abandonar a vida entre seu povo?

Ele esperava que sim.

Um farfalhar ao lado deixou Drizzt alerta. Ele se agachou e sacou as cimitarras, achando que Matriarca Malícia tivesse posto agentes a sua espera do lado de fora de Gruta das Pedras Preciosas, aguardando pelo momento em que fosse expulso. Uma sombra se moveu um momento depois, mas não foi um assassino drow que abordou Drizzt.

— Belwar! — ele gritou em alívio. — Eu temia que você não viesse se despedir.

— E eu não vim — respondeu o svirfneblin.

Drizzt estudou o mestre de escavações, notando que Belwar vestia sua armadura.

— Não, Belwar, não posso permitir...

— Não lembro de pedir sua permissão — interrompeu o gnomo das profundezas. — Eu tenho procurado alguma emoção na minha vida. Achei que eu poderia me aventurar e ver o que o mundo lá fora tem a oferecer.

— Não é tão grandioso quanto você espera — respondeu Drizzt sombriamente. — Você tem seu povo, Belwar. Eles o aceitam e cuidam de você. Esse é um presente maior do que qualquer coisa que você possa imaginar.

— Concordo — respondeu o mestre de escavações. — E você, Drizzt Do'Urden, tem seu amigo, que o aceita e cuida de você. E fica ao seu lado. Agora, vamos seguir com essa aventura, ou vamos ficar aqui e esperar que aquela sua mãe doida apareça e nos mate?

— Você não pode nem começar a imaginar os perigos — advertiu Drizzt, mas Belwar percebeu que a decisão do drow já estava começando a desaparecer.

Belwar bateu suas mãos de mithral.

— E você, elfo negro, não pode nem começar a imaginar as maneiras que tenho de lidar com esses perigos! Eu não vou deixar você sair sozinho para o Subterrâneo selvagem. Entenda isso de vez — *magga cammara* — pra podermos seguir em frente.

Drizzt deu de ombros, impotente, olhou mais uma vez para a expressão obstinada marcada abertamente no rosto de Belwar e começou a descer pelo túnel, com o gnomo das profundezas seguindo a seu lado. Desta vez, pelo menos, Drizzt tinha um companheiro com o qual poderia conversar, uma arma contra as invasões do caçador. Ele colocou a mão no bolso e tocou a estatueta de ônix de Guenhwyvar. Talvez,

Drizzt ousasse esperar, os três teriam a chance de encontrar mais do que a simples sobrevivência no Subterrâneo.

Por muito tempo depois, Drizzt se perguntou se ele havia agido de forma egoísta ao ceder tão facilmente com Belwar. Qualquer que fosse a culpa que sentia, no entanto, não era nada comparada ao profundo sentimento de alívio que Drizzt sentia sempre que olhava para o lado e via a careca brilhante do Honorável Mestre de Escavações.

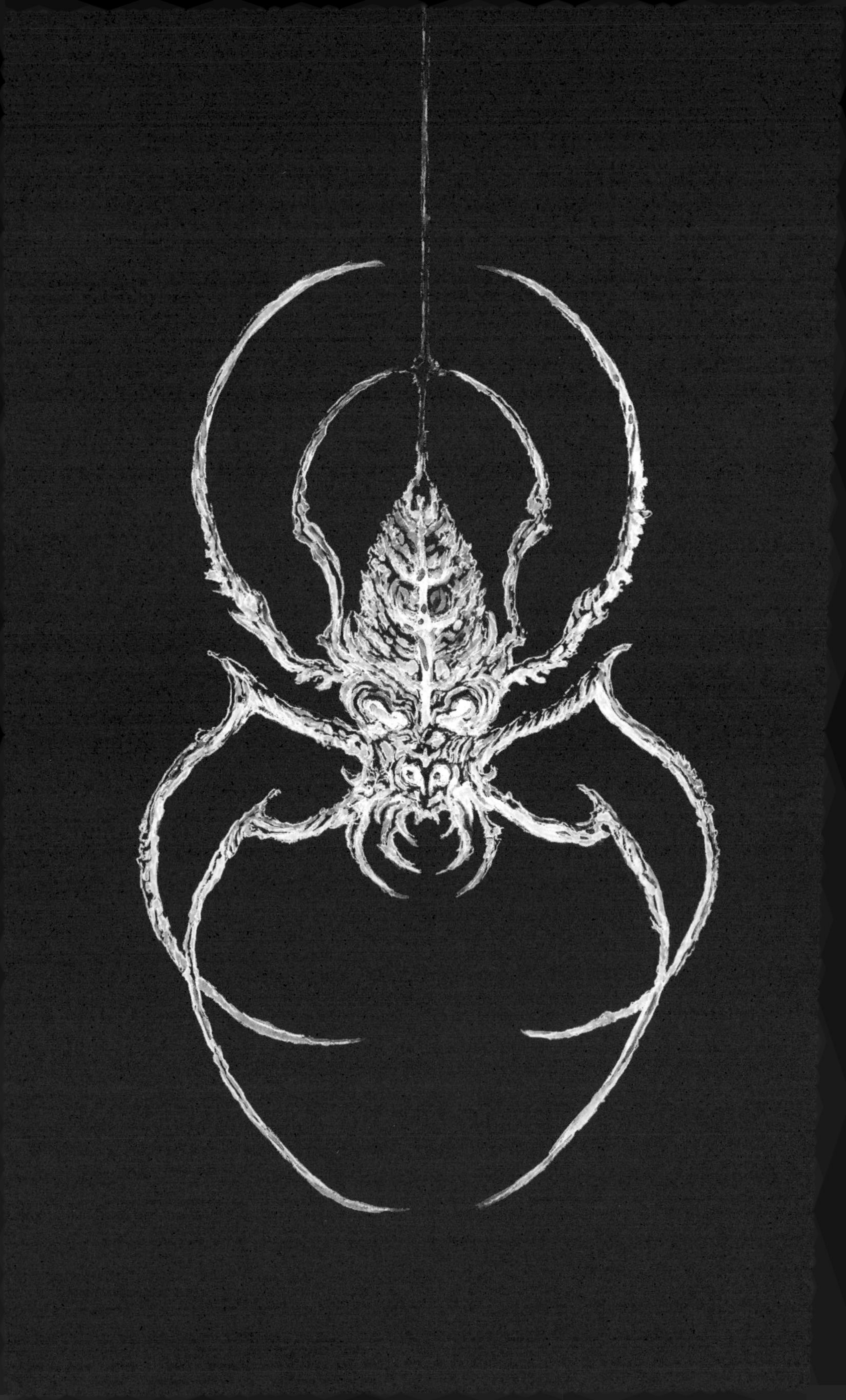

Parte 3
Amigos e inimigos

Viver ou sobreviver? Até minha segunda experiência no Subterrâneo selvagem, após minha estadia em Gruta das Pedras Preciosas, eu jamais teria entendido a importância de uma pergunta tão simples.

Quando eu saí pela primeira vez de Menzoberranzan, eu achei que a sobrevivência fosse suficiente; acreditei que eu pudesse cair dentro de mim, dentro dos meus princípios, e estar satisfeito de ter seguido o único curso aberto para mim. A alternativa era a realidade sombria de Menzoberranzan e a conivência com os caminhos pérfidos que guiavam meu povo. Se aquilo fosse vida, eu acreditava, era preferível que eu apenas sobrevivesse.

E, ainda assim, aquela "simples sobrevivência" quase me matou. Pior ainda, quase roubou tudo aquilo que eu entesourava.

Os svirfneblin de Gruta das Pedras Preciosas me mostraram algo diferente. A sociedade svirfneblin, estruturada e alimentada por valores comunais e unidade, provou ser tudo o que eu sempre esperava que Menzoberranzan fosse. Os svirfneblin faziam muito mais do que simplesmente sobreviver. Eles viviam e riam e trabalhavam, e os ganhos que tinham eram compartilhados por todos, assim como a dor das perdas que inevitavelmente sofriam no mundo hostil sob a superfície.

A alegria se multiplica quando é compartilhada entre amigos, mas a dor diminui com cada divisão. Isso é que é a vida.

E então, quando saí de Gruta das Pedras Preciosas, de volta às câmaras solitárias e vazias do Subterrâneo, andava com esperança. Ao meu lado, Belwar, meu novo amigo, e no meu bolso, a estatueta mágica que poderia convocar Guenhwyvar, minha amiga de anos. Na minha breve permanência com os gnomos das profundezas, eu testemunhei a vida conforme sempre sonhara que fosse — eu não poderia voltar a simplesmente sobreviver.

Com meus amigos ao meu lado, ousava acreditar que isso não seria necessário.

— Drizzt Do'Urden

Capítulo 12

Selva, selva, selva

— Você fez isso? — Drizzt perguntou a Belwar quando o mestre de escavações retornou a seu lado na passagem sinuosa.

— A lareira já está pronta — respondeu Belwar, batendo suas mãos de mitral de leve, para evitar fazer muito barulho. — E eu cavei uma cama extra em um canto. Eu raspei minhas botas por toda a pedra e coloquei sua bolsa de pescoço em um lugar fácil de encontrar. Eu até deixei algumas moedas de prata debaixo do cobertor. Acho que não vou precisar delas tão cedo, de qualquer forma. — Belwar conseguiu dar uma risada, mas apesar da explicação, Drizzt podia ver que o svirfneblin não se separava tão facilmente dos objetos de valor.

— Um bom embuste — cumprimentou Drizzt, para aliviar a dor do custo.

— E você, elfo negro? — perguntou Belwar. — Chegou a ver ou ouvir alguma coisa?

— Nada — respondeu Drizzt. Ele apontou para um corredor lateral. — Eu enviei Guenhwyvar em uma ronda. Se alguém estiver por perto, em breve saberemos.

Belwar assentiu.

— Bom plano — observou. — Fazer um acampamento falso tão longe de Gruta das Pedras Preciosas deve manter sua mãe problemática longe do meu povo.

— E talvez isso leve a minha família a acreditar que eu ainda estou na região e planejo ficar por aqui — acrescentou. — Já decidiu para onde vamos?

— Um caminho é tão bom quanto outro — observou Belwar, estendendo as mãos em resignação. — Não há nenhuma cidade além da nossa perto daqui. Nenhuma que eu saiba, pelo menos.

— Oeste, então — ofereceu Drizzt. — Ao redor de Gruta das Pedras Preciosas, na direção do Subterrâneo selvagem, na direção oposta de Menzoberranzan.

— Uma rota sábia, pelo visto — concordou o mestre de escavações.

Belwar fechou os olhos e sintonizou seus pensamentos às emanações da pedra. Como muitas raças do Subterrâneo, os gnomos das profundezas possuíam a habilidade de reconhecer variações magnéticas na rocha, uma habilidade que lhes permitia julgar a direção tão precisamente quanto um morador da superfície poderia seguir o sol. Um momento depois, Belwar assentiu e apontou para um dos túneis.

— Oeste — disse Belwar. — E rápido. Quanto mais distância você colocar entre você e aquela sua mãe, mais seguros nós estaremos. Ele fez uma pausa para observar Drizzt por um longo momento, se perguntando se ele irritaria seu amigo um pouco demais com sua próxima pergunta.

— O que é? — Drizzt perguntou, reconhecendo sua apreensão. Belwar decidiu arriscar-se, para ver o quão próximos ele e Drizzt se tornaram.

— Quando você soube que você era o motivo da atividade drow nos túneis do leste — o gnomo das profundezas começou sem rodeios — você parecia um pouco fraco nos joelhos, se é que você me entende. Eles são sua família, elfo negro. Eles são tão terríveis assim?

O riso de Drizzt deixou Belwar mais à vontade, deixando claro ao gnomo das profundezas que ele não tinha pressionado demais.

— Venha — disse Drizzt, vendo Guenhwyvar voltar de sua caminhada de reconhecimento. — Se o acampamento falso estiver pronto, então vamos logo dar nossos primeiros passos na nossa nova vida. Nossa estrada deve ser longa o bastante para as histórias minha casa e minha família.

— Espere — disse Belwar. Ele alcançou a bolsa e puxou uma pequena caixa de madeira. — Um presente do rei Schnicktick — explicou enquanto levantava a tampa e retirava um broche brilhante, sua iluminação silenciosa banhando a área a sua volta.

Drizzt olhou para o mestre de escavações com descrença.

— Vai te marcar como um excelente alvo — observou o drow.

Belwar corrigiu-o.

— Vai nos marcar como bons alvos — ele disse em um rosnar malicioso. — Mas não tema, elfo negro, a luz manterá mais inimigos à distância do que os atrairá. E eu não gosto muito de tropeçar em pedregulhos e nas fendas do chão.

— Por quanto tempo vai brilhar? — perguntou Drizzt, e Belwar percebeu pelo seu tom que o drow esperava que a luz desaparecesse em breve.

— Esse feitiço dura para sempre — respondeu Belwar com um amplo sorriso. — A menos que algum clérigo ou mago o disperse. Pare de se preocupar. Que criaturas do Subterrâneo entrariam voluntariamente em uma área iluminada?

Drizzt deu de ombros e decidiu confiar no julgamento experiente do mestre de escavações.

— Muito bem — disse ele, sacudindo impotentemente seus cabelos brancos. — Então, vamos para a estrada.

— Para a estrada e as histórias — respondeu Belwar, seguindo em frente ao lado de Drizzt, suas pernas robustas se movendo bem rápido para acompanhar os longos e graciosos passos do drow.

Eles caminharam por muitas horas, pararam para uma refeição, depois caminharam por muitas mais. Às vezes, Belwar usava seu broche iluminador; outras vezes, os amigos andavam na escuridão, dependendo se percebiam ou não perigo na área. Guenhwyvar estava frequentemente por perto — embora raramente fosse vista, a pantera assumiu ansiosamente seus deveres designados como guarda perimetral.

Por uma semana inteira, os companheiros paravam apenas quando o cansaço ou a fome os forçavam a uma pausa na marcha, porque estavam ansiosos para estar tão longe de Gruta das Pedras Preciosas — e daqueles que caçavam Drizzt — quanto possível. Ainda assim, outra semana inteira se passaria até que os companheiros alcançassem túneis que Belwar ainda não conhecia. O gnomo das profundezas havia sido um supervisor de escavações por quase cinquenta anos, e havia conduzido muitas das expedições de mineração mais distantes de Gruta das Pedras Preciosas.

— Eu conheço esse lugar — observava frequentemente Belwar quando adentrava uma caverna. — Encheu um vagão de ferro — ele dizia, ou mithral, ou uma infinidade de diversos outros minerais preciosos de que Drizzt nunca tinha ouvido falar. E, embora os contos extensos do mestre de mineração sobre aquelas expedições de mineração corriam basicamente na mesma direção: de quantas formas um gnomo das profundezas consegue cortar a pedra? Drizzt sempre ouvia a tudo atentamente, saboreando cada palavra.

Ele conhecia bem a outra opção.

Por sua parte na narração, Drizzt contou suas aventuras na Academia de Menzoberranzan e suas muitas boas lembranças de Zaknafein e de seu treinamento. Ele mostrou a Belwar a dupla estocada baixa e como o aluno descobriu um bloqueio que a contra-atacasse, para a surpresa — e a dor — do mentor. Drizzt mostrou as intrincadas combinações faciais e de gestos do código silencioso drow, e ele brevemente cogitou ensinar a língua a Belwar. O gnomo das profundezas explodiu imediatamente em um riso alto, de rolar no chão. Seus olhos escuros olharam incredulamente para Drizzt, e ele dirigiu o olhar do drow até os extremos de seus braços. Com um martelo e uma picareta nas mãos, o svirfneblin dificilmente conseguiria fazer gestos suficientes para que valesse o esforço. Ainda assim, Belwar apreciou que Drizzt oferecesse ensinar-lhe o código silencioso. O absurdo de tudo deu a ambos uma boa risada.

Guenhwyvar e o gnomo das profundezas também se tornaram amigos durante o primeiro par de semanas na estrada. Por diversas vezes, Belwar caíra em um sono profundo apenas para ser despertado pela dormência nas pernas, sob o peso dos quase trezentos quilos da pantera. Belwar sempre resmungava e golpeava Guenhwyvar no flanco com a mão do martelo — tornara-se uma brincadeira dos dois —, mas realmente não se importava com a proximidade da pantera. De fato, a mera presença de Guenhwyvar fazia o sono — o que sempre deixa a qualquer um tão vulnerável na natureza — muito mais tranquilo.

— Você entendeu? — Drizzt sacudiu a cabeça em incredulidade enquanto estudava a pequena figura. Ele estava começando a suspeitar que os gnomos das profundezas levavam sua afinidade com a terra um pouco longe demais. — Pega ele — incitou a gata.

Guenhwyvar caminhou lentamente e se deixou cair nas pernas do mestre de escavações. Drizzt se afastou até se esconder na entrada de um túnel para assistir.

Poucos minutos depois, Belwar acordou com um grunhido.

— *Magga cammara*, pantera! — rosnou o gnomo das profundezas. — Por que você sempre tem fazer sua cama em cima de mim, ao invés de ao meu lado? — Guenhwyvar se mexeu de leve, mas soltou apenas um suspiro profundo como resposta.

— *Magga cammara*, gata! — Belwar rugiu de novo. Ele balançou os dedos dos pés freneticamente, tentando futilmente manter a circulação e afastar o formigamento que já começava a sentir. — Sai daqui! — o mestre de escavações apoiou-se em um cotovelo e bateu a mão do martelo na traseira de Guenhwyvar.

Guenhwyvar saltou em uma fuga fingida, mais rápida que o golpe de Belwar. Mas, assim que o mestre de escavações relaxou, a pantera interrompeu sua corrida, girou completamente e saltou sobre Belwar, enterrando-o sob ela e o colocando de costas contra a pedra.

Depois de alguns momentos de dificuldade, Belwar conseguiu tirar o rosto do peito musculoso de Guenhwyvar.

— Saia de cima de mim ou sofra as consequências! — grunhiu o gnomo as profundezas, em uma ameaça obviamente vazia. Guenhwyvar se mexeu, procurando uma posição mais confortável sobre sua almofada humanoide.

— Elfo negro! — Belwar chamou tão alto quanto ousava. — Elfo negro, tira sua pantera daqui. Elfo negro!

— Saudações — respondeu Drizzt, entrando no túnel como se tivesse acabado de chegar. — Vocês dois estão brincando de novo? Eu achei que meu período de guarda estivesse quase acabando.

— Sua hora de guarda já acabou — respondeu Belwar, mas as palavras do svirfneblin foram cobertas por pelos pretos e grossos quando Guenhwyvar se mexeu novamente. Drizzt podia ver o nariz longo e em gancho de Belwar, no entanto, se enrugando de irritação.

— Ah, não, não. — disse Drizzt. — Não estou tão cansado. Eu não pensaria em interromper a brincadeira de vocês. Eu sei que vocês dois gostam disso — então, o elfo se afastou, dando a Guenhwyvar um tapinha de saudação na cabeça e uma piscadela maliciosa enquanto passava por ela.

— Elfo negro! — Belwar resmungou ainda de costas para o chão quando Drizzt partiu. Mas o drow continuou, e Guenhwyvar, com as bênçãos de Drizzt, caiu rapidamente em um sono profundo.

✦

Drizzt agachou-se e manteve-se imóvel, deixando seus olhos passar pela mudança dramática da infravisão — ver o calor dos objetos no espectro infravermelho — até a visão normal no reino da luz. Mesmo antes que a transformação fosse concluída, Drizzt pôde perceber que seu palpite estava correto. Em frente, além de uma baixa arcada natural, vinha um brilho vermelho. O drow manteve posição, decidindo deixar Belwar alcançá-lo antes que fosse investigar. Poucos instantes depois, o brilho fraco do broche encantado do gnomo das profundezas apareceu.

— Apague a luz — sussurrou Drizzt, e o brilho do broche desapareceu. Belwar se arrastou ao longo do túnel para se juntar a seu companheiro. Ele também viu o brilho vermelho além da arcada e entendeu a cautela de Drizzt.

— Você pode chamar a pantera? — perguntou o mestre de escavações em um sussurro.

Drizzt sacudiu a cabeça.

— A magia é limitada por períodos de tempo. Andar entre os planos é cansativo para Guenhwyvar. A pantera precisa descansar.

— De volta por onde viemos, poderíamos ir — sugeriu Belwar. — Talvez haja outro túnel por aí.

— Oito quilômetros — respondeu Drizzt, considerando o comprimento da passagem ininterrupta por trás deles. — Longe demais.

— Então, vejamos o que está por vir — refletiu o mestre de escavações, e ele corajosamente começou a caminhar. Drizzt gostou da atitude direta de Belwar e rapidamente se juntou a ele.

Além do arco, que Drizzt teve que agachar para entrar, eles encontraram uma caverna larga e alta, com o chão e as paredes cobertas de um musgo que emitia uma luz vermelha. Drizzt estacou, sem saber o que fazer, mas Belwar reconhecia aquela coisa muito bem.

— Baruchies! — o mestre de escavações explicou, suas palavras se transformando em uma risada. Ele se voltou para Drizzt e, não vendo nenhuma reação a seu sorriso, explicou. — Cuspidores escarlates, elfo negro. Faz décadas que não vejo um desses. Eles são bem raros, sabe?

Drizzt, ainda sem saber o que fazer, afastou a tensão de seus músculos, deu de ombros, e começou a avançar. A mão de picareta de Belwar o prendeu por baixo do braço, e o poderoso gnomo das profundezas o girou abruptamente.

— Cuspidores escarlates — disse novamente o mestre de escavações, enfatizando firmemente a primeira palavra. — *Magga cammara*, elfo negro, como você sobreviveu por tantos anos?

Belwar virou-se para o lado e bateu a mão do martelo na parede do arco, arrancando um pedaço de pedra de tamanho considerável. Ele a posicionou em uma parte plana da sua mão de picareta e a lançou para o outro lado da caverna. A pedra atingiu o fungo vermelho com um baque suave, então um nuvem de fumaça e esporos explodiu no ar.

— Cuspe — explicou Belwar. — que pode te sufocar até a morte com os esporos. Se você planeja atravessar aqui, caminhe levemente, meu amigo corajoso e tolo.

Drizzt coçou suas mechas brancas e descuidadas e refletiu sobre o conselho que recebera. Ele não tinha vontade de contornar aqueles oito quilômetros túnel abaixo, mas tampouco planejava prosseguir por esse campo repleto de morte vermelha. Ele ficou de pé do lado de dentro da arcada e olhou ao redor, em busca de alguma solução. Várias pedras, um possível caminho, levantavam-se dos baruchies, e além delas havia uma trilha de pedra clara de cerca de dez metros de largura, perpendicular ao arco, através da cama de fungos.

— Nós podemos — disse ele a Belwar. — Há uma passagem.

— Sempre há em um campo de baruchies — respondeu baixinho o mestre de escavações.

Os ouvidos afiados de Drizzt ouviram o comentário.

— Como assim? — perguntou, saltando agilmente para a primeira das pedras elevadas.

— Há um cavocador por perto — explicou o gnomo das profundezas. — Ou havia.

— Um cavocador? — Drizzt prudentemente saltou de volta e voltou para o lado do mestre de escavações.

— Lagarta gigante — explicou Belwar. — Cavocadores amam baruchies. Eles são as únicas coisas que os cuspidores escarlates não parecem incomodar.

— Gigantes quanto?

— Quão larga era a trilha? — perguntou Belwar.

— Três metros, talvez — respondeu Drizzt, voltando para a primeira pedra da trilha para observar novamente.

Belwar parou para pensar por um momento.

— Uma passagem para um cavocador grande. Dois, no máximo.

Drizzt pulou de volta para o lado do mestre de escavações novamente, olhando cautelosamente por cima do ombro.

— Lagarta gigante — destacou.

— Mas com uma boca pequena — Belwar continuou a explicar. — cavocadores comem só musgo e mofo — e baruchies, quando conseguem encontrá-los. São criaturas tranquilas, no geral.

Pela terceira vez, Drizzt saltou para a pedra.

— Há algo mais que eu deveria saber antes de continuar? — perguntou ele, exasperado.

Belwar balançou a cabeça.

Drizzt seguiu caminho pelas pedras, e logo os dois companheiros estavam no meio da trilha de três metros. Ela atravessava a caverna e terminava em uma entrada que levava a uma passagem a cada lado. Drizzt apontou para os dois caminhos.

O gnomo começou a caminhar para a esquerda, depois parou abruptamente e olhou para frente. Drizzt entendeu a hesitação de Belwar, porque também sentiu as vibrações na pedra sob seus pés.

— Cavocador — disse Belwar. — Fique quieto e observe, meu amigo. São impressionantes.

Drizzt deu um sorriso aberto e agachou-se, ansioso pelo entretenimento. Quando ele ouviu um movimento rápido por trás dele, porém, Drizzt começou a suspeitar que havia algo errado.

— Onde... — Drizzt havia começado a perguntar. Então, se virou e viu Belwar em plena fuga em direção à outra saída.

Drizzt parou de falar abruptamente quando uma explosão que soava como uma avalanche irrompeu do outro lado, no ponto onde estava observando.

— Impressionante! — ele ouviu o grito de Belwar, e não podia negar a verdade das palavras do gnomo das profundezas quando o cavocador apareceu. Era enorme, maior do que o basilisco que Drizzt matara, e parecia uma minhoca cinzenta gigantesca, com exceção da miríade de pés pequenos que se mexiam ao lado de seu enorme tronco. Drizzt viu que Belwar não tinha mentido, porque a coisa não tinha boca, nem garras, nem outras armas aparentes. Mas o gigante estava indo direto até Drizzt, e o drow não conseguiu tirar da cabeça a imagem de um elfo negro achatado contra a caverna. Ele alcançou suas cimitarras, então percebeu o absurdo desse plano. Onde ele atingiria a coisa para retardá-la? Abrindo os braços, Drizzt girou e fugiu na direção do mestre de escavações.

O chão tremia sob os pés de Drizzt tão violentamente que ele se perguntou se ele não corria o risco de tropeçar, cair, e ser atingido pelos esporos dos baruchies. Mas então a entrada do túnel estava logo à frente, e Drizzt podia ver uma passagem lateral menor, pequena demais para o cavocador, logo após a caverna de baruchies. Ele aumentou a intensidade da corrida pelos próximos metros, depois correu rapidamente para dentro do pequeno túnel, mergulhando em um rolamento para quebrar seu impulso. Ainda assim, ele ricocheteou forte na parede, então o cavocador bateu logo atrás, esmagando a entrada do túnel e tombando pedaços de pedra.

Quando a poeira finalmente abaixou, o cavocador permaneceu do lado de fora da passagem, emitindo um gemido baixo e gutural, batendo, de vez em quando, a cabeça contra a pedra. Belwar estava a poucos metros de distância de Drizzt, com os braços cruzados sobre o peito e um sorriso satisfeito no rosto.

— Pacífico? — perguntou Drizzt, levantando-se e sacudindo a poeira.

— Eles são, de fato — respondeu Belwar com um aceno de cabeça. — Mas os cavocadores adoram seus baruchies e não têm a menor intenção de dividir com outros.

— Você quase me fez ser esmagado! — Drizzt grunhiu para ele.

Novamente, Belwar assentiu.

— Preste bastante atenção, elfo negro, porque da próxima vez que você mandar sua pantera dormir em cima de mim, farei pior!

Drizzt lutou para esconder o sorriso. Seu coração ainda batia com força sob a influência da explosão de adrenalina, mas Drizzt não estava com raiva de seu companheiro. Ele tornou a se lembrar dos seres que encontrara quando estava sozinho no Subterrâneo selvagem. Quão diferente seria a vida com Belwar Dissengulp ao seu lado! Quão mais agradável! Drizzt, então, olhou por cima do ombro para o cavocador furioso e insistente.

E quão mais interessante!

— Venha — continuou o svirfneblin satisfeito, descendo pela passagem. — Ficar à vista do cavocador só está deixando-o mais bravo.

A passagem se estreitou e virou em uma curva fechada a poucos metros de distância. Ao redor da curva, os companheiros encontraram ainda mais problemas, porque o corredor terminava em um muro de pedra vazia. Belwar foi até lá para inspecionar, e foi a vez de Drizzt cruzar os braços sobre o peito e se divertir.

— Você nos colocou em uma situação perigosa, meu amigo — disse o drow. — Um cavocador irritado lá atrás, nos prendendo em um corredor sem saída.

Pressionando a orelha contra a pedra, Belwar fez um aceno desdenhoso para Drizzt com a mão do martelo.

— Uma mera inconveniência — o gnomo das profundezas assegurou-lhe. — Há outro túnel lá na frente, a não mais do que dois metros.

— Dois metros de pedra — Drizzt lembrou.

Mas Belwar não parecia preocupado.

— Um dia — disse ele. — Talvez dois. Belwar abriu os braços e começou um entoar baixo demais para que Drizzt pudesse ouvir claramente, embora o drow percebesse que Belwar estava concentrado em algum tipo de feitiço.

— *Bivrip!* — gritou Belwar. Nada aconteceu.

O mestre de escavações tornou a olhar para Drizzt e não parecia decepcionado.

— Um dia — proclamou novamente.

— O que você fez? — Drizzt perguntou.

— Encantei minhas mãos — respondeu o gnomo das profundezas. Ao ver que Drizzt estava completamente perdido, Belwar se virou e bateu com a mão do martelo na parede. Uma explosão de faíscas iluminou a pequena passagem, cegando Drizzt. Quando os olhos do drow se adaptaram à explosão contínua dos golpes e perfurações de Belwar, ele viu que seu companheiro svirfneblin já tinha transformado vários centímetros de rocha em poeira fina a seus pés.

— *Magga cammara*, elfo negro — gritou Belwar com uma piscadela. — Você não achou que meu povo se daria ao trabalho de projetar mãos tão incríveis sem colocar um pouco de magia nelas, não é?

Drizzt foi até a lateral da passagem e sentou-se.

— Você é cheio de surpresas, amiguinho — ele respondeu com um suspiro de rendição.

— Sou mesmo! — Belwar rugiu e tornou a bater contra a pedra, lançando faíscas em todas as direções.

Eles estavam fora daquele túnel em um dia, conforme Belwar prometera. Seguiram viagem, agora, pela estimativa do gnomo das profundezas, para o norte. A sorte os seguira até então, e ambos sabiam disso, pois haviam passado duas semanas no Subterrâneo selvagem sem encontrarar nada mais hostil do que um cavocador protegendo seus baruchies.

Poucos dias depois, a sorte mudou.

— Chame a pantera — Belwar disse a Drizzt enquanto se agachavam no túnel largo pelo qual viajavam. Drizzt não discutiu a sabedoria do pedido do mestre de escavações; ele não gostava daquele brilho verde mais do que Belwar. Um momento depois, a neblina negra rodopiou e tomou forma, e Guenhwyvar ficou ao lado deles.

— Eu vou primeiro — disse Drizzt. — Vocês vão juntos, a vinte passos de distância. Belwar assentiu e Drizzt virou-se, mas antes de partir, a mão de picareta do svirfneblin o enganchou e o virou.

— Tenha cuidado — disse Belwar. Drizzt apenas sorriu em resposta, tocado pela sinceridade na voz de seu amigo, e pensando novamente no quão melhor era ter um companheiro ao seu lado. Então tornou a caminhar, deixando seus instintos e experiência o guiarem.

Ele percebeu que o brilho era emanado de um buraco no chão do corredor. Além dele, o corredor continuava, mas curvava-se bruscamente, quase fazendo um retorno. Drizzt deitou de barriga para baixo e espiou pelo buraco. Outra passagem, a cerca de dez metros abaixo dele, corria perpendicular àquela em que ele estava, abrindo um curto caminho à frente do que parecia ser uma grande caverna.

— O que é? — sussurrou Belwar, vindo por trás.

— Outro corredor para uma câmara — respondeu Drizzt. — O brilho vem de lá — ele ergueu a cabeça e olhou para a escuridão que se seguia do corredor mais alto.

— Nosso túnel continua — argumentou Drizzt. — Nós podemos passar direto.

Belwar olhou para o corredor por onde viajavam, notando a curva.

— Ele faz um retorno — raciocinou. — E provavelmente dá logo naquela passagem lateral pela qual passamos há uma hora.

O gnomo das profundezas se jogou no chão e olhou pelo buraco.

— O que causaria um brilho desses? — Drizzt perguntou, percebendo facilmente que a curiosidade de Belwar era tão grande quanto a sua. — Outra forma de musgo?

— Nenhuma que eu conheça — disse Belwar. — Vamos descobrir?

Belwar sorriu para ele, então enganchou a mão na borda e se balançou, se deixando cair no túnel inferior. Drizzt e Guenhwyvar seguiram em silêncio, o drow com as cimitarras na mão, tornando a assumir a dianteira enquanto caminhavam em direção ao brilho.

Eles entraram em uma câmara ampla e alta, com um teto que ia muito além de sua visão e um lago repleto de um líquido verde de cheiro nauseante borbulhando e sibilando seis metros abaixo deles. Dezenas de passarelas de pedras estreitas interligadas, variando de trinta centímetros a três metros de largura, entrecruzavam o desfiladeiro, a maioria terminando em saídas que levavam a mais corredores laterais.

— *Magga cammara* — sussurrou o svirfneblin atordoado, e Drizzt compartilhava desse pensamento.

— Parece que o chão explodiu — observou Drizzt quando recuperou a voz.

— Derreteu — respondeu Belwar, supondo a natureza do líquido. Ele cortou um pedaço de pedra ao seu lado e deu um tapinha em Drizzt para chamar sua atenção, então lançou a pedra no lago verde. O líquido sibilou como se estivesse com raiva onde a pedra o atingira, comendo a pedra antes que ela tivesse tempo de afundar.

— Ácido — explicou Belwar.

Drizzt olhou para ele com curiosidade. Conhecia o ácido de seus dias de treinamento sob a tutela dos magos de Magace. Os magos costumavam criar aqueles líquidos vis para uso em suas experiências, mas Drizzt não sabia que o ácido surgia naturalmente, ou em tais quantidades.

— Há algum mago envolvido nisso, eu acho — disse Belwar. — Um experimento fora de controle. Provavelmente esteve aqui por centenas anos, comendo o chão, afundando centímetro a centímetro.

— Mas o que sobrou do chão parece seguro o bastante — observou Drizzt, apontando para as passarelas. — E nós temos uma série de túneis para escolher.

— Então, comecemos imediatamente — disse Belwar. — Eu não gosto deste lugar. Estamos expostos nessa luz, e eu não gostaria de fugir por pontes tão estreitas. Não com um lago de ácido abaixo de mim!

Drizzt concordou e deu um passo cauteloso na passarela, mas Guenhwyvar rapidamente passou por ele. Drizzt entendeu a lógica da pantera e concordou completamente com ela.

— Guenhwyvar nos guiará — explicou ele a Belwar. — Ela é a mais pesada e rápida o suficiente para escapar se alguma parte da pedra ceder.

O mestre de escavações não estava completamente satisfeito.

— E se Guenhwyvar não ficar segura? — perguntou, verdadeiramente preocupado. — O que o ácido fará com uma criatura mágica?

Drizzt não tinha certeza da resposta.

— Guenhwyvar ficará segura — argumentou, puxando a estatueta de ônix do bolso. — Estou com a porta de entrada para o plano natal dela.

Guenhwyvar estava a cerca de dez saltos de distância deles — o caminho parecia bastante robusto — e Drizzt começou a segui-la.

— *Magga cammara*, espero que você esteja certo — ele ouviu Belwar murmurar em suas costas quando deu os primeiros passos para fora da borda.

A câmara era enorme, a várias centenas de metros da saída mais próxima. Os companheiros se aproximaram do meio do caminho — Guenhwyvar já havia passado — quando ouviram um estranho entoar. Eles pararam e olharam, procurando a fonte.

Uma criatura de aspecto estranho saiu de uma das inúmeras passagens laterais. Era um bípede de pele negra, com a cabeça de um pássaro e o tronco de um homem, sem penas e sem asas. Ambos os braços de aparência poderosa terminavam em garras assustadoras em forma de ganchos, e as pernas terminavam em pés de três dedos. Outra criatura saiu por trás, e mais outra por trás delas.

— Parentes seus? — Belwar perguntou a Drizzt, porque as criaturas realmente se assemelhavam a um estranho cruzamento entre um elfo negro e um pássaro.

— Acho difícil — respondeu Drizzt. — Em toda a minha vida, nunca ouvi falar de tais criaturas.

— Horror! Horror! — veio o entoar contínuo, e os amigos olharam ao redor para ver mais dos homens-pássaros saindo de outras passagens. Eles eram os corbos atrozes, uma raça antiga que vivia no sul do Subterrâneo — embora mesmo lá fossem raros — e quase desconhecida naquela parte do mundo. Corbos nunca inspiraram nenhuma preocupação nas outras raças do subterrâneo porque os métodos dos homens-pássaro eram grosseiros e seus números eram pequenos. Para um grupo desavisado de aventureiros, no entanto, um bando de corajosos e terríveis homens-pássaro significava um problema.

— Também nunca me encontrei com essas criaturas — concordou Belwar. — Mas não acho que estejam muito felizes em nos ver.

O entoar tornou-se uma série de gritos horríveis enquanto os corbos começaram a se dispersar nas passarelas, caminhando no início, mas ocasionalmente assumindo trotes rápidos, sua ansiedade aumentando.

— Você está errado, amiguinho — observou Drizzt. — Eu acredito que eles estão bastante satisfeitos por ter o jantar entregue em casa.

Belwar olhou em volta impotente. Quase todas as suas rotas de fuga já estavam cortadas, e eles não podiam esperar sair sem uma luta.

— Elfo negro, eu posso pensar em mil outros lugares onde eu preferiria lutar — disse o mestre de escavações com um dar de ombros resignado e um estremecimento enquanto olhava para o lago ácido. Respirando profundamente para acalmar-se, Belwar começou seu ritual para encantar suas mãos mágicas.

— Ande enquanto faz seu feitiço — Drizzt instruiu-o enquanto o liderava. — Vamos tentar no aproximar o máximo possível de uma saída antes da luta começar.

Um grupo de corbos fechou-se rapidamente ao lado dos companheiros, mas Guenhwyvar, com um salto poderoso que atravessou duas passarelas, bloqueou os homens-pássaro.

— *Bivrip!* — Belwar gritou, completando seu feitiço e se virando para a batalha iminente.

— Guenhwyvar pode cuidar desse grupo — assegurou Drizzt, acelerando seus passos em direção à parede mais próxima. Belwar entendeu o raciocínio do drow; mais outro grupo de inimigos apareceu na saída que eles pretendiam tomar.

O impulso do salto de Guenhwyvar levou a pantera direto para a revoada de corbos, jogando dois deles à direita da passarela. Os homens-pássaro gritaram horrivelmente enquanto caíam para suas mortes, mas seus companheiros restantes pareciam indiferentes à perda, babando e entoando:

— Horror! Horror! — eles atacaram Guenhwyvar com suas garras afiadas.

A pantera também tinha suas próprias armas formidáveis. Cada golpe de uma de suas grandes garras arrancava a vida de um corbo ou o atirava da passarela para o lago ácido. Mas enquanto a gata continuava a cortar as fileiras dos homens-pássaro, os corbos destemidos continuavam a lutar, e mais deles se apressavam para se juntar a luta. Um segundo grupo veio da direção oposta e cercou Guenhwyvar.

Belwar colocou-se em uma seção estreita da passarela e deixou a linha de corbos chegar até ela. Drizzt, seguindo uma rota paralela ao longo de uma passarela de um metro e meio ao lado de seu amigo, fez o mesmo, relutantemente sacando suas cimitarras. O drow podia sentir os instintos selvagens do caçador crescendo dentro dele enquanto a batalha se aproximava e ele lutou com toda sua força de vontade para sublimar os impulsos selvagens. Ele era Drizzt Do'Urden, não mais o caçador, e ele enfrentaria seus inimigos completamente no controle de todos os seus movimentos.

Então os corbos estavam sobre ele, se sacudindo, gritando seus cantos frenéticos. Drizzt fez pouco mais do que defender nos primeiros segundos, suas lâminas trabalhando maravilhosamente para desviar cada tentativa de ataque. As cimitarras giravam e se entrelaçavam, mas o drow, se recusando a libertar o assassino dentro dele, avançou pouco em sua luta. Depois de vários minutos, ele ainda enfrentava o primeiro corbo que havia chegado a ele.

Belwar não era tão reservado. Um corbo atrás do outro corria até o pequeno svirfneblin, apenas para ser golpeado de repente pela mão do martelo explosivo do mestre de escavações. O choque elétrico e a força do golpe muitas vezes matavam o corbo no primeiro golpe, mas Belwar nunca esperava o suficiente para descobrir. Após cada golpe de martelo, a mão da picareta do gnomo das profundezas vinha em um arco amplo, varrendo sua última vítima para fora da passarela.

O svirfneblin tinha lançado uma meia dúzia de homens-pássaro para fora da passarela antes de ter a chance de olhar para Drizzt. Ele reconheceu de imediato a luta interior que o drow estava lutando.

— *Magga cammara*! — Belwar gritou. — Lute contra eles, elfo negro, e lute para ganhar! Eles não mostrarão piedade! Não pode haver trégua! Mate-os, ou certamente eles o matarão!

Drizzt mal ouviu as palavras de Belwar. As lágrimas escorriam de seus olhos cor lavanda, embora mesmo naquele borrão, o ritmo quase mágico de suas lâminas dançantes não diminuía. Ele aproveitou um momento de desequilíbrio do seu adversário e reverteu o movimento de uma estocada, atingindo o homem-pássaro na cabeça com a parte plana de sua cimitarra. O corbo caiu como uma pedra e rolou. Ele teria caído da borda, mas Drizzt pulou sobre ele e segurou-o no lugar.

Belwar balançou a cabeça e atacou outro adversário. O corbo saltou para trás, com uma linha de fumaça saindo de seu peito ferido pelo impacto do martelo. O corbo olhou para Belwar com o rosto vazio em descrença, mas não emitiu nenhum som, nem fez nenhum movimento, quando a picareta se enganchou, pegando-o no ombro e lançando-o sobre o lago de ácido.

Guenhwyvar incomodava os atacantes famintos. Enquanto os corbos se aproximavam das costas da pantera, acreditando ter garantido a vitória, Guenhwyvar agachou-se e saltou. A pantera flutuou através da luz verde como se tivesse levantado voo, aterrissando em mais uma das passarelas a dez metros de distância. Derrapando na pedra lisa, Guenhwyvar conseguiu parar por pouco, quase caindo no ácido.

Os corbos olharam para Guenhwyvar com uma surpresa chocada por apenas um momento, depois voltaram a seus gritos e lamentos e partiram ao longo das passarelas em busca da gata.

Um único corbo, perto de onde Guenhwyvar havia pousado, correu sem medo para combater a felina. Os dentes de Guenhwyvar encontraram seu pescoço em um instante e arrancaram sua vida.

Mas, enquanto a pantera estava distraída, a armadilha diabólica dos corbos mudou o curso da batalha. Muito acima naquela caverna de teto alto, um corbo finalmente viu uma vítima em posição. O homem-pássaro enrolou os braços ao redor do pedregulho pesado na borda ao lado e empurrou para fora, caindo com a pedra.

No último segundo, Guenhwyvar viu o monstro em queda livre e saiu do caminho. O corbo, em seu êxtase suicida, nem se importou. O homem-pássaro bateu na passarela, o impulso da pedra pesada quebrando a ponte estreita em pedaços.

A grande pantera tentou pular novamente, mas a pedra debaixo dos pés de Guenhwyvar se desintegrou antes que conseguisse tomar impulso. As garras riscaram futilmente a ponte que desmoronava, e Guenhwyvar seguiu o corbo e seu pedregulho até o lago de ácido.

Ouvindo os gritos exaltados dos homens-pássaros atrás dele, Belwar girou bem a tempo de ver a queda de Guenhwyvar. Drizzt, muito ocupado na hora — por causa de outro corbo que investiu em direção a ele e do que havia deixado cair, que estava voltando à consciência entre seus pés — não chegou a ver. Mas o drow não precisava ver. A estatueta no bolso de Drizzt aqueceu de repente, e tufos fumaça subiram incisivamente até a piwafwi de Drizzt. Drizzt entendeu imediatamente o que acontecera com sua querida Guenhwyvar. Os olhos do drow se estreitaram, seu fogo repentino evaporando suas lágrimas.

Ele deu as boas-vindas ao caçador.

Os corbos lutavam com fúria. A maior honra de sua existência era morrer em batalha. E aqueles mais próximos a Drizzt Do'Urden logo perceberam que o momento de sua maior honra chegara.

O drow empurrou ambas as cimitarras para fora, cada uma encontrando um olho do corbo que estava de frente para ele. O caçador tirou as lâminas, girou-as nas mãos e mergulhou-as no homem-pássaro a seus pés. Ele subiu as cimitarras imediatamente e as mergulhou de novo, tendo uma satisfação sombria ao ouvir o som de seu corte suave.

Então, o drow mergulhou de cabeça nos corbos à frente dele, suas lâminas cortando de todos os ângulos possíveis.

Atingido uma dúzia de vezes antes de ter a chance de dar um único golpe, o primeiro corbo estava bem morto antes mesmo de cair. Então o segundo, depois o terceiro. Drizzt os conduziu a uma seção mais ampla da passarela. Eles foram até ele três de cada vez.

Eles morreram a seus pés três por vez.

— Pega eles, elfo negro — murmurou Belwar, vendo seu amigo explodir em ação. O corbo que vinha ao encontro do mestre de escavações virou a cabeça para ver o que havia chamado a atenção de Belwar. Quando voltou, foi recebido com um martelada no rosto. Pedaços de bico voaram em todas as direções, e aquele corbo infeliz foi o primeiro de sua espécie a voar em milênios de evolução. Sua curta excursão no ar empurrou vários de seus companheiros às costas do gnomo das profundezas, e o corbo pousou, morto, de barriga para cima, a muitos metros de Belwar.

O gnomo das profundezas, enfurecido, não tinha acabado. Ele correu, derrubando da passarela o único corbo que conseguiu se levantar para interceptá-lo. Quando finalmente chegou a sua vítima sem bico, Belwar afundou sua mão de picareta no peito da criatura. Com aquele único braço musculoso, o mestre de escavações elevou o corbo morto no ar e soltou um grito horrível.

Os outros corbos hesitaram. Belwar olhou para Drizzt e ficou consternado. Cerca de vinte corbos se aglomeraram na ampla seção da passarela onde o drow assumira posição. Outra dúzia estava morta aos pés de Drizzt, o sangue escorrendo da borda e caindo no lago ácido em silvos e gotejares rítmicos. Mas não eram os números que assustavam Belwar. Com seus movimentos precisos e estocadas perfeitas, Drizzt estava inegavelmente ganhando. Logo acima do drow, porém, outro corbo suicida e sua pedra de estimação decidiram dar um mergulho.

Belwar acreditava que a vida de Drizzt tinha acabado. Mas o caçador pressentiu o perigo.

Um corbo atacou Drizzt. Com um único movimento das cimitarras do drow, ambos os braços voaram de seus respectivos ombros. No mesmo movimento deslumbrante, Drizzt enfiou suas cimitarras ensanguentadas em suas bainhas e correu para a borda da plataforma. Ele alcançou a borda e saltou em direção a Belwar, assim que o corbo suicida caiu com sua pedra, derrubando a plataforma e vinte dos seus na piscina de ácido.

Belwar lançou seu troféu sem bico nos corbos de frente para ele e caiu de joelhos, estendendo a mão da picareta para tentar ajudar seu amigo. Drizzt pegou a mão do mestre de escavações e a borda ao mesmo tempo, batendo com o rosto na pedra, mas encontrando algo para se segurar.

O salto rasgou a piwafwi do drow, porém, e Belwar assistiu impotente enquanto a estatueta de ônix rolava e caia em direção ao ácido.

Drizzt pegou-a entre os pés.

Belwar quase gargalhou com a inutilidade e a desesperança da situação. Ele olhou por cima do ombro para ver os corbos retomando seu avanço.

— Elfo negro, certamente foi divertido — disse o svirfneblin, resignado, a Drizzt, mas a resposta do drow roubou o riso de Belwar com a mesma intensidade com que roubou o sangue do rosto do gnomo das profundezas.

— Me balance! — Drizzt grunhiu tão poderosamente que Belwar obedeceu antes mesmo de perceber o que estava fazendo.

Drizzt rolou e voltou para a passarela e, quando se empurrou contra a pedra, cada músculo em seu corpo se contraiu violentamente para ajudar em seu impulso.

Ele rolou ao redor do fundo da passarela, batendo e arranhando com os braços e as pernas para se levantar por detrás do gnomo agachado. Quando Belwar percebeu o que Drizzt tinha feito e pensou em se virar, Drizzt já estava com suas cimitarras nas mãos e cortando o rosto do primeiro corbo que se aproximava.

— Segure isso — Drizzt pediu a seu amigo, entregando a estatueta de ônix para Belwar com o dedo do pé. Belwar pegou o objeto entre os braços e o colocou desajeitadamente dentro de um bolso. Então o gnomo das profundezas ficou de pé e observou, assumindo a retaguarda, enquanto Drizzt abria um caminho devastador até a saída mais próxima.

Cinco minutos depois, para o espanto absoluto de Belwar, eles estavam correndo livres por um túnel escurecido, com os gritos frustrados de "Horror! Horror!" desaparecendo rapidamente por trás deles.

Capítulo 13

Um lugar para chamar de lar

— Chega. CHEGA! — o mestre de escavações gritou ofegante para Drizzt, tentando fazer seu companheiro diminuir o passo. — *Magga cammara*, elfo negro. Nós já os deixamos pra trás faz tempo.

Drizzt virou para encarar o mestre de escavações, cimitarras prontas na mão e um fogo furioso ainda queimando em seus olhos lavanda. Belwar recuou rapidamente e com cautela.

— Acalme-se, meu amigo — disse o svirfneblin, embora, apesar de suas palavras, as mãos de mitral do mestre de escavações subissem defensivamente a sua frente. — Não tem mais nada nos ameaçando.

Drizzt respirou profundamente para se estabilizar. Então, percebendo que ainda não tinha afastado suas cimitarras, rapidamente as colocou nas bainhas.

— Você está bem? — perguntou Belwar, voltando para o lado de Drizzt. O sangue cobria o rosto do drow onde ele tinha batido na lateral da passarela.

Drizzt assentiu com a cabeça.

— Foi a luta — ele tentou em vão explicar. — A empolgação. Eu tive que soltar o...

— Você não precisa se explicar — Belwar o cortou. — Você fez bem, elfo negro. Melhor do que bem. Se não fosse por suas ações, nós, todos os três, certamente teríamos caído.

— Ele voltou pra mim — gemeu Drizzt, procurando as palavras que pudessem explicar. — Aquela parte mais sombria de mim. Eu pensei que tivesse me livrado dela.

— E se livrou — disse o mestre de escavações.

— Não — argumentou Drizzt. — Aquele animal cruel que eu me tornei me possuiu plenamente contra aqueles homens-pássaros. Guiou minhas lâminas, selvagemente e sem piedade.

— Você guiou suas próprias lâminas — assegurou Belwar.

— Mas a raiva — respondeu Drizzt. — A raiva cega. Tudo o que eu queria fazer era matá-los e fatiá-los.

— Se essa fosse a verdade, ainda estaríamos lá — argumentou o svirfneblin. — Por suas ações, nós escapamos. Há muitos outros homens-pássaro lá para você matar, mas você conduziu o caminho para fora da câmara. Raiva? Talvez, mas certamente não uma raiva cega. Você fez o que tinha que fazer, e o fez bem, elfo negro. Melhor do que qualquer um que eu já vi. Não peça desculpas. Nem pra mim, nem pra si mesmo!

Drizzt recostou-se contra a parede para absorver as palavras. Ele se sentiu confortado pelo raciocínio do gnomo das profundezas e apreciou os esforços de Belwar. Ainda assim, as chamas ardentes de raiva que sentira quando Guenhwyvar caiu no lago ácido o assombravam, uma emoção tão esmagadora que Drizzt ainda não havia aceitado por completo. Ele se perguntou se alguma vez o faria.

Apesar de seu mal estar, Drizzt não podia negar o conforto causado pela presença de seu amigo svirfneblin. Ele se lembrou de outros encontros dos últimos anos, batalhas que ele tinha sido forçado a lutar sozinho. Então, como agora, o caçador tinha brotado dentro dele, tinha vindo à tona e guiado os ataques mortíferos de suas lâminas. Mas havia uma diferença dessa vez que Drizzt não podia negar: antes, quando estava sozinho, o caçador não se afastava tão facilmente. Agora, com Belwar ao seu lado, Drizzt voltou ao controle.

Drizzt sacudiu seu cabelo branco e espesso, tentando descartar os últimos restos do caçador. Ele achou-se tolo agora pela maneira como havia começado a batalha contra os homens-pássaro, batendo com a parte plana de suas lâminas. Ele e Belwar poderiam estar na caverna ainda se o lado instintivo de Drizzt não tivesse surgido, se ele não soubesse da queda de Guenhwyvar.

Ele olhou para Belwar de repente, lembrando-se da inspiração de sua raiva.

— A estatueta! — gritou. — Você está com ela?

Belwar tirou o item do bolso.

— *Magga cammara*! — exclamou Belwar, sua voz marcada pelo pânico. — Será que a pantera está ferida? Que efeito o ácido tem em Guenhwyvar? Será que a pantera escapou para o plano astral?

Drizzt pegou a estatueta e examinou-a com as mãos trêmulas, confortando-se pelo fato de não estar danificada de forma alguma. Drizzt acreditava que deveria esperar antes de chamar Guenhwyvar; se a pantera tivesse sofrido algum ferimento, certamente se curaria melhor em repouso em seu próprio plano de existência. Mas Drizzt não podia esperar para saber o destino de Guenhwyvar. Ele colocou a estatueta no chão a seus pés e a chamou suavemente.

Tanto o drow quanto o svirfneblin suspiraram audivelmente quando a névoa começou a girar ao redor da estátua do ônix. Belwar tirou seu broche encantado para observar melhor a gata.

Uma visão terrível os aguardava. Obedientemente, fielmente, Guenhwyvar obedeceu à convocação de Drizzt, mas assim que o drow viu a pantera, ele sabia que deveria ter deixado Guenhwyvar sozinha para que ela pudesse lamber suas feridas. O pelo negro e sedoso de Guenhwyvar fora queimado e mostrava mais manchas de pele escaldada do que pelo. Músculos que já foram lisos e rígidos agora caíam esfarrapados, queimados até o osso e um olho permanecia fechado e horrivelmente danificado.

Guenhwyvar tropeçou, tentando chegar ao lado de Drizzt. Drizzt correu para Guenhwyvar em vez disso, caindo de joelhos e dando um abraço suave ao redor do enorme pescoço da pantera.

— Guen — murmurou.

— Será que ela vai melhorar? — perguntou Belwar suavemente, sua voz quase se quebrando a cada palavra.

Drizzt sacudiu a cabeça, sem saber. Na verdade, ele sabia muito pouco sobre a pantera além de suas habilidades como sua companheira. Drizzt vira Guenhwyvar ferida antes, mas nunca seriamente. Agora ele só podia esperar que as propriedades mágicas extraplanares permitissem que Guenhwyvar se recuperasse completamente.

— Volte para casa — disse Drizzt. — Descanse e fique bem, minha amiga. Chamarei você novamente em alguns dias.

— Talvez possamos dar algum auxílio agora — ofereceu Belwar.

Drizzt conhecia a futilidade dessa sugestão.

— Guenhwyvar vai se curar melhor com repouso — ele explicou quando a gata se dissipou novamente na névoa. — Nós não podemos fazer nada por Guenhwyvar que ela consiga levar até o outro plano. Estar aqui em nosso mundo consome as forças da pantera. Cada minuto tem seu preço.

Guenhwyvar desapareceu e apenas a estatueta permanecia. Drizzt a pegou e estudou por muito tempo antes que pudesse suportar guardá-la de volta no bolso.

⁂

Uma espada elevou a cama no ar, depois cortou e estraçalhou ao lado de sua lâmina irmã até que o cobertor não fosse mais que um pano esfarrapado. Zaknafein olhou para as moedas de prata no chão. Uma farsa óbvia, mas o acampamento, e a perspectiva do retorno de Drizzt, mantiveram Zaknafein nos arredores por vários dias!

Drizzt Do'Urden tinha ido embora, e ele tinha se esforçado para anunciar sua partida de Gruta das Pedras Preciosas. A aparição espectral fez uma pausa para considerar essa nova informação, e a necessidade do pensamento, de explorar o ser racional que Zaknafein tinha sido em um nível além do instintivo, trouxe o inevitável conflito entre o desmorto reanimado e o espírito do ser ali aprisionado.

De volta a sua antessala, Matriarca Malícia Do'Urden sentia a luta dentro de sua criação. Em um zin-carla, o controle da aparição espectral permanecia sob a responsabilidade da Matriarca Mãe a quem a Rainha Aranha houvesse presenteado.

Malícia tinha que trabalhar arduamente na tarefa designada, teve que cuspir uma sucessão de cantos e feitiços para se insinuar entre os processos de pensamento da aparição espectral e as emoções e a alma de Zaknafein Do'Urden.

A aparição espectral hesitou quando sentiu a intrusão da poderosa vontade de Malícia. Não houve mais competição: em apenas um segundo, o espírito estava estudando a pequena câmara que Drizzt e um outro ser, provavelmente um gnomo das profundezas, disfarçaram de acampamento. Eles já tinham ido embora, a semanas de distância e, sem dúvida, se afastaram de Gruta das Pedras Preciosas a toda a velocidade. Provavelmente, a aparição espectral raciocinou, afastando-se de Menzoberranzan também.

Zaknafein saiu da câmara, voltando ao túnel principal. Ele farejou um dos lados, voltando-se para o leste em direção a Menzoberranzan, então virou-se, se agachou, e farejou novamente. Os feitiços de localização que Malícia imbuíra em Zaknafein não conseguiriam cobrir tais distâncias, mas as sensações minuciosas que o espírito recebera de sua inspeção apenas confirmaram suas suspeitas. Drizzt tinha ido para o oeste.

Zaknafein saiu do túnel sem nenhum traço da ferida que havia recebido da lança de um goblin, uma ferida que teria paralisado um ser mortal. Ele estava há mais de um semana atrás de Drizzt, talvez duas, mas a aparição espectral não estava preocupada. Sua presa precisava dormir, tinha que descansar e comer. Sua presa era feita de carne — e fraca.

✹

— Que tipo de criatura é essa? — Drizzt sussurrou para Belwar enquanto observavam a curiosa criatura bípede que enchia os baldes em um riacho de fluxo rápido. Aquela área inteira dos túneis estava magicamente iluminada, mas Drizzt e Belwar sentiam-se suficientemente seguros nas sombras de um afloramento rochoso a poucas dúzias de metros daquela figura vestida.

— Um homem — respondeu Belwar. — Humano, da superfície.

— Ele está muito longe de casa — observou Drizzt. — Mas parece estar confortável com os seus arredores. Eu não acreditaria que um morador da superfície pudesse sobreviver no Subterrâneo. Isso vai contra os ensinamentos que recebi na Academia.

— Provavelmente é um mago — supôs Belwar. — Isso explicaria a luz nessa região. E explicaria o motivo de ele estar aqui.

Drizzt olhou para o svirfneblin com curiosidade.

— Magos são estranhos — explicou Belwar, como se a verdade fosse evidente. — Magos humanos são ainda mais estranhos, pelo que eu ouvi dizer. Os magos drow estudam para ter poder. Os magos svirfneblin praticam as artes para conhecer melhor a pedra. Mas os magos humanos — continuou o gnomo das profundezas, com um desdém evidente em seu tom de voz —, *magga cammara*, elfo negro! Os magos humanos são completamente diferentes.

— Por que os magos humanos praticam a arte da magia? — Drizzt perguntou.

Belwar balançou a cabeça.

— Eu não acredito que algum estudioso tenha descoberto o motivo — ele respondeu com sinceridade. — Os humanos são uma raça estranha e imprevisível, e é melhor deixá-los em paz.

— Você conheceu algum?

— Alguns. — Belwar estremeceu, como se a memória não fosse agradável. — Comerciantes da superfície. Coisas feias e arrogantes. O mundo inteiro pertence a eles, pelo que pensam.

A voz ressonante soou mais alta do que Belwar pretendia, e a figura vestida na beira do rio virou sua cabeça na direção dos companheiros.

— Saiam agora, ratos! — o humano gritou em um idioma que os companheiros não conseguiam entender. O mago reiterou o pedido em outra língua, depois em drow, e depois em duas outras línguas desconhecidas, e depois em svirfneblin. Ele continuou por muitos minutos, enquanto Drizzt e Belwar se encaravam em descrença.

— Ele é um homem sábio — Drizzt sussurrou para o gnomo das profundezas.

— Ser ratos, provavelmente — o homem murmurou para si mesmo. Ele olhou ao redor, buscando alguma forma de revelar os seres barulhentos que se ocultavam, pensando que as criaturas poderiam fornecer uma boa refeição.

— Vamos descobrir se ele é amigo ou inimigo — sussurrou Drizzt, logo antes de abandonar sua cobertura. Belwar o deteve e olhou para ele com dúvidas, mas, sem nenhum recurso além de seus próprios instintos, deu de ombros e deixou Drizzt seguir em frente.

— Saudações, humano tão longe de casa — disse Drizzt em sua linguagem nativa, saindo por detrás do afloramento.

Os olhos do humano se abriram de forma histérica e ele puxou bruscamente sua barba branca e escorregadia.

— Você não ser rato! — ele gritou em um drow tosco, mas compreensível.

— Não — disse Drizzt. — Ele olhou para Belwar, que estava vindo se juntar a ele.

— Ladrões! — o humano gritou. — Vieram roubar meu casa, não?

— Não — disse Drizzt novamente.

— Embora! — o humano gritou, sacudindo as mãos como um fazendeiro o faria para afastar galinhas. — Vai! Andar! Rápido!

Drizzt e Belwar trocaram olhares curiosos.

— Não — disse Drizzt pela terceira vez.

— Este é o meu casa, elfo negro estúpido! — cuspiu o humano. — Eu pedir que viessem? Eu enviar carta convidando vocês a se juntarem a mim no meu casa? Ou talvez você e seu amiguinho feio considerar como sua obrigação me dar boas vindas ao seu bairro?

— Cuidado, drow — sussurrou Belwar enquanto o humano esbravejava. — Ele é um mago, com certeza, e um assustador, mesmo para os padrões humanos.

— Ou talvez os drow e os gnomos ter medo de mim? — o humano refletiu, mais para si mesmo do que para os intrusos. — Sim, com certeza. Eles ouviram que eu, Brister Fendlestick, decidir ocupar corredores do Subterrâneo e decidir juntar forças contra mim! Sim, sim, tudo parecer tão claro e ser tão digno de pena agora!

— Já lutei contra magos antes — Drizzt respondeu a Belwar em voz baixa. — Espero que possamos resolver isso sem violência. Mas, seja lá o que acontecer, sei que não tenho vontade de voltar por onde viemos — Belwar assentiu com a cabeça, enquanto Drizzt se voltava para o humano. — Talvez possamos convencê-lo a simplesmente nos deixar passar — sussurrou Drizzt.

O humano tremia à beira de uma explosão.

— Tudo bem! — ele gritou de repente. — Então não ir embora! — Drizzt viu seu erro ao achar que poderia argumentar com aquele lá. O drow começou a avançar, tentando se aproximar antes que o mago lançasse qualquer feitiço de ataque.

Mas o humano tinha aprendido a sobreviver no Subterrâneo, e suas defesas estavam armadas muito antes de Drizzt e Belwar terem aparecido por detrás do afloramento rochoso. Ele acenou com as mãos e pronunciou uma única palavra que os companheiros não conseguiram entender. Um anel em seu dedo emitiu um brilho intenso e soltou uma pequena bola de fogo no ar entre ele e os intrusos.

— Bem-vindo a minha casa, então! — o mago gritou triunfante.
— Brinque com isso! — então, ele estalou os dedos e desapareceu.

Drizzt e Belwar podiam sentir a energia explosiva ao redor da esfera brilhante.

— CORRA! — gritou o mestre de escavações, e ele se virou para fugir. Em Gruta das Pedras Preciosas, a magia era, em geral, ilusória, projetada para a defesa. Mas em Menzoberranzan, onde Drizzt tinha aprendido sobre magia, os feitiços eram inegavelmente ofensivos. Drizzt conhecia o ataque do mago e sabia que, naqueles corredores estreitos e baixos, fugir não era uma opção.

— Não! — ele gritou, agarrou a parte de trás da armadura de couro de Belwar e puxou o gnomo das profundezas direto para o orbe incandescente. Belwar confiava em Drizzt, e se virou e correu de bom grado ao lado de seu amigo. O mestre de escavações entendeu o plano do drow assim que seus olhos conseguiram se afastar do brilho cegante do orbe. Drizzt estava indo na direção do riacho.

Os amigos mergulharam juntos, atingindo o fundo do riacho e se ralando nas pedras no momento em que a bola de fogo explodiu.

Logo depois, eles saíram fumegantes da água, com trilhas de fumaça saindo da parte de trás das suas roupas, que não chegaram a ser submersas. Eles tossiam, porque as chamas haviam roubado temporariamente o ar da câmara, e o calor residual das pedras brilhantes quase os derrubava.

— Humanos — Belwar murmurou severamente. Ele se forçou a se levantar da água e agitou-se vigorosamente. Drizzt saiu ao lado dele e não conseguiu conter sua risada.

O gnomo das profundezas, no entanto, não viu graça alguma na situação.

— O mago — Belwar lembrou a Drizzt, que se agachou e olhou nervosamente ao redor. Eles partiram imediatamente

---

— Nossa casa! — Belwar proclamou alguns dias depois. Os dois amigos olharam para baixo de uma borda estreita para uma grande e alta caverna que abrigava um lago subterrâneo. Atrás deles havia uma caverna de três câmaras com uma pequena entrada, facilmente defensável.

Drizzt subiu os pouco mais de dez metros para ficar ao lado de seu amigo na borda superior.

— Possivelmente — ele concordou hesitantemente. — Embora aquele mago esteja a poucos dias de caminhada daqui.

— Esquece o humano — gritou Belwar, olhando para a marca de queimadura em sua preciosa armadura.

— E eu não gosto muito da ideia de ter um lago tão grande a tão poucos metros de nossa porta — continuou Drizzt.

— Está cheio de peixes! — argumentou o mestre de escavações. — E com musgos e plantas que manterão nossas barrigas cheias, e água que parece suficientemente limpa!

— Mas esse oásis atrairá visitantes — argumentou Drizzt. — Não teríamos muito descanso, temo eu.

Belwar olhou da parede vazia para o chão da grande caverna.

— Não é um problema — ele disse com uma risada. — Os maiores não conseguem chegar até aqui, e os menores... Bem, eu vi o corte de suas lâminas, e você viu a força das minhas mãos. Com os menores, eu não me preocupo!

Drizzt gostou da confiança do svirfneblin, e teve que concordar que eles não encontraram nenhum outro lugar adequado para uso como habitação. A água, difícil de encontrar e, na maioria das vezes, imprópria para se beber, era uma mercadoria preciosa naquele Subterrâneo seco. Com o lago e a vegetação ao seu redor, Drizzt e Belwar nunca teriam que viajar longe para encontrar uma refeição.

Drizzt estava prestes a concordar, mas então um movimento pela água chamou a atenção dele e de Belwar.

— E caranguejos! — cuspiu o svirfneblin, obviamente não tendo a mesma reação à visão que o drow. — *Magga cammara*, elfo negro! Caranguejos! Uma refeição das melhores que você poderá encontrar!

De fato, era um caranguejo que tinha saído do lago, um monstro gigantesco de três metros e meio com pinças que poderiam partir um humano — ou um elfo ou um gnomo — ao meio sem maiores dificuldades. Drizzt olhou para Belwar, incrédulo.

— Uma refeição? — perguntou.

O sorriso de Belwar cresceu ao redor de seu nariz enrugado enquanto ele batia suas mãos de martelo e picareta.

Eles comeram carne de caranguejo naquela noite, e no dia seguinte, e no dia seguinte, e no outro, e Drizzt logo estava bastante disposto a concordar que a caverna de três câmaras ao lado do lago subterrâneo era uma boa casa.

※

A aparição espectral parou por um momento para analisar o campo avermelhado. Em vida, Zaknafein Do'Urden teria evitado tal caminho, respeitando os perigos inerentes das câmaras de brilhos estranhos e musgos luminosos. Mas para a aparição espectral, a trilha era clara: Drizzt tinha passado por aqui.

A aparição espectral entrou, ignorando as nuvens nocivas de esporos mortais que se elevavam a cada passo, esporos sufocantes que inundavam os pulmões das criaturas azaradas que passassem por ali.

Mas Zaknafein não respirava.

Então veio aquele som alto enquanto o cavocador corria para proteger seu domínio. Zaknafein se abaixou defensivamente, os instintos do ser que costumava ser pressentindo o perigo. O cavocador se arrastava pela trilha em meio ao musgo brilhante, mas não encontrou nenhum intruso para perseguir. Então se embrenhou em meio ao musgo, pensando que uma refeição de baruchies não poderia ser tão ruim.

Quando o cavocador atingiu o centro da câmara, a aparição espectral deixou que seu feitiço de levitação se dissipasse. Zaknafein pousou nas costas do monstro, travando as pernas rapidamente. A criatura se sacudia e se batia pela câmara, mas o equilíbrio de Zaknafein não vacilou.

A pele do cavocador era espessa e dura, capaz de repelir todas armas, exceto as melhores, que eram justamente as que Zaknafein possuía.

— O que foi isso? — Belwar perguntou um dia, parando o trabalho na nova porta que bloqueava a abertura da caverna.

Ao lado do lago, Drizzt aparentemente tinha ouvido o som também, porque deixou cair o capacete que estava usando para buscar um pouco de água e sacou ambas as cimitarras. Ele levantou uma mão para pedir silêncio ao mestre de escavações, depois pegou o caminho de volta para a borda para que pudessem ter uma conversa silenciosa.

O som, uma série de estalos altos, veio novamente.

— Você sabe o que é isso, elfo negro? — Belwar perguntou suavemente.

Drizzt assentiu com a cabeça.

— Ganchadores — ele respondeu —, donos da melhor audição de todo o Subterrâneo.

Drizzt manteve suas lembranças de seu único encontro com esse tipo de monstro para si mesmo. Havia sido durante um exercício de patrulha, com Drizzt liderando sua turma da Academia através dos túneis fora de Menzoberranzan. A patrulha veio sobre um grupo daquelas criaturas gigantes, bípedes, com exoesqueletos tão duros quanto uma armadura de metal e bicos e garras poderosos. A patrulha drow, principalmente através das façanhas de Drizzt, ganhara o dia, mas o que ele se lembrava com mais intensidade era de sua crença de que o encontro tinha sido um exercício planejado pelos mestres da Academia, e que eles haviam sacrificado uma criança drow inocente aos ganchadores para que o exercício fosse mais realista.

— Vamos encontrá-los. — disse Drizzt calmamente, mas sombrio. Belwar fez uma pausa para recuperar o fôlego quando viu aquele brilho perigoso nos olhos cor de lavanda do drow.

— Ganchadores são inimigos perigosos — explicou Drizzt, percebendo a hesitação do gnomo das profundezas — Não podemos permitir que vaguem pela região.

Seguindo os sons de estalos, Drizzt conseguiu se aproximar facilmente. Ele caminhou silenciosamente ao redor de uma última curva com Belwar por perto, ao seu lado. Em uma seção mais ampla do corredor, havia um único ganchador, batendo suas garras pesadas ritmicamente contra a pedra, da mesma forma que um mineiro svirfneblin usaria sua picareta.

Drizzt segurou Belwar, indicando que ele poderia despachar o monstro rapidamente se pudesse entrar ali e chegar até a criatura sem ser notado. Belwar concordou, mas permaneceu em prontidão para se juntar a ele na primeira oportunidade ou necessidade.

O ganchador, obviamente empenhado em sua tarefa com o muro de pedra, não ouviu o drow silencioso se aproximando. Drizzt chegou logo ao lado do monstro, procurando a maneira mais fácil e rápida de eliminá-lo. Ele viu apenas uma abertura no exoesqueleto, uma fenda entre o peitoral da criatura e o pescoço largo. Conseguir cravar uma lâmina ali poderia ser um pouco complicado, no entanto, porque o ganchador tinha quase três metros de altura.

Mas o caçador encontrou a solução. Ele foi com tudo no joelho do ganchador, batendo com o ombro e então levando as lâminas até a virilha da criatura. As pernas do ganchador se curvaram, e ele tropeçou na direção do drow. Tão ágil quanto um gato, Drizzt desviou em um rolamento e pulou em cima do monstro derrubado, ambas as lâminas começando a inclinar-se na fenda da armadura.

Ele poderia ter eliminado o ganchador imediatamente; suas cimitarras poderiam ter escorregado pelas defesas ósseas facilmente. Mas Drizzt viu algo — terror? — no rosto do ganchador, algo na expressão da criatura que não deveria estar lá. Ele forçou o caçador de volta para dentro, tomou o controle de suas espadas, e hesitou por apenas um segundo — tempo o bastante para o ganchador, para o espanto absoluto de Drizzt, falar na língua drow de forma clara e correta:

— Por favor... não... me mate!

Capítulo 14

Estalo

As cimitarras lentamente se afastaram do pescoço do ganchador.

— Não... como... pareço — o monstro tentou explicar em sua fala pausada. A cada palavra proferida, o ganchador parecia se tornar mais confortável com a linguagem. — Eu... pech.

— Pech? — Belwar disse, parando ao lado de Drizzt. O svirfneblin olhou para o monstro com uma confusão compreensível. — Você é um pouco grande para um pech — ele observou.

Drizzt olhou do monstro para Belwar, procurando alguma explicação. O drow nunca tinha ouvido a palavra antes.

— Filhos da pedra — explicou Belwar. — Criaturinhas estranhas. Duras como a pedra, que vivem por nenhuma outra razão além de trabalhá-la.

— Parece um svirfneblin — respondeu Drizzt.

Belwar parou por um momento para tentar entender se havia sido elogiado ou insultado. Incapaz de discernir, o mestre de escavações continuou de forma um pouco mais cautelosa.

— Não há muitos pechs por aí, e menos ainda que se pareçam com esse — ele lançou um olhar duvidoso ao ganchador, então encarou Drizzt com uma expressão que dizia para manter suas cimitarras em prontidão.

— Pech... N-n-não... mais — balbuciou o ganchador, com ressentimento evidente em sua voz. — Pech não mais.

— Qual o seu nome? — Drizzt perguntou, esperando encontrar alguma pista para a verdade.

O ganchador pensou por um longo momento, então sacudiu a cabeça, impotente.

— Pech... n-n-n-não... mais — o monstro disse novamente, e inclinou sua cabeça bicuda para trás, ampliando a abertura em sua armadura de exoesqueleto e convidando Drizzt a terminar o ataque.

— Você não se lembra do seu nome? — perguntou Drizzt, nem um pouco ansioso para matar a criatura. O ganchador não se moveu nem respondeu. Drizzt olhou para Belwar em busca de algum conselho, mas o mestre de escavações apenas deu de ombros, impotente.

— O que aconteceu? — Drizzt pressionou o monstro. — Você precisa me dizer o que aconteceu com você.

— M-m-m... — o ganchador lutava para responder. — M-ma-mago. Ma-go mau.

Um pouco versado nos caminhos da magia e nas aplicações inescrupulosas tão frequentes de seus usuários, Drizzt começou a entender as possibilidades e começou a acreditar naquela criatura estranha.

— Um mago te transformou? — ele perguntou, já adivinhando a resposta. Ele e Belwar trocam expressões espantadas. — Já ouvi falar de feitiços assim.

— Eu também — concordou o mestre de escavações. — *Magga cammara*, elfo negro, eu vi os magos de Gruta das Pedras Preciosas usar magia semelhante quando precisávamos nos infiltrar... — o gnomo das profundezas parou de repente, lembrando-se da linhagem do elfo com quem falava.

— ...Em Menzoberranzan — Drizzt terminou com uma risada.

Belwar limpou a garganta, um pouco envergonhado, e voltou a olhar para o monstro.

— Um pech você já foi — ele disse, precisando ouvir toda a explicação enunciada em um pensamento claro — e algum mago transformou você em um ganchador.

— Isso — respondeu o monstro. — Pech não mais.

— Onde estão seus companheiros? — perguntou o svirfneblin. — Se o que eu ouvi falar sobre seu povo é verdade, os pech não costumam viajar sozinhos.

— M-m-m-mortos — disse o monstro. — Mago m-m-m-m—

— Mago humano? — perguntou Drizzt.

O grande bico balançou em uma confirmação empolgada.

— Sim, ho-o-omem...

— E o mago te deixou para sofrer como um ganchador — disse Belwar. Ele e Drizzt se encararam por um bom tempo, e então o drow se afastou, permitindo que o ganchador se levantasse.

— Eu q-q-queria que v-v-você me ma-t-t-tasse — o monstro disse então, assumindo uma posição sentada. A criatura olhou para as garras em suas mãos com um nojo vidente. — A p-pedra, a pedra... nunca mais...

Belwar levantou suas próprias mãos trabalhadas em resposta.

— Eu também achei o mesmo — disse ele. — Você está vivo, e não está mais sozinho. Venha conosco até o lago, onde podemos conversar melhor.

O ganchador imediatamente concordou e começou, com muito esforço, a levantar sua carcaça de um quarto de tonelada. Em meio aos sons de raspagem e das pancadas do duro exoesqueleto da criatura, Belwar sussurrou prudentemente para Drizzt:

— Mantenha suas lâminas em prontidão!

O ganchador finalmente se levantou, elevando-se a seus imponentes três metros de altura, e o drow não discutiu a lógica de Belwar.

Por muitas horas, o ganchador relatou suas aventuras aos dois amigos. Tão surpreendente quanto a história era a velocidade com que o monstro se adaptava ao uso da língua. Este fato, e as descrições do monstro de sua existência anterior — de uma vida martelando e moldando a pedra com uma reverência quase sagrada — convenceram ainda mais a Belwar e Drizzt da verdade de sua história bizarra.

— É bom falar de novo, mesmo sem ser com minha l-l-língua — disse a criatura depois de um tempo. — P-p-parece que eu achei uma p-parte do que eu era.

Com suas próprias experiências semelhantes tão claras em sua mente, Drizzt entendeu exatamente como ele se sentia.

— Há quanto tempo você está assim? — perguntou Belwar.

O ganchador deu ombros, com as enormes placas de seus ombros se chocando com o movimento do movimento.

— S-semanas, dias... — disse. — Não lembro. O tempo se p-perdeu.

Drizzt afundou o rosto em suas mãos e exalou um profundo suspiro, em completa empatia e simpatia com a criatura infeliz. Drizzt também se sentira perdido e sozinho no Subterrâneo selvagem! Ele também conhecia a tristeza de tal destino. Belwar bateu suavemente no drow com a mão do martelo.

— Para onde você vai? — o mestre de escavações perguntou ao ganchador. — Ou de onde você veio?

— Caçando o m-m-m... — respondeu o ganchador, travando, sem conseguir pronunciar a última palavra, como se a mera menção do mago maligno causasse à criatura uma dor imensa. — Mas perdi t-tanto... Eu teria achado ele sem muito esf-forço se eu ainda fosse um p-p-pech. As pedras me diriam onde p-procurar. Mas não posso mais falar tanto com elas — o monstro se levantou de seu assento na pedra. — Vou embora — disse com determinação. — Vocês não estão seguros comigo.

— Você vai ficar — disse Drizzt de repente e com um tom definitivo demais para ser negado.

— Não c-consigo controlar — o ganchador tentou explicar.

— Você não precisa se preocupar — disse Belwar. Ele apontou para a entrada na borda ao lado da caverna. — Nossa casa está lá em cima, com uma porta pequena demais para você passar. Aqui, junto ao lago, você deve descansar até que decidamos nosso melhor curso de ação.

O ganchador estava exausto, e o raciocínio do svirfneblin parecia bastante sensato. O monstro caiu pesado de volta para a pedra e enrolou-se tanto quanto o seu corpo volumoso permitia. Drizzt e Belwar se despediram, olhando para o estranho novo companheiro a cada passo.

— Estalo — disse Belwar de repente, parando Drizzt ao lado dele. Com um grande esforço, o ganchador rolou até ficar de frente para o gnomo das profundezas, entendendo que Belwar havia pronunciado a palavra em sua direção.

— Te chamaremos assim, se você não tiver objeções — o svirfneblin explicou à criatura e a Drizzt. — Estalo!

— Parece apropriado — observou Drizzt.

— É um b-bom nome — concordou o ganchador, mas silenciosamente a criatura desejava que pudesse se lembrar de seu nome pech, o nome que rolava como uma pedra arredondada em uma passagem inclinada e fazia orações à pedra a cada sílaba rosnada.

— Vamos alargar a porta — disse Drizzt quando ele e Belwar entraram em seu complexo de cavernas. — Para que Estalo possa entrar e descansar ao nosso lado em segurança.

— Não, elfo negro — discordou o mestre de escavações. — Isso nós não faremos.

— Ele não está seguro lá fora, ao lado da água — respondeu Drizzt. — Algum monstro vai encontrá-lo.

— Ele está seguro o suficiente — bufou Belwar. — Qual monstro atacaria voluntariamente um ganchador? — Belwar entendia a sincera preocupação de Drizzt, mas também entendia o quanto a sugestão de Drizzt era perigosa. — Já vi feitiços assim antes — disse o svirfneblin sombriamente. — Eles são chamados de "metamorfose". Imediatamente vem a mudança do corpo, mas a mudança da mente pode levar tempo.

— O que você está dizendo? — a voz de Drizzt beirava o pânico.

— Estalo ainda é um pech — respondeu Belwar —, ainda que preso no corpo de um ganchador. Mas em breve, eu temo, Estalo não será mais um pech. Um ganchador ele se tornará, de mente e corpo, e por mais amáveis que pudéssemos ser, Estalo virá a pensar em nós como nada além de outra refeição.

Drizzt começou a argumentar, mas Belwar o silenciou com um pensamento sombrio:

— Você gostaria de ter que matá-lo, elfo negro?

Drizzt virou-se.

— A história dele me lembra a minha.

— Não tanto quanto você acredita — respondeu Belwar.

— Eu também estava perdido — Drizzt lembrou ao mestre de escavações.

— É o que você acredita — respondeu Belwar. — Mas o Drizzt Do'Urden em sua essência permaneceu dentro de você, meu amigo. Você era o que precisava ser, já que a situação ao seu redor te forçou a isso. Mas isso é diferente. Não apenas no corpo, mas a própria essência de Estalo se tornará um ganchador. Seus pensamentos serão os pensamentos de um ganchador, e *magga cammara*, ele não vai retribuir a sua misericórdia quando você estiver no chão.

Drizzt não podia estar satisfeito, embora não pudesse refutar a lógica contundente do gnomo. Ele andou pela câmara à esquerda do complexo, aquela que havia reivindicado como seu quarto, e caiu em sua rede.

— Sinto muito, Drizzt Do'Urden — Belwar murmurou em voz baixa enquanto observava os movimentos pesados do drow, carregados de tristeza. — E sinto muito por nosso amigo pech condenado.

O mestre de escavações entrou em sua própria câmara e se arrastou para sua rede, sentindo-se terrível por toda a situação, mas determinado a permanecer friamente lógico e prático, independentemente de sua dor. Porque Belwar entendia que Drizzt sentia uma ligação com a criatura infeliz, um vínculo potencialmente fatal fundado em empatia pela perda de si mesmo de Estalo.

Mais tarde naquela noite, um Drizzt empolgado sacudia Belwar até arrancá-lo de seu sono.

— Nós devemos ajudá-lo — Drizzt sussurrou com dureza.

Belwar passou um braço em seu rosto e tentou se orientar. Seu sono estava desconfortável, cheio de sonhos em que ele gritava *"Bivrip!"* com uma voz incrivelmente alta, e então começava a tirar a vida de seu mais novo companheiro.

— Nós temos que ajudá-lo! — Drizzt disse novamente, com ainda mais força. Belwar podia notar pela aparência horrível do drow que Drizzt não tinha dormido naquela noite.

— Eu não sou um mago — disse o mestre de escavações. — Você também—

— Então, vamos encontrar um — rosnou Drizzt. — Vamos encontrar o humano que amaldiçoou Estalo e o forçar a reverter o feitiço! Nós o vimos perto do riacho apenas alguns dias atrás. Ele não pode estar tão longe!

— Um mago capaz de uma magia dessas não será um inimigo fácil — Belwar respondeu rapidamente. — Você se esqueceu daquela bola de fogo tão rápido assim? — Belwar olhou para a parede, para onde sua armadura de couro queimada pendia em um gancho, como que para se convencer. — Eu temo que esse mago esteja além do nosso alcance — murmurou Belwar, mas Drizzt podia ver a falta de convicção na expressão do mestre de escavações enquanto pronunciava as palavras.

— Então você vai condenar Estalo tão rápido assim? — Drizzt perguntou sem rodeios. Um amplo sorriso começou a se espalhar pelo rosto de Drizzt ao ver o svirfneblin começando a ceder.

— Esse é o mesmo Belwar Dissengulp que abrigou um drow perdido? O mesmo Honorável Mestre de Escavação que não abandonaria a esperança em um elfo negro que todos consideravam perigoso e além de qualquer ajuda?

— Vai dormir, elfo negro — retrucou Belwar, afastando Drizzt com a mão do martelo.

— É um conselho sábio, meu amigo — disse Drizzt. — E você, durma bem. Temos um longo caminho a percorrer.

— *Magga cammara* — bufou o svirfneblin taciturno, se segurando obstinadamente a sua fachada de praticidade rude. Ele se virou de costas para Drizzt e logo estava roncando.

Drizzt observou que os roncos de Belwar agora soavam como se viessem das profundezas de um sono profundo e contente.

Estalo batia contra a parede com suas mãos de garras, martelando a pedra implacavelmente.

— De novo não — Belwar, perturbado, sussurrou para Drizzt. — Não aqui fora!

Drizzt correu pelo corredor sinuoso, seguindo o som monótono:

— Estalo! — ele chamou suavemente quando o ganchador estava à vista. O ganchador virou-se para enfrentar o drow que se aproximava, com suas mãos de garras abertas e prontas, com um silvo cada vez mais estridente saindo de seu grande bico. Um momento depois, Estalo percebeu o que estava fazendo e parou abruptamente.

— Por que você tem que continuar batendo? — Drizzt perguntou, tentando fingir, até mesmo para si mesmo, que não tinha visto a posição de batalha de Estalo. — Nós estamos no Subterrâneo selvagem, meu amigo. Esses sons atraem inimigos.

A cabeça do monstro gigante baixou.

— Vocês não d-d-deveriam ter saído c-comigo — disse Estalo. — E-eu não... M-muitas coisas vão acontecer sem que eu p-possa controlar.

Drizzt ergueu a mão e a pousou reconfortantemente sobre o cotovelo ossudo de Estalo.

— Foi culpa minha — disse o drow, entendendo o que o ganchador quis dizer. Estalo havia pedido desculpas por se voltar perigosamente para Drizzt. — Nós não deveríamos ter ido em direções diferentes — continuou Drizzt —, e eu não deveria ter abordado você tão rápido e sem aviso prévio. Todos nós ficaremos juntos agora, embora nossa busca possa demorar mais, Belwar e eu iremos ajudá-lo a manter o controle.

O rosto bicudo de Estalo se iluminou.

— É t-tão bom bater na p-p-pedra — proclamou. Estalo bateu uma garra na rocha como se estivesse refrescando sua memória. Sua voz e seu olhar se afastaram enquanto pensava em sua vida passada, aquela que o mago havia roubado dele. Todos os dias do pech ele tinha passado martelando a pedra, moldando a pedra, conversando com a pedra.

— Você será pech novamente — prometeu Drizzt.

Belwar, aproximando-se do túnel, ouviu as palavras do drow e não tinha tanta certeza. Eles estavam nos túneis por mais de uma semana e não encontraram nenhum sinal do mago. O mestre de escavações encontrou um pouco de conforto no fato de que Estalo parecia demonstrar uma recuperação de parte de si mesmo em contraste ao seu lado monstruoso — uma parte de sua personalidade pech parecia estar ressurgindo. Belwar tinha observado a mesma transformação em Drizzt apenas algumas semanas antes, e sob as barreiras de sobrevivência do caçador que Drizzt se tornara; Belwar descobriu seu amigo mais próximo.

Mas o mestre de escavações teve o cuidado de não supor que Estalo tivesse os mesmos resultados. A condição do ganchador era o resultado de uma magia poderosa, e nenhuma amizade poderia reverter o funcionamento do feitiço do mago. Ao encontrar Drizzt e Belwar, a Estalo tinha sido concedido um adiamento temporário — e apenas temporário — de um destino miserável e inegável.

Eles percorreram os túneis do Subterrâneo por vários dias, sem sorte. A personalidade de Estalo ainda não tinha se deteriorado, mas até mesmo Drizzt, que deixara o complexo de cavernas às margens do lago tão cheio de esperança, começou a sentir o peso da crescente realidade.

Então, no momento em que Drizzt e Belwar começaram a discutir o retorno a sua casa, o grupo entrou em uma caverna de tamanho considerável, repleta do entulho de um desabamento recente do teto.

— Ele esteve aqui! — gritou Estalo logo antes de levantar violentamente um enorme pedregulho e lançá-lo contra uma parede distante, onde se espatifou em diversos pedaços menores. — Ele esteve aqui! — o ganchador corria de um lado a outro, esmagando a pedra e lançando pedregulhos com uma raiva crescente e explosiva.

— Como pode saber? — perguntou Belwar, tentando parar a euforia de seu amigo gigante.

Estalo apontou para o teto:

— Ele f-fez isso. O m-m-m...ele fez isso!

Drizzt e Belwar trocaram olhares preocupados. O teto da câmara, que tinha cerca de cinco metros de altura, fora arrasado e explodido, e em seu centro surgiu um enorme buraco que se estendia até o dobro da altura anterior do teto. Se a magia tivesse causado essa devastação, era uma mágica realmente poderosa!

— O mago fez isso? — ecoou Belwar. Ele lançou mais uma vez na direção de Drizzt aquele olhar teimosamente prático que passara anos aperfeiçoando.

— A t-t-torre dele — respondeu Estalo, e correu para a câmara para ver se conseguia discernir qual saída o mago havia tomado.

Agora, Drizzt e Belwar estavam completamente perdidos, e Estalo, quando finalmente parou para olhar para eles, percebeu sua confusão.

— O m-m-m...

— Mago — Belwar completou, perdendo a paciência.

Estalo não se ofendeu, na verdade, ele até mesmo apreciou a ajuda.

— O m-mago tem uma t-torre — o ganchador empolgado tentou explicar. — Uma t-torre grande de f-ferro que ele c-carrega, morando onde achar c-c-conveniente — Estalo olhou para o teto arruinado. — Mesmo nem sempre c-cabendo.

— Ele carrega uma torre? — perguntou Belwar, seu nariz longo se enrugando sobre si mesmo.

Estalo assentiu com a cabeça com entusiasmo, mas não demorou mais tempo para explicar, porque encontrou a trilha do feiticeiro, uma pegada evidente em uma cama de musgo, que levava a outro dos corredores.

Drizzt e Belwar tiveram que se contentar com a explicação incompleta de seu amigo, porque era hora de seguir a trilha.

Drizzt assumiu a liderança, usando todas as habilidades que adquirira na Academia drow e aprimorara durante sua década sozinho no Subterrâneo. Belwar, com sua compreensão racial inata do Subterrâneo e seu broche magicamente iluminado, memorizava o caminho, e Estalo, em um daqueles momentos em que estava mais próximo de seu eu anterior, pedia orientação para as pedras. Os três passaram por outra câmara destruída, e mais outra câmara que mostrava sinais claros da presença da torre, embora seu teto fosse suficientemente alto para acomodar a estrutura.

Poucos dias depois, os três companheiros adentraram em uma caverna ampla e alta e, longe deles, ao lado de um córrego, estava a casa do mago. Novamente Drizzt e Belwar se olharam impotentes, porque a torre tinha uma altura total de dez metros de altura e seis de largura, e suas paredes metálicas lisas zombavam de seus planos. Eles tomaram rotas separadas e cautelosas até a estrutura e ficaram ainda mais espantados, porque as paredes da torre eram de puro adamante, o metal mais rígido em todo o mundo.

Eles encontraram apenas uma única porta, pequena e com seu contorno difícil de discernir, em meio à perfeição da torre. Não era preciso pensar muito para concluir que a fortificação era segura contra visitantes indesejados.

— O m-m-m... ele está lá — Estalo rosnou, correndo as garras pela porta em desespero.

— Então ele terá que sair — raciocinou Drizzt. — E quando sair, estaremos esperando por ele.

O plano não satisfazia o pech. Com um rugido torrencial que ecoou em toda a região, Estalo jogou seu enorme corpo contra a porta da torre, depois saltou para trás e bateu novamente. A porta sequer tremeu sob o golpe, e rapidamente se tornou óbvio para o gnomo das profundezas e para o drow que o corpo de Estalo certamente perderia a batalha.

Drizzt tentou em vão acalmar seu enorme amigo, enquanto Belwar se afastava e começava um entoar familiar.

Finalmente, Estalo despencou, soluçando de exaustão e dor e raiva impotente. Então, Belwar, com suas mãos de mitral faiscando onde quer que tocassem, se aproximou.

— Sai da frente! — exigiu o mestre de escavações. — Eu vim de muito longe pra ser parado por uma única porta! — Belwar se posicionou diretamente na frente da pequena porta e bateu sua mão encantada de martelo contra ela com todas as suas forças. Um brilho cegante de faíscas azuis explodiu em todas as direções. Os braços musculosos do gnomo das profundezas trabalhavam furiosamente, raspando e golpeando, mas quando Belwar esgotou sua energia, a porta da torre mostrava apenas pequenos arranhões e queimaduras superficiais.

Belwar bateu as mãos juntas com desgosto, cobrindo-se em faíscas inofensivas, e Estalo concordou de todo o coração com seus sentimentos frustrados. Drizzt, porém, estava mais irritado e preocupado que seus amigos. Não apenas pelo fato de a torre do mago tê-los parado, mas por ter certeza de que agora o mago lá dentro sem dúvida sabia de sua presença. Drizzt moveu-se ao redor a estrutura com cautela, observando as muitas fendas de flechas. Se arrastando debaixo de uma delas, ele ouviu um entoar suave, e embora ele não conseguisse entender as palavras do mago, ele poderia adivinhar facilmente a intenção do humano.

— Corram! — ele gritou para seus companheiros, e então, em puro desespero, pegou uma pedra próxima e a elevou na abertura da fenda de flecha. A sorte estava com o drow, uma vez que o mago completou seu feitiço no momento em que rocha bateu contra a abertura. Um raio rugiu, quebrou a pedra e fez com que Drizzt voasse para longe, mas refletiu de volta para a torre.

— Maldição! Maldição! — veio um grito de dentro da torre. — Eu odiar quando isto acontece!

Belwar e Estalo correram para ajudar seu amigo caído. O drow tinha sido apenas desorientado, e já estava de pé e em prontidão antes mesmo que o alcançassem.

— Oh, vocês pagar caro por esse, vocês pagar! — veio um grito de lá de dentro.

— Fujam! — gritou o mestre de escavações, e até mesmo o ganchador furioso estava totalmente de acordo. Mas assim que Belwar olhou para os olhos lavanda do drow, sabia que Drizzt não fugiria. Estalo, também, recuou um passo ao notar o fogo que queimava em Drizzt Do'Urden.

— *Magga cammara*, elfo negro, não dá pra entrar — o svirfneblin prudentemente lembrou a Drizzt.

Drizzt tirou a estatueta de ônix e segurou-a contra a fenda para flechas, prendendo-a com seu corpo.

— Veremos — rosnou ele, logo antes de chamar por Guenhwyvar.

A névoa negra rodopiou e encontrou apenas uma rota possível para fora da estatueta.

— Eu matar todos vocês!!! — gritou o mago oculto.

229

O próximo som dentro da torre foi um grunhido baixo de pantera, e então a voz do mago ressoou novamente.

— Eu poder estar errado!

— Abra a porta! — gritou Drizzt. — Por sua vida, mago imundo!

— Nunca!

Guenhwyvar rugiu novamente, então o mago gritou e a porta se escancarou.

Drizzt liderou o caminho. Eles entraram em uma sala circular, o nível inferior da torre. Uma escada de ferro subia até o centro para um alçapão, a suposta rota de fuga do mago. O humano ainda não tinha conseguido alcançá-lo, e estava pendurado de cabeça para baixo na parte de trás da escada, uma perna enganchada pelo joelho através de um degrau. Guenhwyvar, curada do calvário no lago ácido e novamente parecendo a mais magnífica das panteras, estava empoleirada do outro lado da escada, mordiscando casualmente a panturrilha e o pé do mago.

— Entrar aqui! — gritou o mago, afastando os braços, depois os recolhendo para puxar a túnica que caíra em seu rosto. Linhas de fumaça subiam do resto esfarrapado da túnica chamuscada pelo raio. — Eu sou Brister Fendlestick. Bem vindos a meu humilde casa.

Belwar mantinha Estalo à porta, segurando seu perigoso amigo com a mão do martelo, enquanto Drizzt subia para se encarregar do prisioneiro. O drow parou por um momento para examinar sua querida companheira felina, uma vez que ele não havia convocado Guenhwyvar desde aquele dia em que dispensara a pantera para que ela pudesse se curar.

— Você fala a língua drow — observou Drizzt, agarrando o mago pelo colarinho e o atirando no chão. Drizzt olhou o homem com suspeita. Ele nunca vira um humano antes do encontro no corredor ao lado do córrego. Até então, o drow não estava muito impressionado.

— Eu conhecer muitas línguas — respondeu o mago, tentando se limpar. E então, como se sua proclamação tivesse alguma importância, ele acrescentou:

— Eu ser Brister Fendlestick!

— Existe alguma palavra para pech nessas suas línguas? — Belwar resmungou da porta.

— Pech? — respondeu o mago, cuspindo a palavra com aparente desagrado.

— Pech — grunhiu Drizzt, enfatizando sua resposta ao levar a lâmina de uma cimitarra a centímetros do pescoço do mago.

Estalo deu um passo à frente, empurrando facilmente o svirfneblin que o bloqueava pelo chão liso.

— Meu amigo gigante ali já foi um pech — explicou Drizzt. Acho que você sabe disso.

— Pech — cuspiu novamente o mago. — Ser coisinhas inúteis, e sempre estar no caminho — Estalo deu outro longo passo à frente.

— Anda logo, drow — implorou Belwar, tentando inutilmente empurrar o ganchador gigante de volta para a porta.

— Devolva a identidade dele — exigiu Drizzt. — Transforme nosso amigo em um pech novamente. E rápido.

— Bah! — bufou o mago. — Ele estar melhor assim! — o humano imprevisível respondeu. — Por que alguém desejar continuar a ser um pech?

Estalo ofegou em ultraje. A força absoluta de seu terceiro passo fez com Belwar deslizasse para trás.

— Agora, mago! — advertiu Drizzt. Da escada, Guenhwyvar emitiu um grunhido longo e faminto.

— Oh, muito bem, muito bem... — cuspiu o mago, estendendo as mãos com nojo. — Pech miserável! — ele tirou um imenso livro de um bolso pequeno demais para contê-lo. Drizzt e Belwar sorriram um para o outro, acreditando terem finalmente alcançado a vitória. Mas o mago cometeu um erro fatal. — Eu devia matar ele, como matar os outros — ele murmurou baixinho, baixo demais para Drizzt, logo ao lado dele, conseguir entender.

Mas os ganchadores tinham uma audição mais afiada que qualquer criatura do Subterrâneo.

Um deslizar da garra enorme de Estalo lançou Belwar em espiral para o outro lado da sala. Drizzt, girando ao som dos passos pesados, foi jogado de lado pelo impulso do gigante, as cimitarras do drow voando de suas mãos. E o mago, o mago tolo, sofreu o impacto de Estalo contra a escada de ferro, uma sacudida tão furiosa que dobrou a escada e fez Guenhwyvar voar pelo outro lado.

Que o golpe esmagador do corpo de duzentos e cinquenta quilos do ganchador havia sido o suficiente para achatar o mago já era óbvio, mesmo que Drizzt e Belwar tivessem se recuperado o bastante para deter seu amigo. Mas os ganchos e o bico de Estalo cortavam e chacoalhavam implacavelmente, rasgando e espremendo. De vez em quando, surgia um brilho repentino e um sopro de fumaça quando algum dos muitos itens mágicos que o feiticeiro levava era destruído.

E quando o ganchador aplacou sua raiva e olhou em volta para os seus três companheiros, cercando-o em posições prontas para a batalha, o monte de carne e sangue ao pés de Estalo não era mais reconhecível.

Belwar considerou lembrar que o mago havia concordado em transformar Estalo de volta ao que era, mas percebeu que seria desnecessário. Estalo caiu de joelhos e deixou cair o rosto em suas garras, quase não acreditando no que tinha feito.

— Vamos embora deste lugar — disse Drizzt, embainhando suas lâminas.

— Vamos revistar o local — sugeriu Belwar, pensando nos tesouros maravilhosos que poderiam estar escondidos lá dentro. Mas Drizzt não podia permanecer por mais nenhum segundo lá dentro. Ele tinha visto muito de si mesmo na fúria desenfreada de seu enorme companheiro, e o cheiro daquele monte ensanguentado lhe enchia de frustrações e medos que não conseguia suportar. Com Guenhwyvar ao seu lado, ele saiu da torre.

Belwar resolveu se mexer e ajudar Estalo a se levantar, e então guiou o gigante trêmulo para fora da estrutura. Todavia, teimosamente prático, o mestre de escavações fez com que seus companheiros esperassem enquanto ele explorava a torre, procurando por itens que poderiam ajudá-los, ou pela palavra de comando que lhe permitiria carregar a torre consigo. Mas ou o mago era um homem pobre — o que Belwar duvidava — ou ele deixava seus tesouros escondidos em segurança, possivelmente em algum outro plano de existência, porque o svirfneblin não encontrou nada além de um simples odre de água e um par de botas desgastadas. Se a maravilhosa torre de adamante tivesse uma palavra de comando, ela fora para o túmulo junto ao mago.

A jornada para casa foi silenciosa, perdida em preocupações, arrependimentos e lembranças. Drizzt e Belwar não precisavam falar de seu maior medo. Em suas discussões com Estalo, ambos aprenderam o suficiente sobre a raça pech, normalmente pacífica, para saber que a explosão assassina de Estalo estava longe da criatura que ele costumava ser.

Mas, o gnomo das profundezas e o drow tiveram que admitir a si próprios, as ações de Estalo não estavam tão longe da criatura que estava rapidamente se tornando.

Capítulo 15

Lembretes pontuais

— O QUE VOCÊ SABE? — Matriarca Malícia exigiu saber de Jarlaxle, que caminhava ao seu lado pelo complexo da Casa Do'Urden. Malícia, normalmente, não teria sido tão direta com o infame mercenário, mas estava preocupada e impaciente. A agitação relatada dentro da hierarquia das famílias governantes de Menzoberranzan não era um bom presságio para a Casa Do'Urden.

— Saber? — ecoou Jarlaxle, fingindo surpresa.

Malícia franziu o cenho para ele, assim como Briza, que caminhava do outro lado do mercenário impetuoso.

Jarlaxle pigarreou, embora o pigarro parecesse mais uma risada. Ele não podia fornecer a Malícia os detalhes sobre os rumores; ele não era tolo o bastante para trair as casas mais poderosas da cidade. Mas Jarlaxle poderia provocar Malícia com uma simples declaração lógica que só confirmaria o que ela já supunha.

— Zin-carla, a aparição espectral, está em uso há muito tempo.

Malícia lutou para manter sua respiração discretamente suave. Ela percebeu que Jarlaxle sabia mais do que dizia, e o fato do mercenário calculista haver afirmado tão calmamente o óbvio, lhe dizia que seus medos eram justificados. A aparição espectral de Zaknafein estivera realmente procurando por Drizzt por tempo demais. Malícia não precisava ser lembrada de que a Rainha Aranha não era conhecida por sua paciência.

— Tem mais algo a me dizer? — perguntou Malícia.

Jarlaxle deu de ombros casualmente.

— Então, saia da minha casa — gritou a Matriarca Mãe.

Jarlaxle hesitou por um momento, perguntando-se se deveria exigir o pagamento pela pouca informação que havia fornecido. Então ele mergulhou em uma de suas famosas reverências exageradas, varrendo o ar com seu grande chapéu, e se dirigiu ao portão.

Ele teria seu pagamento em breve.

Na antessala da capela da casa, uma hora depois, Matriarca Malícia se recostou em seu trono e deixou seus pensamentos irem para dentro dos tortuosos túneis do Subterrâneo selvagem. Sua telepatia com a aparição era limitada, geralmente uma transmissão de emoções, e nada além. Mas, pelas lutas internas de Zaknafein, que tinha sido o pai de Drizzt e seu amigo mais próximo em vida, e agora era o seu inimigo mais mortal, Malícia conseguia saber bastante sobre o progresso da aparição. A ansiedade causada pela luta interna de Zaknafein inevitavelmente aumentaria sempre que a aparição se aproximasse de Drizzt.

Agora, após o encontro perturbador com Jarlaxle, Malícia precisava saber sobre o progresso de Zaknafein. Pouco tempo depois, seus esforços foram recompensados.

🕸

— Matriarca Malícia insiste que a aparição espectral foi para oeste, além da cidade svirfneblin— explicou Jarlaxle a Matriarca Baenre. O mercenário partira diretamente da Casa Do'Urden para o bosque de cogumelos no extremo sul de Menzoberranzan, onde as maiores famílias drow estavam alojadas.

— A aparição continua seguindo o rastro — pensou a Matriarca Baenre, mais para si mesma do que para seu informante. — Isso é bom.

— Mas Matriarca Malícia acredita que Drizzt tenha uma vantagem de muitos dias, até mesmo semanas — prosseguiu Jarlaxle.

— Ela disse isso? — Matriarca Baenre perguntou incrédula, espantada por Malícia revelar informações tão delicadas.

— Algumas informações podem ser reunidas sem palavras — respondeu o mercenário maliciosamente. — O tom de Matriarca Malícia entregou muito do que ela não queria que eu soubesse.

Matriarca Baenre assentiu com a cabeça e fechou os olhos enrugados, cansada de toda aquela experiência. Ela tinha desempenhado um papel na ascensão de Matriarca Malícia ao conselho governante, mas agora só poderia se sentar e esperar para ver se Malícia permaneceria.

— Devemos confiar em Matriarca Malícia — disse Matriarca Baenre.

Do outro lado da sala, El-Viddinvelp, o amigo devorador de mentes de Matriarca Baenre, afastou os pensamentos da conversa. O drow mercenário informara que Drizzt tinha ido para o oeste, longe de Gruta das Pedras Preciosas, e tais notícias traziam uma importância potencial que não poderia ser ignorada.

O devorador de mentes projetou seus pensamentos para o oeste, emitindo um aviso claro pelos corredores que não estavam tão vazios quanto poderiam parecer.

※

Zaknafein soube assim que olhou para as águas calmas do lago que havia alcançado sua presa. Ele se abaixou entre os montes e fendas ao longo da parede da grande caverna e seguiu caminho. Então ele encontrou a porta não natural e o complexo de cavernas além dela.

Os velhos sentimentos se agitaram dentro da aparição espectral, sentimentos de carinho e familiaridade que já tivera em relação a Drizzt. Porém, emoções novas e selvagens o inundaram imediatamente, porque Matriarca Malícia invadiu a mente de Zaknafein em uma fúria selvagem. Então, a aparição espectral atravessou a porta com suas espadas desembainhadas e destruiu o complexo. Um cobertor voou para o ar e desceu em pedaços quando as espadas de Zaknafein cortaram dezenas de vezes.

Quando o ataque de raiva havia terminado, o monstro de Matriarca Malícia voltou a se agachar para examinar a situação.

Drizzt não estava em casa.

Levou à aparição espectral em caça apenas um curto período de tempo para determinar que Drizzt, e um companheiro, ou talvez até dois, partiram da caverna poucos dias antes. Os instintos táticos de Zaknafein disseram-lhe que ficasse à espera, porque aquele certamente não era um acampamento falso, como aquele do lado de fora da cidade dos svirfneblin. Certamente, a presa de Zaknafein pretendia voltar.

A aparição espectral sentiu que Matriarca Malícia, em seu trono na cidade drow, não toleraria atrasos. O tempo estava se esgotando para ela — os sussurros perigosos ficavam cada vez mais altos — e os medos e a impaciência de Malícia a custariam muito desta vez.

※

Poucas horas depois de Malícia ter conduzido a aparição espectral para os túneis em busca de seu filho renegado, Drizzt, Belwar e Estalo voltaram à caverna por uma rota diferente.

Drizzt sentiu imediatamente que algo estava muito errado. Ele sacou as lâminas e correu até a borda, saltando até a porta do complexo da caverna antes que Belwar e Estalo pudessem começar a questioná-lo.

Quando chegaram à caverna, entenderam a preocupação de Drizzt. O lugar fora destruído, redes e lençóis rasgados, tigelas e uma pequena caixa que continha alimentos que haviam reunido esmagados, com os alimentos espalhados por todos os cantos. Estalo, que não cabia dentro do complexo, deu as costas para a porta e se afastou, garantindo que nenhum inimigo estivesse à espreita no alcance da grande caverna.

— *Magga cammara*! — rugiu Belwar. — Que monstro fez isso?

Drizzt ergueu um cobertor e apontou para os cortes limpos no tecido. Belwar entendeu o que o drow quis dizer.

— Lâminas — disse o mestre de escavações, sombrio. — Lâminas de excelente qualidade.

— As lâminas de um drow — completou Drizzt.

— Estamos longe de Menzoberranzan — lembrou Belwar. — Longe, no Subterrâneo selvagem, além do conhecimento e da visão de sua raça.

Drizzt sabia que seria precipitado concordar com tal pressuposto. Durante a maior parte de sua vida, Drizzt testemunhou o fanatismo que guiava a vida das sacerdotisas sujas de Lolth. O próprio Drizzt tinha viajado em uma incursão de muitos quilômetros até a superfície dos Reinos, uma incursão que não tinha nenhum outro propósito além de dar à Rainha Aranha o doce sabor do sangue dos elfos da superfície.

— Não subestime Matriarca Malícia — disse ele sombriamente.

— Se é verdade que isso é coisa da sua mãe — grunhiu Belwar, batendo suas mãos —, ela vai encontrar mais do que imaginava esperando por ela. Estaremos à espera — prometeu o svirfneblin — nós três.

— Não subestime Matriarca Malícia — repetiu Drizzt. — Este encontro não foi coincidência, e Matriarca Malícia estará preparada para o que quer que possamos oferecer.

— Você não tem como saber — argumentou Belwar, mas quando o mestre de escavações reconheceu o pavor sincero nos olhos lavanda do drow, toda a convicção sumiu da sua voz.

Eles reuniram os poucos itens utilizáveis que sobraram e partiram logo depois, tornando a seguir a oeste para abrir ainda mais distância de Menzoberranzan.

Estalo assumiu a liderança, porque poucos monstros se colocariam voluntariamente no caminho de um ganchador. Belwar caminhou no meio, a sólida âncora do grupo, e Drizzt flutuava silenciosamente na retaguarda, dando a si mesmo a função de proteger seus amigos se os agentes de sua mãe pudessem alcançá-los. Belwar tinha argumentado que eles poderiam assumir uma boa vantagem sobre quem quer que tivesse arruinado sua casa. Se os perpetradores partiram em busca deles a partir do complexo de cavernas, seguindo sua trilha para a torre do mago morto, muitos dias se passariam até que o inimigo voltasse até a caverna do lago. Drizzt não tinha tanta certeza sobre o argumento do mestre de escavações.

Ele conhecia sua mãe bem demais para isso.

Depois de dias intermináveis, o grupo entrou em uma região de pisos quebrados, paredes irregulares e tetos cheios de estalactites que os encaravam como monstros imponentes. Eles se fecharam em suas fileiras, precisando do conforto da companhia uns dos outros. Apesar da atenção que poderia atrair, Belwar tirou seu broche magicamente iluminado e colocou-o em sua armadura de couro. Mesmo no brilho, as sombras jogadas pelos montes afiados prometiam nada além de perigo.

Esta região parecia mais silenciosa do que a calma habitual do Subterrâneo. Raramente os viajantes no mundo subterrâneo dos Reinos ouviam os sons de outras criaturas, mas ali a calma parecia ainda mais profunda, como se toda a vida tivesse sido roubada do lugar. Os passos de Estalo e o raspar das botas de Belwar ecoavam pelas faces da pedra.

Belwar foi o primeiro a perceber o perigo. Vibrações sutis na pedra avisaram ao svirfneblin que ele e seus amigos não estavam sozinhos. Ele parou Estalo com sua mão de picareta, depois olhou para Drizzt para ver se o drow compartilhava de seus sentimentos desconfortáveis.

Drizzt sinalizou para o teto, depois levitou para a escuridão, procurando um ponto de emboscada entre as muitas estalactites. O drow sacou uma de suas cimitarras enquanto subia e colocou a outra mão na estatueta de ônix no bolso.

Belwar e Estalo foram para trás de uma calha de pedra, o gnomo das profundezas murmurando os versos que encantariam suas mãos de mithral. Ambos se sentiram melhor com a certeza de que o guerreiro drow estaria acima deles, cuidando deles.

Mas Drizzt não foi o único que escolheu as estalactites como um ponto de emboscada. Assim que ele entrou na camada de pedras irregulares e pontiagudas, o drow soube que não estava sozinho.

Uma forma ligeiramente maior do que Drizzt, mas obviamente humanoide, flutuava perto de uma estalactite próxima. Drizzt chutou uma pedra para ganhar impulso, sacando sua outra cimitarra enquanto se projetava. Ele encontrou o perigo um momento depois, porque a cabeça do inimigo se assemelhava a um polvo de quatro tentáculos. Drizzt nunca antes tinha chegado a ver de fato tal criatura, mas sabia o que era: um illithid, um devorador de mentes, o mais maligno e mais temido monstro em todo o Subterrâneo.

O devorador de mentes atacou primeiro, muito antes de Drizzt ter conseguido atingir o limite de alcance de sua cimitarra. Os tentáculos do monstro tremiam e acenavam, e — *fwoop*! — um cone de energia mental passou por Drizzt. O drow lutou contra a iminente escuridão com toda a sua força de vontade. Ele tentou se concentrar em seu alvo, tentou concentrar sua raiva, mas o illithid atacou novamente. Outro devorador de mentes apareceu e atacou com uma força impressionante pela lateral de Drizzt.

Belwar e Estalo não podiam ver nada do combate, porque Drizzt estava acima do raio de iluminação do broche do gnomo das profundezas. Ambos sentiram que algo estava acontecendo acima deles, porém, e o mestre de escavações arriscou sussurrar um chamado para o amigo.

— Drizzt?

Sua resposta veio apenas um momento depois, quando duas cimitarras se chocaram contra a pedra. Belwar e Estalo se viraram na direção das armas em surpresa, e então, caíram para trás. Diante deles, o ar brilhou e vacilou, como se uma porta invisível de algum outro plano de existência estivesse sendo aberta.

Um illithid atravessou, aparecendo bem diante dos amigos surpresos e soltando sua explosão mental antes que qualquer um deles tivesse tempo de gritar. Belwar recuou e tropeçou no chão, mas Estalo, por ter sua mente já em conflito entre o ganchador e o pech, não foi tão afetado.

O devorador de mentes liberou sua força novamente, mas o ganchador atravessou o cone e esmagou o illithid com um único golpe de sua enorme mão de garras.

Estalo olhou em volta, e depois para o alto. Outros devoradores de mentes deslizavam teto abaixo, dois deles segurando Drizzt pelos tornozelos. Mais portas invisíveis se abriam. Em um instante, vários ataques seguidos atingiam Estalo, vindos de todos os ângulos, e a defesa da turbulência interior de sua dupla personalidade rapidamente começou a enfraquecer. O desespero e o ultraje indignado assumiram as ações de Estalo.

Estalo era apenas um ganchador naquele momento, agindo sob a raiva instintiva e a ferocidade da monstruosa raça.

Mas até mesmo o duro casco de um ganchador não era uma defesa forte o bastante contra as contínuas explosões sobrenaturais dos devoradores de mentes. Estalo correu para os dois que levavam Drizzt.

A escuridão o pegou a meio caminho.

Ele estava ajoelhado na pedra — e suas memórias acabavam ali. Estalo rastejou, recusando-se a render-se, recusando-se a ceder à ira avassaladora.

Então ele se deitou no chão, sem pensamentos sobre Drizzt ou Belwar ou raiva. Havia apenas escuridão.

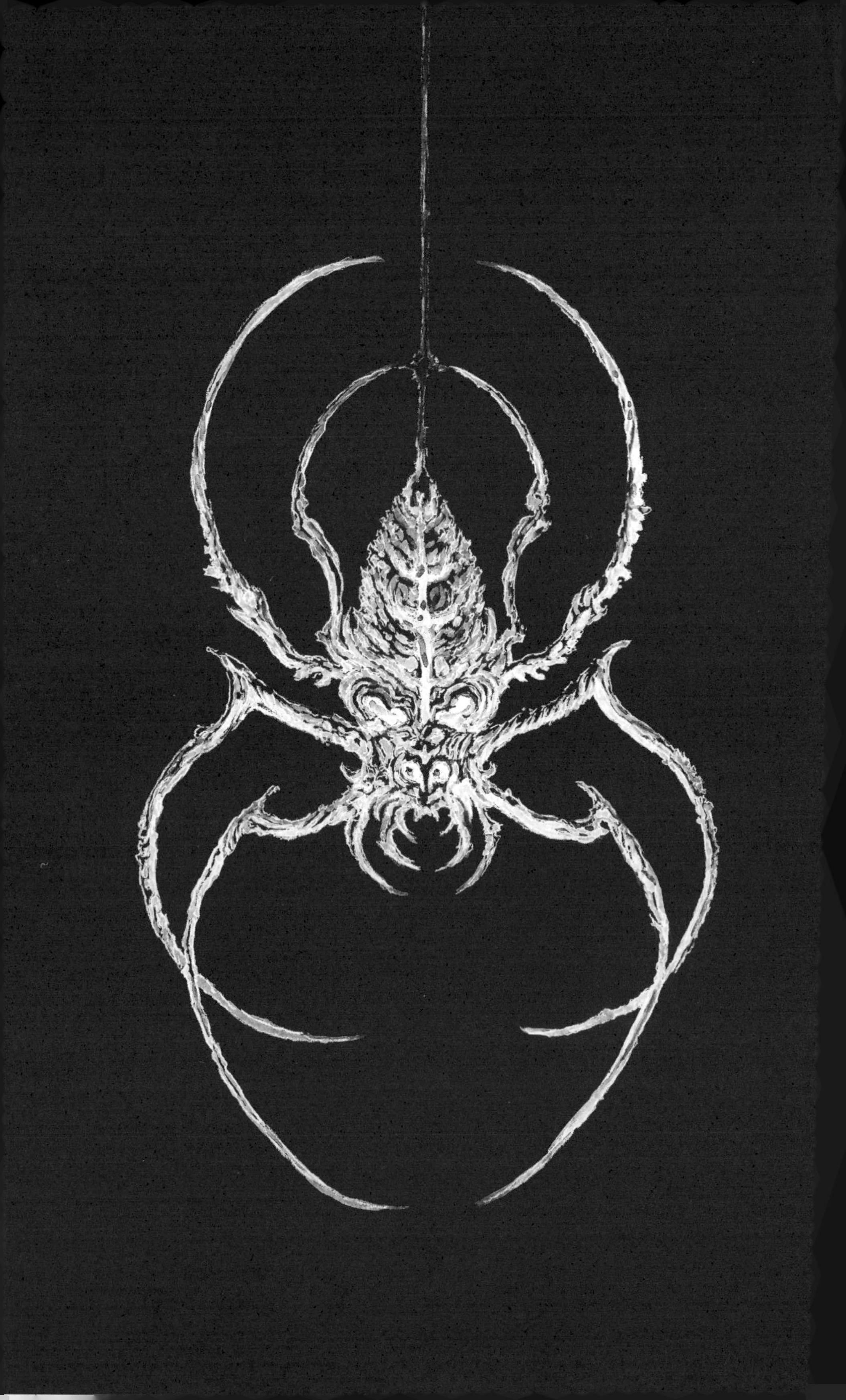

Parte 4
Indefeso

Foram muitas as vezes na minha vida em que me senti indefeso. É talvez a dor mais aguda que uma pessoa pode conhecer, fundada em frustração e fúria sufocantes.

O corte de uma espada no braço de um soldado não pode sequer se comparar com a angústia que um prisioneiro sente sob o estalar de um chicote. Mesmo que o chicote não atinja o corpo do prisioneiro indefeso, certamente corta profundamente sua alma.

Todos nós somos prisioneiros em algum momento de nossas vidas, prisioneiros de nós mesmos ou das expectativas daqueles que nos rodeiam. É um fardo que todas as pessoas sofrem, que todas as pessoas desprezam e do qual poucas pessoas já aprenderam a escapar. Eu me considero sortudo nesse aspecto, porque minha vida percorreu um caminho de melhoria bem direto. Começando em Menzoberranzan, sob o implacável escrutínio das altas sacerdotisas malignas da Rainha Aranha, eu suponho que minha situação só poderia ter melhorado.

Em minha juventude teimosa, eu acreditava que poderia ficar sozinho, que era forte o suficiente para conquistar meus inimigos com a espada e com princípios. A arrogância me convenceu de que, por pura determinação, eu poderia conquistar a própria impotência. Eu era um jovem teimoso e tolo, devo admitir, porque quando olho para esses anos agora, vejo que raramente eu estava sozinho e raramente eu tive que ficar sozinho. Sempre havia amigos, verdadeiros e queridos, que me emprestavam seu apoio, mesmo quando eu acreditava que não queria, e mesmo quando não percebia que estavam fazendo isso.

Zaknafein, Belwar, Estalo, Monsh, Bruenor, Regis, Catti-brie, Wulfgar e, claro, Guenhwyvar, minha querida Guenhwyvar. Esses foram os companheiros que justificaram meus princípios, que me davam forças para continuar contra qualquer inimigo, real ou imaginário. Esses foram os companheiros que lutaram contra a impotência, a raiva e a frustração.

Esses foram os amigos que me deram a minha vida.

— Drizzt Do'Urden

Capítulo 16

Correntes mentais

Estalo olhou para o fundo da caverna longa e estreita, para a estrutura com várias torres que servia de castelo para a comunidade illithid. Embora sua visão estivesse fraca, o ganchador podia distinguir as formas curvadas se arrastando sobre o castelo de pedra, e podia ouvir claramente o retinir de suas ferramentas. Eles eram escravos, Estalo sabia — duergar, goblins, gnomos das profundezas e várias outras raças que não conhecia —, servindo seus mestres illithid com suas habilidades na pedra, ajudando a continuar a melhoria e as decorações no enorme pedaço de pedra que os devoradores de mente chamavam de lar.

Talvez Belwar, tão obviamente adequado a tais empreendimentos, já estivesse trabalhando no enorme prédio.

Os pensamentos reviraram a mente de Estalo e foram esquecidos, substituídos pelos instintos menos envolvidos do ganchador. Os ataques incapacitantes dos devoradores de mente reduziram a resistência mental de Estalo ao feitiço metamórfico do mago, tanto que ele não conseguia sequer perceber o lapso. Agora, suas identidades gêmeas lutavam em pé de igualdade, deixando o pobre Estalo em um estado de simples confusão.

Se ele entendesse seu dilema, e se soubesse o destino de seus amigos, poderia ter se considerado com sorte.

Os devoradores de mente suspeitavam que havia mais em Estalo do que seu corpo de ganchador indicava. A sobrevivência da comunidade illithid baseava-se no conhecimento e na leitura de pensamentos, e apesar de não poderem penetrar na confusão que era a mente de Estalo, perceberam claramente que o funcionamento mental dentro do exoesqueleto quitinoso era decididamente diferente do que era esperado de um simples monstro do Subterrâneo.

Os devoradores de mente não eram mestres tolos, e também sabiam dos perigos de tentar decifrar e controlar um monstro armado e blindado de um quarto de tonelada. Estalo era simplesmente perigoso e imprevisível demais para ser mantido em aposentos próximos. Na sociedade escrava dos illithid, no entanto, havia um lugar para todos.

Estalo estava de pé sobre uma ilha de rocha, uma laje de pedra de pouco menos de cinquenta metros de diâmetro e cercada por um profundo e largo abismo. Com ele estavam outras criaturas, incluindo um pequeno rebanho de rothé e vários duergar maltratados que, obviamente, haviam passado tempo demais sob as influências derretedoras de mente dos illithid. Os anões cinzentos se sentavam ou ficavam de pé, com a expressão vazia, olhando para o nada e aguardando, pelo que Estalo logo entendeu, sua vez na mesa do jantar de seus mestres cruéis.

Estalo caminhou pelo perímetro da ilha, procurando por alguma rota de fuga, embora a parte pech dele reconhecesse a futilidade disso. Apenas uma única ponte atravessava o abismo, um troço mágico e mecânico que recuava firmemente contra o outro lado do abismo quando não estava em uso.

Um grupo de devoradores de mente com um único escravo ogro corpulento aproximou-se da alavanca que controlava a ponte. Imediatamente, Estalo foi atacado por suas sugestões telepáticas. Um único curso de ação cortou a confusão de seus pensamentos, e naquele momento, soube qual era seu propósito na ilha. Ele deveria ser o pastor do rebanho dos devoradores de mente. Eles queriam um anão cinzento e um rothé, e o escravo pastor foi obedientemente trabalhar.

Nenhuma das vítimas ofereceu resistência. Estalo torceu cuidadosamente o pescoço do anão cinzento, então, não tão cuidadosamente, golpeou o crânio do rothé. Ele sentiu que os illithid estavam satisfeitos, e essa noção trouxe algumas emoções curiosas para ele, sendo a satisfação a mais prevalente.

Carregando ambas as criaturas, Estalo moveu-se para o desfiladeiro para ficar de frente para o grupo de illithid.

Um illithid puxou a alavanca da ponte, que ficava na altura de sua cintura, para trás. Estalo observou que a ação estava longe dele; um fato importante, embora o ganchador não compreendesse exatamente o motivo no momento. A ponte de pedra e metal gemeu e sacudiu-se e então disparou do penhasco em frente a Estalo. A ponte deslizou-se em direção à ilha até se prender com firmeza à pedra aos pés de Estalo.

Venha até mim, veio o comando de um illithid. Estalo poderia ter conseguido resistir ao comando se tivesse visto algum sentido nisso. Ele subiu na ponte, que rangeu consideravelmente sob seu peso.

Alto! Solte as vítimas, veio outra sugestão quando o ganchador estava na metade do caminho. *Solte as vítimas!* A voz telepática gritou de novo. *E volte para a sua ilha!*

Estalo considerou suas alternativas. A fúria do ganchador surgiu dentro dele, e seus pensamentos que eram pech, irritados com a perda de seus amigos, estavam totalmente de acordo. Alguns passos o levariam a seus inimigos.

Com o comando dos devoradores de mente, o ogro foi até o começo da ponte. Ele era um pouco mais alto do que Estalo e era quase tão largo, mas estava desarmado e não conseguiria detê-lo. No entanto, ao lado do guarda corpulento, Estalo reconheceu uma defesa mais séria. O illithid que tinha puxado a alavanca para ativar a ponte ainda estava de pé ao lado dela, com uma só mão, um curioso apêndice de quatro dedos, ansiosamente tentando puxá-la.

Estalo não atravessaria a parte restante através do ogro que a bloqueava antes que a ponte se desmontasse abaixo dele, tombando-o no fundo do abismo. Relutantemente, o ganchador colocou suas vítimas na ponte e recuou para sua ilha de pedra. O ogro saiu imediatamente e recuperou o anão morto e o rothé para seus mestres.

O illithid então puxou a alavanca e, em um piscar de olhos, a ponte mágica cruzou o desfiladeiro, deixando Estalo preso mais uma vez.

Coma, instruiu um dos Illithid. Um rothé infeliz vagava pelo ganchador quando o comando surgiu em seus pensamentos, e Estalo distraidamente deixou cair uma garra pesada em sua cabeça.

Quando os illithid partiram, Estalo sentou-se para sua refeição, saboreando o sabor do sangue e da carne. O ganchador assumiu completamente o controle durante o banquete cru, mas toda vez que Estalo olhava para o outro lado do desfiladeiro e descendo a caverna estreita para o castelo illithid, uma voz pech minúscula dentro dele expressava sua preocupação com um svirfneblin e um drow.

De todos os escravos capturados recentemente nos túneis fora do castelo illithid, Belwar Dissengulp fora o mais requisitado. Além do fator de curiosidade pelas mãos de metal do svirfneblin, Belwar era perfeitamente adequado para as duas tarefas mais desejadas para um escravo illithid: trabalhar a pedra e lutar na arena de gladiadores.

O leilão de escravos dos illithid entrou em um alvoroço quando o gnomo das profundezas avançou. Lances de ouro e itens mágicos, feitiços secretos e tomos de conhecimento foram lançados sem economia. No final, o mestre de escavações foi vendido para um grupo de três devoradores de mente, os três que lideraram o grupo que o capturou.

Belwar, é claro, não soube da transação; antes que ela fosse concluída, o gnomo das profundezas foi conduzido por um túnel escuro e estreito e colocado em uma sala pequena e vazia.

Pouco tempo depois, três vozes ecoaram em sua mente, três vozes telepáticas únicas que o gnomo das profundezas entendia e nunca se esqueceria, as vozes de seus novos mestres.

Um portão de ferro subiu diante de Belwar, revelando uma sala circular e bem iluminada por muros altos e fileiras de assentos para uma plateia acima deles.

Saia, um dos mestres lhe ordenou, e o mestre de escavações, desejando completamente apenas agradar seu mestre, não hesitou. Quando saiu da passagem curta, viu que várias dezenas de devoradores de mentes estavam reunidos em bancos de pedra. Aquelas mãos de quatro dedos estranhas dos illithid apontavam para ele de todas as direções, todas apoiados pelo mesmo rosto inexpressivo de polvo. Seguindo a ligação telepática, porém, Belwar não teve dificuldade em encontrar seus mestres entre a multidão, ocupados discutindo as probabilidades com um pequeno grupo.

Ao longo do caminho, uma porta semelhante abriu-se e um enorme ogro saiu. Imediatamente, os olhos da criatura se aproximaram da multidão enquanto buscava seu próprio mestre, o ponto focal de sua existência.

Este ogro maligno me ameaçou, meu bravo campeão svirfneblin, veio o encorajamento telepático do mestre de Belwar logo em seguida, depois de todas as apostas terem sido resolvidas. *Destrua-o para mim.*

Belwar não precisava de mais instruções, nem o ogro, tendo recebido uma mensagem semelhante de seu mestre. Os gladiadores se precipitaram furiosamente na direção um do outro, mas, enquanto o ogro era jovem e bastante estúpido, Belwar era um veterano esperto. Ele desacelerou no último momento e rolou para o lado.

O ogro, tentando desesperadamente se chocar contra ele quando terminasse a corrida, tropeçou por apenas um momento.

O que lhe custou um tempo precioso demais.

A mão do martelo de Belwar mergulhou no joelho do ogro com um estalo que ressoou tão poderoso quanto um relâmpago de um mago. O ogro se projetou para a frente, quase se dobrando, e Belwar dirigiu sua mão de picareta na parte traseira carnuda do ogro. À medida que o monstro imenso tropeçava de um lado para o outro, Belwar jogou-se a seus pés, tropeçando na pedra.

O mestre de escavações estava de pé em um instante, saltando sobre o ogro e correndo sobre ele em direção a sua cabeça. O ogro se recuperou rápido o suficiente para pegar o svirfneblin pela frente de sua armadura, mas mesmo quando o monstro começou a lançar seu pequeno oponente para longe, Belwar cravou sua mão de picareta no fundo do peito dele. Berrando de raiva e dor, o ogro estúpido continuou seu ataque, e Belwar estava sendo arremessado.

A ponta afiada da picareta o prendeu no lugar que estava e o impulso do gnomo das profundezas rasgou um corte largo no peito do ogro que rolou e pisoteou, finalmente libertando-se da cruel mão de mithral. Um enorme joelho pegou Belwar no traseiro, lançando-o até uma pedra a vários metros de distância. O mestre de escavações voltou a se levantar depois de alguns saltos curtos, atordoado e irritado, mas ainda não desejando nada além de agradar seu mestre.

Ele ouviu aplausos silenciosos e telepáticos de cada illithid na sala, mas um chamado cortou sua mente com clareza precisa.

Mate-o! O mestre de Belwar ordenou.

Belwar não hesitou. Ainda caído costas, o ogro apertava seu peito, tentando em vão evitar que o sangue da vida escapasse. As feridas que sofrera já eram provavelmente fatais, mas Belwar estava longe de estar satisfeito. Essa coisa miserável havia ameaçado seu mestre! O mestre de escavações correu diretamente até o topo da cabeça do ogro, sua mão de martelo liderando o caminho. Três socos rápidos amaciaram o crânio do monstro, então a picareta mergulhou no golpe mortal.

O ogro condenado se sacudiu violentamente nos últimos espasmos de sua vida, mas Belwar não sentiu piedade. Ele agradou seu mestre, nada mais em todo o mundo importava para o mestre de escavações naquele momento.

Sobre as arquibancadas, o orgulhoso proprietário do campeão svirfneblin recolheu sua recompensa em ouro e garrafas de poções. Contente que tinha feito bem em selecionar aquele lá, o illithid olhou de volta para Belwar, que ainda cortava e golpeava o cadáver. Embora tenha gostado de assistir seu novo campeão naquela brincadeira selvagem, o illithid enviou rapidamente uma mensagem para cessar. O ogro morto, afinal, também era parte da aposta.

Não fazia sentido arruinar o jantar.

No coração do castelo illithid, havia uma enorme torre, uma gigantesca estalagmite oca esculpida para abrigar os membros mais importantes daquela comunidade estranha. O interior da estrutura de pedra gigante era rodeado por varandas e escadas em espiral, cada nível abrigando vários devoradores de mentes. Mas era a câmara inferior, sem adornos e circular, que possuía o ser mais importante de todos: o cérebro central.

Com um diâmetro total de seis metros, aquele pedaço desossado de carne pulsante mantinha a comunidade devoradora de mentes unida em sua simbiose telepática. O cérebro central era o composto de seus conhecimentos, o olho mental que guardava suas câmaras externas e que tinha ouvido os gritos de advertência do illithid da cidade drow, muitos quilômetros a leste. Para os illithid da comunidade, o cérebro central era o coordenador de toda a sua existência e nada menos que seu deus. Logo, apenas alguns escravos eram permitidos dentro desta torre especial, cativos com dedos sensíveis e delicados que poderiam massagear a coisa illithid divina e acalmá-la com escovas macias e fluidos quentes.

Drizzt Do'Urden estava nesse grupo.

O drow se ajoelhou na ampla passarela que rodeava a sala, estendendo a mão para acariciar a massa amorfa, sentindo profundamente seus prazeres e desagrados. Quando o cérebro se desagradava, Drizzt sentia um formigar afiado e a tensão nos tecidos venosos. Ele massagearia com mais força, aliviando seu amado mestre de volta à serenidade.

Quando o cérebro ficava satisfeito, Drizzt ficava satisfeito. Nada mais importava em todo o mundo; o drow renegado encontrara seu propósito na vida. Drizzt Do'Urden estava em casa.

⁂

Uma captura bem rentável, disse o devorador de mentes em sua voz aquosa e alienígena. Ele levantou as poções que havia ganhado na arena.

Os outros dois illithid balançaram suas mãos de quatro dedos, indicando seu acordo.

Campeão da arena, um deles observou telepaticamente.

— E equipado para cavar — o terceiro adicionou em voz alta. Uma ideia entrou em sua mente e, portanto, nas mentes dos outros. — Talvez esculpir?

Os três illithid olharam para o outro lado da câmara, onde o trabalho tinha começado em uma nova área de nichos.

O primeiro illithid balançou os dedos e gorgolejou:

— Com o tempo, o svirfneblin será colocado em tarefas mais fáceis. Agora ele deve ganhar para mim mais poções, mais ouro. Uma captura bem lucrativa!

— Como todos aqueles foram pegos na emboscada — disse o segundo.

— O ganchador cuida do rebanho — explicou o terceiro.

— E o drow cuida do cérebro — gorgolejou o primeiro. — Eu o notei quando subi para nossa câmara. Esse será um massagista hábil, para o prazer do cérebro e para o benefício de todos nós.

— E há isso — disse o segundo, um dos seus tentáculos se esticando para cutucar o terceiro. O terceiro illithid ergueu uma estatueta de ônix.

Mágica? se perguntou o primeiro.

Com certeza, o segundo respondeu mentalmente. *Ligada ao Plano Astral. Uma pedra de entidade, eu acredito.*

— Já chamou por ela? — o primeiro perguntou em voz alta.

Juntos, os outros illithid apertaram as mãos, o sinal de negativa dos devoradores de mentes.

— Um inimigo perigoso, talvez — explicou o terceiro. — Nós achamos prudente observar a fera em seu próprio plano antes de convocá-la.

— Uma escolha sábia — concordou o primeiro.

— Quando vocês vão?

— Agora — disse o segundo. — E você? Nos acompanhará?

O primeiro illithid apertou os punhos, então estendeu a garrafa de poções.

— Preciso lucrar — explicou.

Os outros dois mexeram seus dedos com entusiasmo. Então, quando seu companheiro se retirou para outro quarto para contar seus ganhos, os outros dois sentaram-se em cadeiras confortáveis e estofadas e prepararam-se para a jornada.

Eles flutuaram juntos, deixando seus corpos físicos em repouso nas cadeiras. Então, subiram ao lado da ligação da estatueta para o plano astral, visível a eles em seu estado como um fio fino e prateado. Estavam além da caverna de seus companheiros agora, além das pedras e ruídos do Plano Material, flutuando na vasta serenidade do mundo astral. Aqui, havia poucos sons além do sibilar contínuo do vento astral. Lá, também, não havia estrutura sólida — nenhuma nos termos do mundo material — com a matéria sendo definida em gradações de luz.

Os illithid se afastaram do cordão de prata da estatueta quando se aproximaram da conclusão de sua ascensão astral. Eles chegariam no plano próximos à entidade da grande pantera, mas não próximos o bastante para que ela tivesse consciência de sua presença. Illithid não eram normalmente convidados bem-vindos, sendo desprezados por quase todas as criaturas em cada plano para o qual viajavam.

Eles entraram completamente em seu estado astral sem incidentes e tiveram pouca dificuldade em localizar a entidade representada pela estatueta.

Guenhwyvar passou correndo por uma floresta de luz estelar em busca da entidade do alce, continuando o ciclo sem fim. O alce, não menos magnífico do que a pantera, saltava e corria em perfeito equilíbrio e graça inconfundível. O alce e Guenhwyvar haviam repetido esse cenário um milhão de vezes e iriam repeti-lo outros milhões de vezes. Esta era a ordem e a harmonia que governavam a existência da pantera, que em última instância governava os planos de todo o universo.

Algumas criaturas, no entanto, como os habitantes dos planos inferiores, e como os devoradores de mentes que agora observavam a pantera de longe, não podiam aceitar a perfeição simples dessa harmonia e não podiam reconhecer a beleza desta caçada eterna. Enquanto observavam a maravilhosa pantera no ato de sua vida, os pensamentos dos illithid se concentraram em como eles poderiam usar a gata de forma mais vantajosa.

Capítulo 17

Um equilíbrio delicado

Belwar estudou seu inimigo com cuidado, sentindo familiaridade com a aparência da fera blindada. Ele já não tinha feito amizade com uma criatura dessas antes? Quaisquer dúvidas que o gladiador svirfneblin pudesse ter tido, no entanto, não poderiam invadir a consciência do gnomo das profundezas, porque o mestre illithid de Belwar continuava seu fluxo insidioso de ilusões telepáticas.

Mate-o, meu bravo campeão. O illithid provocou de seu banco nas arquibancadas. *É seu inimigo, e me causará mal se não matá-lo!*

O ganchador, muito maior do que o amigo perdido de Belwar, investiu no svirfneblin, sem reservas quanto a transformar o gnomo das profundezas em sua próxima refeição.

Belwar dobrou suas pernas fortes e esperou o momento certo. Enquanto o ganchador abaixou-se sobre ele, com suas mãos de garras abertas para evitar que ele se esquivasse para um lado, Belwar saltou para a frente, sua mão de martelo liderando o caminho até o peito do monstro. As fendas se espalharam através do exoesqueleto do ganchador graças à força do golpe, e o monstro quase desfaleceu enquanto continuava seguindo em frente.

O voo de Belwar fez uma rápida reversão, porque o peso e altura do monstro, somados ao impulso, eram muito maiores do que os do svirfneblin. Ele sentiu o ombro se deslocar, e, também, quase desmaiou pela agonia súbita. Novamente, os chamados do mestre illithid de Belwar derrubaram seus pensamentos, e até mesmo a dor.

Os gladiadores se chocaram um sobre o outro, e Belwar se viu enterrado sob o peso do monstro. O tamanho nada prático do ganchador o impedia de alcançar o mestre de escavações com seus braços, mas ele tinha outras armas. Um bico cruel mergulhou em Belwar. O gnomo das profundezas conseguiu colocar sua mão de picareta no caminho, mas ainda assim a cabeça gigante do ganchador o empurrou, torcendo o braço de Belwar para trás. O bico faminto se soltou e fechou-se a apenas um centímetro do rosto do mestre de escavações.

Ao longo das arquibancadas da grande arena, os illithid pulavam e conversavam empolgadamente, tanto no modo telepático quanto em suas vozes aquosas e gorgolejantes. Os dedos tremulavam em oposição aos punhos cerrados e os devoradores de mentes tentavam prematuramente coletar os ganhos das apostas.

O mestre de Belwar, temendo a perda de seu campeão, gritou para o mestre do ganchador. *Você se rende?* ele perguntou, tentando fazer os pensamentos parecerem confiantes.

O outro illithid se retirou impaciente e fechou seus receptáculos telepáticos. O mestre de Belwar só podia assistir.

O ganchador não conseguia mais se aproximar; o braço do svirfneblin travado, com o cotovelo contra a pedra, e a picareta de mithral segurando firmemente o bico mortal do monstro. O ganchador, então, decidiu tentar uma tática diferente, levantando a cabeça para libertá-la da mão de Belwar em um puxão brusco.

A intuição de guerreiro de Belwar salvou-o naquele momento, porque o ganchador inverteu de repente seu movimento e o bico mortal mergulhou novamente. A reação normal e a defesa esperada teriam sido deslizar a cabeça do monstro para o lado com a mão da picareta. O ganchador antecipou esse contra-ataque, e Belwar antecipou que ele o faria.

Belwar jogou seu braço pra frente dele, mas reduziu seu alcance para que a picareta passasse bem abaixo do bico aberto do ganchador. O monstro, entretanto, acreditando que Belwar estivesse tentando dar um golpe, parou de mergulhar exatamente como planejara.

Mas a picareta de mithral inverteu sua direção muito mais rápido do que o monstro poderia supor. O revés de Belwar pegou o ganchador logo atrás do bico e empurrou sua cabeça para o lado. Então, ignorando a dor abrasadora de seu ombro ferido, Belwar enrolou seu outro braço no cotovelo e bateu. Não havia força por trás do golpe, mas naquele momento, o ganchador voltou ao redor da picareta e abriu seu bico para uma mordida no rosto exposto do gnomo das profundezas.

Bem a tempo a tempo de encontrar um martelo de mithral em vez disso.

A mão de Belwar se encaixou no fundo da boca do ganchador, abrindo o bico mais do que fora projetado para abrir. O monstro chacoalhou-se desenfreadamente, tentando libertar-se, cada movimento repentino enviando ondas de dor no braço ferido do mestre de escavações.

Belwar respondeu com fúria equivalente, batendo uma e outra vez ao lado da cabeça do ganchador com a mão livre. O sangue escorria pelo bico gigante enquanto a picareta afundava.

— Você se rende? — o mestre de Belwar agora gritou em sua voz aguda para o mestre do ganchador.

A questão era prematura novamente, no entanto, porque na arena, o ganchador blindado estava longe de ser derrotado. Ele usou outra arma: seu peso. O monstro pousou no peito no gnomo das profundezas, que estava deitado, tentando simplesmente o esmagar até que a vida fosse arrancada dele.

— *Você* se rende? — o mestre do ganchador retrucou, vendo a inesperada reviravolta.

A picareta de Belwar pegou o olho do ganchador, e o monstro uivou em agonia. Illithid saltavam e apontavam, mexendo os dedos e apertando os punhos.

Ambos os mestres dos gladiadores entendiam o quanto tinham a perder. Será que algum participante seria capaz de lutar de novo se a batalha continuasse?

Talvez devêssemos considerar um empate? O mestre de Belwar ofereceu telepaticamente. O outro illithid concordou prontamente. Ambos enviaram mensagens para seus campeões. Foram necessários vários momentos brutais para acalmar o fogo da fúria, mas, eventualmente, as sugestões dos illithid dominaram os instintos selvagens de sobrevivência dos gladiadores. Tanto o gnomo das profundezas quanto o ganchador sentiram uma afinidade um pelo outro, e quando o ganchador se levantou, emprestou uma garra ao svirfneblin para ajudá-lo a se por em seus pés.

Pouco tempo depois, Belwar sentou-se no único banco de pedra em sua câmara pequena e sem adornos, dentro do túnel até a arena circular. O braço de martelo do mestre de escavações tinha ficado completamente dormente e um hematoma azul arroxeado nojento cobria todo o ombro. Muitos dias passariam antes que Belwar pudesse competir novamente na arena, e não poder agradar seu mestre tão cedo o incomodava profundamente.

O illithid veio até ele para inspecionar o dano. Ele tinha poções que poderiam ajudar a curar a ferida, mas, mesmo com o auxílio mágico, Belwar precisaria de tempo para descansar. O devorador de mentes tinha outros usos para o svirfneblin, no entanto. Um nicho em seus aposentos particulares precisava ser completado.

Venha, o illithid ordenou para Belwar, e o mestre de escavações levantou-se de um salto e correu até ele, respeitosamente mantendo um passo atrás de seu mestre.

Um drow ajoelhado chamou a atenção de Belwar enquanto o devorador de mentes o conduzia pelo nível inferior da torre central.

Quão sortudo o elfo negro era por poder tocar e trazer prazer ao cérebro central da comunidade! No entanto, Belwar não pensou mais naquilo ao fazer a subida até o terceiro nível da estrutura e ao conjunto de salas que seus três mestres compartilhavam.

Os outros dois illithid sentavam-se em suas cadeiras, imóveis e aparentemente sem vida. O mestre de Belwar sequer prestou atenção ao espetáculo; ele sabia que seus companheiros estavam longe em suas viagens astrais e que seus corpos corpóreos estavam bem seguros. O devorador de mentes, no entanto, fez uma pausa para se perguntar, por um momento, como seus companheiros estariam se saindo naquele plano distante. Como todos os illithid, o mestre de Belwar apreciava as viagens astrais, mas o pragmatismo, um traço definitivo dos illithid, mantinha os pensamentos da criatura nos negócios em mãos. Havia feito um grande investimento na compra de Belwar, um investimento que não estava disposto a perder.

O devorador de mentes levou Belwar a uma sala nos fundos e sentou-o em uma mesa simples de pedra. Então, de repente, o illithid bombardeou a Belwar com sugestões e perguntas telepáticas, o investigando enquanto recolocava rudemente o ombro ferido de volta a seu lugar e enrolava algumas bandagens. Os devoradores de mente poderiam invadir os pensamentos de uma criatura ao primeiro contato, seja com seu golpe impressionante ou com as comunicações telepáticas, mas poderia levar semanas, mesmo meses, para que um illithid dominasse completamente seu escravo. Cada encontro quebrava mais a resistência natural do servo às insinuações mentais do illithid, e revelava mais sobre as memórias e emoções do escravo.

O mestre de Belwar estava determinado a saber tudo sobre aquele curioso svirfneblin, sobre suas estranhas mãos-ferramentas e sobre a incomum companhia que escolheu manter. Desta vez, durante a troca telepática, o illithid se concentrou nas mãos de mithral, porque percebeu que Belwar não estava se saindo tão bem quanto poderia.

Os pensamentos do illithid sondaram e cutucaram, e, em algum momento, caíram nos recantos profundos da mente de Belwar e aprenderam um encantamento curioso.

Bivrip? ele perguntou a Belwar. Por puro reflexo, o mestre de escavações bateu suas mãos, depois estremeceu de dor com o choque do golpe.

Os dedos e os tentáculos do illithid se agitavam ansiosamente. Ele havia encontrado algo importante, o monstro sabia, algo que poderia tornar seu campeão mais forte. Mas, se o devorador de mentes permitisse que Belwar se lembrasse do encantamento, devolveria ao svirfneblin uma parte de si mesmo, uma lembrança consciente de seus dias antes da escravidão.

O illithid entregou a Belwar mais outra poção de cura, depois olhou ao redor para inspecionar suas mercadorias. Se Belwar continuasse como um gladiador, teria que enfrentar novamente o ganchador na arena: pelas regras dos illithid, era obrigatório que houvesse uma revanche após um empate. O mestre de Belwar duvidava que o svirfneblin sobrevivesse a outra batalha contra aquele campeão blindado.

A não ser que...

⁂

Dinin Do'Urden passeou com o lagarto que usava como montaria através da região das casas menores de Menzoberranzan, a seção mais congestionada da cidade. Ele mantinha o capuz de sua *piwafwi* puxado sobre o rosto e não levava nenhuma insígnia que o revelasse como um nobre de uma casa dominante. O sigilo era o aliado de Dinin, tanto dos olhos à espreita naquela área perigosa da cidade quanto dos olhos desaprovadores de sua mãe e irmã. Dinin havia sobrevivido por tempo o bastante para entender os perigos da complacência. Ele vivia em um estado que beirava a paranoia; nunca sabia quando Malícia e Briza o estariam vigiando.

Um grupo de bugbears saiu do caminho do lagarto. A fúria varreu o orgulhoso primogênito da Casa Do'Urden pela maneira casual com que os escravos se desviaram. A mão de Dinin foi instintivamente ao chicote em seu cinto.

Dinin sabiamente controlou sua raiva, porém, lembrando-se das possíveis consequências de ser revelado. Ele virou mais outra curva fechada e se deslocou através de uma fileira de montes de estalagmites que se conectavam.

— Então você me encontrou — veio uma voz familiar por detrás dele, em algum ponto a seu lado. Surpreendido e com medo, Dinin parou a montaria e congelou em sua sela. Ele sabia que uma dezena de pequenas bestas — pelo menos — estavam apontadas para ele.

Lentamente, Dinin virou a cabeça para ver a aproximação de Jarlaxle. Lá, nas sombras, o mercenário parecia muito diferente do drow excessivamente educado e complacente que Dinin conhecera na Casa Do'Urden. Ou talvez fosse apenas o espectro dos dois guardas drow que empunhavam espadas e estavam de pé ao lado de Jarlaxle, somados à própria consciência súbita de Dinin que ele não tinha Matriarca Malícia por perto para protegê-lo.

— As pessoas devem pedir permissão antes de entrar na casa dos outros — disse Jarlaxle calmamente, mas com um tom evidentemente ameaçador. — É uma questão de cortesia.

— Estou nas ruas, onde a passagem é livre — lembrou Dinin.

O sorriso de Jarlaxle negou a lógica.

— Minha casa.

Dinin lembrou-se de seu status, e os pensamentos inspiraram alguma coragem.

— Deveria, então, um nobre de uma casa governante, pedir a permissão de Jarlaxle antes de passar por seu portão da frente? — resmungou o primogênito. — E o que dizer de Matriarca Baenre, que não entraria na menor das casas de Menzoberranzan sem pedir permissão a sua Matriarca Mãe? Matriarca Baenre também deveria pedir permissão a Jarlaxle, o renegado sem casa?

Dinin percebeu que ele poderia estar levando o insulto um pouco longe, mas seu orgulho exigia as palavras.

Jarlaxle relaxou visivelmente e o sorriso que chegou ao rosto quase parecia sincero.

— Então você me encontrou — disse novamente, desta vez mergulhando em sua reverência habitual. — Diga o que quer e acabe logo com isso.

Dinin cruzou os braços sobre o peito de forma hostil, ganhando confiança com as aparentes concessões do mercenário.

— Você está tão certo de que eu estava procurando por você?

Jarlaxle trocou sorrisos com os dois guardas. As risadas de alguns soldados invisíveis, ocultos pelas sombras do beco roubaram boa parte da confiança de Dinin.

— Diga o que quer, primogênito — disse Jarlaxle com mais intensidade — e acabe logo com isso.

Dinin estava mais do que disposto a terminar a tarefa o mais rápido possível.

— Eu preciso de informações sobre zin-carla — ele disse sem rodeios. — A aparição espectral de Zaknafein andou pelo Subterrâneo por muitos dias. Dias demais, talvez?

Os olhos de Jarlaxle se estreitaram quando seguiu o raciocínio do primogênito.

— Matriarca Malícia te mandou até mim? — afirmou tanto quanto perguntou.

Dinin sacudiu a cabeça e Jarlaxle não duvidou de sua sinceridade.

— Você é tão sábio quanto hábil na lâmina — o mercenário cumprimentou graciosamente, fazendo uma segunda reverência, uma que parecia de alguma forma ambígua ali, no mundo escuro de Jarlaxle.

— Eu venho por iniciativa própria — disse Dinin com firmeza. —

Eu preciso de respostas.

— Está com medo, primogênito?

— Preocupado — respondeu Dinin sinceramente, ignorando o tom de provocação do mercenário. — Eu nunca cometo o erro de subestimar meus inimigos, ou meus aliados.

Jarlaxle lançou-lhe um olhar confuso.

— Eu sei o que meu irmão se tornou — explicou Dinin. — E eu sei quem era Zaknafein.

— Zaknafein é um uma aparição espectral agora — respondeu Jarlaxle —, sob o controle de Matriarca Malícia.

— Dias demais — disse Dinin calmamente, acreditando que as implicações de suas palavras falassem alto o bastante.

— Sua mãe pediu pelo zin-carla — retrucou Jarlaxle, um pouco bruscamente. — É o maior presente de Lolth, dado apenas para que a Rainha Aranha tenha o que queira. Matriarca Malícia sabia do risco quando pediu pelo zin-carla. Certamente você entende, primogênito, que aparições espectrais são dadas para concluir uma tarefa específica.

— E quais são as consequências do fracasso? — Dinin perguntou sem rodeios, combinando com a atitude perturbada de Jarlaxle.

O olhar incrédulo do mercenário era toda a resposta que Dinin precisava.

— Quanto tempo Zaknafein tem? — perguntou Dinin.

Jarlaxle deu de ombros casualmente e respondeu com uma outra pergunta:

— Quem pode adivinhar os planos de Lolth? — perguntou. — A Rainha Aranha pode ser paciente, se o ganho for grande o bastante para justificar a espera. Será que Drizzt vale tanto? — novamente o mercenário deu de ombros. — Isso Lolth, e apenas Lolth, pode dizer.

Dinin estudou Jarlaxle por um longo momento, até estar certo de que o mercenário não tinha mais nada para lhe oferecer. Então se voltou para o seu lagarto e puxou o capuz de sua *piwafwi*. Quando estava em sua sela, Dinin girou, pensando em fazer um último comentário, mas o mercenário e seus guardas não estavam em lugar algum.

— *Bivrip!* — gritou Belwar, completando o feitiço. O mestre de escavações voltou a bater as mãos, e desta vez não estremeceu, porque a dor não era tão intensa. As faíscas voaram quando as mãos de mithral se chocaram, e o mestre de Belwar bateu as mãos de quatro dedos em alegria.

O illithid simplesmente precisava ver seu gladiador em ação naquele momento. Ele procurou por um alvo e vislumbrou o nicho parcialmente escavado. Todo um conjunto de instruções telepáticas rugiu para a mente do mestre de escavações enquanto o illithid transmitia imagens mentais do formato e da profundidade que queria para os nichos.

Belwar pôs-se em ação. Inseguro da força em seu ombro ferido, aquele que guiava a mão do martelo, ele conduziu com a picareta. A pedra explodiu em pó sob o golpe da mão encantada, e o illithid enviou uma mensagem clara de seu agrado inundando os pensamentos de Belwar. Mesmo a armadura de um ganchador não suportaria um golpe tão forte!

O mestre de Belwar reforçou as instruções que deu ao gnomo das profundezas, depois se dirigiu a uma sala adjacente para estudar. Deixado sozinho com seu trabalho, muito semelhante às tarefas que havia desempenhado durante todo o seu século de vida, Belwar encontrou-se pensando.

Nada, em particular, cruzou os poucos pensamentos coerentes do mestre de escavações; a necessidade de agradar seu mestre illithid permanecia como a principal orientação de seus movimentos. Pela primeira vez desde a sua captura, porém, Belwar se perguntou.

Identidade? Objetivo?

A encantadora música mágica de suas mãos de mithral correu por sua mente novamente, tornou-se um foco de sua determinação inconsciente para pensar através do borrão das insinuações dos seus captores.

— *Bivrip?* — ele murmurou novamente, e a palavra desencadeou uma memória mais recente, uma imagem de um elfo drow, ajoelhando-se e massageando a coisa divina da comunidade illithid.

— Drizzt? — Belwar murmurou em voz baixa, mas o nome foi esquecido no próximo golpe de sua mão, obliterado pelo contínuo desejo do svirfneblin de agradar a seu mestre illithid.

O nicho precisava ser perfeito.

Um pedaço de carne ondulava sob uma mão de pele de ébano e uma onda de ansiedade inundava Drizzt, transmitida pelo cérebro central da comunidade dos devoradores de mente. A única resposta do drow era tristeza, porque ele não suportava ver o cérebro desconfortável. Seus dedos esguios amassavam e esfregavam; Drizzt levantou uma tigela de água morna e derramou-a lentamente sobre a carne. Então Drizzt ficou feliz, uma vez que a carne foi suavizando-se sob seu toque, e as emoções ansiosas do cérebro foram substituídas por uma provocação de gratidão.

Atrás do drow ajoelhado, do outro lado da passarela larga, dois illithid observavam a tudo e assentiam com aprovação. Elfos sempre se mostraram habilidosos nesta tarefa, e este último era um dos melhores.

Os illithid agitaram ansiosamente os dedos ante as implicações desse pensamento compartilhado. O cérebro central havia detectado outro intruso drow nas redes illithid que eram os túneis além da caverna longa e estreita, outro escravo para massagem e conforto.

Ou então, era o que cérebro central acreditava.

Quatro illithid se afastaram da caverna, guiados pelas imagens compartilhadas pelo cérebro central. Um único drow entrara em seu domínio, uma captura fácil para quatro illithid.

Ou então, era o que os devoradores de mentes acreditavam.

Capítulo 18

O elemento surpresa

A APARIÇÃO ESPECTRAL SEGUIU seu caminho silencioso através dos corredores quebrados e sinuosos, viajando com passos leves e seguros de um guerreiro drow veterano. Mas os devoradores de mentes, guiados pelo cérebro central, seguiam perfeitamente o curso de Zaknafein e estavam esperando por ele.

Quando Zaknafein aproximou-se da mesma crista de pedra onde Belwar e Estalo caíram, um illithid saltou na direção dele ele e — fwoop! — projetou sua energia paralisante.

A tal alcance, poucas criaturas poderiam ter resistido a um golpe tão poderoso, mas Zaknafein era uma coisa desmorta, um ser que não pertencia a esse mundo. A proximidade da mente de Zaknafein, ligada a outro plano de existência, não pode ser medida em metros. Por ser impermeável a tais ataques mentais, as espadas da aparição espectral mergulharam direto, cada uma acertando o illithid assustado em um de seus olhos leitosos e sem pupilas.

Os outros três devoradores de mentes desceram flutuando do teto, lançando suas explosões incapacitantes assim que chegaram. Com suas espadas em mãos, Zaknafein esperou com confiança por eles e os devoradores de mentes continuaram sua descida. Nunca antes os seus ataques mentais falharam; eles não podiam acreditar que os cones incapacitantes de energia se tornariam fúteis agora.

Fwoop! Por uma dezena de vezes os illithid dispararam, mas a aparição espectral parecia sequer notar. Os illithid, começando a se preocupar, tentaram alcançar os pensamentos de Zaknafein para entender como era possível que ele evitasse os efeitos. O que encontraram foi uma barreira além de suas capacidades de invasão mental, uma barreira que transcendia seu plano de existência atual.

Eles testemunharam as habilidades de Zaknafein com a espada contra seu infeliz companheiro e não tinham intenção de se envolver com esse drow habilidoso no combate corpo a corpo. Telepaticamente, prontamente concordaram em mudar seu curso de ação.

Mas já haviam descido demais.

Zaknafein não se importava com os illithid e teria caminhado com satisfação para fora de seu caminho. Para o infortúnio dos illithid, porém, os instintos da aparição espectral e o conhecimento da vida passada de Zaknafein sobre os devoradores de mentes levaram-no a uma conclusão simples: se Drizzt tivesse viajado naquela direção — e Zaknafein sabia que tinha —, ele provavelmente teria encontrado os devoradores de mentes. Um ser desmorto poderia derrotá-los, mas um drow mortal, mesmo Drizzt, se encontrava em uma desvantagem digna de pena.

Zaknafein embainhou uma espada e saltou para o cume da pedra. No borrão de um segundo salto rápido, a aparição espectral pegou um dos illithid em ascensão pelo tornozelo.

Fwoop! A criatura disparou novamente, mas já estava condenada, com pouca chance de defesa contra a espada de Zaknafein. Com força incrível, a aparição espectral se elevou em linha reta, sua espada liderando o caminho. O illithid bateu na lâmina em vão, mas suas mãos vazias não podiam derrotar a mira da aparição espectral. A espada de Zaknafein cortou da barriga do devorador de mentes até seu coração e seus pulmões.

Engasgando e agarrando a enorme ferida, o illithid só podia assistir impotente quando Zaknafein encontrou um apoio para seu pé e chutou o peito do devorador de mentes. O illithid moribundo se afastou desajeitamente, zonzo, e bateu na parede, depois flutuou grotescamente no ar, mesmo após a morte, seu sangue se espalhando no chão abaixo.

O salto de Zaknafein o enviou em rota de colisão contra o próximo illithid flutuante, e o impulso levou ambos até o último do grupo. Braços se debatiam e os tentáculos chicoteavam violentamente, tentando se prender à carne do guerreiro drow. Mais mortal, porém, era a lâmina, e um momento depois, a aparição espectral se soltou de suas últimas duas vítimas, executou seu próprio feitiço de levitação e flutuou suavemente de volta ao chão de pedra. Zaknafein se afastou caminhando calmamente, deixando três illithid pendurados mortos no ar durante a duração de seus feitiços de levitação, e um quarto morto no chão.

A aparição espectral não se incomodou em limpar o sangue de suas espadas; ele percebeu que muito em breve haveria outra matança.

❦

Os dois devoradores de mentes continuaram observando a entidade da pantera. Eles não sabiam, mas Guenhwyvar estava ciente de sua presença. No Plano Astral, onde os sentidos materiais como o cheiro e o gosto não tinham significado, a pantera os substituía por outros sentidos sutis. Aqui, Guenhwyvar perseguia um sentido que traduzia as emanações de energia em imagens mentais claras, e a pantera poderia facilmente distinguir entre a aura de um alce e um coelho sem nunca ver a criatura em particular. Illithid não eram tão incomuns no Plano Astral, e Guenhwyvar reconheceu suas emanações.

A pantera ainda não havia decidido se a presença deles era uma mera coincidência ou estava de alguma forma ligada ao fato de que Drizzt não a havia chamado em muitos dias. O interesse aparente que os devoradores de mentes mostraram em Guenhwyvar sugeria o último, uma hipótese mais perturbadora para a pantera.

Ainda assim, Guenhwyvar não quis fazer o primeiro movimento contra um inimigo tão perigoso. A pantera continuou suas rotinas diárias, mantendo um olho atento no público indesejado.

Guenhwyvar percebeu a mudança nas emanações dos devoradores de mentes, já que as criaturas começaram uma rápida descida de volta ao Plano Material. A pantera não podia esperar mais.

Disparando entre as estrelas, Guenhwyvar investiu na direção dos devoradores de mentes. Ocupados em seus esforços para começar sua jornada de regresso, os illithid não reagiram até que fosse tarde demais. A pantera mergulhou abaixo de um, agarrando seu fio prateado em suas presas de luz afiada. O pescoço de Guenhwyvar flexionou-se e torceu-se, e o cordão prateado se quebrou. O illithid se afastou impotente, um náufrago no Plano Astral.

O outro devorador de mentes, mais preocupado em salvar-se, ignorou os clamores frenéticos de seu companheiro e continuou sua descida em direção ao túnel planar que o devolveria ao seu corpo carnal. O illithid quase escapou para além do alcance de Guenhwyvar, mas as garras da pantera se fecharam firmemente no momento em que entrou no túnel planar. Guenhwyvar foi junto.

De sua pequena ilha de pedra, Estalo viu a comoção crescendo através da longa e estreita caverna. Illithid corriam por todos os lados, ordenando telepaticamente a seus escravos que assumissem posições defensivas. Os vigias desapareciam por todas as saídas, enquanto outros devoradores de mentes flutuavam no ar para manter um panorama geral da situação.

Estalo reconheceu que alguma crise havia chegado à comunidade, e um único pensamento lógico forçou o caminho através do pensamento base do ganchador: se os devoradores de mente estivessem preocupados com um novo inimigo, talvez essa fosse sua chance de escapar. Com um novo foco em seu pensamento, o lado pech de Estalo encontrou uma base firme. Seu maior problema seria o abismo, porque ele certamente não poderia pular por ele. Ele pensou que poderia jogar um anão cinzento ou um rothé à distância, mas isso dificilmente ajudaria sua própria fuga.

O olhar de Estalo caiu sobre a alavanca da ponte, depois voltou-se para seus companheiros na ilha de pedra. A ponte estava retraída; a alavanca alta inclinava-se para a ilha. Um projétil bem mirado poderia empurrá-la de volta. Estalo bateu suas enormes garras uma contra a outra — uma ação que o lembrou de Belwar — e elevou um anão cinzento no ar. A criatura infeliz subiu em direção à alavanca, mas o impulso fora curto demais e, em vez disso, bateu no muro do abismo e caiu para a morte.

Estalo bateu um pé, irritado, e se virou para encontrar outro projétil. Ele não tinha ideia de como chegaria a Drizzt e a Belwar, e naquele momento, ele não parou para se preocupar com eles. O problema de Estalo agora era sair da ilha que o aprisionava.

Desta vez, um jovem rothé foi lançado no ar.

⁂

Não havia sutileza, nem segredo, na entrada de Zaknafein. Não tendo medo dos métodos de ataque primários dos devoradores de mentes, a aparição espectral caminhou diretamente para a longa e estreita caverna, para campo aberto. Um grupo de três illithid desceu sobre ele, lançando suas explosões incapacitantes.

Mais uma vez, a aparição espectral atravessou a energia mental sem sequer sentir cócegas, e os três illithid encontraram o mesmo destino que os outros quatro que haviam se deparado com Zaknafein nos túneis.

Então vieram os escravos. Desejando apenas agradar seus mestres, goblins, anões cinzentos, orcs e até alguns ogros, investiram na direção do invasor drow. Alguns brandiam armas, mas a maioria tinha apenas as mãos e as presas, acreditando que poderiam enterrar o drow solitário sob seus números absurdos.

As espadas e os pés de Zaknafein eram rápidos demais para táticas tão diretas. A aparição espectral dançou e cortou, se lançando em uma direção, em seguida, revertendo seu movimento repentinamente e cortando seus perseguidores mais próximos.

Atrás da ação, os illithid formavam suas próprias linhas defensivas, repensando a sabedoria de suas táticas. Seus tentáculos se moviam descontroladamente enquanto suas comunicações mentais inundavam, tentando achar algum sentido nessa reviravolta. Eles não confiavam o suficiente em seus escravos para entregar-lhes todas as armas, mas como os escravos caíram um após o outro, com feridas mortais, os devoradores de mentes chegaram a se arrepender de suas crescentes perdas. Ainda assim, os llithid acreditavam que iriam vencer. Atrás deles, mais grupos de escravos estavam sendo reunidos para se juntar à briga. O invasor solitário se cansaria, seus passos iriam diminuir, e sua horda o esmagaria.

Os devoradores de mentes não tinham como saber a verdade sobre Zaknafein. Eles não podiam saber que era uma coisa desmorta, uma coisa magicamente animada que não se cansaria e não ficaria mais lenta.

Belwar e seu mestre observaram o sacolejar espasmódico do corpo de um dos illithid, um sinal revelador de que o espírito que o habitava estava retornando de sua viagem astral. Belwar não entendeu as implicações dos movimentos convulsivos, mas sentia que seu mestre estava feliz e, aquilo por sua vez, agradou-o.

Mas o mestre de Belwar também estava um pouco preocupado com o fato de que apenas um de seus companheiros estava voltando, porque a convocação do cérebro central era a prioridade principal e não podia ser ignorada. O devorador de mentes observou enquanto os espasmos de seu companheiro se estabeleceram em um padrão, e então estava ainda mais confuso, porque uma névoa negra apareceu ao redor do corpo.

No mesmo instante em que o illithid voltou ao Plano Material, o mestre de Belwar compartilhou telepaticamente sua dor e terror. Antes que o mestre de Belwar pudesse começar a reagir, porém, Guenhwyvar materializou-se sobre o illithid sentado, rasgando e cortando o corpo.

Belwar congelou quando um lampejo de reconhecimento percorreu-o.

— *Bivrip?* — Ele sussurrou em voz baixa e então completou — Drizzt? — e a imagem do drow ajoelhado veio claramente em sua mente.

— Mate-a, meu valente campeão! Mate-a! — o mestre de Belwar implorou, mas já era tarde demais para o infeliz companheiro do illithid. O devorador de mentes ali sentado se debatia freneticamente; seus tentáculos se moviam e se agarravam à gata em uma tentativa de chegar ao cérebro de Guenhwyvar, que atacou com uma garra poderosa, um único golpe que arrancou a cabeça de polvo do illithid.

Belwar, suas mãos ainda encantadas de seu trabalho na prateleira, avançou lentamente em direção à pantera, seus passos presos não pelo medo, mas pela confusão. O mestre de escavações voltou-se para o seu mestre e perguntou:

— Guenhwyvar? — o devorador de mentes sabia que tinha dado muito de volta ao svirfneblin. A lembrança do encanto mágico inspirou outras memórias, algumas perigosas, naquele escravo. Já não se poderia confiar em Belwar. Guenhwyvar sentiu a intenção do illithid e saltou do devorador de mentes morto apenas um instante antes que a criatura restante atacasse Belwar.

Guenhwyvar chocou-se contra o mestre de escavações diretamente, enviando-o para o chão. Os músculos felinos flexionaram-se e se alongaram quando a gata pousou, deixando Guenhwyvar de frente para a saída da sala.

Fwoop! O ataque do devorador de mentes atingiu Belwar enquanto ele caía, mas a confusão do gnomo das profundezas e sua crescente fúria o fizeram resistir ao ataque mental. Naquele momento, Belwar estava livre, e ele se levantou, vendo o illithid como a criatura miserável e maligna que era.

— Vá, Guenhwyvar! — o mestre de escavações gritou, e a gata não precisava de incentivo. Como um ser astral, Guenhwyvar entendia muito sobre a sociedade illithid e conhecia a chave para qualquer batalha contra um ninho de tais criaturas. A pantera voou contra a porta com todo o seu peso, invadindo a varanda acima da câmara que abrigava o cérebro central.

O mestre de Belwar, temendo por sua coisa divina, tentou segui-la, mas a força do gnomo das profundezas retornou dez vezes mais intensa com sua raiva, e seu braço ferido não sentiu nenhuma dor ao bater sua mão encantada de martelo na carne macia da cabeça do illithid. As faíscas voaram e arrasaram o rosto do illithid, e a criatura bateu de volta na parede, seus olhos leitosos e sem pupilas olhando para Belwar, em descrença.

Então, ele deslizou, lentamente, para o chão, para a escuridão da morte.

Doze metros abaixo da sala, o drow ajoelhado sentiu o medo e a indignação de seu reverenciado mestre e olhou para cima assim que a pantera negra surgiu no ar. Totalmente fascinado pelo cérebro central, Drizzt não reconheceu Guenhwyvar como sua antiga companheira e amiga mais querida; ele viu naquele momento apenas uma ameaça ao ser que ele mais amava. Mas Drizzt e os outros escravos de massagens só podiam assistir impotentes enquanto a poderosa pantera, de presas à mostra e garras saltadas, caía no meio da massa bulbosa de carne repleta de veias que governava a comunidade illithid.

Capítulo 19

Dores de cabeça

Cerca de cento e vinte illithid residiam dentro e ao redor do castelo de pedra na longa e estreita caverna, e cada um deles sentiu a mesma dor de cabeça excruciante quando Guenhwyvar mergulhou no cérebro central da comunidade.

Guenhwyvar cavou pela massa de carne indefesa, as grandes garras da gata rasgando e cortando um caminho através da carne e do sangue. O cérebro central transmitiu emoções de terror absoluto, tentando inspirar seus servos. Percebendo que a ajuda não chegaria em breve, a coisa tentou implorar à pantera para que parasse.

Porém, a ferocidade primal de Guenhwyvar não permitia instruções mentais. A pantera escavou e se enterrou no muco que brotava.

Drizzt gritou com indignação e correu por toda a passarela, tentando encontrar alguma maneira alcançar a pantera intrusa. Drizzt sentia a angústia de seu amado mestre intensamente e implorava para que alguém — qualquer um — fizesse alguma coisa. Outros escravos saltavam e choravam e os devoradores de mentes corriam em frenesi, mas Guenhwyvar estava no centro da enorme massa, além do alcance de qualquer arma que os devoradores de mentes pudessem usar.

Alguns minutos depois, Drizzt parou de pular e gritar. Ele se perguntou: onde estava? Quem ele era? E o que, nos Nove Infernos, aquele grande pedaço nojento de carne diante dele deveria ser? Olhou ao redor da passarela e pegou expressões confusas semelhantes nos rostos de vários anões duergar, outro elfo negro, dois goblins e um bugbear alto e coberto de cicatrizes. Os devoradores de mentes ainda se precipitavam, procurando um ângulo de ataque sobre a pantera, a ameaça primária, e não prestaram atenção aos escravos confusos. Guenhwyvar fez uma aparição súbita por detrás das dobras do cérebro. A gata apareceu sobre um monte carnudo por apenas um momento, e depois desapareceu de volta à massa de carne. Vários devoradores de mentes dispararam suas explosões mentais no alvo fugaz, mas Guenhwyvar estava fora de vista rápido demais para que seus cones de energia a atingissem — embora não rápido demais para que Drizzt a vislumbrasse.

— Guenhwyvar? — o drow gritou enquanto uma multidão de pensamentos se precipitava em sua mente. A última coisa que se lembrava era de estar flutuando entre as estalactites em um corredor quebrado, onde outras formas sinistras espreitavam.

Um illithid moveu-se ao lado do drow, atento demais à ação dentro do cérebro para perceber que Drizzt não era mais um escravo. Drizzt não tinha armas além do seu próprio corpo, mas ele não se importava com isso naquele momento de pura ira. Ele saltou para trás do monstro distraído e desferiu um chute na parte de trás da cabeça de polvo. O illithid se desequilibrou sobre o cérebro central e quicou entre as dobras flexíveis por várias vezes antes que pudesse encontrar algum apoio para se segurar.

Por toda a passarela, os escravos percebiam sua liberdade. Os anões cinzentos se juntaram e derrubaram dois illithid em uma fúria selvagem, agredindo as criaturas e pisoteando-as com suas botas pesadas.

Fwoop! Uma explosão veio do lado, e Drizzt virou-se para ver o outro elfo negro cambaleando em função do golpe incapacitante. Um devorador de mentes correu até o drow e agarrou-o em um forte abraço.

Quatro tentáculos se prenderam no rosto do elfo negro condenado, apertando e, então, cavando em direção ao seu cérebro.

Drizzt tentou socorrer o drow, mas um segundo illithid se moveu entre eles e mirou. Drizzt mergulhou para o lado enquanto outro ataque ressoava. *Fwoop!* Ele saiu correndo, tentando desesperadamente ficar o mais longe possível do illithid. O grito do outro drow manteve a atenção de Drizzt por um momento, que apenas olhou pra ele por cima do ombro.

Linhas grotescas e inchadas cruzavam o rosto do drow, um rosto contorcido pela maior angústia que Drizzt já havia testemunhado. Drizzt viu a cabeça do illithid estremecer e os tentáculos, enterrados sob a pele do drow, sugando seu cérebro, pulsavam e inchavam. O drow condenado gritou novamente, uma última vez, então caiu inerte nos braços do illithid e a criatura terminou seu banquete horrível.

O bugbear coberto de cicatrizes involuntariamente salvou Drizzt de um destino semelhante. Em sua fuga, a criatura de dois metros de altura cruzou entre Drizzt e o devorador de mentes que o perseguia, assim que o illithid disparou novamente. O golpe atordoou o bugbear tempo o bastante para que o illithid se aproximasse. Quando o devorador de mentes alcançou sua vítima supostamente indefesa, o bugbear balançou um braço enorme e derrubou seu perseguidor contra a pedra.

Mais devoradores de mentes se precipitavam para as varandas com vista para a câmara circular. Drizzt não tinha ideia de onde seus amigos poderiam estar, ou de como poderia escapar, mas a porta que viu ao lado da passarela parecia sua única chance. Ele correu diretamente até ela, mas ela se abriu logo antes de chegar.

Drizzt foi parar diretamente nos braços de mais um illithid à espera.

❋

Se o interior do castelo de pedra era um tumulto de confusão, o exterior era puro caos. Mais nenhum escravo atacava Zaknafein. A ferida do cérebro central os libertou das sugestões dos devoradores de mentes, e agora os goblins, os anões cinzentos e todos os outros estavam mais preocupados com a sua própria fuga. Os mais próximos da saída da caverna saíram correndo; outros corriam loucamente em círculos, tentando manter-se fora do alcance das contínuas explosões dos devoradores de mentes.

Mal pensando em seus movimentos, Zaknafein abria caminho com sua espada, derrubando um goblin que passava por ele gritando. Então, a aparição espectral se aproximou da criatura que perseguia o goblin. Atravessando mais uma explosão incapacitante, Zaknafein fatiou o devorador de mentes.

No castelo de pedra, Drizzt recuperou sua identidade, e os feitiços mágicos imbuídos na aparição espectral reconheceram os padrões de pensamento de seu alvo. Com um grunhido gutural, Zaknafein caminhou diretamente em direção ao castelo, deixando uma série de mortos e feridos, escravos e illithid, por onde passava.

Outro rothé baliu em surpresa ao ser lançado no ar. Três dos animais cambaleavam do outro lado; um quarto seguiu o duergar para o fundo do abismo. Desta vez, a mira de Estalo fora precisa, e a pequena criatura similar a uma vaca bateu na alavanca, empurrando-a. Imediatamente, a ponte encantada se estendeu e se prendeu aos pés de Estalo. O ganchador agarrou outro anão cinzento, para dar sorte, e começou a atravessar a ponte.

Ele estava a quase meio caminho quando o primeiro devorador de mentes apareceu, correndo na direção da alavanca. Estalo sabia que não poderia atravessar todo o caminho antes que o illithid desengatasse a ponte.

Ele tinha apenas um tiro.

O anão cinzento, alheio aos seus arredores, subiu no ar acima da cabeça do ganchador. Estalo segurou seu lance e continuou, esperando o illithid se aproximar o máximo possível. Quando o devorador de mentes levou sua mão de quatro dedos em direção à alavanca, o duergar arremessado caiu no peito dele, jogando-o contra a pedra.

Estalo correu como se sua vida dependesse disso. O illithid se recuperou e empurrou a alavanca. A ponte recuou, abrindo o abismo profundo.

Um salto final, assim que a ponte de metal desaparecia debaixo de seus pés, fez Estalo bater na borda do abismo. Ele conseguiu se prender com os braços e os ombros sobre a borda do desfiladeiro e manteve juízo o bastante sobre si mesmo para se puxar rapidamente para cima, da melhor forma que conseguia.

O illithid puxou novamente a alavanca, e a ponte disparou novamente, ferindo Estalo. O ganchador se moveu o suficiente para o lado, no entanto, e Estalo se segurava forte o suficiente para se manter apesar da força da ponte raspando seu peito blindado.

O illithid xingou e puxou novamente a alavanca, depois correu para encontrar o ganchador. Exausto e ferido, Estalo ainda não havia começado a se levantar quando o illithid chegou. Ondas de energia incapacitante o cobriram. Sua cabeça tombou para o lado e ele deslizou vários centímetros antes que suas garras encontrassem outro lugar para se prender.

A ganância do devorador de mentes custou caro. Em vez de simplesmente incapacitar e chutar Estalo da borda, ele acreditou que poderia fazer uma refeição rápida com o cérebro do ganchador indefeso. Ele ajoelhou-se diante de Estalo, com seus quatro tentáculos se estendendo ansiosamente para encontrar uma abertura em sua armadura facial.

As entidades duplas de Estalo resistiram às explosões illithid nos túneis, e agora também a energia mental incapacitante tivera apenas um efeito mínimo. Quando a cabeça de polvo do Illithid apareceu bem em frente ao rosto dele, Estalo retornou à consciencia com o susto.

Um ataque com seu bico removeu dois dos tentáculos, então um ataque desesperado de uma garra se prendeu ao joelho do illithid. Ossos viraram pó sob o poderoso golpe, e o illithid gritou em agonia, tanto telepaticamente quanto com sua voz aquosa e de outro mundo.

Um momento depois, seus gritos desapareceram quando ele despencou pelo abismo profundo. Um feitiço de levitação poderia ter salvado o illithid da queda, mas esse tipo de magia exigia concentração, e a dor de um rosto rasgado e um joelho esmagado garantiram sua morte. O illithid considerou a ideia de levitar no mesmo instante que a ponta de uma estalagmite atravessou sua coluna.

A mão do martelo esmagou a porta de outro baú de pedra.

— Droga! — cuspiu Belwar, vendo que este, também, continha nada além de mais roupas illithid. O mestre de escavações tinha certeza de que seus equipamentos estariam por perto, mas a metade dos aposentos de seus antigos mestres já estava em ruínas com nada a oferecer pelo esforço.

Belwar voltou para a câmara principal e para os assentos de pedra. Entre as duas cadeiras, viu a estatueta da pantera. Ele a colocou em uma bolsa, depois esmagou a cabeça do illithid restante, o náufrago astral, com a mão da picareta, quase como uma reflexão tardia. Na confusão, o svirfneblin quase se esquecera que ainda faltava aquele monstro. Belwar afastou o corpo, o jogando no chão.

— *Magga cammara* — murmurou o svirfneblin quando olhou de volta para a cadeira de pedra e viu o contorno de um alçapão onde a criatura estava sentada. Jamais colocando a elegância acima da eficiência, a mão do martelo de Belwar rapidamente reduziu a porta a entulhos, e o mestre de escavações pousou seus olhos sobre a vista mais que bem vinda de mochilas familiares.

Belwar deu de ombros e seguiu o curso da lógica, jogando o outro illithid, aquele que Guenhwyvar tinha decapitado, no chão. O monstro sem cabeça caiu, revelando outro alçapão.

— O drow pode precisar disso — observou Belwar quando limpou os pedaços de pedra quebrada e levantou um cinto que segurava duas cimitarras embainhadas. Ele se lançou para a saída e encontrou um illithid na entrada da porta.

Ou, mais precisamente, a mão de martelo de Belwar encontrou o peito do illithid. O monstro voou para trás, girando sobre a grade de metal da varanda.

Belwar apressou-se e correu para o lado, sem se dar ao luxo de verificar se o illithid havia conseguido se segurar — inclusive porque ele sabia que não poderia perder tempo de voltar e jogá-lo, se fosse o caso. Ele podia ouvir a agitação abaixo, os ataques mentais e os gritos, e os contínuos grunhidos de uma pantera que soava como música para os ouvidos do mestre de escavações.

Seus braços foram presos aos seus lados pelo abraço inesperadamente poderoso do Illithid, e Drizzt só podia se contorcer e sacudir a cabeça para diminuir o progresso dos tentáculos. Um encontrou um apoio, depois outro, e começaram a escavar sob a pele de ébano do drow.

Drizzt conhecia pouco da anatomia de um devorador de mentes, mas ainda era uma criatura bípede, e ele se permitiu fazer alguns pressupostos. Se debatendo um pouco para o lado, para não ficar diretamente de frente para aquela coisa horrível, mandou um joelho em rota de colisão contra a virilha da criatura. Pelo afrouxamento súbito do aperto do illithid e pela forma como seus olhos leitosos pareceram se arregalar, Drizzt percebeu que seus pressupostos estavam corretos. Seu joelho o atingiu novamente, depois uma terceira vez.

Drizzt empurrou com todas as forças e libertou-se do abraço do illithid enfraquecido. Porém, os tentáculos continuaram a subir pelos lados do rosto de Drizzt, alcançando seu cérebro. Explosões de uma dor excruciante invadiram Drizzt e ele quase desmaiou, com sua cabeça inclinada levemente para a frente.

Mas o caçador não se renderia.

Quando Drizzt tornou a levantar sua cabeça, o fogo em seus olhos lavanda caiu sobre o illithid como uma maldição condenatória. O caçador agarrou os tentáculos e os arrancou selvagemente, puxando-os para baixo, forçando o illithid a abaixar a cabeça.

O monstro disparou sua explosão mental, mas o ângulo estava errado e a energia não fez nada para retardar o caçador. Uma mão segurava firmemente os tentáculos, enquanto a outra bateu com o frenesi de um martelo anão em um choque de mithral contra a cabeça molenga do monstro.

Hematomas azuis enegrecidos brotaram na pele da criatura; um olho sem pupila se inchou e fechou. Um tentáculo cavou no pulso do drow; o illithid frenético arranhava e golpeava com seus braços, mas o caçador nem notava. Ele o golpeou na cabeça, e continuou batendo na criatura até que caísse no chão de pedra. Drizzt tirou o braço do alcance do tentáculo, e então ambos os seus punhos começaram se mover até que os olhos de Illithid se fecharam para sempre.

O som de metal se chocando fez com que o drow se virasse. Pousadas no chão, a poucos metros de distância, havia uma visão familiar e bem-vinda.

Satisfeito pelo fato de as cimitarras aterrissarem perto de seu amigo, Belwar disparou por uma escada de pedra até o illithid mais próximo. O monstro virou-se e soltou sua explosão. Belwar respondeu com um grito de pura raiva, um grito que parcialmente bloqueou o efeito incapacitante, e ele se atirou no ar, batendo de frente com as ondas de energia.

Embora um pouco tonto pelo ataque mental, o gnomo das profundezas se chocou contra o illithid e eles caíram em um segundo monstro que estava correndo para ajudar. Belwar mal conseguia perceber seus arredores, mas claramente entendia que a confusão de braços e pernas sobre ele não eram os membros de amigos. As mãos de mithral do mestre de escavações perfuravam e golpeavam, e ele se arrastou ao longo da segunda varanda em busca de outra escada. No momento em que os dois illithid feridos se recuperaram o suficiente para devolver os ataques, o svirfneblin selvagem já havia desaparecido.

Belwar pegou outro illithid de surpresa, esmagando sua cabeça carnuda contra a parede enquanto descia para o próximo nível. Porém, uma dezena de outros devoradores de mentes corria por outra varanda, a maioria deles guardando as duas escadas que levavam à câmara inferior da torre. Belwar tomou um rápido desvio saltando até o topo da grade de metal, depois saltando 4 metros e meio até atingir o chão.

Uma explosão de energia incapacitante cobriu Drizzt enquanto alcançava suas armas. O caçador resistiu, no entanto, por seus pensamentos serem primitivos demais para uma forma de ataque tão sofisticada. Em um único movimento rápido demais para que o seu adversário conseguisse responder, ele soltou uma cimitarra de sua bainha e a girou, levando a lâmina a fazer um corte em um ângulo para cima. A cimitarra enterrou-se no meio da cabeça do devorador de mentes que o perseguia.

O caçador sabia que o monstro já estava morto, mas arrancou a cimitarra e atingiu o illithid mais uma vez enquanto caía, sem nenhum motivo em particular.

Então o drow estava correndo, as duas lâminas desembainhadas, uma gotejando sangue illithid e outra faminta por mais. Drizzt deveria ter procurado uma rota de fuga — aquela parte que era Drizzt Do'Urden teria procurado —, mas o caçador queria mais. O caçador exigia vingança sobre a massa cerebral que o escravizara.

Um único grito salvou o drow então, e o trouxe de volta das profundidades espirais de sua raiva cega e instintiva.

— Drizzt! — gritou Belwar, que mancava na direção do amigo. — Me ajude, elfo negro! Meu tornozelo torceu com a queda!

Todos os pensamentos de vingança de repente foram jogados fora, e Drizzt Do'Urden correu para o lado de seu companheiro svirfneblin.

De braços dados, os dois amigos deixaram a câmara circular. Um momento depois, Guenhwyvar, escorregadia pelo sangue e fluidos do cérebro central, veio juntar-se a eles.

— Nos leve para fora — Drizzt implorou a pantera, e Guenhwyvar assumiu voluntariamente uma posição de liderança.

Eles correram por corredores retorcidos e ásperos.

— Não foi feito por nenhum svirfneblin — Belwar foi rápido em mencionar, lançando uma piscadela a seu amigo.

— Acredito que sim — Drizzt replicou. — Sob os encantos de um devorador de mentes, quero dizer — acrescentou rapidamente.

— Nunca! — Belwar insistiu. — Nunca o trabalho de um svirfneblin seria assim, nem mesmo que sua mente estivesse derretida!

Apesar de seu grave perigo, o gnomo das profundezas conseguiu uma risada de sacudir a barriga, e Drizzt se juntou a ele.

Os sons de batalha ecoavam das passagens laterais de cada cruzamento que atravessavam. Os sentidos aguçados de Guenhwyvar os mantiveram ao longo da rota mais limpa, embora a pantera não tivesse como saber qual caminho conduzia para fora.

Ainda assim, o que quer que estivesse acontecendo em qualquer direção não poderia ser pior do que os horrores que deixaram para trás.

Um devorador de mentes pulou para o corredor assim que Guenhwyvar passou por um cruzamento. A criatura não tinha visto a pantera e queria enfrentar Drizzt e Belwar diretamente. Drizzt jogou o svirfneblin para baixo e mergulhou em um rolamento que o levou diretamente até o adversário, esperando receber um ataque mental antes de conseguir se aproximar.

Mas quando o drow saiu do rolamento e olhou para cima, sua respiração voltou em um profundo suspiro de alívio. O devorador de mentes estava caído de cara contra a pedra, com Guenhwyvar confortavelmente empoleirada sobre suas costas.

Drizzt foi para o lado de sua companheira felina, enquanto Guenhwyvar terminava casualmente sua tarefa mórbida, e Belwar logo se juntou a eles.

— Raiva, elfo negro — observou o svirfneblin. Drizzt olhou para ele com curiosidade.

— Eu acredito que a raiva pode lutar contra seus ataques — explicou Belwar. — Um me acertou na escada, mas eu estava tão furioso que quase não notei. Talvez eu esteja enganado, mas...

— Não — interrompeu Drizzt, lembrando-se de quão pouco ele havia sofrido, mesmo de perto, quando havia ido buscar suas cimitarras. Ele estava sob a influência de seu alter ego naquele momento, aquele lado mais sombrio e maníaco que tão desesperadamente tentava deixar para trás. O ataque mental do illithid tinha sido quase inútil contra o caçador. — Você não está enganado — Drizzt assegurou a seu amigo. — A raiva pode vencê-los, ou pelo menos diminuir os efeitos de seus ataques mentais.

— Então fique furioso! — Belwar rosnou ao assinalar Guenhwyvar à frente. Drizzt jogou o braço de apoio de volta sobre o ombro do mestre de escavações e assentiu à sugestão de Belwar. O drow percebeu, porém, que uma raiva cega como a que Belwar estava falando, não poderia ser criada conscientemente. O medo e a raiva instintivos poderiam derrotar os illithid, mas Drizzt, graças a suas experiências com seu alter ego, sabia que essas eram emoções provocadas por nada além de desespero e pânico.

O pequeno grupo passou por vários outros corredores, atravessou uma sala enorme e vazia e desceu por outra passagem. Com a velocidade reduzida pelo svirfneblin ferido, logo ouviram passos pesados se aproximando por trás.

— Pesados demais para ser illithid — observou Drizzt, olhando por cima do ombro.

— Escravos — supôs Belwar.

Fwoop! Um ataque soou por trás deles. *Fwoop! Fwoop!* Os sons chegaram até eles, seguido de vários gemidos e rosnados.

— Novamente escravizados — disse Drizzt sombriamente. Os passos em perseguição voltaram a ressoar, desta vez mais parecidos com um leve farfalhar.

— Mais rápido! — gritou Drizzt, e Belwar não precisava de mais nenhum incentivo. Eles correram, agradecidos por cada curva na passagem, já que temiam que os illithid estivessem a poucos passos atrás.

Eles então entraram em um salão grande e alto. Várias saídas possíveis eram visíveis, mas uma, um conjunto de grandes portas de ferro, chamou a atenção do grupo. Entre eles e as portas havia uma escada de ferro em espiral, e, em uma varanda não tão acima deles, estava um devorador de mentes.

— Ele não vai nos deixar escapar! — Belwar raciocinou. Os passos ficaram mais altos por trás deles. Belwar olhou para o illithid à espera com curiosidade quando viu um sorriso largo atravessar o rosto do drow. O gnomo das profundezas, também, abriu um sorriso amplo.

Guenhwyvar subiu as escadas em espiral em três saltos poderosos. O illitid sabiamente fugiu ao longo da varanda e desapareceu entre as sombras dos corredores adjacentes. A pantera não o seguiu, mas manteve uma posição de guarda acima de Belwar e Drizzt.

Tanto o drow quanto o svirfneblin agradeceram à pantera ao passar, mas sua exaltação desapareceu no momento em que chegaram às portas. Drizzt empurrou com força, mas os portais não se moviam.

— Trancada! — gritou.

— Não por muito tempo! — grunhiu Belwar. O encantamento tinha expirado das mãos de mithral do gnomo das profundezas, mas ele atacou mesmo assim, batendo a mão do martelo contra o metal.

Drizzt foi para trás do gnomo das profundezas, mantendo uma retaguarda e esperando que os illithid entrassem no corredor a qualquer momento.

— Anda, Belwar — implorou.

Ambas as mãos de mithral trabalhavam furiosamente nas portas. Gradualmente, a tranca começou a afrouxar e as portas se abriram apenas um centímetro.

— *Magga cammara*, elfo negro! — gritou o mestre de escavações. — É uma barra que mantém a porta fechada! Do outro lado!

— Droga! — Drizzt cuspiu e, ao longo do caminho, um grupo de vários devoradores de mentes entrou no corredor.

Belwar não desistiu. Sua mão de martelo se chocou contra a porta de novo e de novo.

Os illithid cruzaram a escada e Guenhwyvar surgiu no meio deles, fazendo todo o grupo cair. Naquele momento horrível, Drizzt percebeu que não tinha a estatueta de ônix.

A mão do martelo batia contra o metal em rápida sucessão, ampliando o espaço entre as portas. Belwar empurrou a sua mão de picareta em um movimento para cima e levantou a barra de seu bloqueio. As portas se abriram.

— Vem rápido! — o gnomo das profundezas gritou para Drizzt. Ele enganchou a mão da picareta sob o ombro do drow para puxá-lo, mas Drizzt o afastou com um sacolejar dos ombros.

— Guenhwyvar! — Drizzt gritou de volta.

Fwoop! O som maligno veio repetidamente da pilha de corpos. A resposta de Guenhwyvar veio mais como um lamento desamparado do que com um grunhido.

Os olhos lavanda de Drizzt queimavam de raiva. Ele deu um único passo de volta para a escada antes que Belwar descobrisse uma solução.

— Espere! — o svirfneblin gritou, e ficou realmente aliviado quando Drizzt se aproximou para ouvi-lo. Belwar empurrou o quadril para o drow e abriu a bolsa de seu cinto.

— Use isso!

Drizzt tirou a estatueta de ônix e a deixou cair a seus pés.

— Vá, Guenhwyvar! — gritou ele. — Volte para a segurança de seu lar!

Drizzt e Belwar sequer conseguiam ver a pantera em meio à multidão de illithid, mas eles sentiram a súbita angústia dos devoradores de mentes antes mesmo que a névoa negra reveladora aparecesse ao redor da estatueta de ônix.

Como um grupo, os illithid giraram para eles e investiram.

— Pegue a outra porta! — gritou Belwar. Drizzt pegou a estatueta e já estava indo naquela direção. Os portais de ferro fecharam-se e Drizzt correu para substituir a barra de bloqueio. Vários parafusos do lado de fora da porta haviam sido quebrados sob o ataque feroz do mestre de escavações, e a barra estava dobrada, mas Drizzt conseguiu colocá-la no lugar de forma segura para, pelo menos, atrasar os illithid.

— Os outros escravos estão presos — observou Drizzt.

— Goblins e anões cinzentos principalmente — respondeu Belwar.

— E Estalo?

Belwar espalmou as mãos, impotente.

— Eu tenho pena de todos eles — gemeu Drizzt, sinceramente horrorizado com a perspectiva. — Nada no mundo pode torturar mais do que as garras mentais dos devoradores de mentes.

— Sim, elfo negro — sussurrou Belwar.

Os illithid bateram nas portas, e Drizzt a empurrou, como um reforço para a fechadura.

— Para onde vamos? — Belwar perguntou por trás dele, e quando Drizzt se virou e examinou a longa e estreita caverna, ele certamente entendeu a confusão do mestre de escavações. Eles viram pelo menos uma dúzia de saídas, mas por todas elas corria uma multidão de escravos apavorados ou um grupo de illithid.

Por detrás deles ouviu-se uma pancada pesada, e as portas se abriram vários centímetros.

— Só vai! — gritou Drizzt, empurrando Belwar junto. Eles dispararam na direção de uma escadaria larga, depois atravessaram o chão quebrado, escolhendo uma rota que os levaria tão longe do castelo de pedra quanto possível.

— O perigo está por todo o lado! — gritou Belwar. — Tanto escravos quanto devoradores de mentes!

— Eles que precisam tomar cuidado! — retrucou Drizzt, enquanto suas cimitarras lideravam o caminho. Ele bateu em um goblin com a empunhadura de uma lâmina quando ele passou desajeitadamente em sua frente, e, um momento depois, cortou os tentáculos do rosto de um illithid quando ele começou a sugar o cérebro de um duergar recapturado.

Então outro ex-escravo, maior, saltou na frente de Drizzt. O drow precipitou-se de cabeça, mas desta vez segurou suas cimitarras.

— Estalo! — Belwar gritou atrás de Drizzt.

— F-f-fundo... da... c-caverna — ofegou, suas palavras rosnadas quase indecifráveis. — M-m-melhor saída.

— Vai em frente — respondeu Belwar empolgado, suas esperanças retornando. Nada poderia ficar no caminho daqueles três. Quando o mestre de escavações começou a seguir seu amigo ganchador, ele percebeu que Drizzt não estava indo junto. No início, Belwar temia que uma explosão mental tivesse pegado o drow, mas quando ele voltou para o lado de Drizzt, ele percebeu o contrário.

Em cima de outra das escadarias largas que atravessavam a caverna de vários níveis, uma única e delgada figura seguia um grupo de escravos e illithid.

— Pelos deuses... — Belwar murmurou em descrença, porque os movimentos devastadores daquela única figura assustaram o gnomo das profundezas.

Os cortes precisos e as torções hábeis das espadas duplas não assustavam Drizzt Do'Urden. Na verdade, para o jovem elfo negro, possuíam uma familiaridade que trouxe uma velha dor de volta a seu coração. Ele olhou para Belwar com uma expressão de dor e falou o nome do único guerreiro que poderia fazer aquelas manobras, o único nome que poderia acompanhar uma habilidade tão magnífica com a espada.

— Zaknafein.

Capítulo 20

Pai, meu pai

Quantas mentiras Matriarca Malícia havia contado pra ele? Que verdade poderia Drizzt encontrar na teia de mentiras que marcava a sociedade drow? Seu pai não havia sido sacrificado à Rainha Aranha! Zaknafein estava ali, lutando diante dele, empunhando suas espadas tão habilmente quanto Drizzt se lembrava.

— O que foi? — exigiu Belwar.

— O guerreiro drow — Drizzt mal conseguiu sussurrar.

— Da sua cidade, elfo negro? — perguntou Belwar. — Mandado atrás de você?

— De Menzoberranzan — respondeu Drizzt.

Belwar esperou por mais informações, mas Drizzt estava fascinado demais com a aparição de Zak para entrar em detalhes.

— Temos que ir — disse por fim o mestre de escavações.

— Rápido — concordou Estalo, voltando para seus amigos. A voz do ganchador parecia mais controlada agora, como se a simples aparição dos amigos de Estalo tivesse ajudado seu lado pech na sua contínua luta interna. — Os devoradores de mentes estão organizando suas defesas. Muitos escravos caíram.

Drizzt saiu do alcance da mão de picareta de Belwar.

— Não — ele disse com firmeza. — Eu não vou deixá-lo!

— *Magga cammara*, elfo negro! — Belwar gritou para ele. — Quem é ele?

— Zaknafein Do'Urden — Drizzt gritou de volta, superando a ira crescente do mestre de escavações. O volume da voz de Drizzt diminuiu consideravelmente enquanto terminava o pensamento, e ele quase engasgava com as palavras:

— Meu pai.

Quando Belwar e Estalo trocaram os seus olhares de descrença, Drizzt foi embora, correndo até a escadaria. No topo dela, a aparição espectral estava entre um monte de vítimas, tanto devoradores de mentes quanto escravos, que tiveram o grande infortúnio de entrar em seu caminho. Mais longe ao longo do nível superior, vários illithid haviam fugido do monstro desmorto.

Zaknafein começou a persegui-los, uma vez que estavam correndo em direção ao castelo de pedra, seguindo o curso que a aparição espectral havia determinado desde o início. No entanto, mil alarmes mágicos soaram dentro da aparição espectral e, abruptamente, o voltaram para a escada.

Drizzt estava chegando. O momento de realização de um zin-carla, o propósito da reanimação de Zaknafein, finalmente chegara!

— Mestre de Armas! — Drizzt gritou, dando uma leve corrida para ficar ao lado de seu pai. O drow mais novo borbulhava em alegria, sem perceber a verdade sobre o monstro que estava diante dele. Quando Drizzt aproximou-se de Zak, no entanto, sentiu que algo estava errado. Talvez fosse a luz estranha nos olhos da aparição espectral que diminuíram a pressa de Drizzt. Talvez fosse o fato de Zaknafein não ter retornado seu cumprimento alegre.

Um momento depois, veio o corte descendente de uma espada. Drizzt conseguiu de alguma forma sacar uma cimitarra para bloqueá

-lo. Confuso, ainda acreditava que Zaknafein simplesmente não o reconhecera.

— Pai! — gritou ele. — Sou eu! Drizzt!

Uma espada mergulhou adiante, enquanto a segunda começou em um arco largo e correu de repente para o lado de Drizzt. Se equiparando à velocidade da aparição espectral, Drizzt desceu com uma cimitarra para paralisar o primeiro ataque e cortou com a outra para desviar o segundo.

— Quem é você? — Drizzt exigiu desesperadamente, furiosamente, saber.

Uma enxurrada de golpes veio direto como resposta. Drizzt manteve freneticamente os ataques sob controle, mas então Zaknafein veio com um revés e conseguiu varrer as duas lâminas da Drizzt para o mesmo lado. A segunda espada da aparição espectral seguiu de perto, um corte mirado no coração de Drizzt, que ele não poderia bloquear.

De volta à base da escada, Belwar e Estalo gritaram, pensando que seu amigo estava condenado.

O momento de vitória de Zaknafein foi roubado dele, porém, pelos instintos do caçador. Drizzt saltou para o lado à frente da lâmina que mergulhava, depois contorceu-se e abaixou-se sob o corte mortal de Zaknafein. A espada o acertou debaixo de sua mandíbula, deixando um corte doloroso. Quando Drizzt completou seu rolamento e pôs-se de pé, apesar dos degraus da escada, não mostrou nenhum sinal de haver notado o ferimento. Quando Drizzt voltou a enfrentar o impostor de seu pai, um fogo ardente queimava em seus olhos lavanda.

A agilidade de Drizzt surpreendeu até seus amigos, que já o tinham visto em batalha outras vezes. Zaknafein correu imediatamente depois de completar seu golpe, mas Drizzt estava de pé e em prontidão antes que a aparição espectral o pegasse.

— Quem é você? — Drizzt exigiu novamente. Desta vez, sua voz estava mortalmente calma. — O que é você?

A aparição espectral rosnou e atacou imprudentemente. Acreditando sem qualquer dúvida que aquele não era Zaknafein, Drizzt não perdeu a abertura. Ele recuou para sua posição original, derrubou uma espada e infiltrou uma cimitarra ao passar por seu adversário. A lâmina de Drizzt cortou a armadura de malha fina e mergulhou profundamente no pulmão de Zaknafein, uma ferida que teria parado qualquer adversário mortal.

Mas Zaknafein não parou. A aparição espectral não respirava e não sentia dor. Zak voltou-se para Drizzt e mostrou um sorriso tão maligno que teria feito Matriarca Malícia se levantar e aplaudir.

De volta ao topo da escada, Drizzt ficou com os olhos arregalados em choque. Ele viu a ferida horrível e viu, contra todas as possibilidades, Zaknafein avançando constantemente, sem sequer se encolher.

— Sai daí! — Belwar gritou da base da escada. Um ogro correu em direção ao gnomo das profundezas, mas Estalo o interceptou e imediatamente esmagou a cabeça da coisa com uma garra.

— Temos que ir — disse Estalo a Belwar, com a clareza de sua voz chocando o mestre de escavações.

Belwar podia ver claramente nos olhos do ganchador; naquele momento crítico, Estalo era mais pech do que tinha sido antes do feitiço metamórfico do mago.

— As pedras estão me falando sobre os illithid reunidos no castelo — Estalo exclamou, e o gnomo das profundezas não ficou surpreso com o fato de Estalo ter ouvido as vozes das pedras. — Os illithid sairão em breve — continuou Estalo — para a destruição certa de todos os escravos que continuarem na caverna.

Belwar não duvidou de uma única palavra, mas para o svirfneblin, a lealdade superava de longe a segurança pessoal.

— Não podemos deixar o drow — ele respondeu entredentes.

Estalo assentiu totalmente e correu para afastar um grupo de anões cinzentos que chegara perto demais.

— Corre, elfo negro! — gritou Belwar. — Não temos tempo!

Drizzt não ouvia seu amigo svirfneblin. Ele se concentrou no mestre de armas que se aproximava, o monstro se passando por seu pai, ao mesmo tempo que Zaknafein se concentrava nele. De todos os males perpetrados por Matriarca Malícia, nenhum, segundo a estimativa de Drizzt, era maior do que aquela abominação. Malícia tinha conseguido, de alguma forma, perverter a única coisa no mundo de Drizzt que lhe fizera feliz. Drizzt acreditara que Zaknafein havia morrido, e isso já era doloroso o suficiente.

Mas agora isso.

Era mais do que o jovem drow podia suportar. Ele queria lutar contra este monstro com todo seu coração e alma, e a aparição espectral, criado sem outra razão além desta batalha, concordava totalmente.

Nenhum dos dois percebeu o illithid descendente da escuridão acima, mais adiante na plataforma, atrás de Zaknafein.

— Venha, monstro de Matriarca Malícia — rosnou Drizzt, sacando ambas as suas armas. — Venha e sinta minhas lâminas.

Zaknafein parou a poucos passos de distância e abriu novamente o seu sorriso perverso. As espadas surgiram; a aparição espectral deu outro passo.

Fwoop!

A explosão do illithid cobriu os dois. Zaknafein não fora afetado, mas Drizzt recebeu o ataque com força total. A escuridão rolou sobre ele; suas pálpebras caíram com um peso inegável. Ele ouviu suas cimitarras caírem na pedra, mas ele estava além de qualquer outra compreensão.

Zaknafein grunhiu em uma vitória alegre, bateu as espadas juntas e caminhou em direção ao drow.

Belwar gritou, mas foi o grito de protesto monstruoso de Estalo que soou mais alto, superando o barulho da batalha que preenchia a caverna. Tudo o que Estalo já conhecera como um pech retornou de uma vez para ele quando ele viu o drow que o acolhera como amigo cair, condenado. Essa identidade pech surgiu mais intensamente, talvez, do que Estalo já houvesse conhecido em sua vida anterior.

Zaknafein pulou, vendo a vítima indefesa a seu alcance, mas depois bateu de cabeça contra um muro de pedra que apareceu do nada. A aparição espectral pulou para trás, os olhos arregalados em frustração. Ele agarrou a parede e bateu nela, mas era bastante real e robusta. A pedra bloqueou Zaknafein completamente da escada e de sua presa desejada.

De volta à escada, Belwar virou o olhar atordoado para Estalo. O svirfneblin tinha ouvido que alguns pech podiam conjurar tais paredes de pedra.

— Você...? — ofegou o mestre de escavações.

O pech no corpo de um ganchador não parou por tempo o suficiente para responder. Estalo saltou para as escadas, quatro degraus por vez, e suavemente levantou Drizzt em seus enormes braços. Ele até pensou em recuperar as cimitarras do drow, mas depois desceu correndo em fuga.

— Corra! — Estalo comandou ao mestre de escavações. — Por toda a sua vida, corra, Belwar Dissengulp!

O gnomo das profundezas, coçando a cabeça com a mão da picareta, correu. Estalo abriu um largo caminho para a saída traseira da caverna — ninguém ousou ficar no caminho de sua corrida enraivecida — e o mestre de escavações, com suas pernas curtas de svirfneblin, uma delas ferida, teve dificuldades em acompanhá-lo.

No topo das escadas, atrás da parede, Zaknafein só podia supor que o illithid flutuante, o mesmo que tinha atacado Drizzt, havia bloqueado seu ataque. Zaknafein girou até encarar o monstro e gritou com puro ódio.

Fwoop! Outra explosão veio.

Zaknafein saltou e cortou os dois pés do illithid com um único golpe. O illithid levitou mais alto, enviando gritos mentais de angústia e pavor para seus companheiros.

Zaknafein não conseguiu alcançar a coisa, e, com outros illithid vindo correndo de todos os ângulos, a aparição espectral não teve tempo de fazer seu próprio feitiço de levitação. Zaknafein culpava aquele illithid por seu fracasso e não o deixaria escapar. Ele lançou uma espada tão precisamente quanto qualquer lança.

O illithid olhou para Zaknafein com descrença, depois para a lâmina enterrada até o punho em seu peito e soube que sua vida estava no fim.

Os devoradores de mentes correram em direção a Zaknafein, disparando suas explosões incapacitantes quando chegaram. A aparição espectral tinha apenas uma espada restante, mas ele destruiu seus oponentes mesmo assim, descarregando suas frustrações em suas cabeças de polvo horrorosas.

Drizzt havia escapado... por enquanto.

Capítulo 21

Perdido e encontrado

— Louvada seja Lolth! — balbuciou Matriarca Malícia, sentindo a euforia distante de sua aparição espectral. — Ele está com Drizzt! — a Matriarca Mãe lançou um olhar para um lado, depois para o outro, e suas três filhas recuaram com o poder das emoções que contorciam seu rosto. — Zaknafein encontrou seu irmão!

Maya e Vierna sorriram uma para a outra, felizes que toda essa provação poderia finalmente chegar a um fim. Desde a criação do zincarla, as rotinas normais e necessárias da Casa Do'Urden praticamente cessaram, e todos os dias sua mãe nervosa se voltava cada vez mais para si mesma, absorvida pela caçada da aparição espectral.

Do outro lado da antessala, o sorriso de Briza teria mostrado uma luz diferente para quem tivesse tempo de notar, uma luz quase desapontada.

Felizmente para a primogênita, Malícia estava absorta pelos eventos distantes para notar. A Matriarca Mãe se aprofundou em seu transe, saboreando cada pedaço da fúria que a aparição expelia, sabendo que seu filho blasfemo era aquele a quem essa raiva estava sendo direcionada. A respiração de Malícia veio em suspiros exaltados quando Zaknafein e Drizzt começaram sua luta, então a Matriarca Mãe quase perdeu o fôlego.

Algo tinha parado Zaknafein.

— Não! — Malícia gritou, pulando de seu trono decorado. Ela olhou ao redor, procurando alguém para atacar ou algo para jogar longe. — Não! — ela gritou novamente. — Não pode ser!

— Drizzt escapou? — perguntou Briza, tentando manter a sua satisfação longe da sua voz. O olhar que Malícia deu em resposta disse a Briza que seu tom poderia ter revelado demais de seus pensamentos.

— A aparição espectral foi destruída? — Maya gritou, genuinamente angustiada.

— Não — respondeu Malícia, com um tremor evidente em sua voz geralmente firme. — Mas, mais uma vez, seu irmão está livre!

— O zin-carla ainda não falhou — argumentou Vierna, tentando consolar sua mãe exaltada.

— A aparição espectral está muito perto — acrescentou Maya, seguindo a deixa de Vierna.

Malícia recuou em seu assento e limpou o suor da testa.

— Deixem-me — ordenou a suas filhas, não querendo que a observassem em um estado tão deprimente. O zin-carla estava roubando sua vida, Malícia sabia, pois cada pensamento, cada esperança de sua existência dependia do sucesso da aparição espectral.

Quando as outras se foram, Malícia acendeu uma vela e tirou um pequeno e precioso espelho. Que coisa miserável ela se tornara nos últimos tempos. Mal havia comido, e profundas linhas de preocupação vincavam sua pele de ébano anteriormente lisa como vidro. Por sua aparência, Matriarca Malícia havia envelhecido nas últimas semanas mais do que em todo o século anterior.

— Eu ficarei como Matriarca Baenre — sussurrou com nojo — feia e decrépita.

Talvez pela primeira vez em sua longa vida, Malícia começou a se perguntar sobre o valor de sua contínua busca por poder e pelo favor da impiedosa Rainha Aranha. Os pensamentos desapareceram tão rapidamente quanto chegaram. Matriarca Malícia não tinha ido tão longe para vir com arrependimentos tão tolos. Por meio de sua força e devoção, Malícia tinha elevado sua casa ao status de família dominante e tinha assegurado um assento no prestigioso conselho governante.

No entanto, ela permaneceu à beira do desespero, quase quebrada pelas tensões dos últimos anos. Mais uma vez, ela limpou o suor de seus olhos e olhou para o pequeno espelho.

Que coisa miserável ela se tornou.

Drizzt tinha feito isso a ela, Malícia lembrou a si mesma. As ações do filho mais novo haviam irritado a Rainha Aranha; seu sacrilégio pusera Malícia no limite da desgraça.

— Pegue-o, minha aparição espectral — Malícia sussurrou com um sorriso desdenhoso. Naquele momento de raiva, quase não se importava com o futuro que a Rainha Aranha reservaria para ela.

Mais do que qualquer outra coisa em todo o mundo, Matriarca Malícia Do'Urden queria que Drizzt morresse.

※

Eles correram às cegas pelos túneis sinuosos, esperando que nenhum monstro surgisse de repente diante deles. Com o perigo tão real as suas costas, os três companheiros não podiam se dar ao luxo de ter o cuidado habitual.

As horas passaram e eles ainda corriam. Belwar, mais velho que seus amigos e com pernas pequenas, que precisavam de dois passos para cada um dos de Drizzt (e de três passos para cada um dos de Estalo), foi o primeiro a se cansar, mas isso não retardou o grupo. Estalo jogou o mestre de escavações em um ombro e continuou correndo.

Eles não teriam como sequer imaginar quantos quilômetros haviam percorrido quando finalmente decidiram parar para seu primeiro descanso. Drizzt, silencioso e melancólico durante toda a jornada, assumiu uma posição de guarda na entrada da pequena alcova que escolheram como acampamento temporário. Reconhecendo a dor profunda de seu amigo drow, Belwar foi até ele para oferecer conforto.

— Não era o que você esperava, elfo negro? — perguntou suavemente o mestre de escavações. Sem receber resposta, mas com Drizzt obviamente precisando conversar, Belwar continuou pressionando. — Você conhecia o drow na caverna. Você disse que era seu pai?

Drizzt lançou um olhar irritado na direção do svirfneblin, mas seu rosto suavizou consideravelmente quando percebeu a preocupação genuína de Belwar.

— Zaknafein — explicou Drizzt. — Zaknafein Do'Urden, meu pai e mentor. Foi ele quem me treinou com a lâmina e quem me instruiu sobre tudo em minha vida. Zak foi meu único amigo em Menzoberranzan, o único drow que conheci que compartilhava de minhas crenças.

— Ele quis matar você — afirmou Belwar, sem rodeios. Drizzt estremeceu, e o mestre de escavações rapidamente tentou oferecer-lhe alguma esperança. — Ele não o reconheceu, talvez?

— Ele era meu pai — disse Drizzt novamente —, meu amigo mais próximo por duas décadas.

— Então, por que, elfo negro?

— Aquele não era Zaknafein — respondeu Drizzt. — Zaknafein está morto, foi sacrificado por minha mãe para a Rainha Aranha.

— *Magga cammara* — Belwar sussurrou, horrorizado com a revelação em relação aos pais de Drizzt. A simplicidade com que Drizzt explicou o ato hediondo levou o mestre de escavações a acreditar que o sacrifício de Malícia não era tão incomum na cidade drow. Um tremor percorreu a espinha de Belwar, mas ele sublimou sua revolta por causa de seu amigo atormentado.

— Eu ainda não sei o que Matriarca Malícia, aquele monstro, colocou no disfarce de Zaknafein — continuou Drizzt, sem sequer notar o desconforto de Belwar.

— Um inimigo formidável, seja quem for — observou o gnomo das profundezas. Era exatamente isso que perturbava Drizzt. O guerreiro drow com quem havia lutado na caverna illithid se movia com a precisão e o estilo inconfundível de Zaknafein Do'Urden. A razão de Drizzt poderia negar que Zaknafein se voltaria contra ele, mas seu coração lhe dizia que o monstro com o qual havia cruzado suas espadas era mesmo seu pai.

— Como acabou? — Drizzt perguntou depois de uma longa pausa. Belwar olhou para ele com curiosidade.

— A luta — explicou Drizzt. — Lembro-me do illithid, mas nada além disso.

Belwar deu de ombros e olhou para Estalo.

— Pergunte pra ele — respondeu o mestre de escavações. — Um muro de pedra apareceu entre você e seus inimigos, mas como chegou lá, só consigo imaginar.

Estalo ouviu a conversa e foi até seus amigos.

— Eu botei o muro ali — disse, sua voz ainda perfeitamente clara.

— Poderes de um pech? — perguntou Belwar. O gnomo das profundezas conhecia a reputação dos poderes que os pechs tinham com as pedras, mas não com detalhes suficientes para entender completamente o que Estalo tinha feito.

— Somos uma raça pacífica — começou Estalo, percebendo que esta poderia ser a única chance de contar aos amigos sobre seu povo. Ele permanecia mais similar a um pech do que tinha sido desde a metamorfose, mas já sentia os impulsos básicos de um ganchador se aproximando, rastejando... — Nós desejamos apenas trabalhar a pedra. É nossa vocação e nosso amor. E dessa simbiose com a terra vem uma medida de poder. As pedras falam conosco e nos ajudam em nossos esforços.

Drizzt olhou ironicamente para Belwar.

— Como o elemental da terra que você invocou uma vez contra mim.

Belwar riu uma risada envergonhada.

— Não — disse Estalo com sobriedade, determinado a não se distrair. — Os gnomos das profundezas também podem invocar os poderes da terra, mas o relacionamento deles é diferente. O amor dos svirfneblin pela terra é apenas uma das suas definições de felicidade. — Estalo desviou o olhar de seus companheiros, para a parede de pedra. — Pechs são irmãos da terra. Ela nos ajuda como nós a ajudamos, apenas por afeto.

— Você fala da terra como se fosse um ser sentiente — observou Drizzt, não sarcasticamente, apenas por curiosidade.

— Mas é, elfo negro — respondeu Belwar, imaginando como Estalo deveria ter se parecido antes do encontro com o mago —, para aqueles que podem ouvi-la — a enorme cabeça bicuda de Estalo assentiu de acordo.

— Os svirfneblin podem ouvir a canção distante da terra — disse ele. — Os pech podem falar diretamente com ela.

Aquilo tudo estava além da compreensão de Drizzt. Ele conhecia a sinceridade nas palavras de seus companheiros, mas os drow não estavam tão conectados com as rochas do Subterrâneo como os svirfneblin e os pechs. Ainda assim, se Drizzt precisasse de alguma prova do que Belwar e Estalo estavam insinuando, só teria que recordar de sua batalha contra o elemental da terra de Belwar, ou imaginar o muro que de alguma forma havia aparecido para bloquear seus inimigos na caverna dos illithid.

— O que as pedras lhe dizem agora? — Drizzt perguntou a Estalo. — Nós saímos do alcance de nossos inimigos?

Estalo se moveu e colocou a orelha na parede.

— As palavras estão vagas agora — ele disse com um lamento em sua voz. Seus companheiros entenderam a conotação de seu tom. A terra não estava falando menos claramente, era a audição de Estalo, impedida pelo retorno iminente do ganchador, que havia começado a desaparecer. — Não ouço mais ninguém nos perseguindo — continuou Estalo —, mas não tenho certeza o bastante para confiar em meus ouvidos — ele rosnou de repente, girou e voltou para o outro lado da alcova.

Drizzt e Belwar trocaram olhares preocupados, depois o seguiram.

— O que foi? — o mestre de escavações ousou perguntar ao ganchador, no entanto ele poderia adivinhar prontamente.

— Estou me perdendo — respondeu Estalo, e o grasnado que retornou à sua voz apenas enfatizou o ponto. — Na caverna illithid, eu era pech... mais pech do que nunca. Eu era pech por completo. Eu era a terra. — Belwar e Drizzt pareciam não entender.

— A p-p-parede — Estalo tentou explicar. — Levantar um muro assim é uma tarefa que apenas um g-g-grupo de anciãos pechs poderia realizar, trabalhando juntos através de minuciosos rituais — Estalo fez uma pausa e sacudiu a cabeça violentamente, como se estivesse tentando jogar fora o lado ganchador. Ele bateu uma garra pesada na parede e se forçou a continuar. — No entanto, eu consegui. Eu me tornei a pedra e simplesmente levantei minha mão para bloquear os inimigos de Drizzt!

— E agora está indo embora — disse Drizzt suavemente. — O pech está saindo do seu alcance mais uma vez, enterrado sob o instinto de um ganchador.

Estalo desviou o olhar e novamente bateu um gancho contra a parede em resposta. Algo no movimento o trouxe conforto, e ele repetiu, continuamente, ritmicamente, martelando como se estivesse tentando agarrar um pedaço de seu antigo eu.

Drizzt e Belwar saíram da alcova e voltaram ao corredor para dar alguma privacidade para seu enorme amigo. Pouco tempo depois, perceberam que as batidas haviam cessado, e Estalo colocou sua cabeça para fora, seus enormes olhos de pássaro repletos de tristeza. Suas palavras gaguejadas enviaram arrepios pelas espinhas de seus amigos, porque eles perceberam que não podiam negar sua lógica ou seu desejo.

— P-por fav-vor... me m-matem.

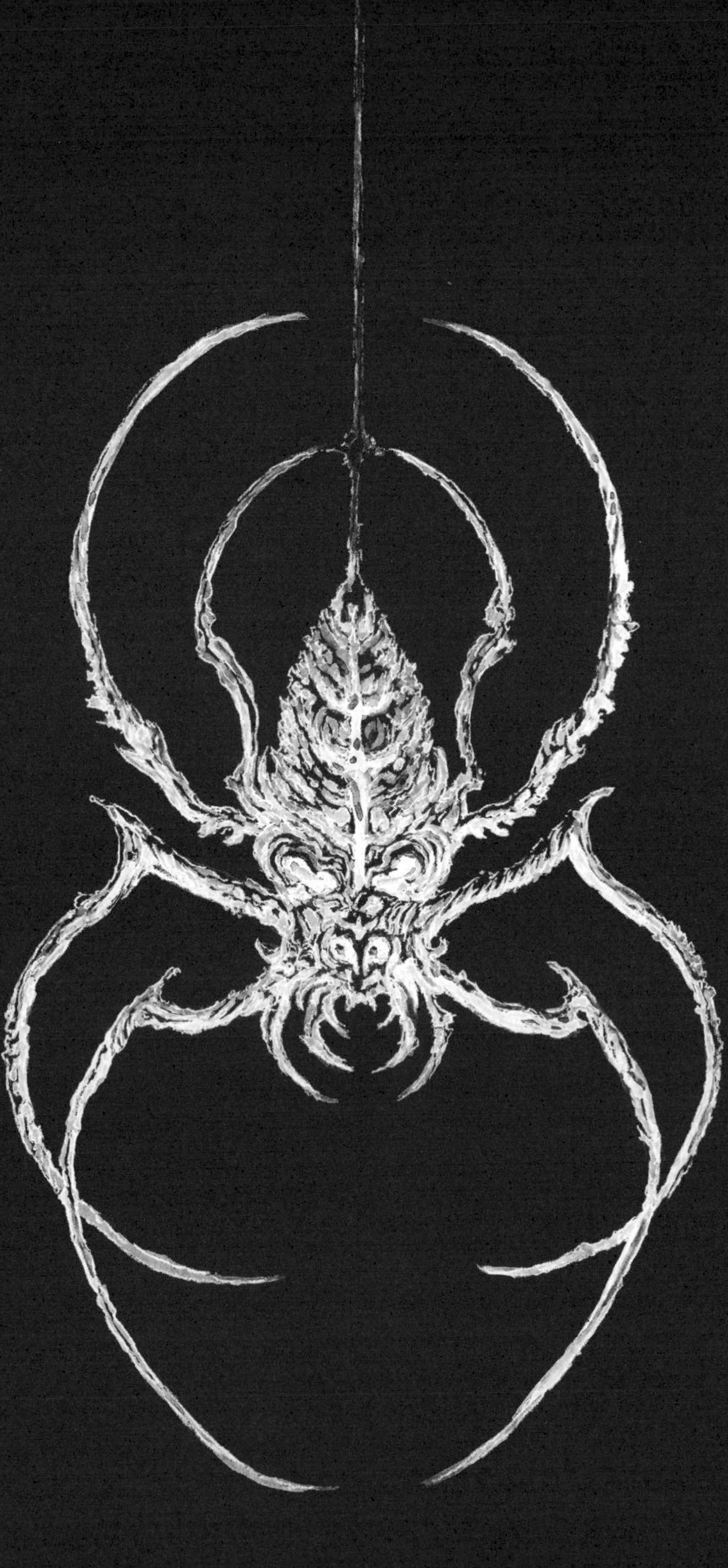

Parte 5
Espírito

Espírito. Ele não pode ser quebrado e não pode ser roubado. Uma vítima no auge do desespero pode sentir o contrário, e certamente o "mestre" dessa vítima gostaria de acreditar nisso. Mas na verdade, o espírito permanece, às vezes enterrado, mas nunca totalmente removido.

Essa é a falsa suposição de um zin-carla e o perigo de tal animação sentiente. As sacerdotisas, eu vim a descobrir, afirmam que esse é o maior presente da divindade Rainha Aranha que governa os drow. Eu acho que não. É melhor dizer que o zin-carla é a maior mentira de Lolth.

Os poderes físicos do corpo não podem ser separados da lógica da mente e das emoções do coração. São uma coisa só, uma compilação de um ser singular. É na harmonia dessas três coisas — corpo, mente e coração — que encontramos o espírito.

Quantos tiranos já tentaram? Quantos governantes procuraram reduzir seus súditos a simples instrumentos de ganho e lucro sem consciência? Eles roubam os amores, os sonhos e os desejos de seu povo... Fazem isso tentando roubar o espírito.

E, no fim, inevitavelmente, eles falham. Eu preciso acreditar nisso. Se a chama do espírito se extingue, há apenas a morte, e o tirano não consegue lucro algum em um reino repleto de cadáveres.

Mas é uma coisa resistente, essa chama do espírito — indomável e persistente. Em alguns, pelo menos, sobreviverá, para o desespero do tirano.

Onde, então, estava Zaknafein, meu pai, quando foi enviado com o propósito de me destruir? Onde eu estava em meus anos sozinho no Subterrâneo selvagem, quando este caçador que eu havia me tornado cegou meu coração e guiou minha mão da espada, muitas vezes contra meus desejos conscientes?

Nós dois estávamos lá o tempo todo, eu vim a entender, soterrados, mas nunca roubados.

Espírito. Em todos os idiomas em todos os Reinos, tanto os da Superfície quanto do Subterrâneo, em todos os tempos e em todos os lugares, a palavra tem um som de força e determinação. É a força do herói, a resistência da mãe e a armadura do pobre. Não pode ser quebrado, e não pode ser retirado.

Eu preciso acreditar nisso.

— Drizzt Do'Urden

Capítulo 22

Sem direção

A ESPADA CORTOU RÁPIDO DEMAIS para que o escravo goblin tivesse tempo de gritar. Ele caiu para frente, morto antes de chegar ao chão. Zaknafein pisou nas costas da coisa morta e seguiu em frente — o caminho para a saída da caverna estreita estava diante da aparição espectral, a apenas dez metros de distância.

Assim que o guerreiro morto-vivo passou por sua última vítima, um grupo de illithid entrou na caverna à frente dele. Zaknafein rosnou e não se desviou nem diminuiu a velocidade. Sua lógica e seus passos eram diretos; Drizzt havia passado por aquela saída, e ele o seguiria.

Qualquer coisa que ficasse em seu caminho tombaria por sua lâmina.

Deixe que esse aí siga em frente! veio um grito telepático de vários pontos na caverna, de outros devoradores de mente que testemunharam Zaknafein em ação.

Você não vai conseguir vencê-lo! Deixe o drow sair!

Os devoradores de mentes tinham visto o suficiente das lâminas mortais da aparição espectral; dezenas de seus companheiros já haviam morrido pelas mãos de Zaknafein.

Este novo grupo que estava no caminho de Zaknafein não ignorou a urgência dos apelos telepáticos. Eles se separaram para ambos os lados com toda a velocidade — exceto um.

A raça illithid baseava sua existência em pragmatismo fundada no vasto volume de conhecimento comunal. Os devoradores de mentes consideravam emoções básicas como orgulho falhas fatais. Um conceito que se mostrou verdadeiro naquela ocasião.

Fwoop! Um único illithid atacou a aparição espectral, determinado a não permitir que ninguém escapasse.

Um instante depois, tempo o bastante para um único movimento preciso de espada, Zaknafein pisou no peito do illithid caído e continuou seu caminho para fora da cidade, em direção ao Subterrâneo selvagem.

Nenhum outro illithid fez qualquer movimento para detê-lo.

Zaknafein agachou-se e, cuidadosamente, escolheu seu caminho. Drizzt havia passado por aquele túnel; o aroma estava fresco e claro. Mesmo assim, em sua perseguição cuidadosa, quando muitas vezes precisava parar e verificar a trilha, Zaknafein não podia se mover tão rápido quanto sua presa.

Mas, ao contrário de Drizzt, não precisava descansar.

— Pare! — o tom de comando de Belwar não permitia nenhuma discussão. Drizzt e Estalo pararam como que congelados, perguntando-se o que havia colocado o mestre de escavações em alerta súbito.

Belwar colocou a orelha contra a parede de pedra.

— Botas — sussurrou ele, apontando para a pedra. — Túnel paralelo.

Drizzt se juntou a seu amigo ao lado da parede e ouviu atentamente, mas, embora seus sentidos fossem mais sensíveis do que quase qualquer outro elfo negro, estava longe de ser tão hábil em ler as vibrações da pedra quanto o gnomo das profundezas.

— Quantos? — perguntou.

— Alguns — respondeu Belwar, mas seu dar de ombros disse a Drizzt que ele estava apenas fazendo uma suposição esperançosa.

— Sete — disse Estalo, a poucos passos da parede, com a voz clara e segura. — Duergar... anões cinzentos... fugindo dos illithid, assim como nós.

— Como você...? — Drizzt começou a perguntar, mas ele parou, lembrando-se do que Estalo lhe contara sobre os poderes dos pechs.

— Os túneis se cruzam? — Belwar perguntou ao ganchador. — Podemos evitar os duergar?

Estalo voltou à pedra em busca de respostas.

— Os túneis se juntam logo à frente — ele respondeu —, então continuam como um.

— Então, se ficarmos aqui, os anões cinzentos provavelmente vão nos ultrapassar — argumentou Belwar.

Drizzt não estava tão certo do raciocínio do gnomo das profundezas.

— Nós e os duergar temos um inimigo em comum — observou Drizzt, então seus olhos se arregalaram quando um pensamento veio de repente. — Aliados?

— Embora muitas vezes os duergar e os drow viajem juntos, os anões cinzentos geralmente não se aliam com os svirfneblin — lembrou Belwar. — Ou ganchadores, eu acho.

— Esta situação está longe de ser típica — Drizzt foi rápido em rebater. — Se os duergar estiverem fugindo dos devoradores de mentes, provavelmente estão mal equipados e desarmados. Eles podem aceitar a aliança, para o ganho de ambos os grupos.

— Eu não acredito que eles serão tão amigáveis quanto você supõe — respondeu Belwar com uma risada sarcástica —, mas concedo que esse túnel estreito não seja uma região defensável, mais adequada ao tamanho de um duergar do que às lâminas longas de um drow e os braços mais longos ainda de um ganchador. Se os duergar decidirem voltar na bifurcação e vir na nossa direção, poderíamos acabar lutando em uma área que os favoreceria.

— Então, para a junção dos túneis — disse Drizzt — e lá descobrimos o que acontece.

Os três companheiros logo entraram em uma pequena câmara oval. Outro túnel, aquele no qual os duergar estavam, entrava pela área ao lado do túnel dos companheiros, e uma terceira passagem corria a partir da parte de trás da sala. Os amigos correram até aquele túnel mais distante no momento em que o som das botas começaram a ecoar em seus ouvidos.

Um momento depois, os sete duergar entraram na câmara oval. Eles estavam abatidos, como Drizzt suspeitava, mas não estavam desarmados. Três carregavam porretes, outro, uma adaga, dois levavam espadas e o último segurava duas pedras grandes.

Drizzt pediu para seus amigos esperarem e saiu para encontrar os estranhos. Embora nenhuma raça gostasse muito da outra, os drow e os duergar frequentemente formavam alianças mutuamente lucrativas. Drizzt supôs que as chances de formarem uma aliança pacífica seriam maiores se ele fosse sozinho.

Sua aparição repentina assustou os anões cinzentos, já cansados. Eles correram para os lados freneticamente, tentando formar alguma postura defensiva. Espadas e porretes se levantaram em prontidão, e o anão segurando as pedras ergueu o braço para um lance.

— Saudações, duergar — disse Drizzt, esperando que os anões cinzentos entendessem a língua drow. Suas mãos descansavam casualmente sobre os punhos de suas cimitarras embainhadas; ele sabia que poderia chegar até elas com rapidez se fossem necessárias.

— Quem é você? — um dos anões cinzentos que levavam uma espada perguntou em um drow instável, mas compreensível.

— Um refugiado, como vocês — respondeu Drizzt — fugindo da escravidão dos devoradores de mentes.

— Então você conhece nossa pressa — grunhiu o duergar. — Fique fora do nosso caminho.

— Eu ofereço uma aliança — disse Drizzt. — Números maiores só nos ajudarão quando os illithid vierem.

— Sete é tão bom quanto oito — respondeu obstinadamente o duergar. Atrás do anão com quem Drizzt falava, o duergar empunhando as pedras contraiu o braço de forma ameaçadora.

— Mas não tão bom quanto dez — Drizzt raciocinou calmamente.

— Você tem amigos? — perguntou o duergar, seu tom ficando evidentemente mais suave. Ele olhou nervosamente, procurando uma possível emboscada. — Mais drow?

— Passou longe — respondeu Drizzt.

— Eu vi ele! — gritou outro membro do grupo, também na língua drow, antes que Drizzt pudesse começar a explicar. — Ele correu com o monstro bicudo e o svirfneblin!

— Gnomo das profundezas! — O líder dos duergar cuspiu nos pés de Drizzt. — Não é um amigo dos duergar ou dos drow!

Drizzt teria estado disposto a deixar a oferta fracassada por isso mesmo, com ele e seus amigos se movendo em seu caminho e os anões cinzentos ficando sozinhos. Mas a bem merecida reputação dos duergar não os rotulava como criaturas pacíficas, nem como muito inteligentes. Com os illithid não muito atrás, tudo o que aquele bando de anões cinzentos não precisava era mais inimigos.

Uma pedra voou na direção da cabeça de Drizzt. Uma cimitarra surgiu e a desviou de forma inofensiva.

— *Bivrip!* — veio o grito do mestre de escavações no túnel, então Belwar e Estalo correram para se juntar a Drizzt, nem um pouco surpresos pela "reviravolta".

Na Academia drow, Drizzt, como todos os outros elfos negros, passou meses aprendendo os costumes e truques dos anões cinzentos. Aquele treinamento foi o que o salvou naquele momento, porque ele foi o primeiro a atacar, contornando seus sete diminutos oponentes nas inofensivas chamas púrpuras do fogo feérico.

Quase ao mesmo tempo, três dos duergar desapareceram de vista, exercendo seus talentos inatos de invisibilidade. As chamas roxas permaneceram, porém, delineando claramente os anões desaparecidos.

Uma segunda rocha voou pelo ar, batendo no peito de Estalo. O monstro encouraçado sorriria ante o ataque lamentável se um bico pudesse sorrir, e continuou sua investida diretamente no meio dos duergar.

Aqueles que empunhavam as pedras e a adaga escaparam do caminho do ganchador, sem armas que pudessem prejudicar o gigante blindado. Com outros inimigos disponíveis, Estalo os deixou ir. Eles foram para um lado da câmara, seguindo na direção de Belwar, achando que o svirfneblin fosse o alvo mais fácil.

O movimento de uma picareta interrompeu abruptamente sua investida. O duergar desarmado avançou, tentando agarrar o braço antes que ele pudesse lançar um golpe de retorno. Belwar antecipou a tentativa e cruzou com a mão de seu martelo, acertando o duergar diretamente no rosto. As faíscas voaram, ossos se despedaçaram e a pele cinza queimou e se espalhou. O duergar voou até cair de costas e se contorceu freneticamente, agarrando seu rosto quebrado.

Aquele que empunhava a adaga não estava mais tão ansioso.

Dois duergar invisíveis foram na direção de Drizzt. Com o contorno das chamas roxas, Drizzt podia ver seu movimento geral, e ele prudentemente marcou esses dois como aqueles que empunhavam espadas. Mas Drizzt estava em clara desvantagem, porque não conseguia distinguir as estocadas sutis dos cortes. Ele recuou, colocando distância entre ele e seus companheiros.

Ele sentiu um ataque e lançou uma cimitarra de bloqueio, sorrindo para sua sorte quando ouviu o som do choque das armas. O anão cinzento apareceu por um momento, mostrando a Drizzt seu sorriso perverso, depois desapareceu rapidamente.

— Quantos você acha que pode bloquear? — o outro duergar invisível perguntou ironicamente.

— Mais do que você, eu suspeito — respondeu Drizzt, e então foi a vez do drow sorrir. Seu globo encantado de escuridão absoluta desceu sobre os três combatentes, roubando a vantagem dos duergar.

Na fúria selvagem da batalha, os instintos selvagens de ganchador de Estalo controlaram completamente suas ações. O gigante não entendia o significado das chamas roxas vazias que marcaram o terceiro duergar invisível, e ele atacou em vez disso os dois anões cinzentos restantes, ambos segurando porretes.

Antes do ganchador conseguir chegar até lá, um porrete golpeou seu joelho, e o duergar invisível riu de alegria. Os outros dois começaram a desaparecer de vista, mas Estalo agora não lhes deu atenção. O porrete invisível bateu novamente, desta vez esmagando a coxa do ganchador.

Possuído pelos instintos de uma raça que nunca se preocupou com a delicadeza, o ganchador uivou e caiu para frente, enterrando as chamas roxas sob seu tronco. Estalo pulou e caiu várias vezes, até estar convencido de que o inimigo invisível fora esmagado até a morte.

Mas então uma enxurrada de pancadas de porrete caiu sobre a cabeça do ganchador.

O duergar com a adaga não era um amador. Seus ataques vinham em estocadas bem medidas, forçando Belwar, empunhando armas mais pesadas, a tomar a iniciativa. Os gnomos das profundezas odiavam os duergar tanto quanto eram odiados por eles, mas Belwar não era um idiota. Sua picareta era agitada apenas para manter seu oponente distante, enquanto a mão do martelo permanecia firme e pronta.

Assim, os dois lutaram sem nenhum avanço por vários momentos, ambos esperando que o outro cometesse o primeiro erro. Quando o ganchador gritou de dor, e com Drizzt fora de vista, Belwar foi forçado a agir. Ele caiu para a frente, fingindo um tropeço, e avançou com sua mão de martelo quando sua picareta baixou.

O duergar reconheceu a finta, mas não podia ignorar a óbvia abertura na defesa do svirfneblin. A adaga entrou sobre a picareta, mergulhando diretamente na direção da garganta de Belwar.

O mestre de escavações se atirou para trás com a mesma velocidade e levantou uma perna com o impulso, sua bota fazendo um corte no queixo do duergar. O anão cinzento continuava, porém, mergulhando por cima do gnomo em queda, com a ponta de sua adaga liderando o caminho.

Belwar conseguiu levantar sua picareta apenas uma fração de segundo antes que a arma dentada achasse sua garganta. O mestre de escavações afastou o braço do duergar, mas o peso do anão cinzento prendeu a ambos no chão, seus rostos a poucos centímetros de distância.

— Te peguei agora! — gritou o duergar.

— Pegue isto! — Belwar rosnou em resposta logo antes de liberar a mão do martelo o suficiente para lançar um golpe curto, mas pesado, nas costelas do duergar, que bateu sua testa no rosto de Belwar, e Belwar o mordeu no nariz em resposta. Os dois rolaram, cuspindo e grunhindo, e usando quaisquer armas que conseguissem encontrar.

Pelo som das lâminas se chocando, qualquer observador fora do globo de escuridão de Drizzt teria jurado que uma dúzia de guerreiros lutava lá dentro. O ritmo frenético da dança de espadas era feito apenas por Drizzt Do'Urden. Em tal situação, lutando às cegas, o drow raciocinou que o melhor método de batalha seria manter todas as lâminas o mais longe possível de seu corpo. Suas cimitarras voavam implacavelmente e em perfeita harmonia, forçando os dois anões cinzentos a ficar na defensiva.

Cada braço lutava contra seu próprio oponente, mantendo os anões cinzentos enraizados no lugar diretamente à frente de Drizzt. Se um de seus inimigos conseguisse dar uma volta até seu lado, o drow sabia, ele estaria em sérios apuros.

Cada golpe de cimitarra era seguido pelo som do choque do metal, e cada segundo que se passava dava a Drizzt uma compreensão melhor das habilidades e estratégias de ataque de seus oponentes. No Subterrâneo selvagem, Drizzt havia lutado muitas vezes às cegas, uma vez chegou até mesmo a cobrir seu rosto com um capuz contra o basilisco que ele havia encontrado.

Desnorteados pela grande velocidade dos ataques do drow, os duergar só podiam levar suas espadas para frente e para trás e esperar que uma cimitarra não passasse por elas.

As lâminas cantavam e retiniam enquanto os dois duergar bloqueavam e se esquivavam freneticamente. Então veio um som que Drizzt esperava, o som de uma cimitarra escavando a carne. Um momento depois, uma espada bateu contra a pedra e seu soldado ferido cometeu o erro fatal de gritar de dor.

O ser caçador de Drizzt subiu à superfície naquele momento e se concentrou naquele grito, e sua cimitarra foi logo para a frente, esmagando os dentes do anão cinzento e atravessando a nuca.

O caçador se virou na direção do duergar restante em fúria. Suas lâminas espiralavam em movimentos giratórios circulares. Girando, e girando... Então uma escapou em uma estocada direta súbita, rápida demais para se bloquear. Ela pegou o duergar no ombro, rasgando uma ferida profunda.

— Da! Da! — gritou o anão cinzento, não desejando o mesmo destino que seu companheiro. Drizzt ouviu outra espada cair no chão. — Por favor, elfo drow! — ao ouvir as palavras do duergar, o drow enterrou seus impulsos instintivos.

— Eu aceito sua rendição — respondeu Drizzt, e ele se aproximou de seu oponente, colocando a ponta de sua cimitarra no peito do anão cinzento. Juntos, eles caminharam para fora da área escurecida pelo feitiço de Drizzt.

A agonia crescente rasgava a cabeça de Estalo, cada golpe enviando ondas de dor. O ganchador gorgolejou em um grunhido animalesco e explodiu em um movimento furioso, levantando-se do duergar esmagado e girando sobre seus novos inimigos.

Um porrete dos duergar bateu novamente, mas Estalo estava além de qualquer sensação de dor. Uma garra pesada atravessou o contorno púrpura, através do crânio invisível do duergar. O anão cinzento voltou à visão de repente, a concentração necessária para manter um estado de invisibilidade roubada pela morte, a maior ladra de todas.

O duergar restante virou-se para fugir, mas o ganchador enfurecido era mais rápido. Estalo pegou o anão cinzento em uma garra e o elevou no ar. Gralhando como um pássaro em frenesi, o ganchador lançou o oponente invisível na parede. O duergar voltou à vista, quebrado, e desmoronou na base do muro de pedra.

Nenhum oponente estava de pé para enfrentar o ganchador, mas a fome selvagem de Estalo estava longe de ser saciada. Drizzt e o duergar ferido emergiram da escuridão então, e o ganchador foi até eles.

Com o espectro do combate de Belwar chamando sua atenção, Drizzt não percebeu a intenção de Estalo até que o prisioneiro duergar gritou de terror.

Era tarde demais.

Drizzt observou a cabeça do prisioneiro voltando para o globo da escuridão.

— Estalo! — o drow gritou em protesto. Então Drizzt abaixou-se e mergulhou para trás para proteger sua própria vida quando a outra garra veio cruzando violentamente.

Detectando novas presas nas proximidades, o ganchador não seguiu o drow pelo globo. Belwar e o duergar da adaga estavam envolvidos demais em suas próprias lutas para perceber o gigante enlouquecido que se aproximava. Estalo inclinou-se para baixo, recolheu os combatentes em seus braços enormes e os soltou no ar. O duergar teve o infortúnio de descer primeiro, e Estalo rapidamente bateu nele, que voou até o outro lado da câmara. Belwar teria encontrado um destino semelhante, mas as cimitarras cruzadas interceptaram o próximo golpe do ganchador.

A força do gigante fez com que Drizzt deslizasse para trás por vários metros, mas o bloqueio suavizou o golpe o suficiente para que Belwar caísse sem ser atacado. Ainda assim, o mestre de escavação se chocou fortemente contra o chão e passou um longo momento atordoado demais para reagir.

— Estalo! — Drizzt gritou novamente, enquanto um pé enorme surgiu com a óbvia intenção de esmagar Belwar. Precisando de toda a sua velocidade e agilidade, Drizzt mergulhou ao redor do ganchador, caiu no chão e foi na direção dos joelhos de Estalo, como fizera em seu primeiro encontro. Tentando pisar no svirfneblin, Estalo já estava um pouco fora de equilíbrio, e Drizzt o fez tropeçar na pedra. Em um piscar de olhos, o guerreiro drow saltou sobre o peito do monstro e deslizou uma ponta de cimitarra entre as dobras blindadas do pescoço de Estalo.

Drizzt se esquivou de um golpe desajeitado enquanto Estalo continuava a lutar. O drow odiava o que tinha que fazer, mas então o ganchador se acalmou de repente e olhou para ele com sincera compreensão.

— V-v-vá em f-frente — veio um pedido quase indecifrável.

Drizzt, horrorizado, olhou para Belwar em busca de apoio. Já de pé, o mestre de escavações desviou o olhar.

— Estalo? — Drizzt perguntou ao ganchador. — Você voltou a ser o nosso Estalo?

O monstro hesitou, então sua cabeça bicuda assentiu levemente.

Drizzt saltou e olhou para a carnificina na câmara.

— Vamos embora — disse ele.

Estalo permaneceu jogado no chão por mais um momento, considerando as sombrias implicações de sua absolvição. Com a conclusão da batalha, o lado ganchador abandonou seu controle total da consciência de Estalo. Aqueles instintos selvagens espreitavam, Estalo sabia, não muito longe da superfície, esperando por outra oportunidade de voltarem à tona. Quantas vezes o lado hesitante do pech poderia lutar contra tais instintos?

Estalo golpeou a rocha, um golpe poderoso que enviou rachaduras atravessando o chão da câmara. Com grande esforço, o gigante exausto finalmente se levantou. Coberto de vergonha, Estalo não olhou para os seus companheiros, mas apenas correu em direção ao túnel, cada passo batendo como um martelo em um prego no coração de Drizzt Do'Urden.

— Talvez você devesse ter acabado com isso, elfo negro — sugeriu Belwar, caminhando ao lado de seu amigo drow.

— Ele salvou minha vida na caverna illithid — Drizzt retrucou bruscamente. — E tem sido um amigo leal.

— Ele tentou me matar e te matar também — disse o gnomo das profundezas, sombriamente. — *Magga cammara.*

— Eu sou amigo dele! — Drizzt rosnou, agarrando o ombro do svirfneblin. — E você me pede para matá-lo?

— Estou pedindo para agir como amigo dele — retrucou Belwar, e ele se soltou e começou a seguir o túnel atrás de Estalo.

Drizzt agarrou o ombro do mestre de escavações novamente e girou-o furiosamente.

— Só vai piorar, elfo negro — disse Belwar calmamente antes a expressão de raiva de Drizzt. — O feitiço do mago fica mais forte a cada dia. Estalo vai tentar nos matar novamente, temo eu, e se ele for bem-sucedido, fazer isso o destruirá mais do que suas lâminas jamais poderiam!

— Eu não consigo matá-lo — disse Drizzt, e não estava mais bravo. — E nem você.

— Então devemos deixá-lo — respondeu o gnomo das profundezas. — Devemos deixar Estalo livre no Subterrâneo, viver sua vida como um ganchador. Isso certamente é o que ele se tornará, em corpo e em espírito.

— Não — disse Drizzt. — Não devemos deixá-lo. Nós somos a única chance dele. Nós temos que ajudá-lo.

— O mago está morto — lembrou Belwar, e o gnomo das profundezas se afastou e começou andar novamente atrás de Estalo.

— Existem outros magos — respondeu Drizzt em voz baixa, desta vez não fazendo nenhum movimento para impedir o mestre de escavações. Os olhos de drow se estreitaram e ele voltou a embainhar suas cimitarras. Drizzt sabia o que devia fazer, o preço que sua amizade com Estalo exigia, mas a ideia era perturbadora demais para que aceitasse.

Havia outros magos no Subterrâneo, mas as chances de encontrar algum não era das melhores, e magos capazes de desfazer o estado metamorfoseado de Estalo eram ainda mais raros. Drizzt sabia, no entanto, onde conseguiria encontrar esses magos.

O pensamento de retornar a sua pátria assombrava Drizzt a cada passo que ele e seus companheiros deram naquele dia. Tendo visto as consequências de sua decisão de deixar Menzoberranzan, Drizzt não queria nunca mais voltar a ver o lugar, nunca mais olhar para aquele mundo sombrio que o condenara tanto.

Mas se ele escolhesse não retornar naquele momento, Drizzt sabia que, em breve, teria uma visão mais perversa do que Menzoberranzan. Ele assistiria a Estalo, um amigo que o salvara da morte certa, degenerar-se completamente em um ganchador. Belwar havia sugerido abandonar Estalo, e esse curso parecia preferível à batalha que Drizzt e o gnomo das profundezas certamente deveriam lutar se estivessem perto de Estalo quando a degeneração se completasse.

Porém, mesmo que Estalo estivesse distante, Drizzt sabia que seria testemunha da degeneração. Seus pensamentos permaneceriam com Estalo, o amigo que haveria abandonado, durante o resto de seus dias. Seria só mais uma dor para o drow atormentado.

Em todo o mundo, Drizzt não podia pensar em nada que desejasse menos do que pousar seus olhos sobre Menzoberranzan ou conversar com seu antigo povo. Dada a escolha, ele preferiria a morte a retornar à cidade drow, mas a escolha não era tão simples. Ela dependia de mais do que os desejos pessoais de Drizzt. Ele havia fundado sua vida em princípios, e esses princípios agora exigem lealdade. Eles exigem que ele colocasse as necessidades de Estalo acima de seus próprios desejos, porque Estalo tinha feito amizade com ele e porque o conceito de verdadeira amizade superava os desejos pessoais.

Mais tarde, quando os amigos montaram acampamento para um descanso rápido, Belwar notou que Drizzt estava envolvido em algum conflito interno. Deixando Estalo, que estava novamente batendo na parede de pedra, o svirfneblin foi cautelosamente para o lado do drow.

Belwar inclinou a cabeça com curiosidade.

— No que você está pensando, elfo negro?

Drizzt, preso demais em sua turbulência emocional, não retornou o olhar de Belwar.

— Minha terra natal possui uma escola de magia — respondeu Drizzt com uma determinação firme.

No começo, o mestre de escavações não entendeu o que Drizzt havia sugerido, mas, quando Drizzt olhou para Estalo, Belwar percebeu as implicações da afirmação de Drizzt.

— Menzoberranzan? — o svirfneblin gritou. — Você voltaria para lá, esperando que algum mago elfo negro demonstrasse misericórdia para nosso amigo pech?

— Eu voltaria para lá porque Estalo não tem outra chance — Drizzt rebateu com raiva.

— Então Estalo não tem chance alguma! — rugiu Belwar. — *Magga cammara*, elfo. Menzoberranzan não vai te receber de braços abertos!

— Talvez seu pessimismo seja válido — disse Drizzt. — Os elfos negros não agem movidos pela misericórdia, eu concordo, mas pode haver outras opções.

— Você está sendo caçado — disse Belwar. Seu tom mostrou que ele esperava que suas palavras simples pudesse devolver algum juízo a seu companheiro drow.

— Por Matriarca Malícia — retrucou Drizzt. — Menzoberranzan é um lugar grande, meu amigo, e lealdades para minha mãe não desempenharão nenhum papel em quaisquer encontros que tivermos, além daqueles com minha família. E eu garanto que não tenho planos de encontrar ninguém de minha família.

— E o que, elfo negro, podemos oferecer em troca de dissipar a maldição de Estalo? — Belwar respondeu sarcasticamente. — O que temos a oferecer que algum elfo negro, mago, de Menzoberranzan pudesse dar algum valor?

A resposta de Drizzt começou com um corte rápido de uma cimitarra, foi aumentada por um fogo familiar e fervilhante nos olhos lavanda do drow, e terminou com uma simples declaração que até mesmo o teimoso Belwar não conseguiu refutar.

— A vida do mago.

Capítulo 23

Ondulações

Matriarca Baenre examinou Malícia Do'Urden longa e cuidadosamente, medindo o quanto as provações do zin-carla haviam pesado sobre a Matriarca Mãe. Linhas profundas de preocupação cortavam o rosto outrora liso de Malícia, e seus cabelos absolutamente brancos, que já foram a inveja de sua geração, estavam, por uma das raras vezes em cinco séculos, frisados e desarrumados. Mais surpreendente, no entanto, era o estado dos olhos de Malícia, uma vez radiantes e alertas, mas agora escuros devido ao cansaço e afundados nas órbitas em meio a sua pele escura.

— Zaknafein quase o pegou — explicou Malícia, com sua voz em um choramingo que não combinava com ela. — Drizzt estava ao seu alcance, e, ainda assim, de alguma forma, meu filho conseguiu escapar!

— Mas a aparição espectral está novamente perto dele, seguindo seu rastro — Malícia rapidamente acrescentou, vendo o esgar de desaprovação de Matriarca Baenre. Além de ser a figura mais poderosa em toda a Menzoberranzan, a matriarca decrépita da Casa Baenre era considerada a representante pessoal de Lolth na cidade. A aprovação de Matriarca Baenre era a aprovação de Lolth, e com a mesma lógica, a desaprovação de Matriarca Baenre costumava ser o desastre garantido de uma casa.

— Zin-carla requer paciência, Matriarca Malícia — disse Baenre calmamente. — Não faz tanto tempo assim.

Malícia relaxou um pouco, até que olhou novamente ao seu redor. Ela odiava a capela da casa Baenre, tão enorme e humilhante. Todo o complexo dos Do'Urden poderia caber dentro daquela única câmara, e se a família e os soldados de Malícia fossem multiplicados dez vezes, ainda não preencheriam as filas de bancos. Acima do altar central, logo acima de Matriarca Malícia, aparecia a imagem ilusória da aranha gigantesca, mudando até assumir a forma de uma linda drow, depois de volta para uma aranha. Sentar-se ali sozinha com Matriarca Baenre sob aquela imagem esmagadora, fez com que Malícia se sentisse insignificante.

A matriarca Baenre sentiu a inquietação de sua convidada e foi até ela para confortá-la.

— Você recebeu um presente incrível — ela disse com sinceridade. — A Rainha Aranha não te agraciaria com o zin-carla, e não teria aceitado o sacrifício de SiNafay Hun'ett, uma Matriarca Mãe, se não aprovasse seus métodos e sua intenção.

— É um teste — respondeu Malícia de maneira direta.

— Um teste que você não falhará! — Baenre respondeu. — E, em seguida, terá as glórias que merece, Malícia Do'Urden! Quando o espectro que costumava ser Zaknafein completar sua tarefa e seu filho renegado estiver morto, você se sentará com honra no conselho governante. Muitos anos, eu prometo, se passarão antes que qualquer casa se atreva a ameaçar a Casa Do'Urden. A Rainha Aranha vai cobri-la com o brilho de seu favor pela utilização adequada do zin-carla. Ela manterá sua casa com a maior consideração e irá defendê-la contra seus rivais.

— E se o zin-carla falhar? — Malícia ousou perguntar. — Vamos supor... — sua voz sumiu quando os olhos de Matriarca Baenre se arregalaram em choque.

— Não fale tais palavras! — repreendeu Baenre. — E não pense em tais impossibilidades! Você se distrai com o medo, e isso por si só pode decretar sua desgraça. Zin-carla é um exercício de força de vontade e um teste de sua devoção à Rainha Aranha. A aparição espectral é uma extensão de sua fé e sua força. Se você falhar em sua confiança, então a aparição espectral de Zaknafein falhará em sua busca!

— Eu não vou falhar! — Malícia rugiu, suas mãos apertadas ao redor dos braços da cadeira. — Aceito a responsabilidade pelo sacrilégio de meu filho, e com a ajuda e as bênçãos de Lolth, eu promulgarei o castigo adequado contra Drizzt.

Matriarca Baenre tornou a relaxar em seu assento e acenou com a cabeça em aprovação. Ela teria que apoiar Malícia nesse empreendimento, por ordens de Lolth, e ela sabia o suficiente sobre os zin-carla para entender que a confiança e a determinação eram dois dos principais ingredientes para o sucesso. Uma Matriarca Mãe envolvida em um zin-carla tinha que proclamar sua confiança em Lolth e seu desejo de agradar a Lolth com frequência e sinceridade.

Agora, porém, Malícia tinha outro problema, uma distração com a qual não podia se dar ao luxo de lidar. Ela tinha vindo a casa Baenre por sua própria vontade, procurando ajuda.

— Então, sobre este outro assunto — provocou Matriarca Baenre, cansando-se rapidamente da reunião.

— Eu estou vulnerável — explicou Malícia. — Zin-carla rouba minha energia e atenção. Temo que outra casa aproveite a oportunidade.

— Nenhuma casa jamais atacou uma Matriarca Mãe cativa de um zin-carla — apontou Matriarca Baenre, e Malícia percebeu que a velha drow decrépita falava por experiência.

— Zin-carla é um presente raro — respondeu Malícia — dado a matriarcas poderosas com casas poderosas, quase com certeza no mais alto favor da Rainha Aranha. Quem atacaria em tais circunstâncias? Mas a Casa Do'Urden é muito diferente. Acabamos de sofrer as consequências da guerra. Mesmo com a adição de alguns dos soldados da Casa Hun'ett, estamos enfraquecidos. Sabe-se que ainda não recuperei o favor de Lolth, mas minha casa é a oitava da cidade, colocando-me no conselho governante, uma posição invejável.

— Seus medos estão mal colocados — assegurou Matriarca Baenre, mas Malícia recuou de frustração apesar das palavras. Matriarca Baenre sacudiu a cabeça impotente. — Eu vejo que apenas minhas palavras não podem te acalmar. Sua atenção deve estar em seu zin-carla. Compreenda isso, Malícia Do'Urden: você não tem tempo para preocupações insignificantes.

— Elas permanecem — disse Malícia.

— Então eu vou acabar com elas — ofereceu a Matriarca Baenre. — Volte para sua casa agora, na companhia de duzentos soldados Baenre. Eles protegerão suas ameias, e meus soldados usarão o emblema da Casa Baenre. Ninguém na cidade se atreverá a atacar com tais aliados.

Um sorriso largo atravessou o rosto de Malícia, um sorriso que diminuiu algumas daquelas linhas de preocupação. Ela aceitou o generoso presente de Matriarca Baenre como um sinal de que talvez Lolth ainda tivesse a Casa Do'Urden sob seu favor.

— Volte para sua casa e concentre-se na sua tarefa principal — continuou a Matriarca Baenre. — Zaknafein deve encontrar Drizzt novamente e matá-lo. Isso é o que você ofereceu à Rainha Aranha. Mas não tema pelo último fracasso da aparição espectral ou pelo tempo perdido. Alguns dias, ou semanas, não são muito tempo aos olhos de Lolth. A conclusão adequada do zin-carla é tudo o que importa.

— Você organizará minha escolta? — perguntou Malícia, levantando-se da cadeira.

— Já está a sua espera — assegurou Matriarca Baenre.

Malícia caminhou da plataforma central elevada e atravessou as muitas fileiras da capela gigante. A enorme sala estava mal iluminada, e Malícia mal conseguia ver, à medida que saía, outra figura movendo-se em direção à plataforma central, vindo da direção oposta. Ela supôs que fosse o companheiro illithid de Matriarca Baenre, uma presença comum na grande capela. Se Malícia soubesse que o devorador de mentes de Matriarca Baenre tinha deixado a cidade para resolver assuntos particulares a oeste, teria prestado mais atenção à figura distante.

Suas linhas de preocupação aumentariam dez vezes.

— Digna de pena — observou Jarlaxle enquanto ele subia para sentar-se ao lado de Matriarca Baenre. — Esta não é a mesma Matriarca Malícia Do'Urden que eu conheci apenas alguns meses atrás.

— Zin-carla não é nada barato — respondeu Matriarca Baenre.

— O preço é caro — Jarlaxle concordou. Ele olhou diretamente para a Matriarca Baenre, lendo seus olhos, bem como a próxima resposta. — Será que ela vai falhar?

A Matriarca Baenre riu em voz alta, uma risada que mais parecia um sibilar.

— Até mesmo a Rainha Aranha só poderia adivinhar a resposta. Meus — nossos — soldados devem deixar Matriarca Malícia tranquila o suficiente para completar a tarefa. Essa é a minha esperança, pelo menos. Malícia Do'Urden já esteve na maior consideração de Lolth, você sabe. Seu lugar no conselho governante foi exigido pela Rainha Aranha.

— Os acontecimentos parecem levar à conclusão da vontade de Lolth — Jarlaxle riu, lembrando-se da batalha entre a Casa Do'Urden e a Casa Hun'ett, na qual Bregan D'aerthe desempenhou o papel fundamental. As consequências dessa vitória, a eliminação da Casa Hun'ett, colocaram a Casa Do'Urden na oitava posição da cidade e, logo, colocaram a Matriarca Malícia no conselho governante.

— A sorte sorri para os favorecidos — observou Matriarca Baenre.

O sorriso de Jarlaxle foi substituído por um olhar repentinamente sério.

— E Malícia, Matriarca Malícia — ele corrigiu rapidamente, vendo o brilho imediato de repreensão nos olhos de Baenre — está agora sob o favor da Rainha Aranha? A sorte sorrirá para a Casa Do'Urden?

— O presente do zin-carla removeu o favor e o desfavor, eu suponho — explicou Matriarca Baenre. — A sorte de Matriarca Malícia depende dela e de sua aparição espectral agora.

— Ou do filho dela, este infame Drizzt Do'Urden, para destruir — completou Jarlaxle. — Esse jovem guerreiro é mesmo tão poderoso? Por que Lolth simplesmente não o esmagou?

— Ele abandonou a Rainha Aranha — respondeu Baenre — completamente e com todo seu coração. Lolth não tem poder sobre Drizzt e determinou que ele fosse problema de Matriarca Malícia.

— Um problema bastante grande, ao que parece — Jarlaxle riu com uma rápida sacudida de sua cabeça calva. O mercenário notou imediatamente que Matriarca Baenre não achava a mesma graça.

— Sim — ela respondeu sombriamente, e sua voz se apagou na palavra enquanto se afundava em alguns pensamentos particulares. Ela conhecia os perigos, e os possíveis lucros, de um zin-carla melhor do que ninguém na cidade. Duas vezes antes Matriarca Baenre pedira o maior presente da Rainha Aranha e duas vezes antes ela havia cuidado do zin-carla até sua conclusão bem-sucedida. Com a grandeza incomparável da Casa Baenre diante dela, Matriarca Baenre não conseguiria se esquecer dos ganhos do sucesso do zin-carla. Mas toda vez que via seu reflexo decrépito em uma piscina ou um espelho, ela vividamente se lembrava do alto preço.

Jarlaxle não interferiu nas reflexões da Matriarca Mãe. O mercenário tinha seus próprios pensamentos para contemplar naquele momento. Em um momento de julgamento e confusão como aquele, um oportunista qualificado encontraria apenas ganhos. Pelo julgamento de Jarlaxle, Bregan D'aerthe só poderia lucrar com a concessão do zin-carla a Matriarca Malícia. Se Malícia fosse bem-sucedida e reforçasse seu assento no conselho governante, Jarlaxle teria outro aliado muito poderoso dentro da cidade. Se a aparição espectral falhasse, para a ruína da Casa Do'Urden, o preço da cabeça do jovem Drizzt certamente aumentaria para um nível que poderia tentar o bando mercenário.

Enquanto voltava de sua jornada à primeira casa da cidade, Malícia imaginava olhares ambiciosos seguindo seu retorno pelas ruas sinuosas de Menzoberranzan. Matriarca Baenre tinha sido bastante generosa e graciosa. Aceitando a premissa de que a velha Matriarca Mãe era realmente a voz de Lolth na cidade, Malícia mal conseguia conter seu sorriso.

Inegavelmente, porém, os medos ainda permaneciam. Quão prontamente Matriarca Baenre chegaria à ajuda de Malícia se Drizzt continuasse a escapar de Zaknafein, se o zin-carla finalmente falhasse? A posição de Malícia no conselho governante seria tênue, como seria a continuação da existência da Casa Do'Urden.

A caravana passou pela Casa Fey-Branche, nona casa da cidade e provavelmente a maior ameaça para uma Casa Do'Urden enfraquecida. Matriarca Halavin Fey-Branche, sem dúvida, estaria observando a procissão além de seus portões de adamante, observando a Matriarca Mãe que agora ocupava o cobiçado oitavo lugar no conselho governante.

Malícia olhou para Dinin e para os dez soldados da Casa Do'Urden, caminhando ao lado dela, enquanto estava sentada sobre o disco mágico flutuante. Ela deixou seu olhar vagar para os duzentos soldados, guerreiros que levavam abertamente o orgulhoso emblema da Casa Baenre, marchando com uma precisão disciplinada por trás de sua modesta tropa.

O que Matriarca Halavin Fey-Branche deveria estar pensando ante tal visão? Malícia se perguntou. Ela não podia conter o sorriso que se seguiu a esse pensamento.

— Nossas maiores glórias virão logo — Malícia assegurou a seu filho guerreiro. Dinin assentiu e devolveu o sorriso largo, sabiamente, não se atrevendo a roubar qualquer alegria de sua mãe volátil.

Em particular, Dinin não podia ignorar suas suspeitas perturbadoras de que muitos dos soldados Baenre, guerreiros drow que ele nunca teve a oportunidade de encontrar antes, pareciam vagamente familiares. Um deles até lançou uma piscadela maliciosa ao primogênito da Casa Do'Urden.

O apito mágico de Jarlaxle sendo assoprado na varanda da Casa Do'Urden resoou vividamente na mente de Dinin.

Capítulo 24

Fé

Drizzt e Belwar não precisaram se lembrar do significado do brilho verde que aparecia mais adiante no túnel. Juntos, aceleraram seu ritmo para alertar Estalo, que continuava sua caminhada com os passos acelerados pela curiosidade. O ganchador agora assumiu a direção do grupo; Estalo simplesmente se tornara perigoso demais para Drizzt e Belwar permitirem que ele caminhasse atrás deles.

Estalo virou-se bruscamente por sua súbita aproximação, levantando uma garra, e sibilou.

— Pech — sussurrou Belwar, falando a palavra que ele estava usando para avivar a memória da consciência evanescente de seu amigo. A trupe havia decido retornar para o leste, em direção a Menzoberranzan, assim que Drizzt conseguira convencer o mestre de escavações de sua determinação em ajudar Estalo. Belwar, sem outras opções, finalmente concordou com o plano do drow como sendo a única esperança de Estalo, mas, embora eles tivessem acelerado sua marcha, ambos agora temiam que não chegassem a tempo. A transformação em Estalo fora dramática desde o confronto com os duergar. O ganchador mal podia falar e muitas vezes se virava ameaçadoramente em direção a seus amigos.

— Pech — disse Belwar novamente enquanto ele e Drizzt se aproximavam do monstro irritadiço.

O ganchador parou, confuso.

— Pech! — Belwar rosnou pela terceira vez, e bateu a mão de martelo contra a parede de pedra.

Como se uma luz de reconhecimento tivesse surgido de repente dentro da agitação que era sua consciência, Estalo relaxou e deixou cair os braços pesados para os lados.

Drizzt e Belwar olharam além do ganchador para o brilho verde e trocaram olhares preocupados. Eles se comprometeram totalmente neste curso e tinham pouca escolha em suas ações agora.

— Corbos vivem naquela câmara logo à frente — Drizzt começou em voz baixa, falando cada palavra de forma lenta e distinta para garantir que Estalo entendesse. — Nós temos que ir para outro lado rapidamente, porque se esperamos evitar uma batalha, não temos tempo para atrasos. Tenha cuidado em seus passos. As únicas passarelas são estreitas e traiçoeiras.

— E-e-es-t-t— — o ganchador balbuciou inutilmente.

— Estalo — ofereceu Belwar.

— L-l-l— — Estalo parou de repente e apontou uma garra na direção da câmara verde-incandescente.

— Estalo lidera? — Drizzt disse, incapaz de suportar o ganchador sofrendo pra falar. — Estalo lidera — disse Drizzt de novo, vendo a grande cabeça se sacudindo, mostrando seu acordo.

Belwar não parecia tão seguro da sabedoria dessa sugestão.

— Nós lutamos contra os homens-pássaros antes e vimos seus truques — argumentou o svirfneblin. — Mas Estalo não.

— O tamanho do ganchador deve dissuadi-los — argumentou Drizzt. — A mera presença de Estalo pode nos permitir evitar uma briga.

— Não contra os corbos, elfo negro — disse o mestre de escavações. — Eles atacarão qualquer coisa sem medo. Você viu aquele frenesi, aquele desrespeito por suas próprias vidas. Mesmo sua pantera não os impediu.

— Talvez você esteja certo — concordou Drizzt — mas mesmo que os corbos atacassem, quais armas eles possuem que poderiam derrotar uma armadura de ganchador? Que defesa os homens-pássaros poderiam oferecer contra as grandes garras de Estalo? Nosso amigo gigante irá varrê-los para o ácido.

— Você se esqueceu dos cavaleiros de pedra que ficam na parte de cima — lembrou o mestre de escavações. — Eles serão rápidos em saltar pela borda e levar Estalo com eles!

Estalo se afastou da conversa e olhou para a pedra das paredes em um esforço inútil para recuperar uma parte de seu antigo eu. Ele sentiu um ligeiro desejo de começar a bater na pedra, mas não era maior do que o desejo contínuo de lançar uma garra no rosto do svirfneblin ou do drow.

— Vou lidar com os corbos à espreita acima das bordas — respondeu Drizzt. — Você apenas segue Estalo através da sala — uma dúzia de passos atrás.

Belwar olhou e notou a crescente tensão no ganchador. O mestre de escavações percebeu que não podiam se dar ao luxo de se atrasar, então deu de ombros e mandou Estalo ir, fazendo um gesto em direção ao brilho verde. Estalo foi, e Drizzt e Belwar ficaram atrás.

— A pantera? — Belwar sussurrou para Drizzt enquanto viravam a última curva no túnel.

Drizzt sacudiu a cabeça rapidamente, e Belwar, lembrando o último episódio dolorido de Guenhwyvar na câmara dos corbos, não o questionou mais.

Drizzt deu um tapa no ombro do gnomo das profundezas para desejar sorte, depois passou por Estalo e foi o primeiro a entrar na câmara silenciosa. Com alguns movimentos simples, o drow fez seu feitiço de levitação e flutuou silenciosamente. Estalo, impressionado por aquele lugar estranho com o lago brilhante de ácido abaixo dele, mal notou os movimentos de Drizzt. O ganchador ficou perfeitamente imóvel, olhando toda a câmara e usando seu sentido agudo de audição para localizar qualquer inimigo possível.

— Anda — sussurrou Belwar atrás dele. — O atraso trará apenas o horror! — Estalo começou hesitante, depois pegou velocidade enquanto ganhava confiança na força da passagem estreita e sem pilares. Ele tomou o curso mais direto que conseguiu discernir, embora, mesmo assim, tenha feito algumas curvas antes de alcançar o arco de saída em frente ao que eles haviam entrado.

— Você vê alguma coisa, elfo negro? — Belwar perguntou tão alto quanto ousava alguns momentos tranquilos mais tarde. Estalo havia passado pelo ponto médio da câmara sem incidentes e o mestre de escavações não podia conter sua ansiedade crescente. Nenhum corbo havia se mostrado; nenhum som havia sido feito além do pesado golpe dos pés de Estalo e o arrastar das botas usadas de Belwar.

Drizzt flutuou de volta para a borda, atrás de seus companheiros.

— Nada — respondeu.

O drow compartilhava das suspeitas de Belwar de que não havia nenhum daqueles corbos terríveis por perto. O silêncio da caverna cheia de ácido era absoluto e enervante. Drizzt correu para o centro da câmara, depois se elevou novamente em sua levitação, tentando obter um ângulo melhor de todas as paredes.

— O que está vendo? — Belwar perguntou-lhe um momento depois. Drizzt olhou para o mestre de escavações e deu de ombros.

— Nada mesmo.

— *Magga cammara* — grunhiu Belwar, quase desejando que um corbo aparecesse para atacá-lo.

Estalo, a essa altura, estava bem próximo da saída, embora Belwar, em sua conversa com Drizzt, estivesse atrasado e permanecesse perto do centro da enorme sala. Quando o mestre de escavações finalmente voltou para o caminho à frente, o ganchador desapareceu sob o arco da saída.

— Alguma coisa? — gritou Belwar para ambos os seus companheiros. Drizzt balançou a cabeça e continuou a subir. Ele girou lentamente, examinando as paredes, incapaz de acreditar que nenhum corbo espreitava em uma emboscada.

Belwar tornou a olhar a saída.

— Nós devemos tê-los atraído para fora — ele murmurou para si mesmo, mas, apesar de suas palavras, o mestre de escavações não acreditava nisso. Quando ele e Drizzt haviam fugido aquela mesma câmara um par de semanas antes, eles deixaram várias dúzias de homens-pássaros atrás deles.

Certamente, alguns corbos mortos não teriam afugentado o resto do clã destemido.

Por algum motivo desconhecido, nenhum corbo havia se manifestado.

Belwar começou a seguir um ritmo acelerado, achando melhor não questionar sua boa sorte. Ele estava prestes a chamar Estalo, para confirmar que o ganchador realmente estava seguro, quando um grito agudo e cheio de terror rolou de além da saída, seguido de um barulho pesado de algo se quebrando. Um momento depois, Belwar e Drizzt tiveram suas respostas.

A aparição espectral de Zaknafein Do'Urden passou pelo arco e saiu na borda.

— Elfo negro! — o mestre de escavações chamou bruscamente.

Drizzt já tinha visto a aparição espectral e estava descendo o mais rápido que podia em direção à passarela perto do meio da câmara.

— Estalo — chamou Belwar, mas ele não esperava nenhuma resposta, e não recebeu nenhuma, das sombras além do arco. A aparição espectral avançava constantemente.

— Seu animal assassino! — o mestre de escavações amaldiçoou, afastando os pés e batendo suas mãos de mithral. — Saia e receba o que merece! — Belwar começou a entoar seu encantamento para fortalecer suas mãos, mas Drizzt interrompeu-o.

— Não! — o drow gritou do alto. — Zaknafein está aqui por mim, não por você. Saia do caminho dele!

— Ele estava aqui por Estalo? — Belwar gritou de volta. — Um animal assassino, é o que ele é, e eu tenho contas para acertar.

— Você não sabe disso — respondeu Drizzt, aumentando a velocidade de sua descida para ir tão rápido quanto ousava para alcançar o destemido mestre de escavações. Drizzt sabia que Zaknafein chegaria a Belwar primeiro, e ele poderia adivinhar facilmente as sombrias consequências.

— Confie em mim agora, eu imploro — clamou Drizzt. — Este guerreiro drow está muito além de suas habilidades.

Belwar bateu as mãos novamente, mas não conseguiria rebater honestamente as palavras de Drizzt. Belwar tinha visto Zaknafein em batalha apenas uma vez na caverna illithid, mas os movimentos quase invisíveis do monstro o tinham deixado sem fôlego. O gnomo das profundezas recuou alguns passos e desceu por uma passarela lateral, procurando outra rota para a saída arqueada para que ele pudesse ver com os próprios olhos o destino de Estalo.

Com Drizzt tão claramente à vista, a aparição espectral mal prestou atenção no pequeno svirfneblin. Zaknafein investiu logo após a passagem lateral e seguiu em frente para cumprir o propósito de sua existência.

Belwar pensou em perseguir o drow estranho, fechar por trás e ajudar Drizzt na batalha, mas outro grito se fez ouvir por debaixo do arco, um grito tão lamentável e repleto de tristeza que o mestre de escavações não podia ignorar. Ele parou assim que voltou para a estrada principal, depois olhou para ambos os lados, dividido em suas lealdades.

— Vai! — Drizzt gritou para ele. — Encontre Estalo. Este é Zaknafein, meu pai. — Drizzt notou uma ligeira hesitação no caminhar da aparição espectral ante a menção dessas palavras, uma hesitação que trouxe a Drizzt um lampejo de compreensão.

— Seu pai? — *Magga cammara*, elfo negro — Belwar protestou. — Lá na caverna illithid...

— Estou seguro — interveio Drizzt.

Belwar não acreditava que Drizzt estivesse seguro, mas contra os protestos de seu próprio orgulho teimoso, o mestre de escavações percebeu que a batalha que ia começar estava muito além de suas habilidades. Ele seria de pouca ajuda contra aquele poderoso guerreiro drow, e sua presença na batalha talvez fosse prejudicial para seu amigo. Drizzt teria dificuldades o bastante sem se preocupar com a segurança de Belwar.

Belwar bateu suas mãos de mithral em frustração e correu para o arco e para os gemidos contínuos de seu companheiro ganchador caído ali.

Os olhos de Matriarca Malícia se arregalaram e ela emitiu um som tão primal que suas filhas, reunidas ao seu lado na antessala, souberam imediatamente que a aparição espectral havia encontrado Drizzt. Briza olhou para as sacerdotisas Do'Urden mais novas e dispensou-as. Maya obedeceu imediatamente, mas Vierna hesitou.

— Vá — Briza grunhiu, uma mão descendo até o chicote de serpentes em seu cinto. — Agora.

Vierna olhou para sua Matriarca Mãe em busca de apoio, mas Malícia estava bastante perdida no espetáculo dos acontecimentos distantes. Aquele era o momento de triunfo para o zin-carla e para Matriarca Malícia Do'Urden; ela não ficaria distraída com as pequenas discussões de seus inferiores.

Briza estava sozinha com a mãe, de pé atrás do trono e estudando Malícia tão intensamente quanto Malícia vigiava Zaknafein.

Assim que entrou na pequena câmara além do arco, Belwar soube que Estalo estava morto, ou logo estaria. O corpo do ganchador estava largado no chão, sangrando por uma única ferida, mas perversamente precisa, no pescoço. Belwar começou a se afastar, depois percebeu que devia pelo menos algum conforto ao seu amigo caído. Ele caiu de joelhos e se forçou a assistir quando Estalo entrou em uma série de convulsões violentas.

A morte terminou o feitiço polimorfo, e Estalo gradualmente reverteu para o seu eu anterior. Os enormes braços de garras tremeram e se chacoalharam, torceram-se e transformaram nos longos e delgados braços de pele amarela de um pech. O cabelo brotou através da armadura rachada da cabeça de Estalo e o grande bico se separou e se dissipou. O peito enorme também caiu, e todo o corpo se compactou com um som de atrito que enviou arrepios ao longo da dura coluna do mestre de escavações.

O ganchador não existia mais, e na morte, Estalo era como outrora havia sido. Ele era um pouco mais alto do que Belwar, embora não tão forte, e seus traços eram largos e estranhos, com olhos sem pupilas e um nariz achatado.

— Qual era seu nome, meu amigo? — o mestre de escavações sussurrou, embora soubesse que Estalo nunca responderia. Ele se abaixou e ergueu a cabeça do pech em seus braços, tomando um pouco de conforto na paz que finalmente chegou ao rosto da criatura atormentada.

※

— Quem é você que toma a aparência de meu pai? — perguntou Drizzt, enquanto a aparição espectral percorria os últimos passos.

O grunhido de Zaknafein era indecifrável, e sua resposta veio mais claramente no golpe de uma espada.

Drizzt parou o ataque e saltou para trás.

— Quem é você? — esbravejou novamente. — Você não é meu pai!

Um amplo sorriso se espalhou pelo rosto da aparição espectral.

— Não — respondeu Zaknafein com uma voz trêmula, uma resposta inspirada em uma antessala a muitos quilômetros de distância.

— Eu sou... sua mãe! — as espadas voltaram a aparecer em uma agitação cega. Drizzt, confuso pela resposta, encarou a série de ataques com igual ferocidade e os vários choques repentinos da espada na cimitarra soavam como um único tinido.

🕸

Briza observava cada movimento de sua mãe. O suor brotava na fronte de Malícia e os punhos cerrados batiam nos braços de seu trono de pedra, mesmo depois de terem começado a sangrar. Malícia havia esperado que fosse assim, que o momento final de seu triunfo brilhasse claramente em seus pensamentos através de quilômetros. Ela ouvia a cada palavra frenética de Drizzt e sentia seu desespero tão intensamente! Malícia jamais sentira tanto prazer!

Então sentiu uma ligeira pontada quando a consciência de Zaknafein lutou contra seu controle. Malícia empurrou Zaknafein com um grunhido gutural; seu cadáver animado era a ferramenta dela!

Briza notou o súbito grunhido de sua mãe com um interesse mais do que passageiro.

🕸

Drizzt sabia além de qualquer dúvida que não era Zaknafein Do'Urden quem estava diante dele, mas não podia negar o estilo único de luta de seu antigo mentor. Zaknafein estava lá, em algum lugar, e Drizzt teria que alcançá-lo se esperasse obter alguma resposta.

A batalha rapidamente se instalou em um ritmo confortável e medido, ambos os oponentes lançando rotinas de ataque cautelosas e prestando muita atenção a sua tênue base na passagem estreita.

Belwar entrou na sala, com o corpo de Estalo nos braços.

— Mate-o, Drizzt! — gritou o mestre de escavações. — *Magga...* — Belwar parou e sentiu medo quando testemunhou a batalha. Drizzt e Zaknafein pareciam se entrelaçar, suas armas girando e se lançando, apenas para serem bloqueadas. Eles pareciam um só, aqueles dois elfos negros que Belwar considerava tão distintamente diferentes, e esse pensamento enervava o gnomo das profundezas.

Quando tiveram a próxima pausa na luta, Drizzt olhou para o mestre de escavações e o seu olhar se fixou no pech morto.

— Maldito! — ele cuspiu antes de correr para atacá-lo novamente, com suas cimitarras mergulhando e cortando o monstro que matara Estalo.

A aparição espectral bloqueou o ataque tolo e apressado facilmente e levantou as lâminas de Drizzt, pondo o guerreiro mais jovem na defensiva. Era algo que também parecia familiar demais para o jovem drow, uma abordagem de luta que Zaknafein usara contra ele muitas vezes em suas práticas de luta em Menzoberranzan. Zaknafein forçaria Drizzt para o alto, depois entraria em um movimento repentinamente baixo com as duas espadas. Em suas primeiras batalhas, Zaknafein muitas vezes derrotara Drizzt com essa manobra, a dupla estocada invertida, mas em seu último encontro na cidade dos drow, Drizzt encontrou o melhor bloqueio e contra-ataque e revidou o ataque contra seu mentor.

Agora, Drizzt se perguntou se esse oponente seguiria com a rotina de ataque esperada, e ele também se perguntava como Zaknafein reagiria ao seu contra-ataque. Será que as memórias de Zak estavam no monstro que estava enfrentando naquele momento?

Ainda assim, a aparição espectral continuou forçando as lâminas de Drizzt numa forma defensiva alta. Zaknafein deu um passo rápido para trás e desferiu o ataque baixo com as duas lâminas.

Drizzt deixou cair as cimitarras para baixo em um X, o bloqueio cruzado para baixo que prendia as espadas atacantes para baixo. Drizzt, em seguida, chutou entre os punhos de suas lâminas, diretamente no rosto de seu oponente.

A aparição espectral de alguma forma antecipou o contra-ataque e estava fora de alcance antes que a bota pudesse tocá-lo. Drizzt acreditava que já tinha uma resposta, porque apenas Zaknafein Do'Urden poderia saber daquilo.

— Você é Zaknafein! — Drizzt gritou de volta. — O que Malícia fez com você? — as espadas da aparição tremeram visivelmente em suas mãos e sua boca se contorceu como se ele estivesse tentando dizer algo.

— Não! — Malícia gritou, e ela arrancou violentamente o controle de seu monstro, caminhando pela linha delicada e perigosa entre as habilidades físicas de Zaknafein e a consciência do ser que ele já tinha sido.

— Você é meu, espectro — gritou Malícia —, e pela vontade de Lolth, você deve completar a tarefa!

Drizzt viu a repentina regressão da aparição espectral assassina. As mãos de Zaknafein já não tremiam mais e sua boca trancou-se em um sorriso fino e determinado mais uma vez.

— O que é isso, elfo negro? — perguntou Belwar, confuso com aquele combate estranho. Drizzt notou que o gnomo das profundezas havia colocado o corpo de Estalo em uma borda e estava se aproximando. Faíscas voavam das mãos de mithral de Belwar sempre que se tocavam.

— Afaste-se! — Drizzt gritou para ele. A presença de um inimigo desconhecido poderia arruinar os planos que estavam começando a se formar na mente de Drizzt. — Este é Zaknafein — ele tentou explicar a Belwar. — Ou pelo menos uma parte dele!

Com uma voz baixa demais para o mestre de escavações ouvir, Drizzt acrescentou:

— E eu acredito que sei como chegar nele.

Drizzt entrou em uma enxurrada de ataques dos quais sabia que Zaknafein poderia facilmente desviar. Ele não queria destruir o oponente, mas sim inspirar memórias de rotinas de luta familiares para Zaknafein.

Ele colocou Zaknafein através dos passos de uma sessão de treinamento típica, falando o tempo todo da mesma forma que ele e o mestre de armas costumavam conversar em Menzoberranzan. A aparição de Malícia contestava a familiaridade de Drizzt com a selvageria e combinava as palavras amigáveis de Drizzt com grunhidos animalescos. Se Drizzt achava que poderia acalmar seu oponente com complacência, estava muito enganado.

As espadas vinham na direção de Drizzt por dentro e por fora, procurando uma brecha em sua habilidade experiente. As cimitarras rivalizavam com sua velocidade e precisão, interceptando e parando cada corte em arco e desviando toda estocada direta de forma inofensiva.

Uma espada escorregou e cortou Drizzt nas costelas. Sua armadura fina reteve a borda afiada da arma, mas o peso do golpe deixaria um hematoma profundo. Forçado para trás, Drizzt viu que seu plano não seria tão facilmente executado.

— Você é meu pai! — ele gritou para o monstro. — Matriarca Malícia é sua inimiga, não eu!

A aparição espectral zombou das palavras com uma risada malévola e investiu selvagemente. Desde o início da batalha, Drizzt temia aquele momento, mas então lembrou-se obstinadamente de que não era realmente seu pai que estava diante dele.

A investida ofensiva descuidada de Zaknafein inevitavelmente deixou lacunas em suas defesas, e Drizzt as encontrou, uma e outra vez, com suas cimitarras. Uma lâmina rasgou um buraco na barriga da aparição, outra cortou profundamente no lado do pescoço.

Zaknafein apenas riu novamente, mais alto, e continuou.

Drizzt lutou em pânico, sua confiança vacilante. Zaknafein era quase seu igual, e as lâminas de Drizzt mal machucavam a coisa! Outro problema rapidamente se tornou evidente, porque o tempo estava contra Drizzt. Ele não sabia exatamente o que enfrentava, mas suspeitava que o ser a sua frente não se cansaria.

O jovem elfo negro usou toda a sua habilidade e velocidade. O desespero o levou a novas alturas de perícia com a espada. Belwar pensou novamente em se juntar a eles, mas ele parou um momento depois, atordoado pela exibição.

Drizzt atingiu Zaknafein várias vezes mais, mas a aparição espectral não parecia sequer notar, e quando Drizzt aumentou o ritmo, a intensidade da aparição espectral cresceu para igualar a sua. Drizzt mal podia acreditar que não era Zaknafein Do'Urden lutando contra ele; podia reconhecer os movimentos de seu pai e ex-mentor com muita clareza. Nenhuma outra alma poderia mover aquele corpo drow perfeitamente musculoso com tanta precisão e habilidade.

Ele recuou novamente, dando espaço e esperando pacientemente por suas oportunidades. Lembrou-se repetidamente que não era Zaknafein que enfrentava, mas algum monstro criado por Matriarca Malícia com o único propósito de destruí-lo. Drizzt tinha que estar pronto; sua única chance de sobreviver àquele encontro era fazer seu oponente cair da passarela. Com a aparição espectral lutando tão brilhantemente, porém, essa chance parecia remota.

A passarela girava ligeiramente ao redor de uma pequena curva, e Drizzt a sentiu com cuidado com um pé, deslizando-o ao longo dela. Então, uma pedra logo abaixo do pé de Drizzt se soltou do lado da passarela.

Drizzt tropeçou, e sua perna, até o joelho, deslizou ao lado da ponte. Zaknafein estava sobre ele em um instante. As espadas dançantes logo deixaram Drizzt deitado costas na passarela estreita, com a cabeça pendurada precariamente sobre o lago de ácido.

— Drizzt! — Belwar gritou impotente. O gnomo das profundezas correu até ele, embora não pudesse esperar chegar a tempo ou derrotar o assassino de Drizzt. — Drizzt!

Talvez fosse o chamado do nome de Drizzt, ou talvez fosse apenas o momento do assassinato, mas a antiga consciência de Zaknafein voltou à vida naquele instante e o braço da espada, preparado para uma queda assassina da qual Drizzt não poderia desviar, hesitou.

Drizzt não esperou nenhuma explicação. Ele bateu com o punho de uma cimitarra, depois outro, ambos acertando diretamente o maxilar de Zaknafein e movendo a aparição espectral para trás. Drizzt estava de pé novamente, ofegante e com um tornozelo torcido.

— Zaknafein! — confuso e frustrado, Drizzt gritou com o oponente.

— Driz— — a boca da aparição lutou para responder. Então o monstro de Malícia correu de volta, suas espadas liderando o caminho.

Drizzt superou o ataque e escapou de novo. Ele podia sentir a presença de seu pai; sabia que o verdadeiro Zaknafein espreitava logo abaixo da superfície daquela criatura, mas como ele poderia libertar esse espírito? Claramente, não poderia esperar continuar esta luta por muito mais tempo.

— É você — sussurrou Drizzt. — Ninguém mais poderia lutar assim. Zaknafein está aí, e Zaknafein não vai me matar.

Outro pensamento veio então a Drizzt, algo em que tinha que acreditar. Mais uma vez, a verdade das convicções de Drizzt tornou-se o teste. Drizzt enfiou as cimitarras em suas bainhas.

A aparição espectral grunhiu; suas espadas dançavam no ar e cortavam cruelmente, mas Zaknafein não apareceu.

✻

— Mate-o! — Malícia gritou de alegria, acreditando que a vitória estava em suas mãos. As imagens do combate, no entanto, afastaram-se dela, e ela ficou com apenas a escuridão. Ela havia devolvido muito de Zaknafein quando Drizzt intensificou o ritmo do combate. Ela tinha sido forçada a permitir que mais da consciência de Zak voltasse, precisando de todas as habilidades do mestre de armas para derrotar seu filho guerreiro.

Agora a Malícia ficou com escuridão, e com o peso da ruína iminente pendurada precariamente sobre sua cabeça. Ela olhou de volta para sua filha curiosa demais, e depois se afundou dentro de seu transe, lutando para recuperar o controle.

— Drizzt — disse Zaknafein, e a palavra soou extremamente agradável para o ser animado. As espadas de Zak entraram em suas bainhas, embora suas mãos precisassem lutar contra as exigências de Matriarca Malícia a cada centímetro do caminho.

Drizzt começou a dirigir-se a ele, sem querer nada além de abraçar seu pai e amigo mais querido, mas Zaknafein estendeu a mão para mantê-lo longe.

— Não — explicou a aparição. — Eu não sei por quanto tempo eu posso resistir. O corpo pertence a ela, temo eu — respondeu Zaknafein.

Drizzt não entendeu no início.

— Então você está...?

— Morto — declarou Zaknafein sem rodeios. — Em paz, tenha certeza. Malícia animou meu corpo para seus próprios propósitos vis.

— Mas você a derrotou — disse Drizzt, ousando ter esperanças. — Estamos juntos novamente.

— Um estado temporário, nada além disso — como que para provar seu ponto, a mão de Zaknafein disparou involuntariamente para o punho de sua espada. Ele fez uma careta e grunhiu, e lutou obstinadamente, afrouxando gradualmente seu punho na arma. — Ela está voltando, meu filho. Ela está sempre voltando.

— Não posso suportar perder você novamente — disse Drizzt. — Quando eu vi você na caverna illithid—

— Não fui eu que você viu — Zaknafein tentou explicar. — Foi o zumbi da vontade maligna de Malícia. Eu estou morto, meu filho. Estou morto há muitos anos.

— Você está aqui — argumentou Drizzt.

— Por vontade de Malícia, não pela... minha. — Zaknafein rosnou, e seu rosto se contorceu quando ele lutou para afastar Malícia por só mais um momento. De volta ao controle, Zaknafein estudou o guerreiro que seu filho se tornou. — Você luta bem — observou. — Melhor do que eu jamais havia imaginado. Isso é bom, e é bom que tenha tido a coragem de fugir... — o rosto de Zaknafein se contorceu de repente, roubando as palavras. Desta vez, ambas as mãos foram às suas espadas, e desta vez, ambas as armas foram sacadas.

— Não! — Drizzt implorou enquanto uma névoa brotava em seus olhos lavanda. — Lute contra ela.

— Eu... não consigo — respondeu a aparição. — Fuja deste lugar, Drizzt. Fuja até o ponto... mais extremo do mundo! Malícia nunca vai perdoar. Ela... nunca vai parar.

A aparição avançou, e Drizzt não teve escolha a não ser sacar suas armas. Mas Zaknafein estremeceu antes de chegar ao alcance de Drizzt.

— Por nós! — Zak gritou com uma clareza surpreendente, um chamado que ressoou como uma trombeta de vitória na câmara verde-brilhante e ecoou por quilômetros até o coração de Matriarca Malícia, como o toque final de um tambor que sinalizava o início da ruína. Zaknafein tinha assumido o controle novamente, por apenas um instante fugaz... Que permitiu que a aparição se jogasse da passarela.

Capítulo 25

Consequências

MATRIARCA MALÍCIA SEQUER CONSEGUIU gritar sua frustração. Mil explosões retumbaram em seu cérebro quando Zaknafein entrou no lago ácido, mil percepções de ruína iminente e inevitável. Ela saltou de seu trono de pedra, suas mãos esbeltas se retorcendo e apertando o ar como se estivesse tentando encontrar algo tangível para pegar, algo que não estava lá.

Sua respiração rasgava em suspiros laboriosos, e grunhidos sem palavras saíam de sua boca retorcida. Depois de um momento em que ela não conseguia acalmar-se, Malícia ouviu um som mais claro do que o barulho de suas próprias contorções. Por detrás dela veio o pequeno silvo das pequenas cabeças de cobras perversas do chicote de uma alta sacerdotisa.

Malícia girou, e lá estava Briza, seu rosto severo e decidido e suas seis cabeças de cobras vivas agitando-se no ar.

— Eu esperava que meu tempo de ascensão fosse daqui a muitos anos — disse a filha mais velha calmamente. — Mas você é fraca, Malícia, fraca demais para manter a Casa Do'Urden unida nas provações que seguirão o nosso — o seu — fracasso.

Malícia queria rir diante da loucura da filha; chicotes de cabeça de cobra eram presentes pessoais da Rainha Aranha e não podiam ser usado contra Matriarcas Mães. Por algum motivo, porém, Malícia não conseguiu encontrar a coragem ou a convicção para refutar sua filha naquele momento. Ela observou, hipnotizada, enquanto o braço de Briza lentamente se elevou e depois se lançou para a frente.

As seis cabeças de cobras desenrolaram-se em direção a Malícia. Era impossível! Isso ia contra todos os princípios da doutrina de Lolth! As cabeças vieram ansiosamente com suas presas e mergulharam na carne de Malícia com toda a fúria da Rainha Aranha por detrás delas. A agonia grave percorreu o corpo de Malícia, sacudindo-a e chacoalhando-a e deixando um entorpecimento gelado no seu auge.

Malícia cerrou os dentes à beira da inconsciência, tentando se segurar firmemente contra a filha, tentando mostrar a Briza a inutilidade e estupidez de continuar o ataque.

O chicote de cobras voltou a disparar e o chão correu para engolir Malícia. Briza murmurou alguma coisa, Malícia pôde ouvir, alguma maldição ou alguma canção para a Rainha Aranha.

Então veio um terceiro golpe, e Malícia não soube de mais nada. Ela estava morta antes do quinto golpe, mas Briza bateu por muitos minutos, descarregando sua fúria para que a Rainha Aranha fosse assegurada de que a Casa Do'Urden realmente abandonara sua Matriarca Mãe falha.

Quando Dinin, inesperadamente e sem aviso prévio, entrou no cômodo, Briza estava confortavelmente sentada no trono de pedra. O primogênito olhou para o corpo espancado de sua mãe, depois de volta para Briza, com sua cabeça se sacudindo em incredulidade e um sorriso largo de compreensão em seu rosto.

— O que você fez, ir... Matriarca Briza? — perguntou Dinin, segurando sua língua antes que Briza pudesse reagir a ela.

— Zin-carla falhou — Briza rosnou enquanto olhava para ele. — Lolth não aceitaria mais Malícia.

A gargalhada de Dinin, que parecia fundada em sarcasmo, cortou até a medula dos ossos de Briza. Seus olhos se estreitaram ainda mais e ela deixou que Dinin visse sua mão claramente enquanto se movia para o punho de seu chicote.

— Você escolheu o momento perfeito para a ascensão — o primogênito explicou calmamente, aparentemente nem um pouco preocupado com a punição de Briza. — Estamos sob ataque!

— Fey-Branche? — gritou Briza, saltando empolgadamente de seu assento. Cinco minutos no trono como uma Matriarca Mãe, e Briza já estava enfrentando seu primeiro teste. Ela provaria a si mesma à Rainha Aranha e redimiria a Casa Do'Urden de grande parte do dano que as falhas de Malícia haviam causado.

— Não, irmã — disse Dinin rapidamente, sem fingimento. — Não é a Casa Fey-Branche.

A resposta fria de seu irmão colocou Briza de volta ao trono e torceu seu sorriso de empolgação em uma careta de puro pavor.

— Baenre — Dinin também não estava mais sorrindo.

🕸

Vierna e Maya olharam da varanda da Casa Do'Urden para as forças que se aproximavam além do portão de adamante. As irmãs não sabiam quem era seu inimigo, ao contrário de Dinin, mas entenderam pelo tamanho da força que alguma grande casa estava envolvida. Ainda assim, a Casa Do'Urden contava com duzentos e cinquenta soldados, muitos treinados pelo próprio Zaknafein. Com mais duzentos soldados bem treinados e bem armados emprestados por Matriarca Baenre, tanto Vierna quanto Maya achavam que suas chances não eram tão ruins. Elas rapidamente delinearam estratégias de defesa, e Maya lançou uma perna sobre o balcão da varanda, planejando descer ao pátio e transmitir os planos aos capitães.

Claro, quando ela e Vierna perceberam que tinham duzentos inimigos dentro de seus portões — inimigos que haviam aceitado em empréstimo de Matriarca Baenre —, viram que seus planos significavam pouco.

Maya ainda estava sentada na grade quando os primeiros soldados Baenre apareceram na varanda. Vierna sacou seu chicote e gritou para Maya fazer o mesmo. Mas Maya não estava se movendo, e Vierna, em uma inspeção mais próxima, notou vários dardos pequenos que se espalhavam pelo corpo de sua irmã.

O próprio chicote de cabeças de cobra de Vierna virou-se contra ela, então, suas presas cortaram seu rosto delicado. Vierna entendeu de imediato que a queda da Casa Do'Urden havia sido decretada pela própria Lolth.

— Zin-carla — murmurou Vierna, percebendo a fonte do desastre. O sangue borrou sua visão e uma onda de tonturas a alcançou quando a escuridão se fechou sobre ela.

⁂

— Isto não é possível. — Briza gritou. — A Casa Baenre está atacando? Lolth não deu...

— Tivemos a nossa chance! — Dinin gritou para ela. — Zaknafein era nossa chance — Dinin olhou para o corpo rasgado de sua mãe —, e o espectro falhou, eu suponho.

Briza rosnou e atacou com o chicote. Dinin, no entanto, esperava o ataque — ele conhecia Briza tão bem —, e avançou além do alcance da arma. Briza deu um passo em direção a ele.

— Sua raiva requer mais inimigos? — perguntou Dinin, de espadas na mão. — Vá para a varanda, querida irmã, onde você vai encontrar mil deles esperando por você!

Briza gritou em frustração, mas se afastou de Dinin e correu para fora da sala, esperando salvar algo desta situação terrível.

Dinin não a seguiu. Ele se inclinou sobre a Matriarca Malícia e olhou uma última vez para os olhos da tirana que havia governado toda sua vida. Malícia tinha sido uma figura poderosa, confiante e perversa, mas quão frágil seu reinado tinha se provado, quebrado pelas palavrinhas de uma criança renegada.

Dinin ouviu uma agitação no corredor, depois a porta da antessala abriu-se novamente. O primogênito não precisava olhar para saber que os inimigos estavam na sala. Ele continuou a encarar sua mãe morta, sabendo que logo compartilharia do mesmo destino.

O golpe esperado, porém, não o atingiu, e vários momentos agonizantes depois, Dinin ousou olhar por cima do ombro.

Jarlaxle sentava-se confortavelmente no trono de pedra.

— Você não está surpreso? — perguntou o mercenário, observando que a expressão de Dinin não mudara.

— Bregan D'aerthe estava entre as tropas dos Baenre. Talvez fossem todas as tropas dos Baenre — disse Dinin, casualmente. Ele examinou secretamente o quarto para ver a dezena de soldados que havia seguido Jarlaxle. Se ao menos pudesse chegar ao líder mercenário antes de ser morto... pensou Dinin. Assistir à morte do traidor Jarlaxle poderia trazer alguma medida de satisfação a todo esse desastre.

— Observador — disse Jarlaxle. — Eu tinha minhas suspeitas de que você sabia o tempo todo que sua casa estava condenada.

— Se zin-carla falhasse — respondeu Dinin.

— E você sabia que falharia? — perguntou o mercenário quase retoricamente. Dinin assentiu.

— Dez anos atrás — ele começou, perguntando-se por que estava contando tudo isso para Jarlaxle — vi quando Zaknafein foi sacrificado à Rainha Aranha. Dificilmente outra casa em Menzoberranzan viu um desperdício maior.

— O mestre de armas da Casa Do'Urden tinha uma reputação poderosa — apontou o mercenário.

— Bem merecida, não duvide — respondeu Dinin. — Então Drizzt, meu irmão...

— Outro guerreiro poderoso.

Novamente Dinin assentiu.

— Drizzt nos desertou, com a guerra em nossos portões. O erro de cálculo de Matriarca Malícia não pôde ser ignorado. Eu soube então que a Casa Do'Urden estava condenada.

— Sua casa derrotou a Casa Hun'ett, não foi uma pequena façanha — argumentou Jarlaxle.

— Somente com a ajuda de Bregan D'aerthe — corrigiu Dinin. — Durante a maior parte da minha vida, assisti a Casa Do'Urden, sob a orientação constante de Matriarca Malícia, subir pela hierarquia da cidade. Todos os anos, nosso poder e influência cresceram. Na última década, porém, eu nos vi espiralar para baixo. Eu assisti as fundações de Casa Do'Urden desmoronarem. A estrutura eventualmente teria que seguir a queda.

— Tão sábio quanto é habilidoso com a lâmina — observou o mercenário. — Eu disse isso antes de Dinin Do'Urden, e parece que, novamente, eu estava certo.

— Se eu o agradei, peço um favor — disse Dinin, levantando-se. — Me conceda, se assim o desejar.

— Te matar de forma rápida e indolor? — Jarlaxle perguntou através de um sorriso alargado.

Dinin assentiu pela terceira vez.

— Não — disse Jarlaxle sem rodeios. Sem entender, Dinin sacou sua espada. — Eu não vou matar você — explicou Jarlaxle.

Dinin manteve a espada erguida e estudou o rosto do mercenário, procurando por uma indicação sobre sua intenção.

— Eu sou um nobre da casa — disse Dinin. — Uma testemunha do ataque. Nenhuma eliminação de uma casa está completa se algum nobre permanecer vivo.

— Uma testemunha? — Jarlaxle riu. — Contra a Casa Baenre? Dinin baixou sua espada.

— Então, qual é o meu destino? — perguntou. — Matriarca Baenre irá me acolher? — o tom de Dinin mostrou que ele não estava entusiasmado com essa possibilidade.

— Matriarca Baenre tem pouco uso para os homens — respondeu Jarlaxle. — Se alguma das suas irmãs sobreviveu — e acredito que aquela chamada Vierna sobreviveu — ela pode ir parar na capela de Matriarca Baenre. Mas a velha mão decrépita da Casa Baenre nunca veria o valor de um homem como Dinin, temo eu.

— Então, o que vai ser? — Dinin exigiu saber.

— Eu sei o seu valor — declarou Jarlaxle, casualmente. Ele dirigiu o olhar de Dinin para os sorrisos concordantes de suas tropas.

— Bregan D'aerthe? Eu, um nobre, me tornar um renegado? — Mais rápido do que os olhos de Dinin poderiam acompanhar, Jarlaxle lançou uma adaga no corpo a seus pés. A lâmina enterrou-se até o punho nas costas de Malícia.

— Um renegado ou um cadáver — disse Jarlaxle com naturalidade. Não era uma escolha muito difícil.

※

Alguns dias depois, Jarlaxle e Dinin olharam para trás para o portão de adamante arruinado da Casa Do'Urden. Outrora ele se elevara alto e forte, com suas intrincadas esculturas de aranhas e os dois formidáveis pilares de estalagmite que serviam de torres de guarda.

— Tudo mudou tão rápido — observou Dinin. — Eu vejo toda a minha vida anterior antes de mim, mas tudo acabou.

— Esqueça o que foi antes — sugeriu Jarlaxle. A piscadela maliciosa do mercenário disse a Dinin que ele tinha algo específico em mente ao completar o pensamento. — Exceto o que pode ajudar no seu futuro.

Dinin fez uma rápida inspeção visual de si mesmo e das ruínas.

— Meu equipamento de batalha? — ele perguntou, tentando pescar a intenção de Jarlaxle. — Meu treinamento.

— Seu irmão.

— Drizzt? — mais uma vez, aquele nome maldito voltava para trazer angústia a Dinin!

— Parece que ainda há a questão de Drizzt Do'Urden para se resolver — explicou Jarlaxle. — Ele é um grande prêmio aos olhos da Rainha Aranha.

— Drizzt? — Dinin perguntou novamente, mal acreditando nas palavras de Jarlaxle.

— Por que você está tão surpreso? — Jarlaxle perguntou. — Seu irmão ainda está vivo, caso contrário, porque Matriarca Malícia cairia?

— Que casa poderia estar interessada nele? — perguntou Dinin sem rodeios. — Outra missão para Matriarca Baenre?

O riso de Jarlaxle o diminuiu.

— Bregan D'aerthe pode agir sem a orientação — ou a bolsa — de uma casa reconhecida — respondeu.

— Você planeja ir atrás do meu irmão?

— Pode ser a oportunidade perfeita para Dinin mostrar seu valor para minha pequena família — disse Jarlaxle a ninguém em particular. — Quem seria melhor para pegar o renegado que derrubou a Casa Do'Urden? O valor pela cabeça do seu irmão aumentou muitas vezes com o fracasso do zin-carla.

— Eu vi o que Drizzt se tornou — disse Dinin. — O custo será imenso.

— Meus recursos são ilimitados — respondeu Jarlaxle com satisfação — e nenhum custo é muito alto se o ganho for maior.

O mercenário excêntrico ficou em silêncio por um curto espaço de tempo, permitindo que o olhar de Dinin permanecesse sobre as ruínas de sua casa outrora orgulhosa.

— Não — disse Dinin de repente.

Jarlaxle olhou cautelosamente para ele.

— Não irei atrás de Drizzt — explicou Dinin.

— Você serve a Jarlaxle, o mestre de Bregan D'aerthe — o mercenário lembrou-lhe calmamente.

— Como uma vez servi Malícia, a matriarca da Casa Do'Urden — Dinin replicou com a mesma calma. — Eu não me aventuraria novamente atrás de Drizzt por minha mãe... — Ele olhou para Jarlaxle diretamente, sem medo das consequências — e não vou fazer isso de novo por você.

Jarlaxle passou um longo momento estudando seu companheiro. Normalmente, o líder mercenário não toleraria uma insubordinação tão descarada, mas Dinin era sincero e inflexível, sem dúvida. Jarlaxle havia aceitado Dinin em Bregan D'aerthe porque valorizava a experiência e a habilidade do primogênito; ele não poderia agora descartar o julgamento de Dinin.

— Eu poderia te dar uma morte lenta — Jarlaxle respondeu, mais para ver a reação de Dinin do que fazer promessas. Ele não tinha intenção de destruir alguém tão valioso quanto Dinin.

— Não é pior do que a morte e a desgraça que eu encontraria nas mãos de Drizzt — respondeu Dinin calmamente.

Outro longo momento passou enquanto Jarlaxle considerava as implicações das palavras de Dinin. Talvez Bregan D'aerthe devesse repensar seus planos de caçar o renegado; talvez o preço fosse mesmo muito alto.

— Venha, meu soldado — disse Jarlaxle. — Voltemos para a nossa casa, para as ruas, onde podemos encontrar as aventuras que nossos futuros nos reservam.

Capítulo 26

Luzes no teto

Belwar correu pelas passarelas para chegar até seu amigo. Drizzt não viu o svirfneblin chegar. Ele se ajoelhou na ponte estreita, olhando para o ponto borbulhante no lago verde onde Zaknafein havia caído. O ácido explodia e borbulhava, o punho queimado de uma espada apareceu e desapareceu sob o véu opaco do líquido verde.

— Ele estava lá o tempo todo — Drizzt sussurrou para Belwar. — Meu pai!

— Foi uma oportunidade maravilhosa essa que você teve, elfo negro — respondeu o mestre de escavações. — *Magga cammara*! Quando você afastou suas lâminas, achei que ele fosse te matar.

— Ele estava lá o tempo todo — disse Drizzt novamente. Ele olhou para o amigo svirfneblin. — Você me mostrou isso.

Belwar torceu o rosto em uma careta de confusão.

— O espírito não pode ser separado do corpo — Drizzt tentou explicar. — Não em vida — ele tornou a olhar para as ondulações no lago ácido — e nem na pós-vida. Nos meus anos sozinho, achei que tinha me perdido. Mas você me mostrou a verdade. Meu coração nunca saiu deste corpo, então sabia que o mesmo seria verdade com Zak.

— Outras forças estiveram envolvidas desta vez — observou Belwar. — Eu não teria tido tanta certeza.

— Você não conheceu Zaknafein — retrucou Drizzt. Ele se levantou, a umidade que cobria seus olhos lavanda diminuindo pelo sorriso sincero que se alargou em seu rosto. — Eu conheci. O espírito, não os músculos, guia as lâminas de um guerreiro, e somente o verdadeiro Zaknafein poderia se mover com tanta graça. O momento de crise deu a Zaknafein a força para resistir à vontade da minha mãe.

— E você lhe deu o momento de crise — argumentou Belwar. — Derrote Matriarca Malícia ou mate seu próprio filho. — Belwar sacudiu sua cabeça calva e enrugou o nariz. — *Magga cammara*, mas você é realmente corajoso, elfo negro — ele dirigiu uma piscadela para Drizzt. — Ou idiota.

— Nenhum dos dois — respondeu Drizzt. — Eu só confiei em Zaknafein.

Ele olhou de volta para o lago de ácido e não disse mais nada.

Belwar ficou em silêncio e esperou pacientemente enquanto Drizzt terminava sua elegia particular. Quando Drizzt finalmente desviou o olhar do lago, Belwar fez um gesto para o drow segui-lo e partiu ao longo da passarela.

— Venha — disse o mestre de escavações por cima do ombro. — Testemunhe a verdade sobre nosso amigo morto.

Drizzt achou o pech algo lindo, uma beleza inspirada pelo sorriso pacífico que finalmente tinha encontrado o caminho para o rosto de seu atormentado amigo. Ele e Belwar disseram algumas palavras, murmuraram esperanças para qualquer deus que pudesse estar ouvindo, e entregaram Estalo ao lago ácido, um destino preferível às barrigas dos carniceiros que percorriam os corredores do Subterrâneo.

Drizzt e Belwar partiram, sozinhos novamente, como naquele primeiro momento em que partiram da cidade svirfneblin, e chegaram em Gruta das Pedras Preciosas alguns dias depois.

Os guardas à frente dos portões imensos da cidade, apesar de obviamente emocionados, pareciam confusos com seu retorno. Eles permitiram que os dois companheiros entrassem com a promessa do mestre de escavações de que iriam imediatamente falar com o Rei Schnicktick.

— Desta vez, ele vai deixar você ficar, elfo negro — disse Belwar a Drizzt. — Você derrotou o monstro.

Ele deixou Drizzt em sua casa, prometendo que retornaria logo com boas notícias.

Drizzt não estava tão certo. O último aviso de Zaknafein de que Matriarca Malícia nunca desistiria de sua caçada permanecia claro em seus pensamentos, e ele não podia negar a verdade. Muito aconteceu nas semanas em que ele e Belwar estiveram fora de Gruta das Pedras Preciosas, mas nada disso, até onde Drizzt sabia, diminuía a ameaça muito real para a cidade svirfneblin. Drizzt só concordou em seguir Belwar de volta a Gruta das Pedras Preciosas porque parecia um primeiro passo apropriado para o plano que ele havia decidido seguir.

— Por quanto tempo vamos lutar, Matriarca Malícia? — Drizzt perguntou à pedra vazia depois do mestre de escavações ter saído. Ele precisava ouvir o seu raciocínio falado em voz alta, para se convencer de que a decisão dele fora sábia. — Ninguém sai ganhando com esse conflito, mas esse é o caminho dos drow, não é? — Drizzt se deixou cair em um dos banquinhos ao lado da mesinha e considerou a verdade de suas palavras. — Você vai me caçar até atingir a sua ruína, ou a minha, cega pelo ódio que rege sua vida. Não pode haver perdão em Menzoberranzan. Isso iria contra as leis daquela sua Rainha Aranha imunda. E este é o Subterrâneo, seu mundo de sombras e melancolia, mas não é todo o mundo, Matriarca Malícia, e eu vou ver até onde seus braços malignos podem alcançar!

Drizzt ficou em silêncio por muitos minutos, lembrando-se de suas primeiras lições na academia drow. Ele tentou encontrar alguma pista que o levasse a acreditar que as histórias sobre o mundo da superfície não eram mais do que mentiras. As mentiras dos mestres na academia drow foram aperfeiçoadas ao longo de séculos e eram infalivelmente completas. Drizzt logo percebeu que ele simplesmente teria que confiar em seus sentimentos.

Quando Belwar voltou, com uma expressão sombria, poucas horas depois, a determinação de Drizzt era firme.

— Teimoso, cérebro de orc... — O mestre de escavações rugia entredentes enquanto atravessava a porta de pedra.

Drizzt o deteve com uma risada sincera.

— Eles não vão ouvir sobre sua permanência! — Belwar gritou para ele, tentando roubar sua alegria.

— Você realmente esperava o contrário? — perguntou Drizzt. — Minha luta não acabou, querido Belwar. Você acredita que minha família poderia ser tão facilmente derrotada?

— Vamos voltar para fora — grunhiu Belwar, movendo-se para pegar os banquinhos perto de Drizzt. — Meu generoso — a palavra gotejava sarcasmo — rei concordou que você poderia permanecer na cidade por uma semana. Uma única semana!

— Quando eu sair, saio sozinho — interrompeu Drizzt. Ele tirou a estatueta de ônix da bolsa e reconsiderou suas palavras. — Quase sozinho.

— Já discutimos isso antes, elfo negro — lembrou Belwar.

— Era diferente.

— Era? — retrucou o mestre de escavações. — Você sobreviverá melhor sozinho nas regiões selvagens do Subterrâneo agora do que você sobreviveu antes? Você se esqueceu do fardo da solidão?

— Eu não irei para o Subterrâneo — respondeu Drizzt.

— Você quer ir de volta a sua pátria? — Belwar gritou, saltando até ficar de pé e lançando seu banquinho até o outro lado da câmara.

— Não, nunca! — riu Drizzt. — Nunca voltarei a Menzoberranzan, a não ser que esteja amarrado pelas correntes malignas de Matriarca Malícia!

O mestre de escavações recuperou o banco e voltou a se sentar, curioso.

— Também não vou permanecer no Subterrâneo — explicou Drizzt. — Esse é o mundo de Malícia, mais apropriado para o coração sombrio de um verdadeiro drow.

Belwar começou a entender, mas não podia acreditar no que estava ouvindo.

— O que você está dizendo? — exigiu saber. — Para onde você pretende ir?

— À superfície — Drizzt respondeu calmamente. Belwar saltou novamente, fazendo seu banco de pedra deslizar ainda mais longe.

— Eu estive lá em cima, uma vez — continuou Drizzt, aparentemente alheio à reação. Ele acalmou o svirfneblin com um olhar determinado. — Eu participei de um massacre drow. Somente as ações de meus companheiros trazem dor as minhas lembranças daquela jornada. Os aromas daquele mundo e a sensação fresca do vento não trazem medo ao meu coração.

— A superfície — murmurou Belwar, de cabeça baixa, com a voz soando quase como um rosnado. — *Magga cammara.* — Nunca planejei viajar para lá. Não é lugar para um svirfneblin. — Belwar bateu na mesa de repente e olhou para cima, um sorriso decidido em seu rosto. — Mas se Drizzt for, então Belwar irá ao seu lado!

— Drizzt irá sozinho — respondeu o drow. — Como você acabou de dizer, a superfície não é o lugar de um svirfneblin.

— Nem de um drow — o gnomo das profundezas acrescentou.

— Eu não cumpro com as expectativas habituais sobre o que se deve esperar de um drow — retrucou Drizzt. — Meu coração não é o coração deles, e o lar deles não é o meu. Até onde devo andar por esses túneis sem fim para estar livre do ódio da minha família? E se, ao fugir de Menzoberranzan, for parar em outra das grandes cidades dos elfos negros? Os drow também irão buscar a caçada para satisfazer os desejos da Rainha Aranha de que eu seja morto? Não, Belwar, não encontrarei paz nos tetos fechados deste mundo. Você, temo eu, nunca ficaria satisfeito longe das pedras do Subterrâneo. Seu lugar é aqui, um lugar de merecida honra entre o seu povo.

Belwar sentou-se em silêncio por um longo tempo, digerindo o que Drizzt havia dito. Seguiria Drizzt de bom grado, se o elfo assim o desejasse, mas realmente não queria deixar o Subterrâneo. Belwar não poderia argumentar contra os desejos de Drizzt de ir. Um elfo negro teria muitas dificuldades na superfície, Belwar sabia, mas elas superariam as dores que Drizzt experimentaria no Subterrâneo?

Belwar alcançou um bolso profundo e tirou o broche iluminado.

— Pegue isso, elfo negro — ele disse suavemente, lançando-o para Drizzt —, e não me esqueça.

— Nunca, em nenhum dia de todos os séculos do meu futuro — prometeu Drizzt. — Nunca.

A semana passou rápido demais para Belwar, que estava relutante em ver seu amigo partir. O mestre de escavações sabia que nunca veria Drizzt novamente, mas sabia também que a decisão de Drizzt era sensata. Como amigo, Belwar aceitou ver que Drizzt teria as melhores chances de sucesso. Ele levou o drow até os melhores comerciantes em toda Gruta das Pedras Preciosas e pagou os suprimentos de seu próprio bolso.

Belwar então adquiriu um presente ainda maior para Drizzt. Os gnomos das profundezas haviam viajado à superfície uma vez, e o Rei Schnicktick possuía várias cópias de mapas ásperos que levavam para fora dos túneis do Subterrâneo.

— A jornada irá levar muitas semanas — disse Belwar a Drizzt quando ele lhe entregou o pergaminho enrolado — mas temo que nunca você encontre seu caminho sem isso.

Drizzt tremia enquanto desenrolava o mapa. Era verdade, ele agora ousava acreditar. Ele realmente estava indo para a superfície. Ele queria dizer a Belwar naquele momento para vir junto; como poderia despedir-se de um amigo tão querido?

Mas os princípios levaram Drizzt até agora em suas viagens, e os princípios exigiam que ele não fosse egoísta naquele momento.

Ele saiu de Gruta das Pedras Preciosas no dia seguinte, prometendo a Belwar que, se ele voltasse ao Subterrâneo, voltaria a visitar. Ambos sabiam que ele nunca mais voltaria.

Quilômetros e dias passaram sem nenhum contratempo. Às vezes, Drizzt segurava o broche mágico que Belwar lhe dera acima da cabeça; às vezes, caminhava na escuridão silenciosa. Seja por coincidência ou destino gentil, ele não encontrou monstros ao longo do curso apontado no mapa áspero. Poucas coisas haviam mudado no Subterrâneo, e, embora o pergaminho fosse antigo, mesmo ancestral, a trilha foi facilmente seguida.

Pouco depois de levantar acampamento, no trigésimo terceiro dia de caminhada a partir de Gruta das Pedras Preciosas, Drizzt sentiu uma lufada de ar, uma sensação daquele vento fresco e vasto do qual se lembrava tão vividamente.

Ele tirou a estatueta de ônix da bolsa e convocou Guenhwyvar para o lado dele. Juntos, eles caminharam com ansiedade, esperando que o teto desaparecesse ao redor de cada curva.

Eles entraram em uma pequena caverna, e a escuridão além do caminho distante não era tão sombria quanto a escuridão atrás deles. Drizzt prendeu a respiração e levou Guenhwyvar para fora.

As estrelas cintilavam entre as nuvens do céu noturno, a luz prateada da lua se espalhava em um brilho mais sombrio por detrás de uma grande nuvem, e o vento uivava uma música pelas montanhas. Drizzt estava na parte mais ao norte dos Reinos, empoleirado ao lado de uma montanha alta no meio de uma planície vasta.

Ele não se importava com a mordida da brisa, mas permaneceu imóvel por um longo tempo e observou as nuvens sinuosas passarem por ele em sua lenta viagem aérea até a lua.

Guenhwyvar estava ao lado dele, sem julgar, como Drizzt sabia que a pantera sempre faria.

DRIZZT DO'URDEN VAI VOLTAR

Para acompanhar as novidades da JAMBÔ e acessar conteúdos gratuitos de RPG, quadrinhos e literatura, visite nosso site e siga nossas redes sociais.

www.jamboeditora.com.br

facebook.com/jamboeditora

twitter.com/jamboeditora

youtube.com/jamboeditora

Para ainda mais conteúdo, incluindo colunas, resenhas, quadrinhos, contos, podcasts e material de jogo, faça parte da *Dragão Brasil*, a maior revista de cultura nerd do país.

www.apoia.se/dragaobrasil

JAMBÔ
Livros divertidos

Rua Sarmento Leite, 627 • Centro Histórico
Porto Alegre, RS • 90050-170
(51) 3012-2800 • editora@jamboeditora.com.br